Mara Moustafine
Secrets and Spies:
The Harbin Files

哈尔滨档案

[澳]玛拉·穆斯塔芬 著

李尧 郁忠 译

生活·讀書·新知 三联书店

Simplified Chinese Copyright © 2018 by SDX Joint Publishing Company.
All Rights Reserved.
本作品简体中文版权由生活·读书·新知三联书店所有。
未经许可，不得翻印。

Copyright © Mara Moustafine 2002

图书在版编目（CIP）数据

哈尔滨档案／（澳）玛拉·穆斯塔芬著；李尧，郁忠译．—北京：
生活·读书·新知三联书店，2018.4
ISBN 978-7-108-06119-5

Ⅰ.①哈…　Ⅱ.①玛…②李…③郁…　Ⅲ.①报告文学-澳大利亚-现代
Ⅳ.① I611.55

中国版本图书馆 CIP 数据核字（2017）第 238582 号

特约编辑	张静芳
责任编辑	王振峰
装帧设计	薛　宇
责任校对	张国荣
责任印制	卢　岳
出版发行	生活·讀書·新知 三联书店
	（北京市东城区美术馆东街 22 号 100010）
网　　址	www.sdxjpc.com
图　　字	01-2018-1657
经　　销	新华书店
印　　刷	北京隆昌伟业印刷有限公司
版　　次	2018 年 4 月北京第 1 版
	2018 年 4 月北京第 1 次印刷
开　　本	889 毫米×1168 毫米　1/32　印张 13.25
字　　数	307 千字　图 82 幅
印　　数	0,001-6,000 册
定　　价	58.00 元

（印装查询：01064002715；邮购查询：01084010542）

风华正茂的曼娅,正是这张照片开启了全书的故事

古典美人基塔

基塔和莫佳夫妇

年轻的阿布拉姆

1947年，因娜高中毕业时的照片

父亲阿莱克读中学时的照片

1959年，五岁的玛拉与祖母东尼娅、父亲阿莱克

20世纪30年代初,穆斯塔芬一家在哈尔滨

1957年,幸福的一家人。从左到右:因娜、切斯娜(她从苏联来访)、抱着玛拉的是东尼娅、基塔、伊拉·科甘。立于后方的是阿莱克和莫佳

1958年和2000年,玛拉在松花江畔

玛拉和她的丈夫安德鲁·雅库布维茨 2015 年在极乐寺门前。他们每次到哈尔滨都要来这里表达敬意

谨以此书
献给近百年来以勇气跨越几大洲的我的家族

目录

代序　我们是哈尔滨的女儿__1

楔子　好奇心__1

1　里加的"宝藏"__11

2　泪洒高尔基市__33

3　到中国去__61

4　骨肉离散__83

5　奔向"光辉灿烂的未来"__99

6　10月的"黑渡鸦"__125

7　高尔基市的日本间谍__137

8　"渡鸦"去而复返__163

9　"哈尔滨命令"__181

10　幸存者__191

11　哈巴罗夫斯克（伯力）的亲人__217

12　远东的奸细__243

13　平反昭雪__281

14　重返哈尔滨__295

15　去赫鲁晓夫的"处女地"，还是去悉尼？__327

16　亲人的足迹__351

17　我是哈尔滨人__373

跋　纽　带__395

致　谢__408

译后记__410

附录　奥尼库尔家族谱系图__412

代序

我们是哈尔滨的女儿

我和玛拉有很多相似之处,我们都出生在1954年,我们都在讲述哈尔滨的故事。玛拉和我都是这座移民城市的居民。

不同的是,玛拉五岁那年离开她出生的哈尔滨远赴澳大利亚,我七岁那年从我出生的北京向哈尔滨迁徙。

玛拉的心里始终把自己当作哈尔滨人,我却是一直排斥这座城市,因为它让我和在北京时最亲的保姆分离两地。

初来时正值三年大饥荒,哈尔滨的贫穷肮脏令人震惊。比如,主要街道之外的小街遍地屎尿垃圾,冬天街上的下水口被冰冻住,人们就把污水直接泼到街上,形成五颜六色的污水冰坡。每逢周一到校时,值日生要翻开每个同学的头发检查有没有虱子。我们姐妹三人很快就被同学惹了一头虱子。我妈妈找遍偏方,用"六六六"粉、醋、百部草轮流浸泡我们的头发,然后用篦子刮头发,刮下数量惊人的虱子、虮子。童年的我曾被头上长满西瓜子那么大的虱子、虮子的噩梦惊醒。这样的城市无法给一个孩子留下最初的美好记忆。

直到1998年创办《城与人》专刊,我在追寻哈尔滨的历史

曾一智与玛拉

足迹时才发现我原来那么热爱这座城市,也开始认同自己是哈尔滨人。

是的,应该是我们都在各自的城市生存几十年以后,我和玛拉几乎同时开始了对哈尔滨的历史探寻。玛拉为寻找家族史而回到哈尔滨寻根,我却是在哈尔滨寻找一个个素昧平生却见证哈尔滨历史的老人。

我们都是城市历史的记录者,尽管切入的角度不同。

2000年的五旬节,玛拉和她的父母一同回到离开四十一年的哈尔滨,并且找到犹太墓地和俄侨墓地,又在俄侨墓地遇见父母的同学瓦莉娅。

她到时,我刚走,错过了这次见面的机会。

半年后,玛拉和另外两位犹太学者来黑龙江省社科院参加学术活动，我和瓦莉娅分别接到邀请。于是我们终于见面了。

后面发生的很多故事是属于我和玛拉的共同记忆。

那年12月，我写的《玛拉和她的国际家庭》发表在《黑龙江日报》的《城与人》专刊上，里面选用了玛拉发给我的老照片，其中一幅是玛拉在日本建筑师大谷周造设计的小木屋前的留影。那应该是玛拉离开这个城市前的告别。

记得是1961年冬天，我父亲第一次带我们姐妹三人来到冰封的松花江。我们乘坐冰橇，由一人撑铁杆，像江南撑竹篙一样，风驰电掣般从江南滑到江北。我们全身冻透，因此父亲说干脆走回江南。往回走时，猛抬头，忽然看到江畔排列着几座美丽的小木屋，犹如童话般美丽神奇。那其中就有两年前玛拉留过影的小木屋。每当夏季，我们一家或乘汽艇，或划舢板从江北回到江南的途中，都会在松花江的波光粼粼中，看到那些童话般的小木屋。

因此，四十年后看到玛拉的照片，我心里有一种感动——我和玛拉都是哈尔滨的女儿，我们从自己的角度出发，沿着岁月之河探寻应该被后人记住的历史。

如今，那些曾给了我很多帮助，使我得以确认哈尔滨许多老房子的历史功能的老俄侨——米沙叔叔、弗罗霞阿姨、尼娜阿姨、瓦洛佳（还有中国籍的瓦莉娅）等人都离开人世，长眠在哈尔滨皇山俄侨墓地。但那些老房子中的大多数，我已经通过不可移动文物认定申请，使它们被公布为不可移动文物。

玛拉把她的家族历史写成了一本书。2009年，这本书的第一个中译本在哈尔滨举行签售，我特地从北京赶回来，没想到在玛拉下榻的宾馆见到一位特殊的客人：梁女士。这位梁女士住过玛拉家的老宅。那栋楼被拆之前，她特地留下了房间的铜钥匙，这次送给玛拉做纪念。她同时请我帮她向玛拉澄清一个事实：她家之所以能和其他几户人家一同搬进玛拉家的老宅，是由于当时市里有一个接收外侨房产办公室，离境迁徙到其他国家的外侨的房产由这个办公室统一接管，再进行分配，没有任何可能是个人擅自留给自己居住。玛拉家的房子被分给几户干部居住，其中有一户是市委机关的干部，他对这里没有集中供暖的锅炉房不满意，就提出换房。在这种情况下，梁女士的父亲才从已经分配的原横滨正金银行哈尔滨支行高级职员宿舍搬到这里。梁女士还特地给玛拉的父母写了一封信，说明情况。

我相信梁女士说的是真的，希望玛拉也能相信。

曾一智

2016年11月23日

楔子
好奇心

二十岁刚刚出头的时候,我从外祖母的抽屉里偷偷拿走了一张曼娅的照片。那时候,我对她还知之甚少,可是不知道为什么,我总觉得她对于我十分重要。我悄悄地,小心翼翼地把那张照片放到一本不太大的中式皮革面的相册里。这本相册是我从家里珍藏的哈尔滨的物品中找到的,每一页都有为了镶嵌照片挖空的小框。

曼娅是我外祖母基塔的妹妹。把她的照片镶嵌在紧挨基塔照片的那个长方形小框里,十分得体。外祖母的那张照片是1927年,她和外祖父结婚前四个月时送给外祖父的,上面还有她的题字。

十七岁的基塔是个古典美人。她那双水灵灵的黑眼睛,凝视着照片外面的天地,连衣裙领子上镶着白色花边,素净、淡雅——也许是校服——映衬出她的天真烂漫。我非常爱外祖母,但却不想过她那样的生活——对于我,囿于婚姻和家庭,简直无法想象。

曼娅则显得与众不同。照片上的她,二十多岁的年纪,看起来却是精明老练又有现代情趣。她身穿一件开领风衣,黑色的秀发披至肩头,凝眸远眺,好像正在旅途中,具有20世纪30年代那种迷人的美。虽然从来没有见过曼娅,但我觉得她和我息息相

十七岁的基塔是个古典美人

通、心心相印。

为什么不直截了当向外祖母要那张照片呢？我明明知道，无论何时，她都不会拒绝我提出的任何要求。但直觉告诉我，偷偷拿走这张照片，在外祖母心里引起的痛苦可能会小一些。此外，我也不知道该如何解释把自己和家人的照片一起放到那本小相册里的原因。有些照片是在悉尼拍摄的，但多数照片拍自哈尔滨。那是中国北方的一座城市，也是我的出生之地。那段时间，我对"俄罗斯人居住过的哈尔滨"——那个已经不复存在的世界的迷恋渐渐淡漠。我想跨越几大洲、几代人，把一个家族弥合起来的愿望，甚至连自己都不明确。

俄罗斯犹太人有一个传统，用已故亲戚的名字给自己的孩子命名。我实际上就与曼娅同名。在俄语里，曼娅的全称是玛丽亚。大伙儿管我叫玛丽亚娜，因为玛丽亚娜和玛丽亚起源于同一个希伯来语词根。到我这儿，就简化为俄语中的玛拉。为什么不叫曼娅呢？在20世纪50年代的哈尔滨，我的家人认为，那个名字太容易让人想起白俄罗斯的那些犹太小村庄。20世纪初，为了躲避贫穷和沙俄对犹太人的集体迫害，我的曾外祖父母背井离乡，远赴中国。

我长大之后，只知道曼娅曾经是位牙科医生，后来，和她的父亲基尔什、哥哥阿布拉姆一起死于"大清洗"。那年她才二十六岁。"她长什么样？他们为什么要杀害她？"我记得不止一次问过父母这样的问题，得到的答复总是："她不像你外祖母那样漂亮，但非常聪明。至于她的死，你知道，她死在'大清洗'中。那时候杀人是不需要理由的。"

我从外祖母那里得知，20世纪30年代中期，一则为了躲避日本人的骚扰迫害，二则为了去苏联开创新生活，曼娅和她的父亲基尔什·奥尼库尔、母亲切斯娜·奥尼库尔、哥哥阿布拉姆、弟弟亚沙离开了哈尔滨西北的草原小镇海拉尔。那时，外祖母基塔已经结婚，就和我的外祖父莫佳·扎列茨基，还有我母亲因娜一起留在哈尔滨。

就这样，奥尼库尔一家去了高尔基市。我知道，那是20世纪80年代的诺贝尔奖获得者，人权活动家安德烈·萨哈罗夫被放逐的地方。这个地方以前叫下诺夫哥罗德（Nizhny Novgorod），因为无产阶级作家高尔基出生在这里，苏联时期就改名为高尔基市。在俄语中，"高尔基"是"苦难"的意思，名字起得何等贴切啊！事后想起来，真让人觉得奇怪，奥尼库尔一家在中国东北生活了二十七年，却偏偏选择在"大清洗"前夕回到苏联。不过，在20世纪30年代，生活在日本占领下的中国东北的俄罗斯人饱受侵扰，尤其像奥尼库尔那样持有苏联身份证的人。

20世纪30年代后期，奥尼库尔一家陷入"大清洗"之中，接着又是连绵不断的战争，而我外祖父扎列茨基一家则在日本傀儡政权统治的伪满洲国谋生。许多年，两家一直杳无音信。直到

3

1956年，切斯娜奇迹般地回到哈尔滨探亲；那一年切斯娜七十五岁，玛拉两岁

20世纪50年代中期,奥尼库尔家的两个成员——基塔的母亲切斯娜和弟弟亚沙——在"大清洗"中幸免于难的消息才传到哈尔滨。50年代末期,切斯娜和亚沙奇迹般地从里加来到哈尔滨探亲。里加是拉脱维亚的首府,他们那时居住在那里。切斯娜带来丈夫基尔什和另外两个孩子曼娅与阿布拉姆的死讯。那时候,我年纪还小,不懂得这些事情意味着什么。

切斯娜和亚沙探亲之后又过了几年,我们全家在1959年离开哈尔滨去了澳大利亚。那时,曾经兴旺发达的"哈尔滨俄罗斯人"社区只剩下一千余人了。

20世纪60年代在悉尼长大的俄罗斯人,没有一个能逃脱"冷战"的阴影。1954年,苏联克格勃人员彼得罗夫夫妇叛逃之后,澳大利亚人对间谍这种颇具戏剧性的事件极感兴趣。那时候,人们常常问我从哪儿来。每逢这时,我就觉得难堪。

"中国。"我回答道。

"不会吧,你看起来不像中国人呀。"

"是呀,我是俄罗斯人。"

"你是共产主义者吗?"下一个问题可能就是:"你是'白俄',还是'红俄'?"绝大多数我这个年纪的澳大利亚小孩儿可用不着回答这样的问题。

"不,我是从中国来的俄罗斯人。我从来没去过苏联。"

"哦,你的父母亲呢?"

"他们也没去过。"

我在星期六去一个俄语学校上学有十年之久。学校很看重苏联人与俄罗斯流亡者之间意识形态的分歧。为了使孩子们保持民族传统,组织我们学习俄语、文学和历史,还学习唱歌与芭蕾舞。总的来说,这个学校的教学水平很高,为我们中的大多数人把俄语作为大学入学考试的附加课程创造了条件。不过,学校有它自己的独特风格。

我们用的教科书虽然都是在苏联印刷的,但是发下来之前,教材都经过校方的审查和删定。也就是说,凡是涉及苏联、共产党、少年先锋队(大多数苏联儿童参加的少年组织)、集体农庄以及其他与苏联有关的概念,都用纸贴上了。插图上苏联的标志,比如镰刀斧头的图案,甚至克里姆林宫塔尖上的红星,也用纸糊了起来。

教我们俄罗斯历史的是位女教师。她梳着高高的发髻,穿着做工考究的服装,我们便给她起了个绰号——"叶卡捷琳娜一世"。可以预料,她教的俄罗斯历史到1917年罗曼诺夫王朝[1]垮台就戛然而止了。"后来发生了什么事情呢?"我故意问她。事实上,我对这段历史了如指掌,上高中时我们就已经学过十月革命了。老师一脸不以为然,好像我问她孩子从哪儿来的似的,还让我回家去问妈妈。

我还知道,在"那边",在"铁幕"后面,有我也许永远见不到的亲戚。我的曾外祖母切斯娜和祖母东尼娅,在20世纪60年代初期已经在苏联去世。基塔的弟弟亚沙和妻子加利娅依然居住在里加。亚沙是位医生,在苏联民航总局的机场工作。他总是很有规律地和我外祖母通信,有时还给我寄来书籍和拉脱维亚的

---

[1] 罗曼诺夫王朝(1613—1917):俄国始于米哈伊尔沙皇即位、终结于俄国革命时期尼古拉二世退位的统治王朝。

纪念品。

令人不解的是,亚沙寄来的所有邮件的寄信人一栏,总是写着他妻子加利娅的名字。我母亲解释说,亚沙担心,和国外人联系对他的前途可能产生负面影响。我在外祖母写给他的信上,总要写几行字。20世纪70年代中期,我曾在一封信里提及,我访问了包括以色列在内的几个地中海沿岸国家。母亲看后,划掉了这句话。"苏联和以色列也有外交关系呀。"我争辩道。"这句话可能给他惹麻烦。这种事,你永远也不会懂。"母亲回答说。

这种交流常常提醒我,生活在澳大利亚这样一个法治国家,生活在一个重视人道和文明的社会,我把什么都视作理所当然。我们的亲戚伊拉·科甘从哈萨克斯坦来信,总是说我们家走运,成功地移民到澳大利亚。20世纪60年代初,她们没能得到澳大利亚的入境签证,而这种事本来也完全可能落到我们头上。

———

从某种意义上讲,也许正是由于我的家族跨越国界和政治制度而迁徙的历史,才使我在20世纪70年代上大学时选择了政治与国际关系专业。我读过许多关于苏联历史的书籍,但我关注的焦点却是当代苏联政治,以及两极世界的动态。20世纪70年代末期,我在堪培拉的澳大利亚国立大学攻读国际关系专业的硕士学位。拿到学位之后,还有可能得到攻读博士学位的奖学金。那时候我就想过,像我们家这样的"哈尔滨人"的经历,应当记录下来,因为它是与俄罗斯和中国许多特别事件有关的一段非常宝贵的历史。但我却忙于重要的政治课题——美苏紧张关系的缓和、

1977年，我在悉尼大学获文学学士学位后，与外祖母基塔合影留念

中东冲突、欧洲共产主义[1]。我那时一心想当学者，认为以后总会有时间研究哈尔滨的课题，于是就把它束之高阁了。

可是，硕士学位读到一半，我便开始怀疑我的职业方向。读了五年书，我迫不及待地想离开学校，走向社会，或者至少进入外交界。让我懊恼的是，外交部不招聘新成员。有一次，我偶然对澳大利亚国际事务研究所所长谈到我的失望。他是一位已经退休的著名的外交官，当过大使，办公室就设在我们系里。几个月后，我正在校园的湖畔参加年末的户外聚会，他的秘书通知我，说他有急事要见我。

"现在就去？"我有点沮丧地问，看看自己身上的紧身红色牛仔裤和黑色T恤——"无政府主义者"的颜色。

---

[1] 欧洲共产主义：20世纪七八十年代，西欧共产党内发展出的一种社会改良理论与实践，更关注西欧民主政治制度，不再恪守苏联共产党的路线。

"是的,如果可以的话。"

我挺了挺胸,尽量让自己振作起来,立刻向那位声名卓著的前外交官的办公室走去。

"事关你的前途,亲爱的,"他说,这使我想起我们早些时候的谈话,"你考虑过情报工作吗?"

我目瞪口呆。只有一个情报部门出现在脑海之中——ASIO,国家安全局——这可不是一个立场坚定、思想左倾的自由主义者的去处。

"我看起来像那种能为安全局工作的人吗?"我问。

"我看起来像为他们招聘工作人员的人吗?"他回答说。

"不像。"我嘴上说,心里却想"像"。

事实上,"大使"指的是澳大利亚国家顾问办事处,一个新建立的情报评估机构,为政府提供国际问题的战略分析。他感觉到我的疑虑,解释说那是一个"类似学术研究的智囊团",因为有关部门要他留意有潜力的候选人。如果我感兴趣,他就把我的简历送给他们。

我虽然爱读格雷厄姆·格林[1]和约翰·勒·卡雷的小说,但从来没有打算到情报部门工作,在最狂热的梦想中也没有。那么,倘若到这个部门工作,我会失掉什么呢?这是一个新建的、有声望的机构,直接向总理提交报告,一定很有趣。

几次面试和严格的政审之后,我获得从事绝密工作的资格,成了一名战略分析员。谁能相信,一个背景如此复杂的移民,会

---

[1] 格雷厄姆·格林(1904—1991):英国作家,尤以表现虔诚的基督教信仰的小说《权力与荣耀》而著名。

得到这样的信任。澳大利亚真是一个充满机会的国家！我就职的时候，有关人员警告我，必须小心敌方的情报部门，并且让我明白，以后不能到苏联以及其他东方社会主义阵营国家旅行。不管怎么说，这事儿已经不在我的考虑之列了。

从那以后，我就开始在澳大利亚政府工作，一干就是十二年。搞了四年情报工作以后，由于堪培拉政策层面的原因，我进入外交界，以部长顾问的身份到澳大利亚驻泰国大使馆，担任一个高级职务。正是在那里，我参与了20世纪90年代初期澳大利亚为实现柬埔寨和平而开始的努力。柬埔寨及其人民征服了我的心和我的想象。1992年，就在这个被战争毁坏的国家开始重建的时候，我转到商业机构，在金边主持澳大利亚国家电信公司（Telstra）在柬埔寨的工作。

1992年7月，我离开柬埔寨，前往莫斯科，和我的朋友奥尔加、布雷德里·怀尼一起度过了一个酝酿很久的短假。奥尔加在莫斯科的澳大利亚大使馆的任期即将届满。

事实上，1988年以前，在短期担任报道外国事务的新闻记者期间，我曾经去过一次莫斯科。那时候，戈尔巴乔夫依然试图在共产主义的框架内改造苏联。他的新口号"改革与新思维"成了每个人的口头禅。

到了20世纪90年代初期，戈尔巴乔夫虽然逃过了苏联共产党强硬派发动的政变，但黯然下台。他的竞争对手叶利钦是激进的改革派，曾经集结力量反对那场政变，现在则成了俄罗斯联邦政府第一任民选总统。苏联共产党的镰刀斧头红旗被沙皇时代的红、白、蓝三色旗取代，只是少了"双头鹰"。苏联落下最后一幕。

1
里加的"宝藏"

从莫斯科开出的特别快车驶进里加车站时，我一眼就认出了站台上的加利娅。那位身穿漂亮米色外套的妇女就是我外祖母的弟媳。

外祖母基塔说得没错，她长得很漂亮，浅色头发，七十多岁。除此以外，在工作日的早晨，谁会身穿最漂亮的衣服，手捧一束红色康乃馨在这里接站呢？"哦，玛罗奇卡，玛罗奇卡（玛拉的俄文爱称）！我终于见到基塔的外孙女了！你知道，亚沙非常喜欢你！他没能活到今天见你，太遗憾了！"加利娅非常高兴，滔滔不绝地说着，还抱怨我只能在里加待两天。其实，这位加利娅我还算不上真的认识，可是她将我完全淹没在热情之中，让我连气也喘不过来。我只见过亚沙一次，加利娅也从来没见过基塔，难道家族亲情可以这样渗透到血肉之中吗？

其实是外祖母叮嘱我来里加看望加利娅的，我们家谁也没见过她。外祖母还让我拜谒亚沙和曾外祖母切斯娜的墓地。

加利娅安排她的一个朋友开车，带我们去墓地。事实上，那是亚沙的一辆旧车。路上，加利娅和她的朋友谈论着自从苏联解

在里加,加利娅带我到公墓祭奠亚沙和切斯娜

体以后,生活在新建立的拉脱维亚共和国的少数民族俄罗斯人的忧虑。他们生怕失去领取养老金的身份,这一点当然可以理解。

我很快就意识到,加利娅和我在政治上永远不会有相同的看法。她深情地怀念着勃列日涅夫时代。那时,亚沙在里加的苏联民用航空总局卫生管理部门担任高级职务。他们可以在旅游胜地克里米亚度假,他们什么都不缺。加利娅对苏联政权的消失感到惋惜:"至少,有秩序,而且苏联是世界上的超级大国,谁也无法忽视,不像现在……"这是老一代人的老生常谈。我极力保持沉默,却又忍不住指出,正是勃列日涅夫时代经济的停滞和腐败,才导致苏联垮台。这只能引起更多的争论。

亚沙和切斯娜一起埋葬在里加郊区的犹太公墓。坟墓位于两排高大的、枝叶繁茂的树木中间。按照传统的俄罗斯习俗,大多数墓碑上镶嵌着死者椭圆形的小照片,照片下面写着他们的名字和生卒年月。站在被一棵高大的山毛榉浓荫覆盖的奥尼库尔母子的墓前，我和加利娅发生冲突的紧张气氛消失了，我渐渐平静下来，打定主意，为了家族亲情，访问期间避开政治以及其他容易引起争论的话题。

回到加利娅的公寓，我被起居室里摆放的中国工艺品吸引住了——一尊胖乎乎的浅绿色玉佛、一套描金茶具、一幅上海码头绘画。还有一个蒙古银茶碗和几幅中国画与我父母亲悉尼家中的东西一模一样，一定是亚沙或者切斯娜从中国带回来的。

那时我想，也许加利娅能给我讲述一些家族的往事。我告诉她，除了幼年时在哈尔滨见过亚沙和切斯娜的模糊记忆之外，我对曾外祖母一家和他们的经历几乎一无所知，请求她给我讲一讲她了解的情况。

"我是在战争结束以后，1946年才遇到亚沙，后来又认识了他母亲。那时，其他人已经去世很久了……"

"他们到底发生了什么事？"我问。

"我只知道，在'大清洗'期间，他们被逮捕。当然，他们是无辜的，因此，斯大林死后，他们得到平反。平反证一直由你曾外祖母保存着，那些证书恢复了他们的名誉。"

"证书在您手里吗？哦，请，请您找一找……"

"我想，证书和她那些照片也许都放在一个箱子里。过一会儿，我给你找找。我觉得你可以先去逛一逛老城区。"加利娅说。

"照片！"我高兴得大喊起来，"哦，请……请您现在就找一找。我可以明天再去看老城区。"

加利娅从卧室的衣橱顶上取下一口箱子，里面放着亚沙和切斯娜的许多旧照片和书信文件。我的注意力顿时被两本中国相册吸引住了。从相册里的照片看，一本显然是亚沙的姐姐曼娅的，另一本是切斯娜的。曼娅的那本比较小，浅棕色的布质精装封面上绘有花卉图案，相册里贴满了曼娅在海拉尔和哈尔滨拍摄的照片。切斯娜那本大一些，浅绿色的封面上印着微微凸起的飞鹤图案。相册里是孩子们和亲戚们历年来的照片，其中包括我孩提时的许多照片。照片并没有按照特定的次序排列，还有一些零散的、追溯到白俄罗斯的明斯克和莫吉廖夫的照片，奥尼库尔家族就来自那里。经过这么多年，经历了那么多劫乱，这些照片竟然完好无损地保留了下来，真是个奇迹。

翻阅这些旧照片和加利娅自己的一些照片，我们好像把五十多年的历史压缩到两天。我对奥尼库尔家族真正有了某种深入的了解。许多年以前，外祖母就给我讲过她父亲基尔什的故事。她很崇拜父亲，所以，基尔什给我的印象一直是个了不起的人物。现在，我在照片中看见他了。亚沙和切斯娜的形象相对熟悉一些。小时候，他们去哈尔滨看望我们，我见过他们。后来，他们又经常从里加给我们寄信和照片，所以有一定的了解。

加利娅的讲述丰富了照片的内容。她谈起战后亚沙去乌克兰拜访朋友时与她相识、恋爱的故事，以及后来他们在一起的生活。她让我看他们生活和工作过的地方的照片——拉脱维亚、爱沙尼亚、乌兹别克斯坦——亚沙是卫生部门的官员，她是药剂师。我还翻阅了亚沙的个人信件和给人以深刻印象的工作鉴定书。曾外祖母曾经希望，有一天她能来澳大利亚探望我们。遗憾的是，这个愿望还没实现，她便与世长辞了。

在奥尼库尔一家中，我最缺乏了解的是英年早逝的曼娅和阿布拉姆。加利娅从来没见过他们，也提供不了什么新的情况，但箱

阿布拉姆死时只有三十三岁

子里有他们在中国和苏联生活的文件和照片。文件中，有曼娅在海拉尔念高中时最后一年的成绩单，还有哈尔滨第二牙科医学院的毕业证。在相册中，我见到曼娅在海拉尔与同学们的合影、在哈尔滨著名的马迭尔旅馆外面抱着我幼小的母亲的照片、在高尔基市她的牙科诊所里的照片、在黑海的旅游胜地与同伴们的合影。

我问加利娅，经常出现在切斯娜照片中的那个黑头发的漂亮年轻人是谁？原来他就是我外祖母的哥哥阿布拉姆。我隐约记起，基塔在悉尼让我看过他的照片。现在我能明白何以外祖母一再重复她的哥哥有多么帅气了。阿布拉姆许多照片的背面题写着地名——阿布拉姆与朋友摄于海拉尔；摄于乌兰巴托的牧场；身穿某个兵种的军装，手捧一本书，摄于符拉迪沃斯托克（海参崴）……他显然是个喜欢旅游的年轻人。加利娅记得，亚沙曾经对她说过，阿布拉姆居住在远东的一个什么地方，不在高尔基市。这些凝冻在岁月长河里的美丽的形象使我浮想联翩。他们身上都有些什么样的故事呢？

离开里加前，加利娅建议我把切斯娜的书信、文件一起带走。"他们是你的亲人，"她说，"我甚至都不认识他们。这些东西对我能有什么用处呢？"

在这些书信文件中，我发现了五张尺寸不大的官方证书。每张的顶端，都印着"Spravka"（证书）几个字，每个家庭成员都有一张。这就是加利娅提到的平反证。

证书的上端打印着"苏联最高法院军事委员会1956年10月22日"的字样，还有深蓝色的苏联国徽和"司法部长官"的签字。曼娅的证书这样写着：

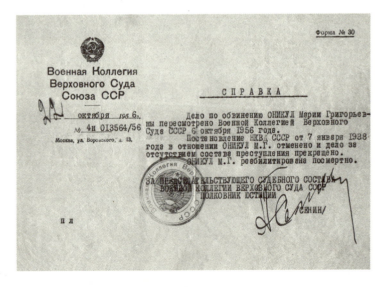

曼娅的平反证

1 里加的"宝藏"

证 书

苏联最高法院军事委员会于 1956 年 10 月 6 日对玛丽亚·格里高利耶芙娜·奥尼库尔（即曼娅——编者注）的指控予以重审。

撤销苏联内务人民委员部（USSR NKVD）1938 年 1 月 7 日对玛丽亚·格里高利耶芙娜·奥尼库尔的判决。鉴于查无实据，决定撤回该案的判决。

现恢复玛丽亚·格里高利耶芙娜·奥尼库尔的名誉，予以平反。

基尔什的证书内容相同，签发于同一天。阿布拉姆的证书签发于 1957 年 2 月，第二段有所不同：

撤销哈巴罗夫斯克（伯力）地区苏联内务人民委员部陆军军事法庭 1939 年 10 月 4 日对阿布拉姆·格里高利耶维奇·奥尼库尔的判决，并且撤销苏联最高法院军事委员会 1939 年 11 月 17 日对上述判决的裁定……鉴于查无实据，决定撤销该案的诉讼。

我只知道，哈巴罗夫斯克（Khabarovsk，伯力）是俄罗斯远东的一个城市，离符拉迪沃斯托克（海参崴）不远。这份证书上的信息似乎与加利娅告诉我的一致。但为什么没有提到给阿布拉姆恢复名誉呢？

亚沙和切斯娜的证书都在 1956 年 4 月 28 日由另外一个司法部门签发，即莫斯科军区军事法院。该法院的公章是一颗红星里面的白色斧头和镰刀。两人都是被苏联内务人民委员部判决的——亚沙于 1938 年 1 月 10 日，切斯娜于 1938 年 10 月 20 日。

亚沙的证书说他"生于 1914 年。1937 年 10 月 3 日被捕前，在高尔基汽车厂担任英语翻译"。切斯娜的证书说她"生于 1881 年"。

这些证书中提到的奥尼库尔一家的情况虽然极少，但与我以前知道的相比，还是"充满了信息"。除了他们恢复名誉、平反昭雪的事实以外，我现在知道了奥尼库尔家的每个成员于何时、被什么部门判决，知道了亚沙在高尔基市的工作单位，还知道了阿布拉姆是在哈巴罗夫斯克（伯力）被逮捕的。但是，奥尼库尔一家究竟因何罪名而被指控？对此我依然一无所知。

此时，我还没有完全意识到，这些证书将成为我在俄罗斯获取信息的通行证。在一个仍然靠证书——盖着大印、签着大名的一纸文书——运转的社会，我现在有接触俄罗斯官员们的机会了。至少，我能跨进他们的门槛。当我带着里加的"宝藏"返回莫斯科时，我的朋友奥尔加和布雷德里·怀尼指出了这一点。

———

奥尔加和布雷德里已经在莫斯科度过三年。奥尔加在澳大利亚大使馆负责移民方面的工作。他们目睹了"苏联帝国"戏剧性的结尾和一个新俄罗斯的诞生。奥尔加是我最亲密的朋友。她也出生在哈尔滨，并在悉尼长大，父母亲都是俄罗斯人。布雷德里是一名新闻记者，他在繁忙的工作之余抽时间学习俄语和写作。

怀尼夫妇是一对引人注目的佳偶。布雷德里一头鬈发，蓄着胡须，相貌出众，让人想起俄罗斯伟大的作家普希金。奥尔加是个灰眼睛的斯拉夫人，安详而美丽，像普希金童话中的公主。但切莫以貌取人，奥尔加远非梦幻中的仙子。由于俄罗斯政府放宽了对移民的限制，想移民到澳大利亚的申请潮水般涌来，奥尔加不得不采取新举措，应对这种局面。由于成绩卓著，她刚刚荣获澳大利亚政府颁发的奖章。

我把从里加带回来的宝贝给他俩看时,奥尔加像我一样,立刻被那些老照片迷住了。布雷德里却全神贯注于那些证书。他对我说,新克格勃正在开放档案,公布有关"大清洗"的文件。

"你可以和他们接洽,看看他们能不能给你提供有关你亲戚的情况。"他建议道。

"什么?去卢比扬卡?"我不由得打了个寒战。卢比扬卡广场位于莫斯科市中心,自从1917年十月革命以来,苏联国家安全的所有机关都隐蔽于其中,包括中央监狱——最初是契卡(Cheka,肃反委员会),后来是国家政治保卫局(GPU)、国家政治保安总局(OGPU)、内务人民委员部(NKVD,1946年改称"内务部"),最后是克格勃(KGB,或称"国家安全委员会")。1991年苏联解体后又有了联邦安全局(FSB)。会有什么变化吗?我深表怀疑。

莫斯科到处都有新建的餐馆,上流人士光顾的 Pirosmani 就是其中之一。在这家餐馆用餐时,我们谈论着克格勃以及过去三年来怀尼夫妇目睹的一些非同寻常的事件。早在1990年,为了与戈尔巴乔夫提出的"改革与新思维"相适应,克格勃试图以新的形象出现在世人面前。于是,克格勃新闻办公室开张了,一位身穿防弹背心的年轻漂亮的女郎被宣布为"克格勃小姐"。为了配合戈尔巴乔夫的禁酒令,"克格勃小姐"不喝伏特加,而喝橘子汁;她喜欢詹姆斯·邦德,还会卖弄几下空手道的拳脚——打的旗号都是"改善群众关系"。

1991年8月,当克格勃的头头克留奇科夫在苏联电视台宣布反对戈尔巴乔夫的政变时,真相大白了。毫不奇怪,当这场政变和苏联一起垮台的时候,激昂的人群第一个攻击的目标便是苏联秘密警察部门的奠基人捷尔任斯基的塑像。人们从美国大使馆建筑工地借来一台起重机，推倒了屹立在古老的卢比扬卡广场前的高大的"铁人费利克斯"塑像，标志着苏联时代的结束。

奥尔加对我说，大约一年前，1990年的8月30日，克格勃大楼对面的小公园里聚集了一群人，她也在其中，目睹了"极权主义受害者纪念碑"的揭幕仪式。整个仪式过程虽然平静，但意义深远。巨大的砾石都是从遥远的索罗温斯基运来的。列宁和捷尔任斯基年代，在北极圈稍南的一个岛屿上建立的苏联第一个强制劳动的集中营就在那里。

谁能相信，莫斯科当局竟然同意为惨死在克格勃和他们前辈之手的数百万人竖立一座纪念碑，而且就建在克格勃总部前面！

布雷德里解释说，那是一个具有纪念碑意义的事件，一场揭露真相和纪念受害者的运动。纪念碑的建立是持续了三年之久的群众运动的高潮。"1987年，戈尔巴乔夫对苏联共产党中央委员会说，现在是补写苏联历史的'空白'的时候了！纪念碑就应声而立了。"

几天以后，布雷德里陪我去卢比扬卡，一则满足他的好奇心，二则确保我不至于惹上什么麻烦。我们试着给联邦安全局打电话，想事先询问一下我们应该去哪个部门，但电话一直占线。我开始领教莫斯科典型的、运转不灵的公用电话系统了。"我们直接去卢比扬卡，然后敲门打听。"我颇有点虚张声势地说。

我们带着奥尼库尔一家人的证书，乘地铁前往卢比扬卡广场。实际上，我们两人都不相信会有什么具体结果。我们对司空见惯的、官僚主义的推诿搪塞——填写表格、验证身份、被告知"不行，不行,不行"——早已做好充分的心理准备。不过,这也没什么了不起!澳大利亚驻俄罗斯大使是我在堪培拉的同事。我已经征询过他,倘若我直接交涉不能奏效,他打算代表我,正式要求俄方提供有关我亲戚的信息。

在联邦安全局接待台,简单的问讯之后,有关人员让我们绕过拐角的一幢楼房,然后沿库兹涅茨基大街去另一幢大楼。接待人员事先打电话通知那里的工作人员,说我们一会儿就过去。

22号楼是一幢优雅而古老的建筑,显然是沙俄时期富商的宅第。一名警卫指给我们去接待室的路。楼内,捷尔任斯基的金属半身塑像依然监视着人们的行动。我很想把它拍摄下来,但布雷德里看出了我的心思。"连想也别想,"他警告我,"只记得你为什么而来就行了。"他会意地向墙上安装的双向镜瞥了一眼。

一位身穿蓝色牛仔裤、浅蓝色开襟短袖衬衫的三十多岁的年轻人从屏风后面走了出来。他一头亚麻色短发,显然刚从部队来。

"下午好。我是弗拉基米尔·尼古拉耶维奇……"他说一口带俄国口音的美式英语。那副随随便便的样子让我非常惊讶,以致没听清他的姓。我和布雷德里分别用俄语做了自我介绍,然后说明来意。

"接待处告诉我,你们是澳大利亚人……"他用英语说(我不明白,他是为了让布雷德里听懂,还是为了卖弄),"可是你的俄语讲得太棒了,简直听不出是你的第二语言。不过正如他们所说,你显然不是'我们的人'。"他扬了扬眉毛表示疑问。

我用俄语对他说,我是澳大利亚人,出生在中国,父母是俄罗斯人;并解释说,我正在访问我的朋友布雷德里和他的妻子,她在澳大利亚大使馆任职。

"来自哈尔滨？"弗拉基米尔问，这一次他说的是俄语。

我点了点头。

"有意思。"他狡黠地说，然后挥了挥手，让我们走进办公室。弗拉基米尔体现了"新克格勃"的面貌。

我向弗拉基米尔讲述了曾外祖母一家的经历。他们在20世纪30年代返回苏联，后来，在"大清洗"中被逮捕。我把那些平反证递给他，然后问，为了弄清楚他们的命运，我需要做什么。我还问，为什么阿布拉姆的平反证上没有提到"恢复名誉"？不出所料，他对我说，我必须把想要查询的问题写成书面材料。布雷德里和我交换了一下眼神。正在这时，电话铃响了，弗拉基米尔去接电话。

"官僚主义的推诿开始了……"布雷德里用英语悄声对我说。

"哦，我们已经走到这一步了，也许，最好继续走下去。"我悄声回答，接着向弗拉基米尔笑了笑。

"现在没有人搞镇压了，太太，"弗拉基米尔对着电话说，"我们只是忙着恢复名誉。"同时朝我眨了眨那双迷人的蓝眼睛，"请把你的要求寄到我刚才说的地址，你的问题将会得到妥善处理。"他放下电话，转过身来。

"请原谅，这个电话打断了我们的谈话。不过我们这样面对面谈问题，倒省了话务员的麻烦。我刚才说了，你得起草一封信，正式提出查询有关你亲戚信息的要求。然后，我们将设法查找也许还在档案馆里的档案。找到以后，就提供给你。我们现在就可以写这封信。我想，你的俄语写作水平一定像口语那么好？"

我点了点头。

"那么，好吧。我口授，你写。这样会快一些。"他递给我几张纸。

"先写地址——俄罗斯联邦安全局，莫斯科及莫斯科地区主管部门，恢复名誉小组。写信人——你的名字。接下来就简明扼要地写上——谨就我的亲戚，'大清洗'的受害者奥尼库尔一家人的命运提出查询请求，他们的名字如下。好的，下面空着就可以了，我会按证书上的名字替你填写，还会写下你的具体要求。我将要求有关机构提供所有准确的情况：他们被捕的时间、原因、被指控的罪名、任何其他信息以及遗留下来的照片、信件等。我这就去把这些证书复印下来，然后附在你的信上。"他边说，边打开身后一台小型复印机。我觉得，弗拉基米尔早已熟悉了这套程序。

"关于阿布拉姆·奥尼库尔恢复名誉的问题怎么办？"我问。

"那得写信给另外一个部门。"他回答说，"请把你的问题和他的详细情况写下来。其余的事由我来办。"弗拉基米尔把证书还给我，然后扫了一眼证书复印件。

"查找你亲戚们的档案也许得花费一些时间。那些档案肯定不在莫斯科。"

"可是我在莫斯科只能逗留两个多星期，我只是来探望一下在澳大利亚大使馆工作的朋友。"我指指布雷德里说。提一提我的熟人也许有助于加快他们办事的速度？

"既然这样，你最好委托你的朋友代表你接收我们提供的材料。"弗拉基米尔说，"那就请写：由于我本人很快就要离开莫斯科，故此委托澳大利亚大使馆的——写下你朋友的名字——接收所有证书和材料。再写下电话号码。接着写上，我还委托他全面了解有关犯罪案件的案情。"

从弗拉基米尔的嘴里不动感情地吐出"犯罪"这个词的时候，我不禁打了个冷战。

"签名和日期。就这些了。一有消息，我们就与你们联系。"

布雷德里和我从那幢大楼走进下午的莫斯科，好像患了弹震症[1]。卢比扬卡广场上几乎空无一人。布雷德里把一个底座指给我看，那上面曾经承载着捷尔任斯基的雕像。"捷尔任斯基被移走后，人们天天来敲击底座的砖石、瓦片。他们也许想，如果德国人可以把柏林墙上的砖石卖掉的话，捷尔任斯基雕像底座的瓦片为什么就不能也卖个好价钱呢？"我们穿过小公园，那里有一座用从索罗温斯基运来的巨砾建成的纪念碑。碑文很简单：

纪念极权主义统治下数以百万计的受害者

我拍了一张照片。这也许是曼娅、基尔什和阿布拉姆唯一的墓碑。

我觉得饿了，于是我们步行穿过莫斯科市中心的特维尔大街——大街两面耸立着一座座在斯大林现实主义指导下创作的灰色独石雕像——然后径直向普希金广场一家麦当劳走去。下午4点，交通高峰尚未到来。但是由于卢布贬值，用不了多久，长队就会绕过街角。布雷德里对我说，这家一年半以前开张的、极具"美帝"色彩的快餐店很受百姓欢迎，这让俄罗斯国内的某些人十分不快。但是，俄罗斯的确缺乏快餐食品，就连我这个发誓不吃"麦当劳"的澳大利亚雅皮士[2]也觉得"巨无霸"味道不错。

"哦，这个家伙和旧克格勃显然不同。"我说，回想起1987年我在苏联当记者时受到的对待。布雷德里的评价比我更冷静：

---

1 弹震症：也称战争疲劳症。因战争的残酷而感到极度恐惧和困惑的病症。
2 雅皮士：西方国家中，在城市工作的年轻能干、有上进心的白领人士。

"他们的新面貌固然不错,但我们还得看他们的实际行动。"

———

离开莫斯科前的最后一个晚上,我去探望外祖母的亲戚。临来俄罗斯前,外祖母才把这些亲戚的情况告诉我。廖瓦·拉亚克是我曾外祖父的姐姐的儿子。基尔什和他的兄弟们远去中国的时候,姐姐留在了白俄罗斯。20世纪20年代后期,拉亚克一家迁居到莫斯科。和加利娅一样,我们家在悉尼的人谁也没见过他。"以前你为什么没把这些亲戚告诉我呢?"记得我问过基塔。"没有什么理由。"她回答说,"你不可能去莫斯科,而且对他们来说,和我们这样的外国人联系是有危险的。"

在动身去廖瓦的女儿阿尼亚家赴晚宴的时候,我还不知道等待我的将会是什么。他们按照俄罗斯热情好客的传统接待了我,我还意外地见到了基塔的另外一位亲戚——我的曾外祖母的妹妹费佳·特西尔林的孙子。现在,我的曾外祖父母两系都有了代表。

晚宴期间,我们一次次祝酒,并想方设法厘清复杂的亲属关系,弄明白谁和谁是什么关系。最后大家一致认为,什么关系无关紧要,亲戚就是亲戚。

廖瓦舅姥爷八十五岁,是位典型的俄罗斯犹太老爷爷——个子不高,性格倔强,耳朵有点背,但头脑灵活,博闻强记。"无论你想知道什么事,尽管问我好了。"他骄傲地说。

"他会告诉你他应该告诉你的,也会告诉你他不应该告诉你的。"他的女儿阿尼亚笑着说。他的确如此。

廖瓦舅姥爷给我上了一堂奥尼库尔家族在白俄罗斯时期的历史速成课。他知道每一个人在哪一年出生在哪一个犹太小镇。他还记得,我的曾外祖父和曾外祖母,也就是他的舅舅基尔什和舅母切斯娜在20世纪30年代中期的什么时间从中国返回高尔基市与他们的孩子曼娅和亚沙团聚。孩子们在规模庞大的、新建的高尔基汽车厂找到了工作。奥尼库尔一家经常来莫斯科探亲。他们有时住在廖瓦家，有时住在切斯娜的妹妹费佳·特西尔林家。

到了1937年，由于"大清洗"，这一切突然中止。"像所有从中国回到苏联的俄罗斯人一样，奥尼库尔一家人被以间谍罪逮捕。"廖瓦舅姥爷说，"《刑法》上有一条专门针对间谍罪，但我忘记是哪一条了。"

"什么？"我惊叫起来，"他们不是为了躲避日本人才离开中国的吗？"

"没错。"廖瓦舅姥爷叹息了一声，说道，"可是，不要指望那个政府讲道理。那是个恐怖的时代。不过至少，你曾外祖母切斯娜和舅姥爷亚沙幸运地活下来了。"

从大伙儿的谈话中我得知，除了廖瓦舅姥爷二十二岁的孙子沙沙之外，出席阿尼亚晚宴的每一个人都认识切斯娜和亚沙母子。阿尼亚回忆起1957年切斯娜去哈尔滨探亲时带回来的礼物——送给她母亲的黑绸睡衣和睡裤、带镜子的粉盒，送给她的是一个小手提包。因为亚沙和加利娅没有孩子，他们就把阿尼亚当成自己的孩子那样疼爱。后来，阿尼亚和丈夫还去里加探望过他们。

"阿布拉姆的情况怎样？"我问廖瓦舅姥爷，"你见过他吗？"

"没见过。他没来过高尔基市或莫斯科。他去符拉迪沃斯托克（海参崴）学习过，后来被招募到苏联内务人民委员部——秘密警察部门。"他眼睛眨也不眨地说，"后来，他们指控他是日本间谍，就把他枪决了。强盗！"

"什么？"我大舅姥爷是间谍？我简直不敢相信。

可是仔细想想，为什么不可能呢？阿布拉姆一直是苏联公民，为苏联情报部门工作不是什么罪过。正如美国人为中央情报局工作，我自己也曾为澳大利亚情报评估机构工作并且认识情报部门的人，难道为苏联内务人民委员部工作有什么不同吗？

"阿布拉姆为苏联内务人民委员部做什么工作呢？"我天真地问廖瓦舅姥爷。

"我怎么知道呢？我从来没见过他。"他回答道，"即使见过，他也不会告诉我。"

我把在里加从加利娅那儿拿到平反证的事，以及在联邦安全局与弗拉基米尔会面的情况告诉了这些亲戚。"你曾外祖母切斯娜为了证明亲人们无罪到处奔波，"廖瓦对我说，"尽管经历了那么多艰难，她从不放弃。"

"也许联邦安全局会就这些事情给我提供更多的信息。"我满怀希望地说。

"我们要活下去，我们要看一看。"廖瓦舅姥爷引用了一句古老的俄罗斯谚语。自从1917年十月革命以来，他目睹了太多的风云变幻，不会轻易相信什么。"那些同志也许学了点儿新的工作作风，但我不相信他们骨子里会有多大改变。"

三天以后，我返回正值雨季的金边，注意力迅速转移到把先进的国际通信设施引进到一个基础设施遭到严重破坏的国家所面临的挑战。面前有各种需要解决的问题，还有各类需要进行的谈判，于是，短暂的莫斯科之行仿佛变成遥远的过去。

不出所料，我们从联邦安全局没有得到任何消息。

—ɯ—

几个月之后，想到怀尼夫妇在莫斯科的任期行将结束，我便打电话给奥尔加，问她有没有从联邦安全局听到关于奥尼库尔一家人的消息。一无所有。我们看法一致,到了催促一下新克格勃同志们的时候了。

奥尔加按照弗拉基米尔留给我的电话号码给他打电话时,又遭遇到苏联式的搪塞——没有人愿意主事或负责。

"是的,我是弗拉基米尔·尼古拉耶维奇。不,那天我只是在办公室值班罢了。我没有处理过任何这类的问题。你给9219627打个电话,那儿是值班室。"

"是的,03214号案件于7月21日交给维克多·阿历克塞耶维奇处理了,但他现在正在医院。也许你可以给叶芙金妮·尼古拉耶维奇打个电话,号码是9211697。"

奥尔加不停地打电话,终于引起了某种反响。

1992年12月,几封写给我的"代表"布雷德里的信寄到澳大利亚驻莫斯科大使馆。时值圣诞节和元旦假期,而且怀尼夫妇已经回到悉尼,信件又通过外交邮袋寄送,几个月以后才到达悉尼。奥尔加打电话到金边,告诉我这一消息,并把最重要的几份文件电传给我。但柬埔寨那时政治动荡,正处于选举前极度混乱的状态,我无力分心。几个月以后,我回到悉尼,收集整理文件时,才有时间把注意力集中在这些信件上。

第一封信来自下诺夫哥罗德安全局,苏联时代,那座城市叫高尔基市。在打印得密密麻麻的两页纸上,以无与伦比的夸张乏味的文体,概括了居住在高尔基市的奥尼库尔一家四口——曼娅、她的父母亲和弟弟亚沙——的遭遇。关于曼娅,信件这样写道:

玛丽亚·格里高利耶芙娜·奥尼库尔,于1911年3月23日出生于海拉尔,在汽车厂担任牙科医生,住在高尔基市奥克佳勃尔斯卡娅大街13号19号楼。她于1937年10月2

日被内务人民委员部高尔基市分部逮捕,据称,被指控为日本进行间谍活动。

根据苏联内务人民委员部和苏联检察官1938年1月7日的判决,依照《刑法》第58条之第6款……M.G.奥尼库尔(曼娅——编者注)被判处死刑,于1938年1月14日在高尔基市监狱执行。

根据苏联高等法院军事委员会1956年10月6日的决定,撤销苏联内务人民委员部和苏联检察官1938年1月7日的判决,并鉴于查无实据,决定撤回该案的诉讼。

随后是关于她父亲的一份同样简明扼要的报告。接下去是这样几行文字:

M.G.奥尼库尔和G.M.奥尼库尔葬在下诺夫哥罗德市布格罗夫斯基公墓。遗憾的是,由于在那个年代没有对这些人进行登记,因此,区分他们的墓穴是不可能的。但是,下诺夫哥罗德政府已经决定,在布格罗夫斯基公墓为被非法镇压的受害者建立一座纪念碑。

按照这份简要的报告,亚沙是以同样的罪名与曼娅一起被捕的。同样,按照《刑法》第58条第6款,他被判处服十年苦役,地点在斯维尔德洛夫斯克附近乌拉尔山下的苏联内务人民委员部伊夫德尔拉格劳改营。切斯娜晚些时候被捕,1938年6月14日,也以"为日本进行间谍活动"这一莫须有的罪名而被判处五年流放,并于1938年12月,被送往哈萨克斯坦的阿拉木图服役。廖瓦舅姥爷说得对,尽管他已经忘记具体条款,但他们都是依据那部臭名昭著的《刑法》第58条第6款,以日本间谍的罪名被逮捕的。

安全局的信中附有两张发黄的明信片，上面贴着伪满洲国的邮票——这是在奥尼库尔一家的档案中找到的唯一一件个人物品。这两张明信片是我外祖母基塔分别在1937年12月和1938年5月从哈尔滨寄给高尔基市的母亲切斯娜的，但这两封信从来没有交给过收信人。明信片上谈的都是些家务事，也表达了对在高尔基市的亲人们的深切思念。

第二批文件都与阿布拉姆案有关。第一份文件是一封信的复印件，是哈巴罗夫斯克（伯力）远东军区军事法庭对我请求俄罗斯联邦高等法院军事委员会提供有关阿布拉姆案件详情的那封信的回函。信函上依然印着苏联的标志——麦穗环绕的斧头、镰刀。这说明，他们已经在采取行动。有趣的是，信函说阿布拉姆已被"恢复名誉"。

大约一个月以后，联邦高等法院的证书寄来了，上面也有苏联的标志。信函是以外交照会的形式，从俄罗斯外交部寄到澳大利亚大使馆的，虽然简短，但提供的信息很多：

> 1957年2月6日，苏联最高法院军事委员会对阿布拉姆·格里高利耶维奇·奥尼库尔一案予以重审。阿布拉姆·格里高利耶维奇·奥尼库尔出生于1907年。1937年10月17日被捕，此前担任苏联内务人民委员部远东地区国家安全局第七处作战小分队中文翻译，后在没有任何证据的情况下被依照《刑法》第58条第1款和第58条第11款判处有期徒刑十年。1957年2月6日，苏联最高法院军事委员会予以重审。
>
> 决定撤销苏联内务人民委员部哈巴罗夫斯克（伯力）地区军事法庭1939年10月4日对阿布拉姆·格里高利耶维奇·奥尼库尔的判决以及苏联最高法院军事委员会1939年12月17日

对该案的裁决。鉴于查无实据，决定撤回该案的诉讼。

A.G. 奥尼库尔死后予以恢复名誉。

这么说，阿布拉姆竟然没有被枪决！死后他还恢复了名誉。可是，没有提及他被送到哪里服刑，也没提到他是怎么死的、死于何时。《刑法》第58条第1款是"叛国罪"，第58条第11款涉及"组织反苏活动"，可是，证书没有提供阿布拉姆所谓罪行的细节。他为苏联内务人民委员部工作的事实是白纸黑字写就的，但只是一名翻译。出身于通晓数国语言的家庭，阿布拉姆选择这种职业是可以理解的。

感谢新克格勃，使我暂时填补上奥尼库尔家族的空白。现在，我对他们悲惨的命运有了一个来自官方的说法：概括在四张半纸里的五条生命，最后以昭雪而结束。

不过，在曼娅、阿布拉姆、亚沙身上到底发生了什么，我依然不清楚。我能找出真相吗？

回想起在卢比扬卡大楼里与弗拉基米尔的会面，我确信，他提到过档案的事儿。我也记得，曾经委托我的朋友布雷德里去了解一下那些所谓的犯罪事实。我收到的这些文件显然是以什么材料为依据的。因此，肯定会有更多的材料。但那究竟是什么材料？藏在哪里？我怎样才能得到呢？

我想和寄材料给我的那些部门联系——关于曾经居住在高尔基市的奥尼库尔一家，和下诺夫哥罗德安全局联系；关于阿布拉姆的情况，和哈巴罗夫斯克（伯力）远东军事法庭联系。可是我后来又想，有什么用呢？他们不可能寄给我更多的材料。倘若确有档案，我得亲自到俄罗斯去看看，而且它们可能分别存放在辽阔疆域的东端和西端。档案中还会有其他材料吗？更多的、通篇都是首字母缩拼词和法律术语的证书吗?那些人是布迷魂阵的高手,去寻找更多、更有意义的材料需要走过一条漫漫长路。

我尽管疑虑重重,可是,尚未澄清的家族秘密可能就深藏在俄罗斯档案馆尘封的档案之中的想法却萦绕心头,挥之不去。

2

泪洒高尔基市

　　1994年，我在悉尼和下诺夫哥罗德的那位令人"眼花缭乱"的年轻市长相遇了。这是机缘，还是巧合？回想起来，正是许多异乎寻常的偶遇和一次次不可思议的巧合，才促成了我探索家族秘密的旅行。不过，最初纯粹是出于商业上的原因。

　　在亚洲工作了五年之后，一回悉尼，我就开始寻找在俄罗斯各地区拓展电信业务的机会。一天下午，一位同事邀请我去参加俄罗斯－澳大利亚商会主办的会议。讲演者叫鲍里斯·涅姆索夫，三十五岁，是下诺夫哥罗德市（高尔基市）的市长。

　　涅姆索夫口才好，聪明，有吸引力。他用流利的英语，描绘了一幅下诺夫哥罗德的繁荣景象，以及他的政府正在进行的改革。为了吸引外资企业，他们积极创造良好的投资环境。他曾是一位物理学家，切尔诺贝利核电站灾难之后，以反核活动分子的身份，开始了政治生涯。和过去经常来澳大利亚进行商业访问的那些疲惫不堪的俄罗斯官员相比，这是一个多么别开生面的变化！我渴望与他交谈，但没能找到一个接近他的理由。澳大利亚国家电信公司在俄罗斯的影响还没有远到俄罗斯中部。

我蓦地想起我曾在高尔基市的亲戚们。等涅姆索夫周围的人散去以后，我走过去，祝贺他精彩的演讲。

"我的几位亲戚曾经住在你的城市，后来悲惨地死去了。"我说。接着，向他简单地叙述了我从下诺夫哥罗德安全局收到的有关奥尼库尔一家命运的消息，"我怎样才能了解更多的情况呢？"

"'大清洗'期间，我们那座城市死了许多人。"涅姆索夫回答道，"如果你来访问，我们可以到档案馆查一查，看看能为你找到什么。"

他把助手的名字告诉我，建议我访问之前，先行联系。

两年以后，1996年11月，我真的付诸行动了。

此时，我又作为澳大利亚国家电信公司在越南、柬埔寨和老挝地区的业务主管在亚洲工作。安排到莫斯科和圣彼得堡度假的计划时，我想到，这是访问下诺夫哥罗德并且按照涅姆索夫的建议到档案馆查资料的好机会。从莫斯科出发，乘一夜火车就能到达下诺夫哥罗德。运气不错，涅姆索夫依然在那儿当市长。三个月之后，他就被叶利钦总统任命为俄罗斯的副总理了。

安排旅行时，我发现，对我来说，哈尔滨是连接悉尼和下诺夫哥罗德的纽带。一个亲戚安排我住在她哈尔滨时的一位中学同学家里。她的老同学在20世纪50年代移居到苏联，现在居住在下诺夫哥罗德。

去莫斯科前，我与涅姆索夫的助手取得了联系，并把下诺夫哥罗德安全局1992年寄给我的信传真给他。信中提供了有关奥尼库尔一家人的信息。我从莫斯科给他打电话的时候，他进一步确认，档案现在就保存在下诺夫哥罗德政府档案馆里。他还提供了联系人的姓名和电话号码。"到时候你先打电话给副馆长，让他安排个时间就可以了。"一切似乎真的得来全不费工夫，这让

2 泪洒高尔基市

我惊讶不已。

—❦—

在莫斯科,我与廖瓦舅姥爷一家又一次共进晚餐,还告诉他们,我准备去下诺夫哥罗德。尽管离上次聚会已过去四年,但气氛依然热烈而亲切。我把收到的那份简明扼要的文件拿给他们看。廖瓦舅姥爷的女儿阿尼亚大声读给父亲听,老人视力下降,看不清那些密密麻麻的字。这份文件的大部分内容进一步证实了廖瓦已经知道的信息,不过又补充了一些细节,唤起了遥远的记忆。这一次,廖瓦的弟弟雅可夫也参加了聚会。他是苏联时代的一位高级官员,身穿套装,骄傲地佩戴着战争年代获得的所有奖章。他也认识亚沙和切斯娜,20世纪30年代还见过基尔什和曼娅。

"曼娅是个什么样的人呢?"我问兄弟俩。

"她是个牙科医生。"廖瓦回答道。

"没错,这我知道,"我颇有点打破砂锅问到底的劲头,"可她是个什么样的人呢?"我很想知道曼娅其人到底是个什么样子,比如她喜欢什么,不喜欢什么。可是这两位说话坦率、严肃认真的老人显然没有理解我渴望知道这些细节的心情。

"她就是个普普通通的人。"廖瓦回答道,雅可夫随声附和,大伙儿都笑了起来。"没错,可是,我想知道,她看起来是个什么样子?胖还是瘦?业余时间她都干些什么?她有艺术天赋吗?"我断定,问曼娅有没有心上人也没用。

还是阿尼亚"引导"有方,让两个老人打开了话匣子。他们都说曼娅长得楚楚动人,亭亭玉立,聪明能干。她工作努力,也去度假。我认为,这是我此行得到的最重要的信息。

兄弟俩还告诉我,我的曾外祖父基尔什是位虔诚的犹太教徒,

舅姥爷廖瓦·拉亚克（左）是位典型的俄罗斯犹太老爷爷，性格倔强，博闻强记；他的弟弟雅可夫（右）是苏联时代的一位高级官员，骄傲地佩戴着战争年代获得的所有奖章

对犹太教法典[1]很有研究。可是，虽然父母笃信宗教，我的曾外祖母切斯娜却不信，她的孩子们也不信。亚沙和加利娅结婚时，切斯娜并不满意，因为加利娅不是犹太人。两个女人一直相处得不好，她们在里加一起生活时关系尤其紧张。

我离开之前，廖瓦叫我写下他舅舅基尔什和表妹曼娅去世的时间，以便为他们吟诵迦底什（Kaddish），就像给切斯娜和亚沙吟诵一样。迦底什是犹太人在死者周年纪念日为悼念死者而吟诵

---

[1] 犹太教法典：包括《密西拿》和《革马拉》在内的古代犹太教神职人员著作的合集，构成了正统犹太教宗教权威的基础。

的传统祈祷文。尽管廖瓦家的其他成员都不信教,但自从1929年到莫斯科以来,他自己一直参加莫斯科犹太大会堂唱诗班的活动。即使在苏联反对宗教仪式的动荡年月里也是如此。他的孙子沙沙是位年轻的、才华横溢的指挥家和音乐家,现在正在为振兴犹太教的唱诗艺术而努力。作为临别礼物,沙沙送给我一盘他的唱诗班的录音带。这盘带在俄罗斯很受欢迎。三年后,在悉尼我的家里纪念外祖母基塔时,我演奏了一首他们的歌曲。

启程往下诺夫哥罗德之前,我先去里加对加利娅进行了一次短暂的拜访。我想仔细看一看亚沙的私人信件和照片,还想请加利娅给我从头至尾讲一讲亚沙的工作经历。上一次在里加时,我的注意力一直集中在曼娅和切斯娜的照片上,忽略了亚沙的经历。

我们造访的第一个地方依然是公墓,凭吊亚沙和我的曾外祖母切斯娜。回家的路上,我问起亚沙去世的情况。加利娅告诉我,亚沙1985年死于误诊。在里加和莫斯科,医生们都按血液病治疗,事实上,亚沙是因骨髓炎而引起脊椎裂变。不过,这是在尸体解剖时才发现的。倘若医生们诊断正确,治疗及时,亚沙也许现在还活着。

在我和加利娅一起度过的短暂时光里,我详细告诉她我拿到奥尼库尔一家人的平反证之后发生的事情,又让她看了下诺夫哥罗德安全局寄给我的那份文件。我说,我准备去一趟下诺夫哥罗德,内务人民委员部有关奥尼库尔一家的档案一直保存在那儿的档案馆里。加利娅听了这些消息之后非常激动,但怀疑我的执着,摇了摇头。

"亚沙对您讲过他在劳改营受的折磨吗?"我问。

她的回答令人惊愕,完全出乎我的意料:"他什么都没有对我讲过!我只知道他们家的其他人都被捕过,后来都恢复了名誉。

他连自己被捕的事情也没提过,更别说去集中营了。"

我目瞪口呆。她真的对丈夫一生中如此重要的经历一无所知?她是羞于回答,还是怕我提出更多的问题?带着满腹狐疑,我离开了里加。

———

夜里,躺在从莫斯科开往下诺夫哥罗德的火车上,我不知道,在旅程另一端的档案馆里究竟能找到什么。虽然已经是11月,但车窗紧闭的车厢里热得喘不过气来。"下诺夫哥罗德——高尔基市,下诺夫哥罗德——高尔基市",我反复念叨着这座城市的新名和旧名,想使自己尽快入睡,但毫无效果。对这次档案馆之行,既感到困惑紧张,又充满期待。

最终,我还是向失眠症屈服了。我打开铺位旁边昏暗的灯,又看了一遍那两页关于奥尼库尔一家命运的简要报告。曼娅、亚沙、基尔什和切斯娜,四个人都被指控"为日本进行间谍活动"。为什么?我知道后来他们都被宣告无罪。可是,他们一到这个地方便被怀疑犯有间谍罪,难道他们真的做过什么吗?

我想起这天晚上临去火车站前和母亲的谈话。我满怀激动地给悉尼的母亲打了个电话,告诉她我终于要踏上前往下诺夫哥罗德的征程了。此刻,火车上的孤独与焦躁不安,加上最后时刻的满腹疑虑,使得母亲的话又回响在耳边:"你已经知道那个家庭都发生了些什么事情。你还想找到什么?你为什么不能消停下来呢?"

尽管时代变迁,历史发展,但"冷战"时期的阴影仍然笼罩着我的母亲,她依然心有余悸。但她的警告从来没有吓住我。相反,我现在就想知道在下诺夫哥罗德我能够找到什么。也许只是一些尘封已久的、通篇都是费解的"苏联式语言"的档案？我想起自己硬着头皮阅读《真理报》和《消息报》的情景。那些档案总比报纸更值得期待吧！这样一想，加上车轮有节奏的隆隆声，我终于平静下来，进入了梦乡。

第二天早晨，阿廖沙·卡里宁来车站接我。他是奥尔加·阿列克谢耶芙娜的儿子。在下诺夫哥罗德期间，我将住在奥尔加的家里。阿廖沙三十多岁，是位引人注目的年轻人，一位在下诺夫哥罗德大学做研究工作的物理学家。和阿廖沙一起来车站的还有他的朋友瓦季姆，也是一位学者。他有辆汽车，已经答应带着我游览这座城市。

清晨，驱车前往奥尔加·阿列克谢耶芙娜的公寓时，我的脑海里浮现出苏联时代这座城市的景象。高尔基市：一座封闭的、阴沉沉的军事工业堡垒，安德烈·萨哈罗夫[1]流放六年期间进行绝食斗争的地方，曼娅和她父亲被杀害的地方。

但是，今天的下诺夫哥罗德与昔日完全不同了。它已经变成涅姆索夫夸耀过的一座充满活力的城市。排列在宽阔街道两旁的19世纪欧式建筑物经过重新修缮，显得十分优雅，使人想起一百多年来这座城市作为俄罗斯国际贸易商会东道主的辉煌。它现在是新俄罗斯的第三大城市，又一次满腔热情地接受资本主义。这使得它的一些市民眼花缭乱，无所适从。

我对接待我的朋友们说，我此行的目的是去档案馆查阅亲戚们的秘密档案，也想看一看他们曾经居住过的这座城市。

---

1 安德烈·萨哈罗夫（1921—1989）：苏联核物理学家，对苏联核武器发展做出重要贡献，主张苏美合作消除核威胁（1968），被西方称为"苏联持不同政见者的代表人物"，获得1975年诺贝尔和平奖。

"你是怎样筹划从澳大利亚来这儿查阅档案的？"阿廖沙问。

我告诉他事情的来龙去脉，他连连摇头，似乎觉得难以置信。碰巧，涅姆索夫与阿廖沙是大学同学。阿廖沙一直从事严谨的物理学研究，而涅姆索夫却投身政界。

尽管我急着要去档案馆，但却很快发现，阿廖沙和瓦季姆已经安排这天带我去游览。我很难要求他们改变计划。

我放下行李，向奥尔加·阿列克谢耶芙娜问候以后，就给档案馆打电话，把去档案馆的时间推迟到第二天。然后，我在阿廖沙和瓦季姆的陪同下开始了"城市观光"。下诺夫哥罗德直到1990年才对外国人开放，所以我的两位向导非常高兴带着一个来自地球对面的参观者游览他们美丽的城市。

"像这座城市的历史一样，我们的游览也从古代城堡开始。"瓦季姆边说边驾车向河边驶去，"当然，现在只剩下城墙和塔楼还矗立着，不过这座城堡可以追溯到16世纪……"

我心里想的路线却不同。我最想参观的是20世纪30年代奥尼库尔一家在高尔基市住过的地方，但已经上路，而且，拒绝是失礼的。

古老的城堡坐落在一座俯瞰奥卡河与伏尔加河交汇处的小山上。从城堡望下去，那景色的确激动人心。我们在塔楼周围转了一圈，然后下山向河边走去。这时，我不禁想起曼娅。她肯定来过这里。我想象着，在阳光明媚的午后，她与相爱的人铺开餐巾野餐，或者手挽手沿着堤岸散步。

曼娅在高尔基市有相爱的人吗？一位亲戚隐隐约约回忆起，切斯娜曾经说过，曼娅和一位与妻子关系不好的医生相爱。那是一个复杂而浪漫的故事。没有人能说清楚，但我觉得好像我知道似的。

2　泪洒高尔基市

曼娅与高尔基汽车厂牙科诊所的一位男同事,让人忍不住猜测,他们是恋人吗

在曼娅的相册里,有一张她与一名男子的合影。我确信这就是她的爱人。两人都穿着白大褂——曼娅那件高领束腰,头发梳在脑后,包在一块白色的方头巾下。男子的白大褂敞开着,露出里面深色的西装和领带。这是一张拍摄在诊所办公桌旁的普通照片。但是仿佛有一种什么情愫跃然纸上。是曼娅热情的目光中会意的一瞥,还是两个人亲密依偎的姿势?也许是她双臂在胸前交叉,左手无名指上戴的戒指说明了什么?不管怎么样,我确信我明白那照片传达的信息。

有位年轻企业家在城堡的一座塔楼上开了一家小餐馆。在那儿吃快餐的时候,我把曼娅的照片和1992年安全局寄给我的那份关于奥尼库尔一家的报告拿给朋友们看。这里有我想参观的、他们生活过的地方：住过的房屋，曼娅和亚沙工作过的著名的高尔基汽车厂，曼娅和她父亲被杀害的监狱，还有埋葬他们的布格罗夫斯基公墓。

阿廖沙和瓦季姆耸了耸肩——这可不是传统的旅游路线呀。但就路程和时间而言，这很容易办到。因为担心布格罗夫斯基公墓关闭的时间早，那儿便成了我们要去的第一站。

"安全局给我的信说，我不可能找到他们的坟墓。"我瞥了一眼那封信说。我们向公墓的黑色大门走去，大门上方挂着一个铜钟。"信上说，那时候，坟墓都没有登记。"

"那只不过是压根儿就没有坟墓的一种比较好听的说法罢了。"瓦季姆说，"人们一被枪决，马上就被扔进一个坑里。"

"信上还说，当地政府打算为被镇压的受害者们建一座纪念碑，"我继续说，"那封信是1992年写的，纪念碑建好了吗？"

"几年前就竖立起来了。你也许想买个花圈或者一束鲜花吧？"

在大门外边，我买了一个用长青的冷杉和鲜花编成的花圈。走进公墓，一看见散布在白桦林里的墓碑，我的心就怦怦地跳了起来。白桦树使俄罗斯的陵园平添了几分温馨和忧伤，而这种氛围是澳大利亚陵园里没有的。纪念碑矗立在广场中央，离入口处不远。一块高大的砂岩上刻着碑文："永远纪念极权主义统治下的受害者"。纪念碑的每一侧都挂着几个花圈，还有不少花圈摆放在碑前。人们还把塑料花缠绕在纪念碑四周低矮的铁栅栏上。我默默地站了一会儿，然后把花圈摆放在碑前。

尽管这是一个令人心酸的时刻，可是说来也怪，我却有一种感觉，仿佛这一切和我的关系不大。我一点也没有觉得，曼娅与基尔什受尽折磨的灵魂就安息在这里。我想起卢比扬卡广场那座纪念碑以及通过请愿运动而将之建起的斗争。这座石碑同属经过多年的恐怖和沉默，而进行的恢复民族记忆的斗争的一部分。

返回城里，找到奥克佳勃尔斯卡娅大街13号的时候，我感到与我去世的亲人们的联系越来越密切了。那是一幢传统的两层楼房，窗户四周木框上的雕刻清晰可见。按照那份文件的说法，1937年10月，曼娅、亚沙和他们的父亲就是在13号楼19号公寓被捕的。如此说来，这幢具有乡村风格的房子必定是奥尼库尔一家曾经生活的地方，如今它还依然完好无损，这可真让人欣慰。这幢房子的传统风格和我对古老房屋的爱好产生了共鸣，我从各种角度给房子拍照，我的脑海里浮现出这样一幅图画：切斯娜打开窗户，基尔什叼着烟斗在屋外散步，而曼娅因为耽误了和什么人的约会，匆匆冲出房门。

我纳闷，19号公寓在哪儿？楼门里面，邮箱的编号是1号到8号。我突然想到，这幢楼房实际上并不很大，不可能容纳19套房子。阿廖沙说，也许战后重建，拆了旁边的房子。我再次向外看去，注意到13号公寓一边的砖墙参差不齐。没错儿！那边一定有过一幢同样大小的房子，只是已经被拆除了，而且拆除的时间并不长。

旁边有个修鞋的小亭，我向里面的一位妇女打听，她摇了摇头，一副不以为然的样子："我怎么知道这儿有过什么房子呢？就是有过，现在不是也没了吗？别烦我了！"可是旁边散步的一位病人证实，几年前那里的确有过一幢房子，不过他已经记不得房子是什么样子了。"它也是13号的一部分吗？"我问。"谁知道呢？时代变了，门牌号码也变了。"

下一站是位于市中心的曾经的高尔基市监狱。两幢五层红砖楼房，最近被涂成深黄色。从两楼中间的空隙望过去，能看见另外一幢更大的红砖楼房。它的旁边就是丑陋的灰色牢房。这就是曼娅和她父亲被枪杀的地方。也许，亚沙和切斯娜也曾被关在这里。我不由得打了个寒战。我从街上给这幢建筑物拍了照。然后，阿廖沙和我走进大门旁边的小接待室，以便更清楚地看一眼那个院子。

"我的这位朋友是从澳大利亚来的客人。"阿廖沙向接待室的门卫解释说，"'大清洗'期间，她的亲戚们曾经被关押在这里，因此她想看一看。"门卫扬了扬眉毛："好，看吧，但不要走出这间屋子。"她继续干她的文书工作。

我想碰碰运气，拍张照片，就向旁边那个房间的窗口移动。但门卫看见了我。"瞧，先生，"她对阿廖沙说，理也不理我，"我不管你的客人是从澳大利亚来的，还是从月球来的，这座监狱禁止拍照。现在就请你带她离开这里。"再无商量余地。

我们驱车驶过矗立着高尔基雕像的高尔基广场。阿廖沙朝旁边一幢结实的灰色四层楼房指了指。

"那是沃罗勃夫卡，秘密警察总部。"阿廖沙解释说，这座大楼之所以叫这个名字是因为它位于街角，而这条大街是以当地契卡的首任头头沃罗勃夫的名字命名的。"契卡、内务人民委员部、克格勃，现在则叫联邦安全局的总部，虽然名堂多，但从来就不是什么秘密。"

望着这个混凝土堆起来的庞然大物，我不知道，奥尼库尔一家人中谁曾在里面被审讯关押过。

话题回到古老的下诺夫哥罗德，我的心情好了许多，对那些宏伟的古建筑修复得那么好倍加赞扬。

"这是你的朋友涅姆索夫为吸引外资而做的努力，"阿廖沙笑着说，"倘若偏僻的街道也像这样就好了。"

和许多俄罗斯人一样，阿廖沙向老同学的改革表示敬意的同时，对迅速实现私有化对普通老百姓生活的影响感到不安。新俄罗斯人的消费在膨胀，而政府对社会公益项目、教育以及科学研究的投入越来越少。大学教授仅靠工资维持生计已经不可能，阿廖沙和瓦季姆都要依靠第二职业养家糊口。

下一个目的地是高尔基汽车厂。我们来到城外 15 公里处的一座卫星城，那里有众多厂房和一幢幢毫无规划、色彩单调的混凝土建筑物。公路的一侧坐落着一幢大楼，看似某公司的总部，其图标是红色背景下巨大的字母 GAZ，字母上方一头驯鹿在奔跑。公路另外一侧的路标上写着"汽车厂"三个大字。这就是亚沙和曼娅曾经工作过的高尔基汽车厂。

我们离开大路，向工厂驶去时，阿廖沙解释说，这些年来，高尔基汽车厂已经发展成俄罗斯的"底特律"，拥有二十五万名员工。汽车厂现在是这一地区的名字，有自己的地铁站。我立刻意识到，要想找到奥尼库尔姐弟工作过的地方大概不可能了。但瓦季姆停下车，问我想不想进去逛一逛。

"我们可以打听一下医院在哪里。"想起曼娅曾在汽车厂的医院当过牙科医生，我禁不住试探说。

经过多方打听，终于找到进入医院区的道路。这里的许多大楼都太新了，不像是 20 世纪 30 年代的建筑。一位医生指给我们看对面的一幢赭色旧楼。墙上的标牌上写着"市立医院，汽车厂区 37 号"。我猜想，这是一所综合性医院。

尽管黄昏很快来临，当天的门诊也已经结束，一位护士和几名清洁工还是允许我们在用氨水擦洗过的走廊里转悠了一会儿。和其他许多建筑物不同，这幢楼房使人感到它属于 20 世纪 30 年代。

我想象着，曼娅身穿白大褂，在房门关闭的某个诊室里给病人看病，或者在台灯旁边填写病历。台灯，就是我在照片上看到的那盏。

我们正打算走回汽车，一位衣着考究、神态威严的中年妇女走出楼门。她回转身，问我们是否在寻找什么特别的东西。

"是的，"我说，"1936年的汽车厂牙科诊所。"

她微微一笑，说："就在这幢楼里。"啊，终于找到了！这就是曼娅曾经工作过的地方！我感到一丝欣慰，没有让阿廖沙跟着我白跑。

离开汽车厂区之前，瓦季姆又驱车前往基洛夫大街，寻访安全局信中提到的第二个地址——23号楼15号公寓。在曼娅等被捕八个月之后，我的曾外祖母切斯娜也在这里被捕了。

基洛夫大街上，宏伟的公寓大楼鳞次栉比，其建筑风格显然是斯大林主义的——新古典主义与功利主义相结合的产物。可是，23号大楼已经无影无踪了。我想起在奥克佳勃尔斯卡娅大街上那位老人的话——时代变了。也许，自从20世纪30年代以来，这里一幢幢大楼的门牌号码早已被重新编排过了。我突然感到疑惑，其他人被捕之后，切斯娜为什么跑到离奥克佳勃尔斯卡娅大街这么远的地方居住？而亚沙和曼娅又是怎样通勤于城市两端的汽车厂和住家之间的呢？

一天的奔波之后，我回到奥尔加·阿列克谢耶芙娜家。虽然疲倦，但心里感到几分高兴。这座城市毕竟还有我的亲人们在比较幸福的年月居住和生活过的几个地方。面对他们的不幸，把这种意象保留在心里也是一种慰藉。

第二天早晨，我们动身去位于斯图登切斯卡娅大街上的档案馆。对于将会看到什么，或者将经受怎样一个官僚主义推诿过程，我一无所知。但我肯定，会有一个过程。我随身带着作为身份证明的护照、奥尼库尔一家人的平反证书的复印件、下诺夫哥罗德安全局的信函以及我给涅姆索夫市长办公室发的传真。阿廖沙坚持在上班途中送我到档案馆，以防不测。事实证明，这是相当明智的。

档案馆副馆长是位和蔼可亲、办事认真的女士。她有事就办事，不浪费时间闲谈。这很合我的意，我本来就是来办事的嘛。

"我虽然知道你很想查阅档案材料，又没有太多的时间，但是，你首先得办理正式手续。如果想让我为你提供进一步的帮助，请尽管提出。"她安排一位办事员为我办理书面手续。

"早上好。"我客气地说。办事员没有回应。在俄罗斯，一些行政人员依然保留着苏联制度下那种好摆官架子的陋习。这位办事员便是其中之一。

"你的身份证和证书呢？请出示。"她打起了官腔。

我拿出护照和1992年收到的下诺夫哥罗德安全局寄给我的信函复印件。

"手续固然齐全，可是你用什么证明你是奥尼库尔家的亲戚呢？何况你和他们也不是同姓呀。"办事员一副盛气凌人的样子，"你有证明吗？"

这个女人当真相信我能拿出一纸文书，证明"穆斯塔芬"是已故的奥尼库尔一家人的亲戚吗？

"我怎么证明呢？我出生前，他们中的多数人就去世了。"我回答说，泪水在眼眶里打转。"连克格勃也没有提出过这样的问题。"我对阿廖沙说，故意提高嗓门，让她听见。尽管阿廖沙主要让我去交涉，但对他的在场我还是非常感激的。

等待了那么久的档案近在咫尺,我本来异常激动,却偏偏栽在这个冷漠的小官吏手里,我好不伤心,不由得哭了起来。我对自己情绪失控感到难堪,但又决定利用这种失控扭转局面。"好吧,看来我只能感谢涅姆索夫办公室让我来试试,不过得告诉他们,因为没有恰当的证明,无法满足档案馆的要求。"我以轻蔑的口吻对阿廖沙说。

"稍等一下。"那个办事员匆匆离开办公室。过了一会儿,副馆长和一位男子走了进来。后者正是档案馆的馆长。他正是涅姆索夫办公室叫我联系的人员之一,所以我对这个名字很熟悉。"不要激动,女士,别哭。"他说,"你需要的档案马上就拿来,如果还有什么问题或者需要其他帮助,请直接提出来。"

阿廖沙上班去了。我被领到阅览室,里面有一排排桌子,好像是学校的教室。有几个人坐着,仔细查阅档案。除了纸张翻动的沙沙声和偶尔有人压低嗓门的说话声之外,阅览室里一片寂静。我坐在桌子旁边等待着,仿佛过了好久好久。实际上,档案保管员在几分钟内就返回来了。

五卷早已褪色的红棕色档案摆在我的面前,每一卷都用变了色的布条牢牢地捆扎着。我盯着档案。现在怎么办?我从来没有真正相信这一时刻会来临。

打开第一卷——曼娅的档案——一股寒气顺着我的脊柱向下窜去。头一页是张便条,是内务人民委员部国家安全局高尔基市分局局长工整的手迹,日期是1937年10月7日。上面说,依据《刑法》第58条第6款之规定,曼娅被指控"为某一外国情报部门从事间谍活动",现被拘押在高尔基市监狱。后面是一张搜捕令,日期是10月2日。接下去是一份有关个人详细情况的登记表。然后是一页页手写的审讯记录"问/答""问/答"。映入眼帘的名字，有的我从来没有听说过，也有的似曾相识。

我感到一阵头晕目眩。四十多年来，除了整理档案的人以外，没有一个人翻阅过它们。摊在我面前的是亲人们的生命——他们的秘密。我觉得自己像个喜欢刺探别人隐私的人。这与偷看别人的信件有什么区别？我闯进了我从来没有见过的人的生活，我有什么权利这么做？可是，我要去揭露的非正义行为是那么穷凶极恶。我有权利停下来吗？我仔细查阅曼娅的档案，是为了了解里面的内容。

审讯记录第一页问的都是个人一般情况。在第二页，曼娅回答"nyet"（俄语"不是"）达七次之多。大多数问题与俄国革命和国内战争期间的活动有关。她生于1911年，对1917年前后的问题当然一无所知。下一页就直奔主题：

问：你是在什么时候被招募为日本情报机关的间谍的？
答：我从来就没有被招募过。
问：你在撒谎。我们的调查已经证实，你在海拉尔居住期间就被招募进日本情报机关了，后来，为了进行间谍活动，你又潜入苏联领土。你承认吗？
答：不，我不承认。
问：抵赖是没有用的。我坚决要求你老实交代这个问题。
答：我重申，我从来就不是日本情报机关的间谍。

经本人审阅，记录属实。

下面是曼娅和审讯者的签名。我目瞪口呆。惊异的不只是我正在阅读的材料的重要性，而且还有被记录的细节。从安全局的函件，我已经知道曼娅是因日本间谍的罪名而被逮捕的。可是，

С. С. С. Р.
НАРОДНЫЙ КОМИССАРИАТ ВНУТРЕННИХ ДЕЛ
Управление Государственной Безопасности УНКВД по Горьк. обл.

ПРОТОКОЛ ДОПРОСА

К ДЕЛУ № 10023

193 7 г. мес. дня. Я _____ (должн. наимен. органа) _____
гр. _____ допросил в качестве обвиняемой
(фамилия)

1. Фамилия _Онихул_
2. Имя и отчество _Мария Григорьевна_
3. Дата рождения _1911 г. рождения_
4. Место рождения _г. Хайлар КВЖД_
5. Местожительство _Автозавод. Соц. город Октябрьская ул. д. 13 кв. 19_
6. Нац. и гражд. (подданство) _еврейка, гр-ка СССР_
7. Паспорт _28 февр при аресте_
   (когда и каким органом выдан, номер, категор. и место приписки)
8. Род занятий _зубной врач на заводе им. Молотова_
   (место службы или работы и должность)
9. Социальное происхождение _из семьи торговца_
   (род занятий родителей и их имущественное положение)
10. Социальное положение (род занятий и имущественное положение)
    а) до революции _на иждивении родителей_
    б) после революции _с 1931 года служащая_
11. Состав семьи — Отец Григорий Матвеевич, 63 л., мать Цецилия Абрамовна 58 л., на моем иждивении, брат Яков Григорьевич 23 л. арестован органами НКВД, брат Адам — 34 л., проживает в г. Виндавшоре.
    (близкие родственники, их имена, фамилия, адреса и род занятий)

    подпись

这里是白纸黑字的指控。

其他记录都是关于曼娅在海拉尔的生活情况。在一张字迹不太清晰的纸上，我突然看见"上海"两个字。曼娅对审讯者说，1933年她去过上海。去符拉迪沃斯托克（海参崴）以前，曾经在上海一家"妇女工作室"当过牙科医生。20世纪30年代的上海，处处是引人入胜的东西方文化相融，这点一直吸引着我。谁也不曾告诉我，曼娅曾经在那里居住过。也许他们压根儿就不知道。

几页纸后，我外祖父的名字——扎列茨基——映入眼帘。我吃了一惊，因为这表明，就连苏联内务人民委员部也知道他。审讯者问曼娅是否认识他。

> 答：认识，我和扎列茨基很熟。他是我姐夫。他是个商人——一个贩牛的商人。我动身来苏联时，他住在哈尔滨，而且现在依然住在那里。他的身份是苏联公民。

这些情况我都知道。然而，下一个问题却是我始料不及的。

> 问：你知道他是俄罗斯法西斯党党员吗？

我外祖父是俄罗斯法西斯党党员？简直不可思议！他是犹太人，在哈尔滨居住期间又持有苏联公民身份证。我听说，20世纪30年代，俄罗斯法西斯分子的哈尔滨帮，既反对犹太人，又反对苏联。外祖父怎么会和他们同流合污呢？曼娅回答说，她对扎列茨基是俄罗斯法西斯党党员的事一无所知。这些档案中，还有什么捏造的东西呢？

继续翻下去，我看到一页字迹稀疏的纸，其抬头是"摘自

1938年1月7日第273号判决书":

核准:
高尔基地区内务人民委员部呈递的指控材料符合1937年9月20日内务人民委员部第00593号命令。

判决:
玛丽亚·格里高利耶芙娜·奥尼库尔
执行枪决。
1911年出生,海拉尔,中东铁路。

签字:
苏联内务人民委员、最高安全人民委员叶若夫
苏联总检察长维辛斯基

右边还有一张手写的便条:枪决,1938年1月14日,高尔基市。上面有一个字迹模糊的签字。

我浑身冰冷,凝冻了一般。判决书严厉刻板、毫无人性。只用三句话和一周的时间,便结束了曼娅短暂的生命。

叶若夫和维辛斯基这两个名字我只在书中读到过。在俄语里,叶若夫和"大恐怖"是同义词。维辛斯基是20世纪30年代莫斯科作秀式公审中阴险恶毒的公诉人。这些人和我们的曼娅——一个从海拉尔来的二十六岁的牙科医生有什么关系呢?他们想过自己签署的是什么吗?

泪水模糊了我的眼睛。我真想大喊一声,打破这可怕的沉默。可是,朝四周瞥了一眼,便恢复了理智。人们静静地坐着,一页

接一页地翻阅档案。毫无疑问,每个人都沉浸在自己的悲痛之中。自从走进这个房间,我一直没有注意到新来的"读者"。前面,坐着一位档案保管员,鼻梁上架着一副眼镜,埋头做自己的工作——就像是一个监考的女教师。这里不是儿戏的地方。我低下头,重新翻阅档案,做笔记。

审讯记录一页接着一页:问/答,问/答……我几乎完全被它们淹没。我从来没有想到这些档案这么详细,或者说这么直截了当。我也从来没有真正想象过它们会是什么样子。我只是主观臆断,那些记录可能满篇都是令人费解的"苏式行话"。

我突然意识到任务的艰巨性。我在下诺夫哥罗德只有两天的时间,面前却有五卷档案,其中多数材料用俄文手写,字迹常常难以辨认,又是苏联的官样文章,以致我常常无法立刻明白其中的含义。怎样才能看完呢?

在研究俄罗斯档案方面,我当然是个生手,没有从"战略"上仔细考虑过如何做这件事情。允许拍照吗?如果允许,得拍多少?

我仔细查看面前的档案。每卷上有一个名字和一个编号。曼娅、基尔什、切斯娜和亚沙,每人一卷。第五卷是谁的呢?档案上的名字写着"伊萨克·瑙莫维奇·奥尼库尔"。因为家族成员的姓名常常萦绕在脑海之中,所以我立刻认定,这是曼娅和亚沙的堂弟。我想起姨姥姥罗尼娅在悉尼曾经谈到过她的弟弟萨尼亚,在20世纪30年代从海拉尔去了苏联,也是杳无音信。萨尼亚是伊萨克的缩写,因此档案上这个人肯定是他!罗尼娅从来没有对我提起过萨尼亚去过高尔基市,因此我从来没有问过他的档案,下诺夫哥罗德安全局寄来的那份简明扼要的报告中也没提到过他。多么意外的收获!

正在这时,那位值班的档案管理员向我走过来。"一切都顺利吗?"她问。

我应该感谢她额外提供给我的那卷档案吗?转念一想,我改变了主意。她也许会把它拿走呢!"要读的那么多,时间又那么少,"我叹了一口气,"可以复印这些档案吗?"

档案管理员向我解释了有关规定。全部复印是不可能的。也不允许复印除家庭成员以外的任何人的证明材料。她建议,如果我想复印,今天下午就把尽可能多的材料交给她,剩下的第二天下午再交给她。她解释说,档案馆只有一台复印机,而且,为了使我顺利把材料从俄罗斯带走,不被其他执法部门刁难,还有许多文书工作要完成。

我尽可能多地抄录档案,越发看出在所谓的审讯中编造出来的案件是多么地荒唐。这使我深感悲伤。所有这一切都是在毁灭生命。但是手头正在做的工作又要求我聚精会神。我注意到,档案材料被重新整理和编号时,真正丢失的页数不多。所有的名字无一缺失——我的亲戚、审讯人、告发人。这和我在澳大利亚档案馆查阅过的档案相比真有天壤之别。那些档案常常整行整行地被涂抹掉。

下午晚些时候,我是档案馆中唯一的"来访者"了。这时,馆长走进来了解我的进展。他拿给我几册当地政府出版的过去的秘密文件。这些材料揭露了"大清洗"时期高尔基市发生的一幕幕悲剧。他说,这也许有助于我把亲戚们的遭遇和当时的时代背景联系起来。他还说,第一本《纪念册》正在编排,上面列着"大清洗"遇难者的名字。他问我是否有曼娅或者她父亲的照片,如果有,可以附在《纪念册》中。我想,这是当地请愿运动的另外一种表现形式,也是对受害者的纪念,于是从提包里找到曼娅的几张照片，愉快地交给他们去复印。

我精疲力竭，返回奥尔加·阿列克谢耶芙娜舒适的公寓便沉沉睡去。第二天，档案馆刚刚开门一分钟，我就匆匆而来。我对照原件检查复印件，填补印得不清楚的字句，把不能复印的部分记在笔记本上，整整忙了一天。那天下午闭馆时，我带着我的战利品——132页档案复印件和写得满满的笔记本走出档案馆。关键时刻，我设法辨认出最难识别的字迹。我利用星期六在悉尼俄语学校学习的十年，真是没有白费。

虽然我将在晚上离开下诺夫哥罗德前往莫斯科，但还有时间和阿廖沙最后一次游览这座城市。沿着鲍尔莎娅·波克罗夫斯卡娅大街，我们看见两块并立的霓虹灯广告牌。第一块用俄语和希伯来语写着"格鲁津斯卡娅大街5号甲——犹太会堂"。第二块写着"格鲁津斯卡娅大街7号甲——吃角子老虎[1]"。两块牌子上都有一个箭头，指向一道拱门。

"我们去看看那座会堂吧，"我对阿廖沙说，"我曾外祖父也许在那儿祈祷过。"

穿过拱门，马路边有一幢19世纪的装饰华丽的楼房，墙体油漆成那个时代特有的黄白相间的图案。一个留着长长的黑胡须、身材魁梧的男人正在院里起劲地打着手机。他竟然就是这里的拉比（Rabbi）[2]雷帕·格鲁兹曼。拉比一边带领我们上楼参观新近开

1　吃角子老虎：一种以扑克牌图案表示得分的赌具。
2　拉比：在犹太法律、仪式及传统方面受过训练的人，并被任命主持犹太教集会，尤指在犹太教堂中担任主要神职的人。

放的犹太会堂，一边给我们讲述它的历史。这座会堂是由当地的犹太人和参加下诺夫哥罗德商品交易会的商人们在1883年修建的，1938年被关闭，变成金属制品与细木工车间。1991年，一小群犹太人在拉比的领导下，成功地使这座犹太会堂重归社区并且重新开放。

"这座会堂会是我曾外祖父1937年到1938年在高尔基市居住期间祈祷过的那座犹太会堂吗？"拉比确信是的。因为除此之外，高尔基市没有别的会堂了。

回到市中心，大街上行人熙熙攘攘，有的在回家路上抓紧最后一分钟购物，有的信步从布置精美、颜色柔和的临街店面走过，浏览着商店橱窗。夕阳下，下诺夫哥罗德洋溢着一种轻松愉快的气氛。我不知道，20世纪30年代中期，在它的人民憧憬着正在建设的美好未来的短暂年月，在忧虑和恐怖摧毁这座城市和它的人民的前夜，城市里是否有过类似的宁静与温馨。我想起过去的宣传片中那些意志坚定的苏联青年，耳边仿佛响起那激动人心的爱国歌曲：

> 到处是美丽的田野、湖泊和森林的祖国，
> 养育着牛羊、鱼虾、谷物和树木。
> 我想象不出任何别的国家，
> 人们可以挺起胸膛，自由地走来走去……

突然，宛如幻梦中的歌声被打断。

"俄罗斯爱国者的报纸，请订阅。"一个老年妇女把一张传单塞到我手里。

"扔掉它，"阿廖沙说，"她是个疯子。"

这是一份为名为《黑色的世纪》的报纸做宣传的传单,那份报纸是由"全俄罗斯东正教君主主义运动"发行的。传单上面印着沙皇的徽章和旗帜,写着"为了信仰、沙皇和祖国",它声称反对"犹太民族主义的'半法西斯'现政权",并且呼吁那些尚未选择百事可乐、旅游鞋的人为实现统一的、不可分割的、东正教的俄罗斯而斗争。难道沙俄时代对犹太人集体迫害的阴魂仍未驱散?早在19世纪与20世纪之交,基尔什与切斯娜离开俄国前往中国东北时,这些人的前辈就曾高呼这样的口号。现在,他们又旧调重弹,有些东西似乎从来也没变过。

"哦,这至少是新俄罗斯享有自由的一种表现吧,就连黑暗势力也学会了市场推销。"我边说边把那张传单塞进手提包,作为纪念品。过了一条马路,自由又以另一种形式表现出来。这一次,把传单塞进我手里的是一位身穿又透又露的短裙的年轻女郎。这张传单是为"爱心皇后俱乐部"做广告,邀请人们去观看来自尼罗河畔的一个皮肤黝黑的男人表演的货真价实的脱衣舞。

从"黑色世纪"到"黑色的"色情表演——1996年的下诺夫哥罗德真是应有尽有!我想,尽管20世纪30年代中期这里曾洋溢着乐观主义情绪,但肯定没有这种选择的自由。

跟阿廖沙和他的母亲匆匆吃过告别晚餐以后,我把在档案馆找到的奥尼库尔一家人的材料拿给他们看。再过几个小时,我就得乘火车返回莫斯科了。

"我们去过的奥克佳勃尔斯卡娅大街上的那幢楼房不是你的亲戚们住过的地方。"阿廖沙匆匆翻阅过那些材料后平静地说,"实际上,我们去错了地方。"

"什么？我想他们也许没在那幢楼里住过，可是他们肯定住在奥克佳勃尔斯卡娅大街上呀！"

阿廖沙把曼娅第一份审讯记录上的地址指给我看：

"汽车厂，索茨戈罗德，奥克佳勃尔斯卡娅大街，13号楼19号公寓。"

俄语中，索茨戈罗德（Sotsgorod）是"社会主义城"的缩写。这个意思我还懂。

"索茨戈罗德是20世纪30年代为工人们在汽车厂附近建设的居住区。"阿廖沙解释说，"我们开车路过那儿，在基洛夫大街附近。你亲戚住过的奥克佳勃尔斯卡娅大街一定在那里。"

我很沮丧。阿廖沙继续飞快地翻阅着档案材料。

"哦，我明白了。"他边说边把亚沙第一份审讯记录上的地址指给我看，"街名改了，那时叫科姆索莫尔斯卡娅大街。瞧，地址在这儿。"上面写着：

"汽车厂，索茨戈罗德，科姆索莫尔斯卡娅大街，13号楼19号公寓。"

多么犀利的目光啊！阿廖沙是当之无愧的科学工作者。"我们在寻访之前能看到这些档案材料就好了。"阿廖沙说，"我想，科姆索莫尔斯卡娅大街依然在汽车厂区。一定有一个同名的地铁站。"

可是很遗憾，已经没有时间再返回去寻找了。瓦季姆在半小时内就要开车来接我们去火车站。我的珍贵的档案材料把桌子铺得满满的，而且我还得收拾行装。奥尔加·阿列克谢耶芙娜建议我多待一天。她提出给车站工作的朋友打电话，马上给我调换车票。但这是不可能的。一切早已安排就绪，第二天晚上，我要离开莫斯科前往圣彼得堡。阿廖沙答应，他将在随后几周去科姆索莫尔斯卡娅大街，如果找到我想找的那幢大楼，他就把拍摄下来的照片寄给我。

我们开车去火车站时，夜幕已经降临，整座城市一片寂静。雨下个不停，路面闪闪发光。奥克佳勃尔斯卡娅大街那幢乡村风味十足的木屋浮上我的脑际，但又被基洛夫大街那尊独石雕像遮挡。我想，奥尼库尔家在索茨戈罗德住过的房子也许和奥克佳勃尔斯卡娅大街那幢房子十分相似。那是"社会主义城"的特征。他们住的地方离工作单位很近是合乎情理的，否则往返于旧城与工厂区之间会耗费太多的时间。

———

夜晚，在返回莫斯科的火车上，我匆匆浏览着档案材料复印件，里面的信息量远远超出我的想象，以致一时难以"消化"。我完全沉浸在他们生平细节的叙述之中。现在，我至少掌握了奥尼库尔一家人自述的历史——从白俄罗斯的犹太小镇，到中国东北，再到后来在高尔基市的生活。

可是，床铺上方的小灯泡太昏暗了，我不能继续读下去。几天来精力高度集中和心情激动使我精疲力竭。我把装着档案材料的手提包，连同照相机、装钱和证件的皮夹子以及其他值钱的东西，统统放在床铺下面的金属箱内，然后躺下睡觉。在下诺夫哥罗德三天不同寻常的经历在我脑海中一幕幕闪过。

没找到奥尼库尔家在高尔基市住过的房屋固然使我失望，但也没有关系。我在下诺夫哥罗德看到的东西，足以使我对20世纪30年代高尔基市的面貌形成一个清晰的印象。何况档案材料提供的信息又多得超出了我的预期。我现在可以开始探索之旅了：他们是什么样的人？又是什么驱使着他们的命运沉浮？

我蒙眬睡去，脑子里一片混乱。我想起了外祖母基塔。在我到达下诺夫哥罗德的第二天，母亲曾从悉尼给我打电话，说外祖母因心律不齐住进医院。好在她的病情已经稳定。但她毕竟已是八十五岁高龄，我明白，她的日子屈指可数了。

我把在档案馆发现的材料告诉母亲时，她竟然无动于衷。显然，她认为我应该赶快返回悉尼陪伴外祖母，而不是在世界的另一边查阅过往的什么材料。

我相信，倘若外祖母知道我正在做的事情，她肯定会理解我。她总是毫无保留地信任我。但我没有告诉她，我正在搜寻前克格勃的档案；也没有告诉她，我已经发现她的亲人的命运。我想，经过这么多年风雨的剥蚀，我的发现只能唤起她痛苦的回忆。不过，我曾把1992年从里加带回去的照片给她看，她还认出了许多来自白俄罗斯和中国的朋友。

到了1996年，她的记忆已不总是那么清晰了。有时候，她回忆起熟悉的名字、面孔以及和他们有关的故事，好像那些事情就发生在昨天。另外一些时候，她却连亲属也认不出来。值得欣慰的是，1991年，一次我从亚洲访问回来后，与她做过一次长谈，并录了音。那次谈话涉及她记忆中的早年生活，并把她历年来对我讲过的许多片段串联在一起。就像我从里加带回来的照片一样，基塔讲述的珍贵往事为档案中的信息提供了背景资料，并且帮助我把奥尼库尔一家人的生活片段拼合在一起。

3
到中国去

问：你在什么时候，因为什么原因去了哈尔滨？
答：我丈夫的哥哥在 1908 年移居到哈尔滨。和他取得联系以后，我丈夫也决定去哈尔滨找份工作。这样，我的丈夫基尔什·奥尼库尔在 1909 年去了哈尔滨……几个月后，我追随他而去。但去的地方没哈尔滨那么远，而是到了海拉尔，因为我丈夫在那儿找到一份工作和住的地方。

这是我曾外祖母切斯娜 1938 年 6 月在内务人民委员部审讯记录中和审讯人的第一次对话。根据审讯记录前面的个人生平调查表，切斯娜于 1881 年出生在白俄罗斯明斯克省鲍里索夫（Borisov）附近的米里索夫村。她是一位小商人的女儿，没有上过学，全靠自学。

从俄罗斯返回后，我开始整理获得的档案材料。在埋头研究他们被无端指控的"罪行"之前，我想先弄清楚奥尼库尔一家是什么样的人、他们在海拉尔和哈尔滨过着怎样的生活。我从来没有想到，这些档案材料会对奥尼库尔一家的生活提供那么多有价值的细节。而这些信息和对他们的指控并没有直接联系。

我找出1991年6月录制的我和外祖母基塔长谈的录音带。那时候，我对苏联内务人民委员部的档案还一无所知。现在，基塔的讲述使档案材料中的信息鲜活起来，而档案材料又给基塔的讲述补充了事实根据。

我和基塔的谈话是在悉尼蒙特费尔犹太人养老院她的房间里进行的。她是在八十一岁生日后不久，为了和周围的人有更多的交往，得到更好的照顾，从我父母那儿搬到养老院的。

我请她从头开始，详细讲一讲她的父母亲、他们在白俄罗斯的生活，然后说一说她自己在哈尔滨和海拉尔的生活。起初，她看见录音机就有点儿紧张，可是一开口讲话，就显得头脑清楚、谈吐动人，一点儿也不畏缩了。

基塔对他们在白俄罗斯的生活所知不多，她解释说，母亲带着她和两岁的哥哥阿布拉姆去海拉尔的时候，她才是个六个月大的婴儿。

"从什么地方去的？"我问。

"我说不准。大概是某个省的某个偏僻的小村庄吧。我想，是莫吉廖夫。很遗憾，我没有向我母亲问过更多的问题。"她叹息着说。

根据曾外祖父基尔什的档案和在莫斯科与廖瓦舅姥爷的谈话，我现在知道，那个地方是莫吉廖夫市瑟诺区的卢科姆尔村。

我在地图上查看奥尼库尔一家穿过辽阔的俄罗斯进入中国的长途旅行路线。对于一个从来没有走出过白俄罗斯首府明斯克的二十八岁的妇女来说，先坐汽车，再乘火车，穿过边界，跨越文化隔阂，带着两个幼小的孩子长途跋涉，这是多么勇敢无畏的举动。也许，正是经历过这样的艰难，才使得切斯娜为以后的挑战做好了准备。

切斯娜是个性格坚强而有独立见解的女人。基塔说，切斯娜从她母亲那里继承了这些品格。切斯娜的母亲在丈夫死后，独自一人经营着一个规模不大却能赚钱的小粮店，把十一个孩子抚养成人。

"可惜我没有翻印过我外祖母的照片，我母亲有过。"基塔说，"她头戴假发，看起来真像一位贵族夫人，克里巴诺娃夫人。"

我一边听着录音，一边翻看从里加带回来的切斯娜的照片。其中有一张身穿高领礼服，头戴一顶精巧女帽的，令人肃然起敬的老年贵夫人的肖像。相片背面印着"明斯克，A. Levinman 法国照相馆"的字样。老夫人凝视着这个世界，犀利的黑眼睛充满自信，和切斯娜一模一样。后来，我把这张照片拿给基塔看时，她十分诧异，并且证实，这就是我们那次长谈中她提到过的那张照片。

作为克里巴诺娃最小的女儿，切斯娜一直和她母亲一起生活，直到二十五岁才结婚。按照小村的标准，属于晚婚。切斯娜不是那种传统的美人。我外祖母怀疑，她的父亲基尔什和切斯娜结婚，是为了金钱，而不是爱情。她说，他们是"不相配的一对儿"，暗示切斯娜是屈尊下嫁。

从切斯娜四十多岁拍的照片看，她个子很高，长得挺漂亮，一头过早灰白的直发，显得很有性格。虽然她没有上过学，但能熟练地阅读俄文和依地语[1]读物。20世纪50年代后期，她来哈尔滨探亲时，这位曾外祖母给我留下的最难忘怀的印象就是短短的

---

[1] 依地语：即犹太语，是中欧和东欧大多数犹太人的主要语言之一。

银发和笔直的腰板儿。那时候,她已经七十多岁了。

从我保存的基尔什的照片看,他个子矮小,瘦而结实,一双亮闪闪的眼睛,胡子剪得挺短。基塔说,她父亲是个和蔼可亲、过度慷慨的人,即使囊中羞涩,也愿意想办法帮助朋友。他喜欢聊天,似乎总是在做买卖。可是由于过分大方,经常做亏本买卖。"有朋友向他借钱,他没有现钱,就给人家开张支票。过后不得不自个儿还银行的贷款。"基塔说,"当然,他试图瞒过我母亲。"

那时候,切斯娜操持家务。她要保证餐桌上有食物,要保证孩子们有学上,而且要穿戴得整整齐齐,那间小屋也要收拾得一尘不染。基尔什不但是个循规蹈矩的犹太教徒,他还钻研《犹太

边远小城海拉尔

20 世纪初期的哈尔滨

教法典》。切斯娜虽然尊重他的虔诚,但却不赞同。她把家收拾得符合犹太教规的洁净标准,所有宗教节日,也都准备丰盛的食品,可是孩子们的成长却不受教会约束,就像海拉尔其他许多犹太人家庭一样。

外祖母不知道基尔什为什么选择去海拉尔,而不是像她伯伯那样住在哈尔滨。这件事情一直是个谜。1909 年,哈尔滨已经是一座繁华的城市,住在那里的俄罗斯人有三万多,还有一个五千多人的兴旺的犹太人社区。海拉尔则是中国内蒙古大草原边上的一个贸易口岸,牧民们来这里出售他们的牲畜、皮子和羊毛。也许,基尔什从一个白俄罗斯小村庄出来之后，觉得哈尔滨太大、太繁华，难以适应，所以才到了海拉尔。关于这个问题，他的档案没有给出解释。

基尔什对苏联内务人民委员部审讯人员讲的都是 1909 年到 1916 年的事。那时候，他是一家美国缝纫机公司在海拉尔的代理商，销售胜家牌缝纫机。基尔什说，几年之后，他买了几头奶牛，转行到乳品行业卖牛奶，同时，继续经销、安装缝纫机。基塔清清楚楚地记得，基尔什经销胜家牌缝纫机的那些年，奥尼库尔家那幢小屋外面的栅栏上挂着一幅很大的广告牌，上面画着一个漂亮的年轻女郎站在缝纫机旁。她说："那时我很小，还以为胜家是我们家的姓呢。"

"切斯娜挤过牛奶吗？"我问，想象着基尔什安装缝纫机，切斯娜经营乳品店的情景。

"没有。我母亲不会挤奶，也不想去挤奶。他们让女用人挤奶，或者雇女工来挤奶……要知道，我外祖母家很有钱，她不屑干这种活儿。"

话虽这么说，可基塔成长的那幢小房子一点儿也不气派。"房子很小，"基塔说，"简直太小了。只有两间屋子，而且床也不够用。我哥哥阿布拉姆只得睡在椅子上。"我在切斯娜的相册中找到几张房子的相片：一座用木材和土坯建造的白色的小房；低矮狭小，窗户几乎要挨着地面了。这是基尔什最初来到海拉尔时，在一马路租的房子。对于一个不断扩大的家庭来说，房子实在太小了，可是奥尼库尔家在这里一住就是二十七年。实际上，基尔什也一直打算盖一幢新房，甚至还买了木材，但房子没有盖成。基尔什又一次为了成全别人而牺牲了自己。这一次他成全了房东。基塔说，那个房东是"真正的骗子"。

"没有和我母亲商量,父亲突然买下了我们住的那座房子。为什么?因为房东要回俄罗斯,他需要钱。"

我不知道,切斯娜居住在这个小镇的俄罗斯人社区里,远离亲戚和熟悉的一切,有何感想?海拉尔的气候一点儿也不好——夏天干热;冬天酷寒,气温可能达到零下四十五,寒冷彻骨;春天,沙尘暴席卷全城。一定有过这样的时刻,她追问自己,到底为什么要来中国?

～

像其他许多沙皇的臣民一样,奥尼库尔一家是因为始建于1898年的中东铁路才来中国的。

中东铁路是1896年沙皇俄国与清政府之间交易的一部分。此前一年,中国被日本打败。作为签订反日秘密防御协定的回报,俄国得到建设并且经营中东铁路八十年的认可,那条铁路与横贯西伯利亚而通到符拉迪沃斯托克(海参崴)的铁路连接。俄国人向东扩张和铁路延伸的企图合二为一了。作为一个同名公司管理下的独立企业,中东铁路只在名义上属于中国。铁路沿线的狭长地带享有治外法权,实际上就是俄国在中国东北地区的殖民地。CER——中东铁路,不仅指铁路及其管理机关,还划定了其管辖的地理范围,其总部设在哈尔滨松花江畔一个小村庄附近。

中东铁路把数以万计的俄罗斯人从沙皇帝国遥远的领地吸引到广袤荒凉、人烟稀少的中国东北大草原。工程师和工人从事铁路管理工作;企业家、批发商和小贩开发自然资源,还给哈尔滨和铁路沿线的居民点供应食物、提供商业服务。从南方各地来的中国苦力也作为劳工参加铁路建设。

由于相信中国东北地区快速的经济发展需要民间的开拓精神

和投资，中东铁路的管理层和他们在俄国财政部的支持者积极鼓励犹太人和沙皇帝国的其他少数民族向这里移民。为此，他们刻意创造出一种宽松的、机会平等的环境。各种文化背景和不同宗教信仰的移民纷纷涌向中国东北。他们当中有犹太人、波兰人、鞑靼人、乌克兰人、亚美尼亚人、格鲁吉亚人，还有立陶宛人。

对于像奥尼库尔一家这样的犹太人来说，这是一片充满机会的土地。一个多世纪以来，犹太人的活动范围被限制在波罗的海到黑海的沙俄帝国西部边境地区，而这里不执行沙皇俄国的歧视政策。犹太人的居住地点不受限制，在学校及其他教育机构读书的人数也没有什么"配额"。最重要的是，那里没有对犹太人的集体迫害和几乎公开的仇犹情绪，至少在20世纪30年代末期以前是如此。

从1898年起，犹太人开始来到中国东北，并在中东铁路早期的自然资源开发和商业贸易发展中发挥了作用。大多数犹太人住在哈尔滨，也有少数人住在铁路沿线的海拉尔、满洲里、沈阳、长春和齐齐哈尔等地。20世纪20年代初期，哈尔滨的犹太居民大约有一万五千人。他们还建立起一系列的社会公共机构，在"哈尔滨俄罗斯人"的商业、文化以及公共活动中，起了重要的作用。

在海拉尔，奥尼库尔家迅速扩大。我从档案中得知，曼娅1911年3月生于海拉尔。她是奥尼库尔家第一个在白俄罗斯以外的地方出生的孩子。亚沙三年以后出生。他们写给白俄罗斯老家的信一定描绘过在中国生活的美好前景。基塔说，亲戚们沿着基尔什和切斯娜的足迹，川流不息地来到海拉尔。基尔什的弟弟诺胡姆和他的妻子弗莱达，于1914年来到海拉尔。根据他们的儿子萨尼亚的档案——就是下诺夫哥罗德档案馆"赐给"我的那份材料——他们也经营着一个小乳品厂。

切斯娜的侄女多拉·特西尔林从鲍勃鲁伊斯克来探亲,最终嫁给了基尔什的外甥雅可夫·科甘。雅可夫跟着基尔什的弟弟从明斯克附近的小村庄来到海拉尔。这夫妻俩以贩牛为生。这些亲戚的名字和详细情况反复出现在奥尼库尔一家人在高尔基市的审讯记录中。每个人都被反复讯问,在海拉尔还有什么亲戚。

由于1917年十月革命和接踵而至的国内战争,大批俄国"难民"涌入中国东北,海拉尔骤然发展起来。到20世纪20年代,那里已经有三所学校、一家药店、一个消防队,几家商店、面包店、药店、饭馆、咖啡馆,还有几座天主教堂、一座清真寺和一座犹太会堂。许多外国商行在海拉尔建起代理机构,收购和加工羊毛、兽皮,再转销到国外。此外,城里还有屠宰场、面粉场、木材厂和水泥厂。

海拉尔是个生儿育女的好地方。曼娅和切斯娜相册中的照片描绘出一幅无忧无虑的乡村儿童的幸福生活场景:十几岁的曼娅在做鬼脸;曼娅和基塔在干草垛上打滚;炎热的夏天,她们俩和亚沙一起坐着四轮轻便马车去旅行。基塔说,那张照片可能是一家人去河边时拍摄的。切斯娜大概带着孩子们来到河边,让孩子们玩耍、野餐,而她和保姆洗衣服。还有曼娅和中学同学在一座方尖石碑前的合影。外祖母认出,那座石碑是为了纪念1905年的日俄战争而建立的,就在奥尼库尔家马路对面的小公园里。

"我们念书的学校正好在我们家对面。"基塔说,"起初,是一所小学,后来扩建为中学。那里有许多优秀的教师,真正的知识分子……也有不少人是苏联的支持者。"

基塔七岁或八岁时,几乎死于伤寒。她记得,自己在床上躺了好几个星期,时而清醒,时而昏迷。基尔什的一个朋友,以前是军队的医护人员,给基塔服用奎宁(俗称"金鸡纳霜"),但毫无

阿布拉姆、曼娅和基塔过着无忧无虑的童年

效果。万不得已,曾外祖母带着几乎失去知觉的基塔去哈尔滨就医。"人们都含着眼泪来道别,"基塔说,"他们已经不抱希望能够再次见到我。就连医生后来也对我父亲说,他当时认为我活不了啦。可是我痊愈了!我的身体一定一直很健壮。"

基塔带着许多玩具返回海拉尔以后,就成了别的孩子羡慕的对象。"那可是从哈尔滨带回来的玩具——你能想象吗?那些玩意儿是多么新奇!"可是,那场大病也留下了后遗症。基塔指着她的助听器说,耳聋就是因为服用过量的奎宁。她在学校留了一级,和曼娅成了同班同学。

基塔回忆起,她哥哥阿布拉姆在高中时就曾离开海拉尔去苏联学习。她不记得是在什么时间、什么地点了，只记得他因为出身于"资产阶级家庭"而被布尔什维克开除。后来阿布拉姆去了哈尔滨，住在亲戚家。

在亚沙的一份审讯记录中，我找到了一些更详细的描述，虽然没有提及阿布拉姆被开除的事：

> 我哥哥阿布拉姆完成了他在海拉尔高中的部分学业以后，1923年到了赤塔技术学院学习。假期，他总是回家……1932年日本人占领海拉尔的时候，我哥哥离开了海拉尔。从那以后再也没有回来过，一直待在符拉迪沃斯托克（海参崴）。

赤塔是西伯利亚一个较大的城市，在西伯利亚大铁路沿线，位于海拉尔西边600多公里的地方。阿布拉姆所在的学校是一所高等技术学校。

由于苏联内务人民委员部的档案中没有阿布拉姆的有关情况，切斯娜的照片就成了我最好的信息来源。基塔说，阿布拉姆是一个豪爽、漂亮的"冒险家"。他的照片充分反映出这些品质。基塔和莫佳·扎列茨基结婚后不久，阿布拉姆赠给他们一张照片，上面是个二十岁左右的漂亮男子，一头浓密的黑发，一双明亮的褐色眼睛。阿布拉姆用花体字在照片上写道：

> 珍藏这张照片，
> 不要忘记它的主人。
> 1927年8月摄于乌兰巴托

蒙古！尽管我去过亚洲很多地方，但这个地方却让我感受到一种奇特的异国风情。从切斯娜相册中阿布拉姆其他照片背面的题词可以看出,他去过沈阳、哈尔滨和蒙古。在一张照片上,阿布拉姆穿着马裤和高筒皮靴站在田野里,背面题写着:"1927年7月20日,乌兰巴托,集市附近。"另一张照片上,他与一位穿着工作服的老人站在一起,背面题写着:"与从事皮革和羊毛贸易的英国联合畜产品公司经理合影,乌兰巴托,1926年11月24日。"

他在蒙古的那张照片使人觉得,他是在蒙古工作,而不是旅游。这一点有助于我弄清其他照片传达的信息。

有一张是在照相馆照的照片,上面是阿布拉姆和他的三个朋友。朋友们都穿着欧式服装——深色大衣,戴着帽子,而阿布拉姆却穿着浅色蒙古袍。凝望着那张照片,我想到自己的生活和我那面挂满东方式样服装的衣柜。我对他虽然知之不多,但我蓦然觉得,他与我十分相似——我们都是浪迹天涯的人。

和哥哥阿布拉姆相比,亚沙看起来极其平常。他个子矮小,瘦而结实,虽说不是特别漂亮,但所有认识他的人都说,他很讨人喜欢。在海拉尔照的大多数照片,都是他学生时期的留影,通常身穿军装式校服。这种款式是1925年苏联接管中东铁路以后,从苏联引进的。还有一张照片上,他戴了一顶别着红五星帽徽的帽子。

亚沙是奥尼库尔家最小的孩子,出生于1914年。1931年在海拉尔高中毕业时,日本刚刚占领中国东北。因为进一步升学的希望十分渺茫,他只好去乳品厂给父亲帮忙,同时学习英语。后来,他也离开海拉尔,去了苏联。

在奥尼库尔家族中,曼娅是唯一学有所成的人。她向苏联内务人民委员部审讯人员提供了如下的情况:

3 到中国去

阿布拉姆送给新婚的基塔的照片，1927年摄于乌兰巴托

20世纪30年代，身穿军装式校服的亚沙

阿布拉姆与朋友的合影。三位朋友都穿着欧洲服装，唯有阿布拉姆穿着蒙古袍

从出生到 1928 年,我一直住在海拉尔……1920 年开始上学……在海拉尔高中毕业后,去了哈尔滨,在哈尔滨第二牙科医学院读书。1930 年年底毕业以后,我返回海拉尔,住在父亲家里,并且以牙科医生的身份行医,直到 1931 年……

我在切斯娜的文件中找到曼娅的成绩单,从中得到更多的线索。我越发觉得,我和曼娅有诸多相似之处。曼娅的高中毕业成绩单说明,她像我一样,对文科的偏爱远远超过理科。她的历史、地理、英语、哲学和自然科学,门门 5 分。那是俄国教育体系中的最高分。其他十门功课也学得相当好,因此她领到有资格进入任何高等学府的毕业证书。但她不是个刻苦用功的人。从她的相册看,生活方面的照片远远多于学习方面的。有与女朋友们的合影,也有与同窗好友们的合照,还有一张与一个年轻漂亮的黑发男子依偎在一起的照片。

直到进入哈尔滨第二牙科医学院,曼娅才变得更专注于学习。1930 年 11 月,她以门门功课都是 5 分的优异成绩毕业。毕业证是中华民国教育部颁发的,大而精致,用汉语和俄语两种文字书写。证书的一面,上方是孙中山的肖像,另一面,是青天白日旗。在切斯娜的照片中,还有几张曼娅和同学们在实验室的集体照。他们都身穿白大褂,头发拢在脑后,戴着白帽子,看起来十分端庄。不过,那个时期其他照片上的曼娅却显得更加无忧无虑——和朋友聚会、短途旅行、在松花江游泳、沿着风景优美的堤岸散步。

20 世纪 20 年代末,曼娅在哈尔滨求学时期,哈尔滨已然是一座充满生机的城市。那里有超过十二万的俄罗斯居民,二十多座东正教教堂以及让人联想起圣彼得堡的建筑,它似乎更像是一

3 到中国去

曼娅在哈尔滨第二牙科医学院的毕业证书

座俄罗斯城市。由于十月革命，不少艺术家、音乐家以及知识分子离开俄国，涌入哈尔滨，给这座城市平添了浓厚的俄罗斯文化色彩，而新潮的艺术以及多元文化的影响，更为之营造了一种现代特征和超越民族偏见的氛围。除了主要居住在傅家甸地区的三十多万中国人，哈尔滨也是波兰人、犹太人、朝鲜人、日本人、鞑靼人以及其他许多人的家乡。哈尔滨应有尽有——最高档的餐馆、时髦的商店、豪华的旅馆、咖啡馆以及赌场、大烟馆和妓院。

尽管像曼娅那样的大学生既没时间也没金钱享受哈尔滨的高档生活，但她无法避免潜在的社会与政治影响。在哈尔滨和中国东北其他城市出生并长大的年轻的大学生们，和圣彼得堡的旧王族成员、西伯利亚来的犹太商人以及贫穷的白俄骑兵都有交往。曼娅可能认识理工学院、师范学院和法学院等其他哈尔滨高等院校的学生。她可能听到过不同政治派别之间的争论，看到过哈尔滨街头身穿黑衣的年轻法西斯分子和君主主义者与敌对的苏联拥护者和犹太复国主义者之间正在酝酿的冲突。

我越细看曼娅的照片，越琢磨她的生活，就越是对她着迷。曼娅不可思议地具有一种现代气质，你很容易把她想象成身边的同龄人。照片上她的朋友们似乎也是一些能与我脾气相投的人。拍摄的环境我也不陌生，有的在工作，有的在娱乐。他们有时候很严肃，有时候又热情奔放，以至嬉笑打闹。他们的穿着和20世纪90年代又重新流行的款式几乎没有区别。有一张拍摄于清晨的快照，真是美极了。曼娅身穿宽松的睡袍，腼腆地对着照相机。我纳闷，这张照片是谁拍摄的？她到底是个什么样的人？她有男朋友吗？经常出现在她照片中的那个漂亮的黑发男子是谁呢？她的朋友们是些什么人？他们的遭遇如何？

我四处寻找可能认识曼娅的人，但他们多数已经作古。我母亲虽然见过曼娅，但她当时只有四岁。我的两位在海拉尔住过的亲戚知道得多一些。基尔什的侄女罗尼娅·奥尼库尔和切斯娜的侄女多拉的女儿伊拉·科甘都在海拉尔生活过。曼娅二十出头的时候，她们俩十几岁。她们现在七十多岁，都居住在悉尼。

伊拉记得，曼娅的牙科诊室设在她父母亲家中的一间屋子里。两人都说，曼娅爱好交际，脾气好，乐于助人。她们喜欢曼娅，因为她们虽然是孩子，但曼娅总愿抽出时间陪伴她们。看相册的时候，她们帮助我把照片上的一些人与各自的名字对上了号。

曼娅有男朋友吗？我问她们。有，很多。她们记得，有个叫什穆雷维奇的人，经常坐着两轮轻便马车来看望曼娅。不过，与马车主人相比，曼娅显然对坐着马车兜风更感兴趣。在曼娅所有的追求者当中，切斯娜最中意的是伊萨克·莫尔杜霍维奇。他家境富裕，年轻漂亮，俄国国内战争时期，从西伯利亚来到哈尔滨。他家饲养赛马，那些骏马驰骋在上海和香港的赛马场上。"如果曼娅像她母亲希望的那样在哈尔滨定居下来就好了，那样的话，她今天也许还活着。"如果……

如果说曼娅是奥尼库尔家族的"头脑"的话，我外祖母基塔就是这个家族的美人。基塔的美远不止于她那令人倾倒的微笑和那双善解人意的黑眼睛。她待人亲切，本性敦厚，总是看到人最好的那一面。认识到基塔的长处在于她的美貌和魅力，而不是学识、技能，切斯娜和基尔什就把她送到哈尔滨奥克萨可夫斯基夫人办的学校去念高中。这是唯一一所以过去圣彼得堡的教育方式管理的学校，它不仅教姑娘们如何鉴赏艺术品，而且还教授普通学校的文化课程，进行道德教育和风度举止的训练。在那所学校学习期间，基塔与正在哈尔滨工作的哥哥阿布拉姆一起住在哈尔滨的亲戚家里。

1927 年，曼娅与基塔在哈尔滨

在哈尔滨，基塔眼界大开，领略了比她在海拉尔经历过的更文明、更高雅的生活方式。她成长为一位淑女，一位以边陲小镇的现实生活为基础的淑女。

回到海拉尔，基塔给一家皮毛公司有钱的犹太经理当了几个月的打字员。当她意识到那位经理想娶她为妻时，便毅然辞去工作。伤了几个钟情于她的犹太小伙的心之后，十七岁的基塔最终未能抗拒我外祖父莫佳·扎列茨基的穷追不舍。莫佳·扎列茨基从哈尔滨来，经营着一家牛贸易公司，高高瘦瘦，长着一双灰色的眼睛和一头蓬松的红棕色头发，是一位习惯于都市生活的成功商人，比基塔大十二岁。

在 1991 年录制的那盘录音带里，基塔详细地描述了我的外祖父以及他们相爱的过程。

"你可知道，他建立的公司——Myasotrud——是东北最大的

哈尔滨来的追求者：莫佳·扎列茨基

牛贸易公司之一，他经常来海拉尔，向牧民收购牛——大量地收购。他通过货运列车把牛运往哈尔滨。正是在这种旅行中我们相遇了。"

基塔讲述了1926年年底雅可夫带着莫佳·扎列茨基来参加她十七岁生日宴会的情形。雅可夫那时已经和基塔的表姐多拉结了婚。

"他们迟到了，因为莫佳·扎列茨基说不能空手而来。于是他和雅可夫去已经打烊的商店老板家，请他再打开店门，好让莫佳·扎列茨基给我买瓶香水。我记得，那是一瓶非常昂贵的香水。"

基塔说，那时她情有所钟，对莫佳·扎列茨基丝毫没有兴趣。但莫佳·扎列茨基却对她一见钟情，不顾体面地频频送礼物，大献殷勤；甚至专门组织聚会，把基塔介绍给自己的朋友。

"我本来不想去，可是父亲和雅可夫劝我去。于是我去了，一副郁郁寡欢的样子坐在那里，但我还是听见他们说喜欢我。"

除夕之夜,莫佳·扎列茨基邀请基塔、多拉、雅可夫一起在时髦的铁路俱乐部庆祝新年。

"我的确不喜欢他,而且很怕他求婚。"基塔说,"交易牛的季节结束了,他也终于返回哈尔滨,我大大松了口气。可是,莫佳·扎列茨基并没有走多久。两天以后,他就又出现在我面前,并且提出求婚。"

"他怕别的什么人会把我迷住。"基塔笑了起来。

"你是怎么回答的呢?"

"我记得十分清楚。我对他说:'我虽然不爱你,但也没有觉得你缺乏吸引力。'那会儿我可真傻,可真傻……"基塔若有所思地说。

"那后来怎么样了?"我不耐烦地问。

"哦,他在海拉尔不可能待太久。要知道,他对工作一向都很认真负责,但是如果你说'不',他也不肯善罢甘休。"

"可是,你既然不爱他,后来为什么又同意嫁给他呢?"我问。基塔说,一来表姐多拉极力劝她,二来莫佳·扎列茨基的足智多谋和大胆果断也给她留下了相当深刻的印象。

"要知道,他可不是个普通人。"基塔说,"我遇见他的时候,他已经在纽约、旧金山和克拉斯诺亚尔斯克工作过了。他的生意合伙人都是哈尔滨的大富翁。"她列举了这些人的名字,"对于一个从科佩西来的小伙子来说,他干得相当不错;而且他是完全依靠自己的奋斗而取得成功的。"

1912年,莫佳·扎列茨基十几岁的时候,从白俄罗斯莫吉廖夫附近的科佩西来到哈尔滨,在哥哥的肉类加工厂工作。1915年,他和一个朋友另辟蹊径,躲藏在一艘日本轮船上,去美国淘金。三年以后,他的朋友留在美国,他却返回哈尔滨。他说,在美国,

3 到中国去

你死我活的竞争太激烈了。

我外祖母说得没错,莫佳·扎列茨基也去过克拉斯诺亚尔斯克。就在与基塔谈话几年之后,我在哈尔滨档案馆找到外祖父的档案,证实他确实在那里做过事。1919年俄国国内战争进入高潮的时候,由于外国干涉势力云集西伯利亚,莫佳·扎列茨基在西伯利亚大铁路有关部门当了六个月英语翻译。苏联政权建立以后,他为庞大的苏联贸易合作社收牛,干了一年半的时间。也许正是这段经历,为他铺平了道路,使他1924年在哈尔滨建立起一家很大的牛贸易公司。

1927年4月,莫佳·扎列茨基邀请基塔去哈尔滨和他的家人见面。时值俄罗斯复活节,列车上的乘客很少。

独自旅行使基塔十分紧张。"我锁上车厢的门,穿着衣服睡觉。半夜时分,距哈尔滨还有一半路程,这时,我听见我的门旁有人。光线很暗,我害怕极了。后来我发现原来是莫佳,我看到他那灿烂的笑容……见到他,我是多么高兴啊!原来他是有意安排,在半路搭上我乘坐的火车。你觉得他这一手怎么样?"

"可是,我还以为你不喜欢他呢!"

"那时,我们已经同意了结婚条件,我的确也……"她突然停了一下,"你觉得我做得对吗?"这问题已经没有什么意义了。浪漫厮守,相敬如宾,基塔与莫佳·扎列茨基四十七年的婚姻已经成了我们哈尔滨人圈子里的一段佳话了。

基塔在伯父家住了好几个月,了解了莫佳·扎列茨基的家庭情况。莫佳·扎列茨基业务繁忙,希望和基塔在哈尔滨结婚。但她坚持结婚典礼要有父母亲的祝福,所以必须在海拉尔举行。最终,他们决定在海拉尔举行结婚典礼。回海拉尔的时候,他们买了满满一车新家具和家庭用品。新房很大,除了住家,还将成为莫佳·扎列茨基在海拉尔的办事处。

婚礼在 1927 年 6 月 5 日举行,仪式简朴而喜庆。莫佳·扎列茨基不信教,不想在犹太会堂举行婚礼。于是,就在奥尼库尔家的院子里铺上漂亮的地毯,搭起用鲜花装饰的彩棚。基尔什的朋友拉比主持了基塔与莫佳·扎列茨基的结婚典礼。奥尼库尔家的亲戚都来祝贺,邻居的孩子们爬到栅栏上看热闹。

真遗憾,谁也没有想到把这喜庆的场面拍摄下来。也许大家都没有预料到,奥尼库尔家族再也不会有类似的场合了。这是这个家族最后一次全员大欢聚。

4

骨肉离散

　　作为国际政治专业的学生，我知道，奥尼库尔一家在中国东北居住的二十七年间，那一地区经历了翻天覆地的政治变革。1917年的俄国十月革命，随之爆发的俄国国内战争，1929年的中苏冲突，最后是1932年日本在中国东北建立伪满洲国，所有这一切都在他们的生活中留下不可磨灭的印记。我读过不少从地缘政治学角度撰写的关于列强在这个"冲突策源地"明争暗斗的乏味文章，而我真正想了解的是，这些政治事件对普通老百姓的影响。我之所以深入研究奥尼库尔一家人的内务人民委员部档案，就是希望对此有更深入的认识。为此，我的首要任务是学会捕捉审讯记录的字里行间所隐藏的信息。

　　曾外祖父基尔什档案中的一份审讯记录使我困惑不解：

问：你在海拉尔居住期间，被逮捕过多少次？
答：1919年年底，我曾经被恩琴男爵特遣队的一名官员逮捕过。关押了八天之后，我被释放了。那得感谢警察局督察员哈里扎诺夫，我和他的关系比较密切。

问：你为什么被捕？
答：不知道。

我是在彼得·霍普柯克的《照耀东方》(*Setting the East Ablaze*)中，第一次读到恩琴男爵的故事。这是一本讲述英国间谍与布尔什维克之间斗争的书。被称为"血腥男爵"的恩琴·斯顿伯格是个疯狂的波罗的海人。在俄国国内战争期间，他因屠杀布尔什维克和犹太人的野蛮行径而臭名昭著。他自封为成吉思汗的"转世灵童"，打算先从布尔什维克手中将俄罗斯帝国"解放"出来。他在日本人的支持下，于1920年攻占了乌兰巴托，不过，一年以后就被布尔什维克抓获，随后被处决。

在曾外祖父基尔什的档案中，赫然发现恩琴·斯顿伯格的名字，委实令人惊诧！我原以为，那么早来到中国，又从不过问政治，奥尼库尔一家会以某种方式设法逃避革命和俄国国内战争的影响。看来，我大错特错了，就连基尔什这样清白无辜的旁观者也被卷入冲突之中。

众所周知，在十月革命之后的战乱期间，千千万万俄罗斯人逃亡到中国的东北地区。他们之中有许多白卫军和哥萨克军人。在中东铁路地区的政治地位没有确定之前，这一地区充当了白俄军队反对布尔什维克的主要供应基地。较为深入地研究了这段历史之后，我发现，海拉尔周围的边境地区就是以日本为后台的哥萨克军阀谢苗诺夫经常出没的地方。为了越过边界进入后贝加尔地区，他在这里招兵买马，成立了一支特遣队。1920年之前，恩琴男爵的士兵和谢苗诺夫的部队经常被调到边境地区打击布尔什维克。

我仔细琢磨了一下基尔什的回答，意识到，他所说的"被逮捕"，事实上是被恩琴男爵的手下抓走。为什么？也许因为他是犹太人。像哥萨克和许多白卫军一样，恩琴也极端仇视犹太人。在他们眼里，所有俄罗斯犹太人都是布尔什维克分子，应该被当作参加革命的"罪犯"而受到惩罚。俄国国内战争期间，在白俄控制的西伯利亚地区，犹太人经常被哥萨克匪帮从火车上推下来，残酷杀害。恩琴的士兵往往一见犹太人就杀。所以，内务人民委员部审讯人员的问题本来应该是："你是怎样设法活着逃出来的？"

可是，审讯人员有自己的"审问流程"：

问：除了那次，你还被捕过几次？
答：从来没有。
问：你是什么时候被外国情报机关招募为间谍的？
答：从来没有。
问：在警察部队中，你和谁熟悉？
答：我认识……
问：在白卫军中，你认识谁？
答：白俄流亡者中我认识……
问：那些人都是法西斯分子！

"白卫军""白俄流亡者""法西斯分子""外国间谍"，在基尔什和奥尼库尔家其他人的审讯记录中，这些字眼随处可见。我知道，逃到中国东北的难民们都有自己的政治观点和偏见，但是像奥尼库尔那样的普通老百姓，他们的生活真的政治化了吗？还是内务人民委员部的审讯人员透过20世纪30年代苏联"多疑症"的"三棱镜"将情况扭曲了？

为了使档案材料变得鲜活起来，我需要对动乱年月中海拉尔和哈尔滨人的生活状况有个更清楚的了解。真遗憾，外祖父母和他们的同代人在世的时候，我没有和他们谈论过这个话题；外祖母的谈话录音主要围绕着家庭生活。于是，我又一次寄希望于亲朋故旧，寄希望于20世纪三四十年代成长起来的"孩子们"。他们大都乐意向我讲述家族往事；有些年纪比较大的亲戚依然思路清晰，头脑敏捷。

后来我想起了八十高龄的季马·利特文，一位居住在以色列的世交好友。利特文家族是一个来自西伯利亚伊尔库茨克的犹太大家族。与奥尼库尔家一样，他们也在俄国革命前来到海拉尔，经营家畜和毛皮生意。季马1920年出生在海拉尔，并在那里度过了风云变幻的四十多个年头，遍尝人生磨折而幸存下来。他曾是我外祖父莫佳·扎列茨基的生意合伙人，经常带着妻子来哈尔滨看望我们。后来，他到澳大利亚探亲的时候，我见过他；而我去以色列时还在他那儿待了几天。在我的印象中，他一直是个思维敏捷、说话风趣的人，我喜欢他那豪爽的个性。

于是，我给季马打了电话。听说我想了解他在海拉尔的生活，季马非常激动，表示乐意谈一谈，并且为我对这段历史感兴趣而高兴。我给他开列了一份长长的问题清单，还寄去一台录音机，以便让他把答案录到磁带上。可是老人家用不了那个"机械玩意儿"，干脆给我寄来一封密密麻麻长达十页的信回答问题。后来，我们又交谈过几次。他还数次与我通过电话，把想起来的要点及时告诉我。季马非凡的记忆和其他亲戚提供的情况，为我勾勒出一幅完整而鲜活的历史画卷。

20世纪20年代初期，海拉尔的俄罗斯人社区是一个多民族的集合体，人们的宗教信仰和政治立场有很大的差异。在前白卫军和哥萨克人中，有一部分拒绝接受苏联已经取得完全胜利这一事实。一些哥萨克小股部队继续越过边界发动突然袭击。可是，大多数俄罗斯人，无论是1917年以后来到中国的新移民，还是像奥尼库尔一家那样的老移民，都认为苏维埃政权将在俄罗斯站稳脚跟。他们只希望平平安安地过日子。老移民、白俄、哥萨克、基督教徒、犹太人，还有鞑靼人，比邻而居，互相贸易，一起把孩子送到学校念书。尽管他们向往美好平静的生活，但是很快就被置于自己无法左右的力量的夹击之下。各方势力——苏联人、中国人、日本人——为控制东北而进行的角逐最终将使俄罗斯人社区分崩离析。

三方力量的第一次变化，发生在1924年5月。早在1920年，中国不再承认沙皇政府，结束了俄国人在中东铁路地区的治外法权。此后，经过旷日持久的谈判，中苏双方达成共识，在中国法律的框架下共同管理该地区。但实际上，苏联控制了中东铁路及其管理权，掌握了铁路、学校、医院以及其他社会公共机构。

苏联任命了新的中东铁路负责人，并派遣一批专家接管了中东铁路的关键职位，还组建了工会和工人委员会。苏方人员中有苏联国家安全部门的特工人员。那时，苏联秘密安全部门被称为苏联国家政治保安总局。特工人员的任务是确保中东铁路员工政治上的忠诚，保卫苏联的利益，并在他们认为是苏联势力范围的地区收集经济、技术和政治情报。

几个月后，中东铁路的负责人宣布，只有登记为苏联公民或者中国公民的人才有资格被雇用。对于在这一地区的俄罗斯机构工作的文职雇员来说，这个要求未必不合理。为了保住饭碗，两万多名中东铁路的雇员去苏联领事馆登记为苏联公民。他们中有许多人被开玩笑地称为"萝卜"——表皮是红色的,里面却是白色的。还有少数人取得了中国国籍。那些情愿保留无国籍流亡者身份的人,不得不另找工作。

登记为苏联公民的号召不仅针对中东铁路的雇员,苏联政府也鼓励那些持有已经作废的沙皇政府护照的俄罗斯移民这样做。1917年后流亡到中国的难民和许多早期的移民,出于对沙皇俄国的忠诚,选择了无国籍流亡者或白俄的身份。也有人因为同情十月革命而领取了苏联护照。但像奥尼库尔一家那样的人,他们领取苏联护照不是出于政治原因,而是由于现实生活的需要。他们不想成为无国籍的人,尤其在那个动乱的年代。

可是,在苏联领事馆登记为苏联公民的人,并不享有苏联公民权,甚至没有移民到苏联的资格。苏联领事馆签发的褐色布面小本上虽然用法文写着"护照"二字,但封面上的俄文却是"居住许可证"。不过,这无关紧要,因为大多数持有这种护照的人都不打算离开中国,他们只想在中国居住期间得到苏联领事馆的保护而已。

20世纪20年代末期,中国的政局动荡不安,东北地区的实权落在军阀张作霖手里。当时,日本关东军总部设在濒临黄海的旅顺港,其任务表面上是保护日俄战争中从俄国夺取的在南满的特权,但军事扩张的野心人所共知。流言盛传,白俄武装分子越过边界袭击苏联的目的,就是要挑起冲突,使日本人有借口调兵解决。

正是在这种背景之下,像其他许多犹太家庭一样,居住在海拉尔的奥尼库尔一家也申请了苏联国籍,并去附近的苏联领事馆办理了护照。因为护照的有效期只有一年,他们不得不每年都去续签。奥尼库尔一家人考虑过申请办理中国国籍吗?我问过母亲。

绝对没有！首先，奥尼库尔一家是持有当时沙皇政府签发的护照合法地来到中国的俄国人。现在既然俄国政府成了苏维埃政府，正如中东铁路地区的管理机构变成苏联政府的一个部门一样，他们当然要领取苏联政府签发的护照了。最重要的是，他们不想成为无国籍的人。他们的新女婿莫佳·扎列茨基自从在克拉斯诺亚尔斯克居住时起，就持有苏联护照；他们的大儿子阿布拉姆从在西伯利亚求学时起，也持有苏联护照。

由此看来，在奥尼库尔一家人被问到国籍问题时，记录在内务人民委员部高尔基市分部档案中的回答就显得很奇怪了。比如，切斯娜对内务人民委员部审讯人员说：

> 1935年以前，我和家里其他人一样，是中国公民。1936年，我们取得苏联国籍，并且以苏联公民的身份，持哈尔滨苏联领事馆签发的签证来到苏联。

切斯娜明确指出一家人取得苏联公民身份的时间。有了这种身份，他们才可能移居到苏联。可是，她关于中国公民身份的回答却完全与事实不符。她的侄子萨尼亚也给出过类似的回答。亚沙越发把事情搞乱了，他的审讯记录上说，1935年以前，自己一直是无国籍流亡者。这真是无稽之谈，而且与他档案中另一处记录相矛盾。他曾经说过，小时候在海拉尔是少先队队员。一个无国籍的儿童不大可能成为少先队的成员。有人没说真话！是谁呢？为什么要说谎？

1929年，东三省的权力平衡再次发生变化。这一次，中国人

采取了主动行动。当时,蒋介石政府控制了中国大部分地区。除苏联以外,世界所有大国都承认了南京政府。年轻的张学良在父亲张作霖被日本人谋杀后掌握了东北的大权,并马上与蒋介石结成同盟。在蒋介石的支持下,为了结束苏联对中东铁路的控制,张学良开始采取行动。

1929年5月,当中东铁路局中方、苏方局长因权力分配发生争执时,张学良突然派遣中国警察查抄了苏联在哈尔滨和东北其他城市的领事馆以及齐齐哈尔和满洲里火车站。查抄中,大约有八十人被扣留在哈尔滨领事馆。接着,是历时数月的外交争吵。7月中旬,中苏中断外交关系,中国人占领了铁路和其他苏联设置的机构,并且逮捕了许多高级职员。持有苏联公民身份的中东铁路雇员被持有中国公民身份或者流亡者身份的人取代。在东北各个城市,对中东铁路职员、工会和共青团积极分子的逮捕继续进行,被捕人数很快就高达两千多人。

同时,一支白卫军特种部队接管了铁路安全保卫机构。此外,白卫军还利用中苏之间的敌对状态,越过苏联边界,发动破坏性袭击。1929年11月,经过六个多月逐步升级的边界冲突以后,苏联军队在中国东北采取了行动,并且很快就击溃了纪律涣散的军阀军队,占领这一地区的西北部达几个星期之久,直到双方达成协议,恢复中东铁路地区以前的秩序。

海拉尔是这次战斗的中心地区。季马·利特文记得,苏联飞机飞越城市上空,把炸弹投在郊区。居民们人心惶惶。于是,城里的俄罗斯男人很快组织起一支城市卫队,而妇女和儿童都躲藏在家里。局面很快就稳定下来了。

当苏联红军在某天早晨开进海拉尔的时候,许多人跑出来欢迎。季马说,他也在其中。于是我猜想,奥尼库尔家的男孩子们,阿布拉姆和亚沙，大概也在人群里吧！根据曼娅的档案，她那时正在哈尔滨第二牙科医学院读书，可能没有目睹这次战斗。扎列茨基夫妇也在哈尔滨。考虑到那里的医疗条件比较好，他们在1929年年初就去了哈尔滨，等待我母亲的出生；一年以后才返回。

苏军士兵的敬业精神、严明的纪律以及敏捷的行动速度，都给俄罗斯移民留下深刻的印象。人们说起他们时，都亲切地称之为"我们的小伙子"。季马说，总的来说，苏军士兵纪律严明，经常高唱嘲笑蒋介石是"资产阶级"的歌曲在大街上行进。但是，他们也没能杜绝把从俄罗斯资产阶级那里缴获的战利品带回家的行为。季马还记得，"同志们"把纳弗塔诺维奇家巨大仓库里所有的干果和羊毛洗涤工具都打包带走了。纳弗塔诺维奇是当地的犹太富商，他的女儿拉切尔是曼娅最好的朋友。此外，把白俄赶回苏联以及后来在对哥萨克居民点发动袭击时对平民百姓的残害，都影响了苏联军队的声誉。

差不多两年以后，东北地区权力关系中的第三支，也是决定性的一支力量出现了。1931年9月，日本关东军在沈阳附近的铁路上策划了一次爆炸，又把罪责强加到中国士兵头上，并且以此为借口发动袭击。这就是著名的"九一八"事变。从1932年2月哈尔滨被攻陷，到1932年12月5日海拉尔陷落，中东铁路沿线的城市相继落入日本人之手。控制了中国东北地区的日本人声称，他们的目的是帮助这里的人反抗汉族人的暴虐统治。为了掩人耳目，1932年3月，日本人把早已被废黜的清朝末代皇帝溥仪扶上伪满洲国傀儡皇帝的宝座，开始了日据中国东北时期。

政治格局的变化，标志着俄罗斯移民平静安逸的生活即将结束。对于奥尼库尔一家来说，这意味着大家庭即将离散。

1932年12月，海拉尔人听到炸弹的爆炸声，又看见城郊的

1932年，哈尔滨街头的日本兵

中国军营冒起滚滚浓烟。这让他们意识到，日本人已经来了。接着，一颗炸弹击中了海拉尔火车站附近的面粉厂。人们东躲西藏，四散逃命。中国军队很快就被击溃。第二天，日本士兵开进城区，一些白俄支持者跑出来迎接。季马·利特文记得，栅栏上挂着旗子、灯笼，还有用俄文写的标语："人民欢欣鼓舞，太阳升起来了！"

奥尼库尔家里气氛凝重。日本人开始轰炸的那天夜里，阿布拉姆从海拉尔消失了。季马说，几个星期以前，在一个犹太男孩的成人仪式上见过阿布拉姆一面，后来就再也没见过他。伊拉·科甘那时九岁，她记得，面粉厂被炸以后，是阿布拉姆和她叔叔一起把她从学校里接走的。她还听说，阿布拉姆乘坐铁路员工的通勤车越过苏联边界逃走了。过了一些日子，家里得到消息说，他在符拉迪沃斯托克（海参崴）。阿布拉姆为什么仓促离开呢？

在日本针对中国东北的军事计划中，海拉尔周边地区占有重要的地位。日本人打算在这里建设一个可以容纳整个师团的、巨大的地下基地，周围有许多牢固的防御工事，附近还有一个飞机场。在给我的回信中，季马·利特文写道，建设工作以闪电般的速度开始了：

> 他们首先建造营房和半公里长的钢筋混凝土桥梁。从南方运来了成千上万的中国劳工修建堤坝，以便把三条河流引导、汇集到一起。每个劳工用扁担挑运泥土，没日没夜地卖苦力。中国劳工住在简陋的工棚里——草席为墙，镀锌铁皮为顶，里面没有任何卫生设备。瘟疫开始流行。白天，病人们在街头流浪；夜晚，他们像狗一样被扔上大卡车，然后拉走……
>
> 如果没有特许，居民不能去离城4公里以外的地方。人们被激怒了。此外，日本人对雇员冷酷刻薄。雇员们动辄得咎，不是被扇耳光，就是被大骂"八格牙路"（"混蛋"）！从城市一端到另一端修筑了一条条战壕，并且划定了"战争区"。所有墓地——东正教徒的，犹太人的，或者鞑靼人的，都在所谓"战争区"，墓地入口都被封死了。

日本军队开进海拉尔之后，军官们征用城里的各处私人住宅，扎列茨基家也在其内。军官们要住两三个月，基塔便带着三岁的因娜去科甘家暂住。其间，莫佳眼巴巴地看着他的"房客们"在喝清酒比赛中，把自己的精美瓷器砸到墙上。在日本占领期间，其他亲戚家被征用的时间更长。幸运的是，他们觉得，那些房客的行为还算比较检点。

像早期在哈尔滨那样，为了控制海拉尔的俄罗斯移民，日本人采取"以俄制俄"的办法。他们在极端反苏的白俄和哥萨克中找到了愿意效劳的合作者，并将之招募到日本军事使团、宪兵司令部和其他警察部门工作。这些部门还招募俄罗斯告密者、特工人员，并利用俄罗斯恶棍以提供保护为名到处敲诈勒索。会说俄语的日本顾问被委派到各个流亡者组织。日本人还控制了白俄军事小分队，训练他们越过苏联边界，收集情报、从事破坏活动。政治气氛越来越恐怖，苏联人和犹太人尤其受到骚扰与袭击。

作为把苏联赶出中东铁路地区计划的一部分，中东铁路的雇员和其他持有苏联护照的人，成了被侵扰和逮捕的对象。俄罗斯人社区的苏联人和白俄流亡者开始分化。我从曼娅的档案中得知，大概在日本占领海拉尔一年之后，她于1933年10月前往上海，后来又去了苏联。她说，在离开中国以前，她一直当牙科医生。

问：你为什么在1933年去上海？
答：因为我害怕。如果待在海拉尔，我可能被日本人逮捕。
问：你怎么知道自己可能被逮捕？
答：我不知道。但斯库拉托夫告诉我，我待在海拉尔不再安全了，应该去苏联。

我问过从海拉尔来的人，可是谁也不记得有个叫斯库拉托夫的人。种种迹象表明，此人应该与苏联领事馆或者中东铁路管理机构有关。至于曼娅可能被捕的原因，我想与她的苏联国籍有关。

日本人虽然并不执行反犹太主义，甚至还与犹太社团保持良好的关系，但是他们与哈尔滨的俄罗斯法西斯党关系密切。这就给了某些俄罗斯人潜藏在心里的反犹太主义以合法性。于是，像奥尼库尔一家那样既是犹太人又是苏联人的人特别容易受到攻击。审讯记录中还有亚沙讲述的因与用人发生争执而被宪兵司令部拘留的事情：

……我们家用人因家务事和我母亲争吵起来。她用反犹太主义的语言咒骂不停。我知道这事之后，便把她解雇了。结果，先是我母亲，然后是我，被传讯到宪兵司令部，拘留了大约三个小时。

一个日本人审问我……说我打了那个用人……我否认，他就扇我耳光。获得释放之前，日本人又殴打了我，还责令我向那个用人赔礼道歉。

后来一位熟人告诉我，那个用人把我们的家庭情况、到我们家做客的人以及其他事情都报告给了日本人。

1935年3月，经过旷日持久的谈判，苏联以低于要价四分之一的价格把中东铁路北段卖给日本。为了逼迫苏联就范，日本曾经采取各种耸人听闻的手段施加压力。中东铁路的雇员们遭到骚扰、逮捕；日本人指使歹徒袭击火车，抢劫、杀害苏联乘客；铁路的器材设施遭到破坏，引起交通中断；运送日本士兵和物资的费用被长期拒付。苏联人意识到中东铁路已经无利可图。而且，随着纳粹军事力量在苏联西部边界日益增长，苏联人急于消除这个可能引起对日战争的隐患，于是低价出售了中东铁路（北段）。这使得在未来十年里，苏联对中国东北的影响力基本消失，而放任日本在这一地区推行它的殖民政策。中东铁路（北段）的出售也使持有苏联护照的俄罗斯移民处于十分危险的境地。

这时候，伪满洲国俄罗斯移民事务局（BREM）的分支机构已经在包括海拉尔的东北各地建立起来了。所谓的俄罗斯移民事务局是日本人策划的、控制俄罗斯移民的一个工具，与日本宪兵司令部关系密切。它由若干上了年纪的白卫军和哥萨克唱主角，由俄罗斯法西斯党（REP）成员和他们的同情者跑龙套。著名的哥萨克首领巴克舍夫将军曾经是其头目。持苏联护照的俄罗斯人中，有少数人通过在伪满洲国俄罗斯移民事务局登记注册，改变身份成为流亡者。像奥尼库尔一家那样不选择流亡者身份的人，经常发现自己被监视，并且遭到骚扰、敲诈和逮捕。在基尔什和亚沙的审讯记录中，我发现多处对这种情况的描述。

基尔什讲述了他怎样通过行贿免遭逮捕：

问：在宪兵司令部和警察机关中，你和谁关系密切？
答：我曾经和宪兵司令部的伊万诺夫关系密切。他来过我家好几次。1935年开始逮捕苏联公民的时候，为了避免被逮捕，我贿赂过伊万诺夫好几次。我还在咖啡馆和饭店里宴请他。宪兵司令部的其他两个人也和伊万诺夫一起来过……我也贿赂过他们……

亚沙就没有这么幸运了。他不但被逮捕，而且在拘押时被拷打：

问：你为什么被日本当局逮捕？
答：我第一次是被日本宪兵司令部逮捕的——不知道是什么原因——而且一直被关了七八个小时。关押期间，他们不但拷打我，而且要我承认是共青团员。尽管遭到严刑拷打，而且从 1924 年起就是少先队员，但我没有招供。

还有一次，他被骚扰、拘留，并被监视：

问：你在什么时候又被日本宪兵司令部拘留过？
答：1935 年 11 月。我坐火车从海拉尔到哈尔滨……在十八个小时的旅程中，两个宪兵（一个是俄罗斯人，一个是日本人）盘问了我七八次。他们问我去哪儿？干什么？还检查我的苏联护照达七次之多。快要到达哈尔滨的时候，他们告诉我，一到哈尔滨就要把我带到车站警察局。我在那里被拘留了四个多小时。调查中，他们问："你为什么来哈尔滨？你打算住在哪里？干什么来了？你的亲戚是干什么的？你当共青团员多长时间了？"第二天，我发现我处在警察的监视之下。与此同时，还有一个警察到扎列茨基家——我就住在他家——问我何时离开哈尔滨。十天以后，我提前结束了探亲。离开哈尔滨的时候，在车站警察局又一次被审查。在列车上，询问一次接着一次……

到了 1936 年 2 月，亚沙受够了。他离开海拉尔，到苏联与阿布拉姆和曼娅会合。季马·利特文记得，亚沙道别时，眼里满含泪水，因为他并不真的想走。但是由于长期精神紧张，他患上了神经性痉挛病。季马也是苏联公民，他说，他也曾与日本宪兵遭遇过一两次，所幸没有受到亚沙说的那种骚扰。

正是在这种情势下，1936 年，基尔什和切斯娜突然发现，在中国东北居住了二十七年之后,他们的家分崩离析了:由于害怕遭到日本人逮捕,三个孩子逃到苏联;女儿基塔一家和他们自己则生活在伪满洲国政府的淫威之下。做选择的时刻到了。

5

奔向"光辉灿烂的未来"

1936年,离别前夕

这几个字,工工整整地写在一张全家福的背面。这张照片是我在曾外祖母切斯娜的相册第二页发现的。深褐色的照片,相纸很高级。上面有切斯娜、基尔什、外祖父莫佳·扎列茨基、外祖母基塔和我母亲因娜。照片显然是在照相馆拍的,气氛严肃。

"这张照片是在哪儿照的?什么时候?"1997年夏天的一个下午,我和母亲坐在厨房里,我好奇地问。

桌子上摊着切斯娜和曼娅的相册,以及我从下诺夫哥罗德带回来的档案。看完奥尼库尔一家的档案,母亲对里面的信息十分诧异。既然我已经安全回来,她便急于帮助我把这个"故事"的片段缀合起来。照片背后的题字唤起了她的记忆。

"这是我外祖父和外祖母来哈尔滨探望我们时照的。几个月之后,他们就去了苏联。我记得,正赶上逾越节(Pesach)。里里外外打扫得干干净净,无论食品还是器具,都要合乎犹太教规定的标准。我们拿出逾越节专用的盘子、刀、叉以及汤匙等餐具,

哈尔滨档案

1936年，离别前夕（前排：基尔什、切斯娜；后排：基塔、因娜、莫佳）

彻底清理了厨房，确保没有逾越节不能吃的东西。"

逾越节一般在北半球的春季，因此这张照片必定是在1936年春的某一天拍摄的。那时候，扎列茨基一家刚从海拉尔搬到哈尔滨的新居。他们虽然不信教，但我曾外祖父基尔什很虔诚，所以犹太人逾越节的一切仪式都必须举行。

奥尼库尔夫妇最终决定，跟随他们最小的两个孩子曼娅和亚沙去高尔基市。既然大儿子阿布拉姆在符拉迪沃斯托克（海参崴），基塔一家在哈尔滨，他们老两口留在海拉尔已经没什么意思了。我母亲记得，经常听说曼娅和亚沙给父母亲写信，催促他们去高尔基市。姐弟俩都在那儿找到了令人满意的工作，而且在信中描绘出一幅光辉灿烂、颇具吸引力的未来景象——他们有自己的国家，完全没有日本占领的精神创伤。

照片是在基尔什和切斯娜最后一次来哈尔滨探亲期间拍摄的。母亲说，在返回海拉尔卖掉房子、整理行装之前，她的外祖父、外祖母在她家住了好几个星期。那期间，全家人曾去离家不远的中国大街（今中央大街）上的利弗施茨照相馆。

外祖父、外祖母还送给她一个套餐巾用的小银环和很小的银钱包，作为临别礼物。那天深夜，母亲从一只中式雕花樟木箱子里取出这两件礼物让我看。钱包上雕刻着：

依诺卡留念——外祖父、外祖母

除了母亲的眼泪和堆放在哈尔滨火车站等待装车的行李之外，因娜记不太清奥尼库尔夫妇起程的情景了。基塔和切斯娜采购了好几天。做大衣的衣料是在叶斯金兄弟商行购买的，并且直接就送到裁缝铺。鞋和其他物品是在秋林百货商店买的，新瓷器和厨房用具是在什维德公司买的。因娜从来没有见过那么多的手提包和箱子。这些东西倒给离别的忧伤添了几分兴奋。

基尔什和切斯娜的审讯记录中保存了一些他们离开中国前较为详细的情况。在哈尔滨期间,他们从苏联领事馆领到护照和入境签证。领护照和办签证虽然花费了很长时间,但毕竟成功了。回到海拉尔以后,他们立即把房子和奶牛卖给一个德国人。为了免遭逮捕,基尔什把簧风琴低价卖给了他曾经贿赂过的那个海拉尔警察伊万诺夫。1936 年 8 月,在中国生活了二十七年以后,基尔什和切斯娜永远离开了这片土地。

20 世纪 30 年代中期,数以万计的俄罗斯人为了逃避日本占领者的压迫,纷纷离开中国。告别,成了哈尔滨火车站最常见的一幕。由于经济衰退和犯罪率上升,哈尔滨已经失去了往昔的魅力。错综复杂的政治形势和猖獗的反犹主义加重了人们心中的不安。与法西斯分子有联系并受日本秘密警察操纵的俄罗斯歹徒掀起了绑架、敲诈和谋杀的狂潮,"哈尔滨俄罗斯人"已经忍无可忍。犹太人社区一半以上的成员,都去了相对比较安全的天津或上海租界。

1935 年 3 月,苏联把中东铁路(北段)卖给日本,更是激起了大规模的移民浪潮。三万以上持有苏联护照的俄罗斯人举家离开中国东北,前往苏联。其中,多数人是中东铁路的雇员以及学校、医院或者其他社会机构的工作人员。不少人出生在中国,从来没有去过苏联。他们满怀激动和期待,奔向"祖国"。告别变成了节日般的盛会。当超载的列车驶出车站时,站台上的人群挥手道别,有的人还举着红旗和横幅,横幅上写着:"俄罗斯母亲,迎接您的孩子们吧!"

5 奔向"光辉灿烂的未来"

1935年，成千上万的俄罗斯人离开哈尔滨前往苏联。这是他们告别哈尔滨的场景。
照片由伊拉·马吉德提供

"扎列茨基夫妇考虑过离开中国吗？"我问母亲。

"从来没有！"

我的外祖父莫佳和他哥哥卢维姆是肉类和家畜行业中的老移民，在哈尔滨商界颇受尊重。卢维姆成功经营着一家名叫"扎列茨基兄弟公司"的零售商店，而莫佳是贩牛的商人。1934年，他在松花江附近的斜纹街（今经纬街）盖了一幢二层楼房。

由于在建造过程中遇到1932年的大洪水，楼房工期不得不耽搁了一段时间。1935年，全家人终于从海拉尔搬来，住进楼房内四套房子中的一套。那时，莫佳·扎列茨基全神贯注于他的生意，基塔忙于照看孩子。除我母亲因娜以外，她还要照顾从海拉尔来哈尔滨上学的两个十几岁的亲戚——罗尼娅·奥尼库尔和伊拉·科甘。莫佳·扎列茨基年迈的母亲和他的一个妹妹也住在他们家。闲暇时，基塔打打麻将，参加茶话会，偶尔也欣赏一下小歌剧。

"日本人占领下的情况怎么样呢？"

20世纪30年代，优雅的基塔

罗尼娅·奥尼库尔和伊拉·科甘，1935年在哈尔滨

我母亲因娜只记得，她就读的那所英国人办的学校被关闭了，只得去一所新建的苏联"玫瑰学校"念书。之所以叫"玫瑰"，是因为那所学校有着漂亮别致的玫瑰色校舍。我后来才知道，在日本人到来之前，我外祖父和他的合伙人已经清理了规模很大的牛行的资产和账目，俩人并在与卢维姆合办的企业中，各自担任了一个不起眼的职位。

"你知道曼娅去苏联以前去过上海吗？"我边问边把曼娅的审讯记录拿给母亲看。对于这件事情，妈妈全然不知。是啊，姨妈离开海拉尔时，我母亲因娜只有四岁，怎么能指望她知道这件事情呢？此外，曼娅在上海待的时间也不长：

> 1933年10月，我去了上海，住在我的朋友卢维姆·亚历山德罗维奇·波利亚克家。我在妇女工作室当了一段时间的牙科医生。1934年年底，我离开上海，前往符拉迪沃斯托克（海参崴）……去苏联以前，只在上海待了十个月的时间。

此外，曼娅在审讯中还说，波利亚克是位皮草商人，又解释说，她是在受到可能被逮捕的警告以后才离开海拉尔去上海的。她说，之所以没有直接去苏联，是因为父母亲还没有拿到去苏联的入境签证，她不想和他们失去联系。我仔细阅读曼娅的档案，希望更多地了解她在上海期间的情况，可是这一简短的陈述看起来就是档案能够提供给我的全部信息了。

上海，这个以包容各种国籍的人和多种生活方式而著称的城市，曾有"东方巴黎"之美名，一直令我心驰神往。19世纪40年代，英国迫使清政府把上海辟为通商口岸,第一次向西方世界开放。到了20世纪30年代,上海已经变成远东最富活力的商业中心,也充斥着种种政治阴谋和间谍活动。这是一座国际化的、富有魅力的、充满异国情调的城市,是一个什么都可以买到、什么也都可以卖掉的地方。截然对立的两极在此泰然共处:可怕的贫穷与十足的富有;希望与绝望。

我在悉尼遇到过许多从上海来的俄罗斯裔朋友。他们似乎都老于世故,又精通英语。有些人是在20世纪20年代为了躲避俄国十月革命而到上海去的;有些人则是在20世纪30年代为了逃避伪满洲国的压迫而去那里的;还有逃过纳粹大屠杀的欧洲犹太人,他们在上海找到了避难所。在上海享有治外法权的国际公共租界、法租界以及虹口犹太人区的生活,可谓色彩斑斓而充满活力。在耸立于外滩的一座座银行和商业大厦的映衬下,豪华的花园洋房、炫目耀眼的夜总会、俗丽的小酒馆、精巧的咖啡馆随处可见。欧洲犹太人在上海的生活似乎比我们在哈尔滨的生活更富有异国情调。

上海是国际大都市,哈尔滨却只有俄罗斯风情,偏狭封闭。"我们为什么不是从上海来的呢?"我问母亲,好像她能扭转乾坤似的,"那有多么浪漫啊!"

"不错,上海有高质量的生活,"母亲回答说,"但哈尔滨有文化。"我明白,她说的"文化"是"大文化"。为这事儿争论,没有什么意义。不管怎么说,通过曼娅我还是找到了与上海的某种联系,这使我十分高兴。

曼娅在上海逗留的时间很短,但她此行的神秘性却激起了我的好奇。她去上海的真实原因到底是什么?她在那儿做了些什么?又为什么离开?这些问题的答案肯定比审讯记录丰富得多。

5 奔向"光辉灿烂的未来"

曼娅与她最亲密的朋友拉切尔，1933年摄于哈尔滨

真像她对内务人民委员部审讯人员说的那样，是因为害怕被日本人逮捕才离开海拉尔的吗？还是迫于压力，提供的不实之词？

我问过曾经在海拉尔居住的亲戚罗尼娅·奥尼库尔和伊拉·科甘，曼娅离开海拉尔以后是否直接去了苏联。她们俩都说，曼娅先去了上海。那时，我们围坐在悉尼我们家厨房的桌子旁，她们俩帮助我辨别曼娅和切斯娜相册中的一些人。

罗尼娅翻到一张照相馆拍摄的小照片，上面是曼娅与一个妩媚的姑娘。罗尼娅认出这个姑娘是曼娅最亲密的朋友拉切尔·纳弗塔诺娃。"她们是一起去上海的。"罗尼娅说。照片背面的题字是：

　　曼娅与拉切尔赠
　　　　1933年5月于哈尔滨

罗尼娅说，曼娅也许是去上海途中在哈尔滨待了几天，其间和好朋友拉切尔拍了这张照片，然后寄给了父母亲。她记得，奥尼库尔夫妇和拉切尔的父母亲是好朋友。拉切尔家在海拉尔从事养牛业，很有钱。两家的姑娘们是一起长大的。当年基塔和曼娅在海拉尔拍摄的好多照片上都有拉切尔。

伊拉突然想起孩提时听到的传闻。那时候，人们都说曼娅是跟男朋友一起去上海的。她猜测，那人叫伊萨克·莫尔杜霍维奇，家里养马，切斯娜希望曼娅能嫁给他。这也许是伊拉幼年道听途说残留的记忆？谁知道呢！

在我问过的所有人当中，没人知道卢维姆·亚历山德罗维奇·波利亚克。曼娅在上海时就住在这个人家里。在中国，许多俄罗斯犹太人都姓波利亚克。曼娅说她曾在妇女工作室工作过，但这究竟是个什么机构也不得而知。我只能假设，那是一家综合性医院下属的为妇女服务的设施。

后来，在翻阅抄录的档案馆不准复印的那部分材料时，我发现了曼娅在上海的更多资料，但其内容却使我大惑不解。那是摘录自高尔基市一个名叫卡尔迈林斯基的歌剧演员在内务人民委员部的交代材料。据说此人已经供认自己是日本间谍。他一口咬定，曼娅在上海期间"……与白匪报纸《上海的黎明》有联系，而且是依靠该报为生的所谓'妇女工作室'的成员。各国领事馆大多利用它从事间谍活动。从我自己在国外的经历知道，'上海工作室'是个间谍组织，白卫军利用它与各国领事馆联络"。

20世纪30年代中期，上海有一个大约两万五千人的俄罗斯人社区。居民们信仰不同，有各自的基督教教堂、犹太会堂、商店、咖啡馆、夜总会。《上海的黎明》是当地发行最广的俄罗斯移民日报，和哈尔滨的《黎明报》以及天津的另外一份同类报纸

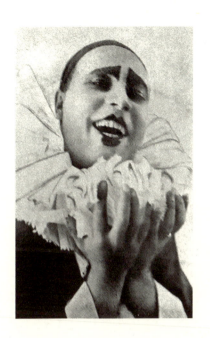

歌剧演员卡尔迈林斯基的证词将曼娅打成了日本间谍

同属于一个老板。据我所知,这些都是刻意避开可能引起意识形态争论的发行量很大的移民报纸。尽管如此,在斯大林主义辩证法盛行的背景下,《黎明报》依然可能被与白匪归于一类。但是,把某个工作室和某份报纸联系到一起,实在令我困惑不解。

卡尔迈林斯基的供述让人想象出这样一幅画面:香烟缭绕、觥筹交错的新闻记者俱乐部里,外交官、商人、艺术家、新闻记者和间谍们传播流言,进行交易。这与我在香港和华盛顿参观过的新闻俱乐部极其相似。可是,这样的地方怎么会有一个牙科诊所呢?我问过的所有曾在上海住过的俄罗斯人都没听说过有个"上海工作室"或"妇女工作室"。

1997年夏天,我翻阅《远东经济评论》,偶然看到对一位中国学者的历史著作的评论,这部著作研究的是上海的俄罗斯移民,于是设法找到了这本书。书是用中文写的,但我父亲懂中文!他的翻译给我帮了大忙。这本书对俄罗斯人在上海的生活做了全面的论述,对其主要工商企业、文化机构都有论述,唯独没有提及任何工作室。我只好接受这一事实——"妇女工作室"仍然是个谜。

尽管如此,上海依然吸引着我。我特别关注有关这座大都市的经济、文化发展的新闻报道,并想亲眼看看这座城市,找找依稀残存的历史遗迹。

——※——

1998年,命运又一次把我推上揭示家族历史的征程。事后想来,机缘开始于在越南河内古老的文庙里与一位中国学者的幸运相遇。随后两年里,一系列的巧合、幸运以及友谊帮助我解开了曼娅在上海期间的一些谜团。

当时,我即将结束在越南两年半的任期。5月的一个夜晚,在风景如画的文庙庭院里的官方宴会上,我和几位客人闲谈着。有人问及我的家庭背景。回答时,我自然提到哈尔滨。我的话被旁边一位曾在哈尔滨大学执教的上海教授无意中听见。他热情地和我攀谈起来。谈话中我得知,那本有关上海俄罗斯人的历史著作的作者恰巧是他在上海社会科学院的同事;而他的另一位同事则是研究中国犹太人问题的专家。"来上海做客吧,我可以把他们两位介绍给你。"

简直不可思议,四个月之后,我竟然成行了——因公到上海出差。这是随后两年中,我多次访问中国的开端。汪之成、潘光两位学者成了我的朋友,他们的帮助对于缀合我的家族历史起了非常重要的作用。

汪之成是一位俄罗斯问题专家,在上海图书馆和旧金山俄罗斯文化博物馆埋头钻研有关俄罗斯的档案、文献达数年之久。他是一位真正的"亲斯拉夫人",给自己起名叫"萨沙"。我们一起在以前法租界的大街上漫步了很久。那里曾经是20世纪30年代俄罗斯人聚居的地方。街道两旁的法国梧桐和花园洋房依然保留着昔日"东方巴黎"的风格。他还带我参观了俄罗斯人生活过的地方——霞飞路上的俄罗斯人购物区、俄罗斯小孩念书的学校、旅馆以及两座东正教教堂;如今,其中的一座教堂成了饭店,另一座则变身为证券交易所的交易大厅。

通过查阅过去的工商企业登记簿、公安局档案以及1949年前后出版的新、老上海地图,汪之成帮助我追根溯源,找到曼娅人生之旅上的一座座"里程碑"。他确认了卢维姆·亚历山德罗维奇·波利亚克的身份,他是上海犹太人社区的名人,曼娅曾在他家住过。在后来的一次访问中,汪之成又带我去波利亚克家曾经住过的淮海路公寓区的阳光大厦。然而,曼娅曾经工作过的"妇女工作室"依然是个谜。

潘光是犹太研究中心主任,一位学养深厚的学者。他带我参观了犹太居民区,包括犹太会堂、装饰艺术[1]风格浓郁的住宅以及著名的犹太人俱乐部。这个俱乐部现在是上海音乐学院的一部分。潘光交游甚广,掌握有一份曾在中国生活过的犹太人名单,并建议我和其中某些人联系。有两位女士在上海长大,后来移居到大洋彼岸的美国。无意中,她们帮我弄清了曼娅在上海期间的情况。

1999年5月,其中一位女士,作家列娜·克拉斯诺带我去斯

---

1 装饰艺术:一种装饰设计风格,特点是色彩鲜艳,有不对称的几何图形,20世纪初及60年代末流行。

坦福大学胡佛研究所档案馆查阅该馆收藏的部分出版物。这些收藏品属于她父亲，他曾在上海的一家犹太人杂志做过编辑。我万分惊讶地发现，藏品中有一本关于俄罗斯人的画册——《旅居上海的俄罗斯人》。画册由侨居上海的俄罗斯人季加诺夫船长在1936年出版。翻阅之下，我发现其中一页的标题竟然是：

妇女职业学校（前身是《上海黎明报》的妇女工作室）

下面是校舍照片。

我顿时目瞪口呆！单单是这个标题就使曼娅档案中的大部分材料变得鲜活起来。照片旁边的文字说明解释说，妇女工作室是1933年由该报管理部门建立的，1935年迁移到这个较大的校址，后来变成市政当局的职业学校。设立工作室的初衷是为俄罗斯妇女提供学习技能的机会，"从长远看，这些技能将帮助她们谋生"。学校开设诸如服装剪裁、女帽缝制、修指甲、理发、烹饪、打字以及法语和英语等课程。

十月革命以后，成千上万的俄罗斯妇女离开俄国。她们没有一技之长，除了当职业舞女和妓女以外，几乎没有就业的希望。对她们来说，能在工作室接受培训肯定是极大的幸运。不难想象，这样的工作室里设有一个小诊所；曼娅可能就在这里当牙科医生。这就是卡尔迈林斯基指控的所谓"间谍巢穴"。

一位俄罗斯朋友后来告诉我，卡尔迈林斯基在上海是表演杂耍的艺人。这话让我产生了一种预感，卡尔迈林斯基的照片可能就在我上一次看到的那些舞蹈家、音乐家和扮演天真无邪的少女的演员之中。不出所料，一年以后，当我再次来到胡佛档案馆查阅资料的时候，在同一本画册的另一页上，我的目光落在一个圆脸的皮耶罗[1]身上,下面的名字是:亚历山大·扎哈洛维奇·卡尔迈林斯基。

我和第二位美国女士联系的原因是她和我曾外祖母切斯娜同姓。莉莉·克里巴诺娃·勃拉克住在纽约。通过电子邮件交流,我们发现两人的根都在白俄罗斯,亲戚们都在中国生活过,但是没有其他更多交集。不过,当莉莉对20世纪30年代大多数犹太人迁往上海而我们家却留在哈尔滨表示诧异时,我提到了曼娅——我那去上海的亲人;我特意提到曼娅住在卢维姆·亚历山德罗维奇·波利亚克家,说不定莉莉还认识他们呢?!

2000年6月,我来到纽约,莉莉安排我和波利亚克的孙女——叶利亚·波利亚克见面。叶利亚是莉莉母亲的好朋友,在上海时认识曼娅。这真是天大的发现!

叶利亚·波利亚克八十多岁,是位举止文雅、讨人喜欢的纽约人。在曼哈顿一家小咖啡馆里,我们厘清了一个又一个"人物关系"。叶利亚是曼娅的朋友拉切尔的表侄女。拉切尔与曼娅一起去上海,并住在波利亚克家。波利亚克是拉切尔的舅舅,是一位从1915年起就住在上海的西伯利亚犹太人。

"我是通过表姑拉切尔认识曼娅的,"叶利亚说,"在上海的时候,我们经常见面。"据叶利亚描述,曼娅皮肤黝黑,有一双大大的黑眼睛,黑头发,个子不太高,留着短发。"她非常讨人喜欢……谦恭有礼,妩媚动人……我常常记不住人,但却清清楚楚地记得她。"

我拿出一张曼娅在照相馆拍的照片给她看。照片上的曼娅穿

---

[1] 皮耶罗:法国哑剧中的白衣丑角。

着优雅的黑色连衣裙，短发向后梳成当时流行的发式，一双黑色的大眼睛，颧骨略高。

"就是她！"叶利亚说，"我认识她的时候，她就是这模样儿。"难怪我总是觉得，这张照片有一种"上海风情"。

我又拿出淮海路上那幢高大的公寓楼的照片给叶利亚看。汪之成说过，那就是波利亚克在上海的旧居。叶利亚立即证实，这正是拉切尔和曼娅初到上海时住的地方。

"她们初到上海时，除了父母给的那点钱以外，没有多少钱。于是，像波利亚克的许多亲戚一样，来了上海就先暂住在波利亚克家。不过姑娘们很快就找到工作，搬到她们合租的房子里去了。"

叶利亚只知道曼娅找到一份牙科医生的工作，但不清楚在什么地方。我问她曼娅属于哪种类型的人：严肃的？活泼的？她有男朋友吗？

"我不知道她有没有男朋友。"叶利亚笑着说，"她之所以令我难忘是因为她严肃而内敛，从不装腔作势。"

叶利亚的回答让我惊讶。在我听到的对曼娅的描述中，不论是在海拉尔、哈尔滨，还是在苏联，她给人的印象都是活泼、开朗、大方。照片上的她也让人觉得性格外向。于是，我想从叶利亚嘴里再听到点什么。

"不要忘记，她来上海的时候，非常年轻。我们也有过那么年轻的时候。来到一个陌生的城市，而且是第一次到这么一个大都市，即使从哈尔滨来的人，相比之下，也会感到上海非常之大，何况曼娅是从海拉尔来的呢！她也许有点儿不知所措？远离父母、背井离乡，她可能感到孤独。尽管有拉切尔，她小时候的朋友……"

我倏然意识到，曼娅给叶利亚留下的这种印象也许可以解释

5 奔向"光辉灿烂的未来"

曼娅在上海

她为什么会做出离开上海、前往苏联的决定。也许曼娅感到孤独无助，也许大都市的喧嚣与繁华甚至让她畏惧？也许她意识到上海是一个无论如何都不可能把父母亲从海拉尔吸引来的地方？

叶利亚也无法解释曼娅去苏联的原因，但她认识其他一些从上海去苏联的人，他们都是在20世纪30年代中期或1945年"二战"结束后过去的。什么东西吸引着他们呢？有的人是向往俄罗斯文化——语言、文学、芭蕾舞、戏剧、歌剧；有的人是渴望回到祖国。据她所知，去了苏联之后，他们的生活都非常艰难，后来无一例外地和上海的朋友们失去了联系。

听到曼娅在高尔基市的结局，叶利亚既难过又吃惊。

"太悲惨了！太恐怖了！——就那样莫名其妙地死了？！"

曼娅的朋友拉切尔后来怎么样呢？叶利亚说，拉切尔留在上海，后来结了婚，不幸的是她丈夫死于一次飞机失事。"二战"后，她去了巴西，20世纪90年代在那里去世。

叶利亚对曼娅在上海期间的生活细节虽然了解得不多，但听到她谈论我的亲人还是让我感到十分欣慰。至少，这是曼娅在上海的旧识中尚且在世的一位，她的介绍自然比内务人民委员部的档案更真实可靠。

正是由于曼娅去苏联的决定，才使家里其他人相继来到苏联。我不理解，他们为什么选择去高尔基市，而不是去有亲戚的莫斯科？也没有去文化艺术中心列宁格勒？更没有去阿布拉姆生活的符拉迪沃斯托克（海参崴）？

正如我母亲所说，原因很简单，曼娅在高尔基市找到了工作，其他人也就跟着去了。内务人民委员部档案也没有透露更多的信息。曼娅对审讯人员说，1934年10月离开上海之后，她先去符拉迪沃斯托克（海参崴），在哥哥那里住了几个月，然后去了莫斯科，住在她母亲的妹妹费佳·特西尔林家。1935年4月,她去了高尔基市,在高尔基汽车厂综合医院找到一份当牙科医生的工作。亚沙的档案也可以帮助我们深入了解这个问题。审讯人员问到他姐姐为什么最终在高尔基市定居时,他说,因为曼娅没拿到居住许可证,所以在莫斯科找不到落脚的地方。

1917年十月革命之后,由于大量民众蜂拥而来,莫斯科处于极度拥挤的状态。起初,他们来莫斯科是为了寻找就业机会,后来,是为了逃避在农村迅速蔓延的饥荒。到20世纪30年代中期,莫斯科的人口已经猛增到四百万。1933年,政府实行国内通行证和城市人口登记制度,以控制城市发展。这就意味着,只有领到某一城市居住许可证的人才能在该市居住。

为了彻底弄清亲人们在高尔基市的情况,我又转而求助于我们这个大家庭——利用档案里的信息,唤起家人的回忆。母亲告诉我,费佳·特西尔林是伊拉·科甘的外祖母,曼娅在莫斯科期间住在她家。

不出所料,伊拉源源不断地提供了有关特西尔林一家的情况。在20世纪20年代后期,伊拉的母亲领着她从海拉尔去莫斯科探望外祖母时,她第一次见到特西尔林家的人。60年代初,她和家人从哈尔滨移居到苏联以后,又前后几次去看望特西尔林家的后人。

我问伊拉,曼娅为什么去高尔基市?她的回答很简单:"曼娅是因为投奔表兄特西尔林夫妇才去了高尔基市。特西尔林夫妇已经在那儿安顿下来,而且能帮她找到工作。"伊拉解释说,20世纪30年代初,高尔基汽车厂刚开始建设的时候,费佳·特西尔林的儿子马克和妻子法尼娅就在那儿工作了。曼娅来的时候,工厂已经建成并运转了三年。

正像四分之一世纪前，一个家庭成员跟随另一个家庭成员从白俄罗斯的犹太小村庄去中国东北一样，在20世纪30年代，他们的孩子们也相继去了高尔基市。1935年4月，曼娅追随特西尔林夫妇去了高尔基市。同年，曼娅的堂弟萨尼亚·奥尼库尔，也从海拉尔去了高尔基市。

1938年，萨尼亚在审讯时说，日本人关闭学校的时候，他被迫中断了在哈尔滨工业技术学校的学业。堂姐曼娅写信给他，说在高尔基汽车厂能找到工作，还可以学习。于是他就来到高尔基市，当了一名电工，住在曼娅家。

内务人民委员部档案显示，曼娅的弟弟亚沙随后在1936年2月也来到高尔基市，后来在高尔基汽车厂当了一名技术工作方面的英语翻译。1936年8月，基尔什和切斯娜最后到达高尔基市。老两口生平第一次没有工作，依靠孩子们赡养。

1996年在下诺夫哥罗德访问期间，一看到高尔基汽车厂的规模，我就意识到，这绝不是一座普通的工厂。后来我得知，高尔基汽车厂——1956年前也叫莫洛托夫汽车厂，以对斯大林的副手莫洛托夫表示敬意——曾经是20世纪30年代斯大林宏伟的工业化规划中的一个示范项目。

高尔基汽车厂是在美国汽车大亨亨利·福特的帮助下，以福特的底特律汽车厂为蓝图而建设的。这是苏联第一座真正的汽车厂，其装配线按照美国最新的设计图纸建造而成。在美国遭受经济大萧条的时候，福特抓住时机，把美国的设备和专业知识卖给苏联人，同时帮助他们开发汽车市场。颇具讽刺意味的是，在高尔基市，这位典型的垄断资本家的肖像一度被挂在马克思和恩格斯的肖像旁边。工厂生产出来的第一辆汽车——GAZ-A型，就是福特牌A型汽车的变种。

高尔基汽车厂把成千上万的工人从苏联各地吸引到高尔基市，也吸引了渴望参加这一伟大的"社会主义实验"的美国和其他国家的工程师和工人。1935 年，英国贸易联合会秘书长沃尔特·西特里恩爵士参观高尔基汽车厂时，工厂已经有两万五千多名技术工人、五百多名医务人员，以及一万两千五百多名建筑工人。

对于奥尼库尔家的年轻人来说，投身于这样伟大的事业，为建设"第二个美国"添砖加瓦，是多么令人激动啊！这里与宛如沉睡中的海拉尔有天壤之别。作为高尔基汽车厂建设机械车间的英语翻译，亚沙也许和前来帮助高尔基汽车厂建设与管理的美国顾问们一起工作过。我不知道，亚沙和曼娅是否把自己看成"社会主义先锋"的一员，为把落后的俄国变成现代化的苏维埃而努力奋斗。

曼娅的档案告诉我，从 1935 年起，她就成了一名共青团员。我不知道，她参加共青团的动机是发自内心的信仰，还是为了在政治上谋取自己的利益？在苏联时期，共青团员享有一些特权：有机会分到比较好的住宅，到旅游胜地旅行，购买比较好的商品，享受优质服务。但是，我觉得，曼娅可能是位爱国主义者，准备今天做出牺牲以建设更美好的明天——苏联领导人经常说的"光辉灿烂的未来"。

不论我自己的价值观如何，就汽车厂"社会主义城"的生活而言，奥尼库尔一家在那里显然很幸福。切斯娜对亲戚们说，她印象最深的是曼娅和亚沙分到的那套两居室的公寓。高高的天花板，阳光充足，视野开阔，和奥尼库尔一家在海拉尔住的那幢狭窄低矮的土坯房简直有天壤之别。就是与切斯娜的妹妹费佳和她女儿一家居住的那套一居室公寓以及莫斯科的任何亲戚家相比，这套公寓也显得奢华而舒适。这家大型企业一切从零开始，它的职工宿舍大楼当然条件会比较优越。

除了住宅外，高尔基汽车厂还有自己的娱乐设施：夜总会以及放映电影和供当地或外地来访的艺术家们表演的大型剧院。使基尔什感到失望的也许是在徒步范围内没有犹太会堂。不过，也许像他的孩子们一样，他明白，他们正在建设的苏维埃乐土是没有宗教的。所幸，他活着的时候，高尔基市旧城区的犹太会堂还可以举行宗教仪式。

基尔什和切斯娜因为离开远在中国的亲人而伤心，也为他们在日本占领下如何生活而担忧。不过，老夫妇俩在莫斯科都有各自一方的亲戚。这些亲戚是在20世纪20年代，布尔什维克取消了沙皇俄国对犹太人居住地区的限制以后，从白俄罗斯迁居莫斯科。坐火车从高尔基市到莫斯科仅需十四个小时。廖瓦·拉亚克舅姥爷记得曾在莫斯科见过曼娅和亚沙许多次。基尔什和切斯娜来到高尔基市以后，廖瓦至少见过他们一次。根据切斯娜的档案，那可能是在1936年11月。

马克和法尼娅·特西尔林在高尔基市对年轻的奥尼库尔姐弟多有帮助。他们夫妇俩都是工程师，自从高尔基汽车厂开始建设，就在这里工作，而且现在身居高位。法尼娅是汽车喷漆方面的高级专家，曾经被送到底特律的福特汽车厂和巴黎、柏林进修过。特西尔林夫妇在如何处理高尔基汽车厂的人事关系方面可以给表妹、表弟以忠告。

伊拉·科甘回忆起20世纪60年代初，从哈尔滨移居到阿拉木图以后不久，第一次去高尔基市探望特西尔林夫妇的情景。法尼娅当时已经是有两千多名员工的油漆车间的主任了。领导们十分倚重她的专业技术，都希望她能在正在研制的新产品Chaika

牌敞篷汽车的喷涂技术方面做点贡献。

伊拉形容特西尔林夫妇居住的那套三居室公寓时说:"按照苏联的标准,公寓十分豪华。"像斯大林时代为高级管理人员建造的许多老式公寓一样,那套房子有宽敞的房间,高高的天花板,还有面积相当大的厨房和浴室。公寓大楼坐落在一条宽阔的大街上,街角就有食品商店,十分方便。

"那幢大楼在高尔基市的哪个区?"我问伊拉。

"在高尔基汽车厂'社会主义城'——基洛夫大街。"

毫无疑问,那正是23号大楼15号公寓——我和我的朋友们曾经在下诺夫哥罗德寻找过的切斯娜的住址。萨尼亚的档案材料说明,他也在这里住过。这么看来,在奥尼库尔一家的其他成员被捕以后,特西尔林夫妇让切斯娜和萨尼亚从奥克佳勃尔斯卡娅大街搬到了他们家。在那个偏执狂甚嚣尘上的年月,对特西尔林夫妇来说,收留被捕者的亲属要冒多么大的风险啊!真是血浓于水!

我不知道,奥尼库尔夫妇来苏联以后,是否见过阿布拉姆。档案或者照片都提供不出他们见过面的证据。从高尔基市到符拉迪沃斯托克(海参崴)路途遥远。可是不管怎样,他们毕竟生活在同一个国家里了,彼此通信还是可以的。切斯娜的影集里,有一张阿布拉姆在1937年寄给父母亲的照片。和在中国时拍摄的照片相比,他胖了,头发也明显稀疏了。这张身穿制服的照片上题写着"边防战士,你们的儿子寄"。他一定是念完了大学,并且找到了工作。有一份审讯记录提到,阿布拉姆与曼娅、亚沙一起在经济上供养父母亲。

为了寻找在高尔基市的全家福,我仔细查看了曼娅和切斯娜保存的所有照片,但一张也没有找到。事实上,那个时期的照片只有曼娅的几张——一张是曼娅和表嫂法尼娅·特西尔林在莫斯科照的；另一张是曼娅身穿白大褂，在医务室的办公桌旁边，和她的医生"情侣"一起照的；还有一组照片，是1936年10月，在克里米亚度假的两个星期间拍摄的。

克里米亚的那组照片，看起来好像是集体旅游时摄制的。大部分都编了号，写着地名和拍摄日期。这也许是曼娅和来自高尔基市的其他年轻工人们在享受一年一度的假期。地名是雅尔塔[1]周围几个颇受欢迎的旅游点：尼日基京斯基植物园、阿卢普卡王宫……大部分地方在《孤独星球——俄罗斯旅游指南》上都有介绍。这些照片使我想起20世纪80年代在亚得里亚海附近旅游时，见到的一个苏联旅行团。男人们身穿不合体的西装，女人穿着花布连衣裙，脚穿短袜和凉鞋——那个时代俄罗斯的时尚。

在那组照片中，只有两张拍摄出了曼娅的风采。第一张照片上，她与其他三位女子都穿着宽松的长袍，坐在沙滩上，背后是波涛拍岸的黑海。她们随时都可能脱掉长袍，跳进海里游泳，为终于摆脱旅游团的其他人而高兴。

第二张是集体照——一幅动人的图画——照片是在阿卢普卡的城墙上拍摄的，背景是白雪皑皑、高耸入云的山峰。曼娅站在中间，身穿薄薄的短袖棉布连衣裙，微风吹拂，轻轻飘动的连衣裙映衬出她优美的曲线。曼娅的脸上洋溢着天使般的微笑，用左手遮挡着头顶上方炫目的阳光，眺望着远方。

曼娅也许回想着在高尔基市度过的十八个月时光？她已经设

---

[1] 雅尔塔：苏联西南欧部分的一个城市，位于黑海沿岸，克里米亚南部，著名的旅游胜地。它是1945年2月同盟国会议（罗斯福、丘吉尔和斯大林出席）的会址。

5 奔向"光辉灿烂的未来"

曼娅（左三）与友人，1936 年在克里米亚海滩

曼娅（后排右七）与同事们，在阿卢普卡的城墙上留影

法让大多数家人逃离了日本占领区,他们安全了,终于团聚了。现在,在自己的祖国,他们可以重建自己的生活。曼娅的目光也许正凝视着"光辉灿烂的未来"。

6

10月的"黑渡鸦"[1]

  我不知道,曼娅从什么时候开始认识到她心目中"光辉灿烂的未来"只不过是幻想,是海市蜃楼。但事实上,她去克里米亚旅游以后不到一年,奥尼库尔一家便陷入1937年席卷苏联的"大清洗"的灭顶之灾。一年之间,她的希望和梦想便彻底破灭了。

  回顾"大清洗"的历史,那场可怕的灾难如何像漩涡一样旋转着,旋转着,月复一月,把越来越多无辜的人吞没,事后看来已是一目了然。然而生活在恐怖之下的人们能在多大程度上看清问题的本质呢?曼娅和其他人什么时候才开始明白周围到底发生了什么事情呢?

  在奥尼库尔一家的审讯记录中,我陆陆续续发现了他们在那一年里的生活情况。亲戚们的回忆提供了补充信息。不过,要想真正找到上述问题的答案,唯一的办法就是把所有信息放到我们所了解的当时的历史背景之下。此外,还得利用一点儿想象。

---

[1] 黑渡鸦:一种大乌鸦,被视为不祥之鸟。

1934年12月，民望极高的苏共领导人谢尔盖·基洛夫被刺杀，这个事件成为"大清洗"的直接导火线。当时，曼娅正在符拉迪沃斯托克（海参崴），和阿布拉姆在一起。基洛夫遇刺身亡激起苏联民众的强烈愤慨。据当时的新闻报道，人民要求严惩罪犯。那个月晚些时候，曼娅还在莫斯科的姨妈家，政治迫害就已经开始。

　　据说，基洛夫遇刺是一个蓄谋已久的政治阴谋，其最终目的是要谋杀包括斯大林在内的苏联领导人。其实，这只是逮捕包括前中央政治局委员季诺维也夫和加米涅夫在内的斯大林党内政敌的一个借口。随后官方声称，调查发现流亡国外的托洛茨基也与这一阴谋有关。很快，在波及全国的、彻查所谓的"季诺维也夫－托洛茨基恐怖集团"成员的行动中，数以万计的党员遭到清洗。更大规模的逮捕正在计划之中，尽管当时几乎没有人意识到这一点。

　　20世纪30年代中期，苏联到处悬挂着斯大林的肖像和他的口号："生活已经变得更美好，生活已经变得更幸福。"也许确实如此。1935年，不再实行食品定量供应，对"资产阶级生活方式"和"非无产阶级行为"的禁令也被取消。社会上弥漫着一种喜气。政府鼓励市民休闲娱乐，享受消费品——如果能买到的话。苏联正在走向现代化，像美国一样，拥有大规模生产冰淇淋和法兰克福香肠的食品加工业。科隆香水和香槟酒又成为时尚。挤满观众的剧院里上映着配有感伤音乐的电影。"休闲和文化娱乐公园"里搭起台子，表演过去难得一见的舞蹈。圣诞老人也从寒风中走来。

　　正是在这种情况下，曼娅在高尔基市找到工作和住处之后，才写信给海拉尔的亲人,劝说他们来高尔基市团聚。

1936年8月,奥尼库尔全家人都到达苏联,正赶上第一次"莫斯科大审判"。当时,谁也不会漏掉那条新闻——"加米涅夫、季诺维也夫和他们的同谋被指控犯有刺杀基洛夫以及包括阴谋刺杀斯大林在内的种种罪行。"有被告的供述,有公诉人维辛斯基绘声绘色的起诉,宛如演戏一样的公审在报纸上广为宣传;公审的片段还通过无线电台广播,并被拍成新闻纪录片放映。

曼娅和亚沙看穿这种装模作样的表演了吗?他们怎么能看穿呢?像那个年代的大多数人一样,他们没有理由怀疑斯大林和苏联司法制度,也没有理由怀疑被告的供述是可以通过卑劣的手段编造出来的。听说阴谋就发生在最高领导层身边,他们也许只能目瞪口呆,最多把这个骇人听闻的事件归咎于老布尔什维克钩心斗角的最后一场表演。在工作单位,他们参加会议,讨论提高警惕的必要性。听说阴谋集团的成员之一居然是曾经在高尔基汽车厂当过厂长的斯米尔诺夫,大家一定万分惊讶。

到了这一年年底,公众的注意力已经转移到苏联新《宪法》上了。在1936年11月正式通过以前,为了便于讨论,这部新《宪法》曾在群众中广泛传阅。《宪法》的承诺激动人心:人民将享有公民权、政治权以及自由。对许多人来说,包括曾经在俄国犹太人定居点饱受歧视的奥尼库尔一家那样的犹太人,有理由为这部《宪法》感到由衷的高兴。

人们欢天喜地地迎来1937年。报纸报道说,单单在莫斯科,就点亮了二十五万棵圣诞树,作为这个国家"幸福的青春时代"的象征。而就在两年前,圣诞树和圣诞老人还被当作旧传统而禁止。像所有大企业一样,除夕之夜,高尔基汽车厂为员工们举办了盛大的迎新年歌舞晚会——也许爵士乐也重新闪亮登场。我想象着，奥尼库尔家的年轻人们也在那里，午夜时分，所有人都为新年的到来举起酒杯——"为斯大林同志干杯！为我们伟大的祖国干杯！为我们光辉灿烂的未来干杯！"

可是不到一个月，苏联人民就经历了第二次"莫斯科大审判"。在高层领导内，又一次揭发出叛国和阴谋活动。被告又是党的高级领导。这一次，他们被指控犯有叛国罪以及在德国和日本授意下破坏经济的罪行。大多数被告被处决了。人们感到吃惊的是，所谓的阴谋分子中，竟然有尤里·皮亚塔科夫。此人和负责重工业部的人民委员奥尔忠尼启则关系密切。奥尔忠尼启则由于在第一个五年计划期间为发展苏联工业做出巨大贡献而备受赞扬。高尔基汽车厂就被认为是他的一个杰作。1937年2月，奥尔忠尼启则突然去世，据说死于心脏病。多年以后，人们才知道，他也许是被谋杀的。

我猜测，奥尼库尔家的年轻人对这些事件一定很感兴趣。他们的亲戚特西尔林夫妇对奥尔忠尼启则一直推崇备至。从高尔基汽车厂建设初期起，他们就和奥尔忠尼启则有非常密切的工作关系。派遣法尼娅·特西尔林到国外培训就是他一手促成的。

对于日本暗中策划力图摧毁苏联的新闻，他们一点儿也不感到惊奇。在中国的时候，曼娅和亚沙就听到传言，说日本人正在训练一些武装的白俄分子去苏联进行破坏活动。可是他们绝对没有想到，日本人能在苏联高层领导中找到代理人。他们或许在揣测，苏联和日本在远东的战争是否即将来临？

从奥尼库尔一家的审讯记录中，我看到他们在高尔基市遇到的，同样从哈尔滨和海拉尔来的一些人的名字。这个问题似乎成了审讯人员的"保留节目"。曼娅和从哈尔滨来的两个姑娘，莉娅和薇拉成了朋友。曼娅说，在哈尔滨学习期间，她和两人有过一面之交。莉娅当时在哈尔滨一家女帽店工作，薇拉在中东铁路。1935年，莉娅和薇拉与曼娅前后脚来到高尔基市。她们后来在莫斯科到库尔斯克铁路线的高尔基市火车站工作。

"我们互相拜访。"审讯人员记录下曼娅的话。我想，那就是说，她们的关系很密切。根据我自己在国外生活的经验，我非常理解，尽管在"老家"各自的天地可能全然不同，可是一旦来到一个新的环境，就会由于共同的背景被吸引到一起。在高尔基市，这几位姑娘都是"前哈尔滨俄罗斯人"。

曼娅认识的另外一个从哈尔滨来的人引起了我的注意。此人名叫卡尔迈林斯基，是一名歌剧演员。曼娅对审讯人员说，她是在高尔基市认出他的。那时，卡尔迈林斯基在高尔基市歌剧院工作。以前，他在哈尔滨唱过歌剧，还到中国东北其他大城市巡回演出。但她不记得这个歌剧演员的名和姓了。

出现在奥尼库尔一家大多数人档案中的另外一个名字，是宾季科夫。切斯娜对审讯人员说，宾季科夫是以前在海拉尔的邻居，和她儿子阿布拉姆是中学同学。按照曼娅和亚沙的"交代"，尽管奥尼库尔一家和宾季科夫几乎没有什么交往，但1936年，他还是来到高尔基市，在他们家小住了几天。

1937年3月23日，是曼娅的二十六岁生日。就在这一天，报纸大肆宣扬伏尔加河大坝的建成，说那是苏联战胜自然的又一个辉煌成就。我想，既然政府鼓励人民享受生活，曼娅的生日一定会好好庆祝一番。她大概会邀请朋友们参加妈妈特意准备的生日宴会。

我仿佛看见，亚沙举起斟满香槟的酒杯，祝姐姐身体健康。曼娅的那位医生朋友手捧玫瑰花和"红色莫斯科"香水赶来祝贺。十月革命胜利之前，为了向罗曼诺夫王朝表示敬意而研制的这款香水，1925年被赋予新的名字，变成苏联妇女长期以来特别喜爱的香水品牌。我所以知道它，是因为20世纪50年代后期亚沙来哈尔滨探亲时，给我外祖母带了几瓶。香水用完以后，外祖母就把空瓶子送给我玩。

生日宴会后，年轻人去高尔基汽车厂俱乐部继续狂欢。我想，由于在上海住了一段时间，曼娅的舞一定跳得很好。

我不知道，曼娅与父母、弟弟和堂弟住在一套两居室的公寓里，如何设法安排自己的私生活？在这种情况下，即使已经结婚的夫妇，想亲热亲热也非易事，更不用说秘密相恋的情侣了。即使曼娅的男友与妻子不和，估计两人也得住在一起。如果他们有孩子，情况就更复杂了。自从20世纪30年代中期起，苏联共产党对离婚已经持不支持态度了，尤其是对高级官员。1936年中正式通过的《未婚母亲保护法》宣布堕胎为非法，并提高家庭补助金，这就使离婚更为困难。

当然，还有一种可能，那就是曼娅的男朋友只身前来高尔基汽车厂工作，而把家留在另外一座城市。为了曼娅，我希望如此。她的生命实在太短暂了。

1937年春暖花开的时节，报纸上充斥着在苏共领导层里揭露出"人民的敌人"的消息。腐化、任人唯亲和自以为是的行为被连篇累牍地报道。2月，斯大林在苏共中央全会上讲话指出，许多企业和党组织中存在着托洛茨基分子的阴谋破坏和间谍活动。这就是对物资短缺——从面包到女式长筒袜和雨鞋——所给出的解释。高尔基市的奥尼库尔一家听说，高尔基汽车厂党组织的高层领导已经被揭露出来，并且被开除出党。但所有这一切距离他们的日常生活似乎还很遥远。

1937年下半年，政治舞台变幻的风云离现实越来越近了。6

月初，一个令人震惊的消息传来：红军中有人叛国！以国防部副部长图哈切夫斯基元帅为首的八位高级将领，由于密谋与德国人进行军事勾结而被逮捕。此时，国家正在加强反法西斯侵略的防御能力和准备战争！审判秘密进行，第二天，八个人就被处决了。

"大清洗"如火如荼，从高层开始，在红军各级领导中展开，后来蔓延到党内。开除、逮捕遍及苏联各地。清洗的浪潮很快波及党的外围组织——工会和共青团。领导人被逮捕，大家都要提高警惕。每一个工会会员或共青团员都有责任帮助党肃清"破坏者"和"叛徒"，并且揭发"人民的敌人"！

因为是共青团员，曼娅肯定得参加团会议，也许就是揭发"叛徒"或者开除某个同志的会议。我想，她也许对这种相互牵连、代人受过十分反感；她也许面临着不得不对那些本来和自己毫无关系的事情做出表态的困境。我不知道，她是否有足够的勇气大胆说出自己的看法；或者也像其他人一样，面对压力，不得不违心地咕哝着，说几句不得要领的话？

也许，亚沙也品尝过在会上批评与自我批评的滋味。暗藏在革命队伍中的敌人就是在这样的场合通过"集体揭发"被揭露出来的。我不知道，作为一名翻译，他是否在工作中感到必须警惕"外国影响"的额外压力，是否注意到几乎所有美国人和其他外国专家都走了。

1937年7月，亚沙在政治迫害达到顶点的时候，由于休年假而喘了一口气。亚沙的档案记载，他去了高加索，在温泉小镇五山城度假。19世纪，那里是上流社会青睐的旅游胜地，著名的浪漫派诗人莱蒙托夫曾经在此地进行了一场决斗，结果英年早逝。

亚沙返回高尔基市的时候，"黑渡鸦"正在夜间盘旋。俄罗斯人把渡鸦看作凶兆。"黑渡鸦"是人们给可怕的黑色囚车起的绰号。内务人民委员部就是把捕获的"猎物"装进这种车里带走的。每天夜里11点到凌晨3点，人们都毫无睡意地躺着，提心吊胆地听"黑渡鸦"在谁家门口停下。颇具讽刺意味的是，"黑渡鸦"正是高尔基汽车厂制造的，其底盘和运送面包的厢式货车的底盘完全相同。

我猜想，曼娅一定对亚沙说过，她曾度过那么多难眠的夜晚。她注意到不少人在不知不觉中失踪了。病人们不能如约应诊。护士打电话到其工作单位时，被告知，那些人已经不在那儿工作了。至少有一次，她被直截了当地告知，因为是"人民的敌人"，那个病人已经被逮捕了。曼娅虽然觉得不可思议，但不敢说——甚至对她的护士也不敢说。那时候，人人自危，相互猜疑，谁都不知道对方是不是"密探"。

亚沙返回工作岗位之后，一定也发现有人失踪了。我猜想，度假前，他把一份译稿交给一位工程师。度假回来再去拜访的时候，却发现那个人不见了，只有工程师的手下坐在他原先的座位上。"伏罗洛夫同志上哪儿去了？他休假去了吗？"那人告诉他，伏罗洛夫已经被"调走"了。后来他才知道，正是坐在工程师椅子上的那个人告发伏罗洛夫同志是"外国间谍"。于是，伏罗洛夫同志在街上散步的时候被抓走了。令奥尼库尔一家心惊胆战的是，被告发的人已经不仅限于党内的高级官员了，包括自己在内的普通老百姓也随时可能陷入灭顶之灾。

到处都发现"间谍""卖国贼"和"人民的敌人"！新闻媒体在民众中掀起一股抓间谍的狂潮。副总检察长列夫·舍伊宁还写了一部揭露间谍的剧本——《交锋》。这部戏在苏联各地的剧院里上演，引起巨大反响。

对奥尼库尔一家来说，形势的变化令他们十分不安。7月底,当地一份报纸刊登了一篇文章,提醒男人们警惕外国间谍的女色诱惑。文章举例说,一名工程师就被一个从哈尔滨来的年轻漂亮的姑娘引诱。这个姑娘原来是个日本间谍!文章在奥尼库尔家引起种种猜测。这个姑娘真是日本间谍吗?她是谁?有人认识她吗?

这篇报道给曼娅敲响了警钟。在苏联长大的朋友们给我讲过哈尔滨来的女士们刚到苏联时给人留下的印象。由于时髦的打扮和从中国带来的工艺品,在人们眼里,她们似乎充满异国风情。孩子们经常在她们扔掉的垃圾中寻找"宝物"——瓷器碎片。和苏联人自己单调乏味的生活相比,一些苏联人嘲笑来自哈尔滨的妇女是"娇小姐"就不足为奇了。

曼娅非常敏锐地感觉到周围人的这种不屑,尤其是许多妇女的暗中妒忌。这也许能解释曼娅着装的明显变化。她在中国拍摄的照片中,虽然衣着朴素,但很时髦。在苏联拍摄的为数不多的照片,则显示她入乡随俗,按照苏联人的时尚打扮自己——短袜、凉鞋以及必不可少的贝雷帽,以便看起来和别的女同志没什么两样。在"抓间谍"的热潮中,曼娅知道,她在中国东北和上海的经历很容易被打成"日本间谍"。她必须小心谨慎,不要显眼。

恐惧和怀疑与日俱增。在这种情况下,奥尼库尔一家无疑必须保持低调,而且相互依附得更紧密了。那时候,年轻人都按时回家吃晚饭,每个人都带回更多有关逮捕和揭发的消息。神父们被逮捕了,教堂被关闭了。基尔什担心,下一步就轮到犹太会堂了。他们还注意到楼里另一套公寓门上贴着的封条——父母亲都被逮捕了,祖父母被赶出家门,孩子们被送到孤儿院。

原本满怀希望开始的一年,局势怎么会恶化到如此地步?

奥尼库尔一家有没有听到曾经在中东铁路工作过的"哈尔滨俄

罗斯人"被打成"日本间谍"而被逮捕的小道消息？曼娅作为共青团员，是否曾经为这种逮捕辩护，指出那些人也许就是间谍？她是否提醒过全家人，苏联正面临来自四面八方的侵略？

虽然奥尼库尔一家人谁也不敢公开责问，自己究竟为什么在这个关口回到苏联，但我确信，这种想法肯定曾在他们充满焦虑的心头掠过。

1957年，曾外祖母切斯娜来哈尔滨探亲的时候，大家都非常想知道她是怎么熬过"大清洗"以及"大清洗"之后那段痛苦而难忘的时光的。但是，事情虽然已经过去二十多年，还是没人敢开口请她讲一讲那段往事。

可是有一天下午，她把我母亲拉到一边，讲述了那段不堪回首的记忆。因娜记得，她是在外祖母基塔的卧室窗旁向我母亲讲述的。当时，基塔出门去了，我在睡觉。

"她为什么不对基塔讲而对你讲呢？"我问母亲。

因娜猜测说，一定是切斯娜不忍心把这段痛苦的往事告诉基塔——她和曼娅的姐妹感情很深。

切斯娜向我母亲讲述了1937年的最后几个月，全家人在恐怖中煎熬的痛苦。一家人彼此都不愿把自己的恐惧加诸别人头上，因此吃饭时大家都沉默无语。夜晚，每个人都睁着眼睛躺在床上，侧耳倾听外边大街上"黑渡鸦"的动静。它会停下来，还是会驶过去？

1937年10月2日，"黑渡鸦"终于停下来了。

午夜刚过，切斯娜听到汽车停下，接着，楼梯上响起脚步声。她以前也听见过这种让人心惊肉跳的脚步声，但没人敲她家的门。

可是这一次，敲门声响起了。

接着，家里乱成一锅粥。曼娅跑进父母的卧室穿衣服。切斯娜匆匆穿上晨衣，摇醒睡着了的丈夫。亚沙穿着睡衣打开卧室门，萨尼亚站在他身后。身穿制服的四个人面对着他们，亮出紫红色的工作证——他们是内务人民委员部国家安全总局（UGB）的工作人员。一起进来的还有一位邻居，看起来既疲倦又紧张——他是居民委员会的代表。

"雅可夫·格里高利耶维奇·奥尼库尔、玛丽亚·格里高利耶芙娜·奥尼库尔……"契卡工作人员大声说，"你们被捕了！证件呢？请！"

没错，"黑渡鸦"正是奔着他们来的。

国家安全总局工作人员对公寓进行了彻底搜查，倒空抽屉，把书从书架上扒拉下来。奥尼库尔家被翻了个底朝天。切斯娜动手给孩子们收拾保暖的衣物，基尔什坐在一旁哭泣。她记得亚沙对基尔什说，这肯定是场误会，他们很快就会被释放的。

在亚沙和曼娅的档案中，我发现了他们被没收物品的清单——他们的护照、高尔基汽车厂通行证、亚沙在军事部门的证件、曼娅的共青团员证、八本外文书、一包集体照片以及个人信件。

搜查很快结束。被喧哗声惊醒的邻居们眼巴巴看着亚沙和曼娅被推进黑色囚车。国家安全总局工作人员喜欢有目击者，从而证明逮捕是完全依照苏联法律进行的。切斯娜记得，曼娅头发蓬乱、眼睛又大又黑，看上去是那么年轻，那么柔弱。

被搜查后的屋子一片狼藉。基尔什、切斯娜和萨尼亚站在房间里相拥而泣。过了好长时间，切斯娜才开始收拾屋子。

"这是一场误会，他们很快就会被释放的。"基尔什一遍又一遍重复着亚沙的话。

四天以后,10月7日,"黑渡鸦"再次光临。这一次,基尔什、切斯娜和萨尼亚已经准备好装有过冬衣物的小手提箱了。

"奥尼库尔,格里高利·马特维耶维奇!"基尔什的俄文名字叫格里高利。

国家安全总局的工作人员没有再搜查。他们甚至忘记没收基尔什的护照。切斯娜望着他们押着基尔什——一位悲伤的老人——走下楼梯。她不知道自己是否还能再见到丈夫和孩子们。

7

高尔基市的日本间谍

高尔基市监狱成了曼娅、亚沙和基尔什的新住址。1937年10月,他们被捕以后就被关押在那里。这条信息出现在他们档案的最前面。这三个案件都是由苏联内务人民委员部国家安全总局第三处进行审理的。这是一个负责反间谍的情报机构。

在每份档案中,办案人员填写了各人的详细情况以及对他们的指控:触犯《刑法》第58条第6款——从事间谍活动。对他们的逮捕是经过内务人民委员部两级组织授权,然后由军事检察官批准。按照《宪法》,苏联的司法机关被置于监督之下,至少在形式上如此;但在当时,实际上受内务人民委员部的监督,逮捕什么人他们说了算。

亚沙的档案看起来很完整,是在他10月2日被捕之前建立的。里面有一张被捕前一天签发的搜查及逮捕令。曼娅的档案却十分混乱:逮捕令是10月2日签发的,可是建档和逮捕授权却晚了五天。后来,我发现了许多这种前后矛盾的问题。

在俄语中,spets korpus 的意思是"特殊的建筑物",但它总使人联想起某些更加险恶的东西。也许是因为它的前缀 spets 被

曾经的高尔基市监狱，基尔什和曼娅被枪杀的地方

附加在许多具有凶险意味的俄文词汇上：spetsnaz——克格勃的特权，spetsposilenie——政治流亡者的居留地。

这里的情况也是如此。在高尔基市监狱，Spets Korpus 是专门关押政治犯的一幢大楼。就是 1996 年，我在下诺夫哥罗德监狱的院子里伸长脖子看见的那幢建筑物，也是后来我在维克托·赫尔曼所著的《走出冰窟》一书中读到的那幢建筑物。

赫尔曼是美国人，20 世纪 30 年代在高尔基市被捕，在这幢 Spets Korpus 中被关押了一段时间。在书里，他描写了囚犯们如何被推进昏暗的牢房，默默地、日复一日地围坐在一个很大的便桶周围，等待着，等待着，等待那个被提审的夜晚。

在那个命运攸关的夜晚，看守打开铁门上的小窗，大声吆喝囚犯姓名的首字母："O，出来！"然后打开沉重的铁门。囚犯在死一般的寂静中沿着 Spets Korpus 的走廊向前走去，经过一排排窄小的牢房，来到院子里。囚犯戴着手铐坐在"黑渡鸦"后面的车厢里，向坐落在沃罗勃夫卡大街的内务人民委员部驶去——就是1996年我造访下诺夫哥罗德时，朋友阿廖沙在沃罗勃夫卡大街上指给我看的那幢四层的石灰岩大楼。

在那里，每天晚上，审讯人员都残酷地施展着他们逼取口供的"绝技"——用骇人听闻的手段严刑拷打无辜的受害者。赫尔曼在书中描述了第一次去沃罗勃夫卡大街的内务人民委员部时听到的一声声撕心裂肺的惨叫：

> 因为巨大的痛苦而发出的凄厉的惨叫……听不出是男人还是女人，但的确是人的声音……惨叫前后……死一样的寂静。

赫尔曼说，高尔基市的市民白天从内务人民委员部大楼旁边走过时，都把头转过去，不敢朝里面张望，显然当权者不准他们看。

1937年后期，"大清洗"达到高潮。内务人民委员部新任头子叶若夫走马上任一年以后，因为领导"大清洗"有功而名噪一时。苏联领导人掀起一场大规模的镇压运动。中央制订计划，确定逮捕人数，然后给各地区、城市分配指标，具体规定要处决多少人、拘押多少人；并且明确指示，严刑拷打可以作为取得口供的手段。

像苏联其他城市一样，高尔基市的内务人民委员部也加班加点地挖掘"人民的敌人"——反革命分子、外国情报部门的间谍以及反苏分子。高尔基市监狱人满为患。20世纪90年代公开的前高尔基市内务人民委员部官员们的证词，描绘出一幅令人毛骨悚然的图像。在下诺夫哥罗德档案馆馆长送给我的几卷材料中，

内务人民委员部

有这样几段话,出自前内务人民委员部国家安全总局第三处(反间谍情报机构)副处长普里米尔斯基之口:

> 1937年到1938年间,按照内务人民委员部高尔基市分部负责人拉夫鲁申和他的副手里斯特古尔特的命令,我未经授权就对无辜的苏联公民进行逮捕。在内务人民委员部第三处,广泛地使用"非正常的"审讯方法。
>
> 拉夫鲁申负责所有和未经授权逮捕"罪犯"有关的工作(逮捕和无证搜查等)。他还发明了一整套击打囚犯头部的办法。
>
> 里斯特古尔特……给自己制订了一个逮捕人数的最高目标。他说,我们已经落在别的地区后面了,必须尽快缩小差距,并且以此激发下级的积极性。

在曼娅、亚沙和基尔什的起诉书中,我一看见普里米尔斯基和拉夫鲁申两人的名字,就不寒而栗。

其他几位前内务人民委员部官员也都谈到对案件肆无忌惮的歪曲、篡改以及通过给"肉体加压"的办法让"犯人"招供。所谓"肉体加压"包括各种形式的拷打,也包括 stoyka——就是在审讯过程中强迫"犯人"站立几个小时,或者日日夜夜处在看守的监视之下。此外,还有一种刑罚叫"传送带"。上了"传送带",囚犯就要不间断地被审问好几天,不能吃饭,不能睡觉。目的就是摧垮囚犯——在肉体上、精神上和感情上——直到他们肯在任何审讯记录上签名画押为止。

在这种情况下,内务人民委员部的调查和事实真相或者起诉犯罪毫不相干。在这种背景之下,真相并不重要。审讯的目的就是让囚犯按照事先拟订的"口供"供述。当然,开庭还有一个目的,那就是用他们获取的所谓"事实",对付别的受害者,以便增加不断扩大的嫌疑犯名单上的名字。不过,这些目的是第二位的。

我还在进行逻辑推理,仔细研究每一份审讯记录的细节,把它与同一档案中的其他记录做比较,然后再与别的档案中的审讯记录做比较。一定有某种理由能够解释奥尼库尔一家人怎样以及为什么会落入这种疯狂的陷阱。

我一次又一次地仔细研究奥尼库尔一家的档案,尽可能准确地理解自己不熟悉的苏维埃的用语和法律术语。我把三份档案摆在一起研究对比,于是看清了内务人民委员部的审讯"套路"。

在曼娅、亚沙和基尔什的档案中,每个人都有三份审讯记录。有的审讯记录上日期不见了,或者明显是由另一个人手写的。审讯记录每一页的底部,都有囚犯的签名,而最后一页是审讯人员的会签。每一个案件,第一次审问都是从个人生平的细节问起。有时有增补的问题,有时没有。接着,审讯人员就指控他们为日本情报部门工作。对这一指控,三人都矢口否认。

他们都被问到同样的问题:在中国东北地区持什么样的公民身份证?和日本宪兵司令部打过什么交道?与中国东北地区的亲戚、朋友有什么接触?他们也被盘问,是否认识从中国东北地区来的某某?在档案中,那些人后来都被说成日本间谍。档案中反复出现同样的名字——潘菲洛夫、巴克舍夫、宾季科夫、格里格尔曼。在最后一份审讯记录里,三人都被要求列举他们在高尔基市认识的其他"哈尔滨俄罗斯人"。

每份档案中,审讯记录后面都附有起诉书,开列出对每个人已经"证实"的罪行的指控。然后是以"诉讼程序摘录"的形式出现的判决书。多数档案中还有别人审讯记录的摘录。这些摘录或多或少提到或者牵连到奥尼库尔一家人。亚沙的档案里还有他给内务人民委员部写的上诉信,抗议对他的逮捕和监禁,并要求重审。所有档案后面,都附有从20世纪50年代中期起,斯大林死后复查档案的有关文件。

在他们三人的三份审讯记录中,我注意到一件令人啼笑皆非的事情,那就是审讯人员把哈尔滨和海拉尔完全搞混了。他们显然不知道这两个地方。甚至,审讯记录上明明记录着囚犯说的是海拉尔,可是起诉书读起来好像所有的活动都发生在哈尔滨。

我猜想,对于那些审讯人员而言,弄明白奥尼库尔一家谈到的那些地方一定很困难。我理解,20世纪30年代后期,许多审讯人员文化程度本来就不高,又没受过专业训练,审理奥尼库尔案件的那些人未必去过高尔基市以外或者莫斯科以外的地方,他们怎么能懂得复杂的地理环境和受审者在国外的生活呢?

哈尔滨、海拉尔、满洲里都是城市，而"满洲"是一个地区，还有伪满洲国，但对那些审讯人员来说，它们都是同一个地方：出产"日本间谍"和"人民敌人"的地方。对大多数审讯人员来说，生活不是白，就是黑。这样理解也许比较容易一些。

※

亚沙第一次受审是在被捕后第二天，由内务人民委员部国家安全总局第三处的首席审讯员德里文中尉主审。我不明白，他们为什么如此看重年仅二十三岁的亚沙，居然让这么一位级别较高的官员主持审问。

我注意到，审讯记录是德里文中尉写的，字迹潦草。但日期和一些细节却是别人填写的，字迹工整。事实上，我在亚沙档案中还发现建议大约两周以后进行审讯的通知。

德里文中尉起初的提问没什么"新意"：何时来到苏联？从哪里来的？离开海拉尔以前是干什么的？亚沙的回答也简明扼要。但关于他的公民身份却例外。审讯记录上的"回答"是：1935年6月取得苏联公民身份以前，曾经是无国籍的流亡者。

这种说法显然讲不通。1935年，亚沙也许已经拿到了苏联护照，否则无法移居到苏联。像家里其他人一样，他很早以前就登记为苏联公民。我从母亲和海拉尔的亲戚们那里得知，奥尼库尔家没有一个人是亚沙在审讯记录中说的那种无国籍的流亡者或者白俄。

问完身份问题之后，德里文中尉单刀直入：

问：你属于哪一个外国反革命组织？
答：我不属于任何外国反革命组织。

问：你在撒谎！我们以后再提这个问题。你在海拉尔期间，被日本宪兵机关逮捕过多少次？

亚沙解释说，他从来没有被正式逮捕过，但对他两次被日本宪兵拘押和骚扰的情况做了比较详细的说明。第一次是在1934年11月，他和母亲因为解雇一个用人而被宪兵传讯。第二次是在1935年12月，由于他持有苏联护照，在从海拉尔到哈尔滨的火车上被宪兵司令部的宪兵盘问，还在哈尔滨车站被拘留过。

"这就是我与日本宪兵接触的情况。"亚沙结束了回答。"你说的都是假话！"德里文中尉说，然后又开始审问：

问：老实交代，你在何时、何地、什么情况下被招募为外国情报机关的间谍？
答：我从来没有被外国情报机关招募为间谍。
问：你在撒谎！有证据表明，你被招募为日本情报机关的间谍，并且肩负反革命使命来到苏联，你要老实交代这个问题。
答：我申明，我从来没有被日本情报机关招募为间谍。

审讯记录到此结束。按照审讯记录的格式，亚沙在每一页的底端签上名字。审讯记录的末尾，还有这样一句话：

经本人审阅，所记录内容属实。

这一行字下面，是他和审讯人员的签字。

7 高尔基市的日本间谍

曼娅的第一份审讯记录,也就是我在下诺夫哥罗德档案馆第一天读过的那份材料,没有注明日期。德里文中尉的名字被里亚勃科夫中士取而代之。这个名字在曼娅的审讯记录中反复出现。里亚勃科夫"例行公事",记下曼娅的年龄、姓名之类的细节以后,就直截了当地指控她来苏联为日本进行间谍活动。曼娅断然否认了对她的指控。审讯就此结束。与德里文中尉对亚沙的审问相比,里亚勃科夫对曼娅的态度看起来似乎温和一些。也许他还在学习审讯的诀窍吧?!

10月8日,对基尔什的第一次审讯也是由德里文中尉主持的。那是他被捕以后的第二天。审讯记录很简单。先是几个开场问题:你在国外居住了多长时间?在那里干什么?持苏联公民身份多长时间了?被逮捕过多少次?之后,德里文中尉便转入"正题":

问:你是在什么时候被外国情报机关招募为间谍的?
答:我从来没当过外国情报机关的间谍。

奥尼库尔家三口人都面临着为外国情报机关从事间谍活动的指控——其依据是《刑法》第58条第6款。但是,三人都断然否认这种指控。审讯人员不得不想方设法逼迫他们招供。

※

根据档案上记载的日期判断,从1937年10月初对奥尼库尔一家的初审到该案件的下一轮审问,中间隔了两个月。在这段时间里,都发生了什么事情?只是让他们待在臭气熏天的小牢房里吗?他们被严刑拷打过吗?这一切自然无记录可查。

从档案材料看,当局似乎要求曼娅和亚沙协助德里文中尉,调查另一个从海拉尔来的名叫宾季科夫的人。档案里有三份文件，从中可以看出内务人民委员部是怎样收集"证据"，挖出这个"日本间谍"的。三份文件都是德里文中尉写的审讯记录。曼娅的审讯记录上注明的日期是10月14日，亚沙的记录是在第二天。第三份文件是打印的亚沙审讯记录的复印件，没有签字。我是在曼娅的档案里发现的。

"你认识宾季科夫吗？……把你知道的他的所有情况都说出来。"曼娅和亚沙都被这样问过。记录下来的回答极其相似，连修辞造句也没有什么出入。

他们俩都说，在海拉尔从孩提时候起就认识宾季科夫。说他出身于白卫军或者白匪家庭，混迹于白卫军的圈子里，一般人都认为他是反苏和反犹太人的。他们说，宾季科夫在哈尔滨大学法律系学习期间，参加了俄罗斯学生联合会。那是一个法西斯或者白卫军组织。曼娅说，早在1929年，宾季科夫的母亲告诉她，她想去苏联居住，但儿子坚决反对。亚沙提到，宾季科夫如何突然开始混到苏联青年的圈子里。宾季科夫在1935年离开哈尔滨去了苏联。这件事让所有人都大感意外。谁也没想到这样一个白匪竟然去了苏联。

宾季科夫是日本间谍吗？曼娅和亚沙对此都予以否认。不过他们都指出，宾季科夫家在海拉尔的房子被日本宪兵和他们的俄罗斯同伙占用着。对德里文中尉来说，单凭这一条就足以把宾季科夫定成日本间谍了。曼娅供认，她知道宾季科夫和巴克舍夫有交往。德里文中尉已经把巴克舍夫列为"已知的日本间谍"。她还供认，宾季科夫给她写过信，问她几个人的联络办法，而德里文中尉也已经把那几个人定性为"日本间谍"了。

这些材料中的某些内容听上去就不真实。我知道审讯记录是摘要，而不是一字不差的笔录。可是，即使这样，这份记录与曼娅和亚沙档案里的其他材料也相去甚远。除了并不典型的苏联式"辩论法"时有出现之外，还有显而易见的漏洞。既然宾季科夫的母亲被亚沙说成是反苏和反犹太人的，她怎么可能与持有苏联护照的犹太人曼娅谈论诸如他们一家对待苏联的态度这种敏感问题呢？

进一步查看曼娅的档案，我又注意到，她被问到有关同一个人的某些问题时，答案和上述材料中的回答差异很大。比方说，她只知道宾季科夫和她哥哥阿布拉姆一起上过学。

最能说明问题的是曼娅审讯记录最后一页上的签字。在其他所有审讯记录中，曼娅的签字都紧靠正文的结尾。而在这份审讯记录中，曼娅的签字却在纸面中间，离正文还有好几行远。下面不远的地方是德里文中尉的签字。奇怪的是，通常出现在审讯记录最后一页上的他的头衔不见了，只有两个潦草得难以辨认的签字。

曼娅是不是被迫在伪造的审讯记录上签了字？我从已经公开的前内务人民委员部官员们的叙述中得知，那时候，这种卑鄙的伎俩在高尔基市非常普遍。在苏联其他地方也一样。囚犯们被严刑拷打，直到在和他们的口供毫无相似之处的"审讯记录"上签字为止。也有的囚犯被迫在空白纸上签字。于是，当局便可以在上面随意填上他们所需要的任何"证词"。作为审问的头目，德里文中尉当然有权篡改审讯记录，也有权捏造"证据"。

我猜测，他可能是用某种手段强迫曼娅在空白纸上签字——因此签字的位置才那么不合常规。后来，他又利用那份打印的亚沙的审讯记录编造出曼娅的审讯记录。那个难以辨认的签字也许是他的某位手下所为，而那些手下是被他邀来"观摩"他的审讯技巧的。

亚沙审讯记录中的一些疑点也让我想到，他的审讯记录也许同样被篡改了。关于宾季科夫的最后一个问题，他做了如下的回答：

> 1936年，我父亲G.M.奥尼库尔即将离开海拉尔前往苏联的时候，宾季科夫的母亲让他给宾季科夫捎了一块普通的手表，上面刻着"送给我的宝贝儿"。
> 问：除了这块手表，宾季科夫还有别的手表吗？
> 答：有，有男表，也有女表。

这段话离题万里，前言不搭后语，实在没有道理。可是紧随其后的关于宾季科夫参加日本情报组织的问答，却满满记了一页。难道是亚沙恰好讲了那么多话？或者是德里文中尉填满了那页纸？也许是亚沙被迫在空白纸上签了名，然后德里文中尉编造了两个人的审讯记录？我在亚沙的档案中还发现，他的审讯日期也有出入。这进一步证实了我的怀疑。至少，他的审讯记录被改动过。

1956年重审奥尼库尔案的案卷显示，宾季科夫在1936年11月因叛国罪而被逮捕；一年以后，被判犯有日本间谍罪而遭枪决。我在基尔什的档案中发现，宾季科夫在1937年8月20日的审讯中，偶然提到奥尼库尔一家。两个月以后，奥尼库尔家人便被逮捕。德里文中尉从曼娅和亚沙的审讯记录中得到的"证据"实际上是"非决定性的证据"，可是最终却决定了宾季科夫的命运。内务人民委员部就是这样定案的：用从一个人嘴里引诱出来的口供，给另外一个人定罪。就这样，相互牵连，造成无数冤案。

那么，曼娅、亚沙和基尔什的"罪证"从何而来呢？

看了起诉书，我便断定，他们三人都是被一个海拉尔同乡潘菲洛夫提供的"证据"揭发出来的。我在他们三人的档案中发现了此人1937年10月19日的几份审讯记录。这些记录也是德里文中尉写的。

审讯人员问他是否认识从海拉尔来的奥尼库尔一家时，潘菲洛夫回答说，他和亚沙一起念过书，也听说过基尔什和曼娅。他提供的情况很简单，基本上也是准确的。

"我只知道这些。"他说。

"撒谎！"审讯人员说。

问：我们知道，你很清楚奥尼库尔一家与日本情报机构有联系。你承认吗？

答：我不知道他们是不是间谍，但我知道他们与日本间谍巴克舍夫关系密切。

问：我要你老老实实提供奥尼库尔一家和日本人有联系的证据。

答：我承认，在哈尔滨的时候，我在不同的时间，听巴克舍夫、格里格尔曼和宾季科夫说过，奥尼库尔一家对日本人有用，因为他们和日本宪兵司令部有联系。除此而外，我还知道基尔什·奥尼库尔的女婿扎列茨基是个有名的牲口贩子、白匪，听说他还是俄罗斯法西斯党的党员，现在居住在海拉尔。别的事我就不知道了。

我大吃一惊。这次不足为信、未经证实的对话竟然是内务人民委员部逮捕、关押奥尼库尔一家三人唯一的证据。现在，我明白对我外祖父的指控从何而来了。法西斯分子，再加上白匪！可是，潘菲洛夫显然根本就不认识他。

从1956年3月重审奥尼库尔案件时写下的档案注解中，我得知，潘菲洛夫是1937年5月22日在高尔基市被捕的。他被指控与反革命组织——"俄罗斯法西斯党"和"俄罗斯学生联合会"有联系。据说，他还是个奉命在1935年潜入苏联进行谍报活动的日本间谍。1937年10月16日，在被问及奥尼库尔家情况的前三天，潘菲洛夫已经承认了对他的所有指控。后来，他被处决。

潘菲洛夫的"供词"，使得这项"证据"成为"铁定的事实"。后来，这些"事实"就为审讯从海拉尔来的人提供了依据。在对奥尼库尔一家的审讯中，这些来自海拉尔的所谓的间谍的名字一再出现——潘菲洛夫、巴克舍夫、格里格尔曼、宾季科夫，再加上凭空捏造出来的扎列茨基的事。

曼娅一案，在潘菲洛夫"证据"的基础上，又增加了另一位同乡的"证词"。这就是歌剧演员卡尔迈林斯基。曼娅的起诉书引用了他的证词，说曼娅是"日本间谍"。在他1937年11月28日的审讯记录摘录中，我发现，他对曼娅的指控十分奇怪。他说曼娅与一个被称为"妇女工作室"的组织有联系，又说那个组织也叫"上海工作室"：

> ……我自己在国外的经历告诉我，"上海工作室"是个间谍组织。白卫军利用它与各外国领事馆联络。在高尔基市，（曼娅）在和我的一次谈话中证实了这一点。
>
> M. G. 奥尼库尔是在我之后来到高尔基市的。她在歌剧院

认出了我，从那以后，我们见了几次面……在一次谈话中，她问我是否知道"上海工作室"是个什么性质的组织。我说我知道。接着她就告诉我，她是肩负着这个工作室的使命来苏联的。

M.G.奥尼库尔又多次请我去她家。她想和我联手一起搞情报。由于我对她并不十分了解，生怕因为和她联手而暴露自己，所以不想冒这个危险。我拒绝了她的建议。那次谈话以后，我就去了基洛夫，从此再没有见过M.G.奥尼库尔。

而在曼娅的审讯记录中，只有一次提到过卡尔迈林斯基，而且是作为一个补充说明，出现在1937年12月最后一次审讯记录的结尾。也许是在审讯人员的诱供下，卡尔迈林斯基这个名字才出现的：

……我应该补充说明一下，在从哈尔滨来高尔基市的那些人中，我还知道卡尔迈林斯基——但我不记得这是他的名还是姓。我在高尔基市歌剧院见过他，他在那里工作。他在哈尔滨居住期间，也在歌剧院工作，还经常去东北各地的各种俱乐部演出。见面的时候，我们谈的都是普通话题。

正如我后来发现的那样，所谓的"妇女工作室"只不过是一所妇女职业学校。所以，把卡尔迈林斯基过分渲染的描绘当作指控曼娅的证据就显得十分荒唐了。

就这样，卡尔迈林斯基的"坦白"又一次成了把谎言变成"事实"的决定性因素。曼娅的档案中有一张便函，是1956年重审时写的。便条写道：卡尔迈林斯基于1937年8月被捕，一周之内便供认是日本间谍。也许，卡尔迈林斯基压根儿就没有用那个"证据"陷害曼娅的意思。这个被拷打得皮开肉绽的人也许只是在放到他面前的什么东西上签了自己的名字。

——

1937年12月，奥尼库尔一案再度开审。审讯人员从奥尼库尔的同乡们那里收集到的"证据"成为继续审问的依据。但审讯人员的真实意图是想得到他们自己的口供。

对曼娅的第一轮审讯在10月中断，12月4日又重新开始。审问从她在中国的生活经历开始。曼娅供述，她在海拉尔长大；在哈尔滨学习牙科，毕业后回海拉尔工作了一段时间；1933年移居上海；后来去了符拉迪沃斯托克（海参崴）。被问到为什么要去上海时，曼娅解释说，有个名叫斯库拉托夫的人提醒她，如果她待在海拉尔，有可能被日本人逮捕，并且劝她到苏联。

问：你为什么不是从海拉尔直接去苏联而是先去上海呢？
答：我之所以没有直接去苏联，是因为我父母还没拿到苏联护照，我不想和他们失去联系，所以就去了上海。
问：你在撒谎！我们已经掌握了证据，你想去上海的原因是你不想去苏联。你承认吗？

曼娅没有承认。问完关于她在上海居住以及乘坐"华山号"轮船前往符拉迪沃斯托克（海参崴）的问题以后，审讯人员开始调查曼娅和巴克舍夫、格里格尔曼、宾季科夫的关系。潘菲洛夫已经交代，这几个人都是海拉尔的日本间谍。

审讯人员尤其逼问有关巴克舍夫的问题。我熟悉巴克舍夫这个姓，是因为哥萨克首领阿列克赛·巴克舍夫将军。他曾经居住在海拉尔，1937年到1938年是日本人操纵的伪满洲国俄罗斯移民事务局的头目。第二次世界大战结束以后，他因与日本人勾结在莫斯科被处决。这里说的巴克舍夫很可能是他的亲戚。

曼娅说，她知道安德烈·巴克舍夫曾经为白俄工作过。在海拉尔也有传言，说他为日本情报机构工作。但曼娅十分谨慎："巴克舍夫是不是日本情报机关的间谍，我确实并不知道。"她说曾经见过巴克舍夫一两次，但记不得是在什么地方了——也许是他来家里买牛奶时遇见的。但两人没有说过话。

至于格里格尔曼，曼娅说，是在海拉尔上高中时认识的。宾季科夫是她哥哥阿布拉姆的中学同学。"关于这几个人，我只知道这些。我去上海时，他们俩还在海拉尔。"这次关于宾季科夫的交代和早些时候在德里文中尉严刑拷打下的供述相去甚远。

这次开庭时，审讯人员问的最后一个问题是关于我外祖父扎列茨基是不是俄罗斯法西斯党党员的问题。在下诺夫哥罗德，我第一次看到这个问题时，非常吃惊。曼娅否认了这种指控。

两天以后，在12月6日的审讯中，焦点转向她在苏联的生活经历。曼娅简略地讲述了1935年春天来高尔基市工作前，在符拉迪沃斯托克（海参崴）和莫斯科的经历。随后，审讯人员话锋一转，提出了也许是最让曼娅为难却又不得不回答的问题：

在高尔基市，你认识的来自哈尔滨的俄罗斯人都有谁？

她肯定知道，这将给内务人民委员部提供一份新的受害者名单——如果这些人还没有被"揭发"出来的话。曼娅说出在哈尔滨时认识的两个姑娘——莉娅和薇拉，还说出在高尔基汽车厂见过的两个男人的名字，其中的一个是牙科诊所的病人。审讯记录上，每个人的名字后面都有一幅简单的铅笔画像。这显然是根据曼娅的回答画的。哪几个名字是曼娅主动提供的，哪几个名字是审讯人员提出来的，不得而知。

关于莉娅，一个关键问题是，曼娅一直不知道她在哈尔滨时和日本宪兵司令部有联系。显然，这是内务人民委员部正在追寻的一条线索。实际上，莉娅在曼娅被捕的前一天已经被当作"外国情报机关的间谍"逮捕了。这是我从1956年的档案中发现的。莉娅在审讯中说，曼娅是她在高尔基市的朋友，还说她是一位"忠诚的苏联公民"。1938年4月1日，莉娅以从事"反革命活动"的罪名被判处在劳改营服役十年。

―――― ⚜ ――――

12月6日，亚沙和父亲基尔什也被审问了。他们俩都是由乌特金中士审问的。我注意到，此人在1937年10月德里文中尉审问潘菲洛夫的时候也出现过。显然，乌特金正在频繁地接触来自海拉尔的囚犯。

他接着德里文中尉10月中断的审问，继续提问：亚沙和日本情报机关有什么联系？他两次指控亚沙是日本间谍，肩负着从事间谍活动的使命潜入苏联。亚沙坚决否认。

后来，乌特金转到大家都熟悉的话题——潘菲洛夫的"证词"中提到的名字：你认识巴克舍夫吗？你认识格里格尔曼兄弟吗？你认识宾季科夫吗？你认识潘菲洛夫吗？亚沙说，他知道他们都是从海拉尔来的。他在大街上见过巴克舍夫几次；格里格尔曼兄弟，在社交场合见过；潘菲洛夫，是在高中读书时认识的。至于宾季科夫，亚沙说，他在海拉尔和苏联都见过。有一次，宾季科夫还来高尔基市看望过他。

乌特金回到另一个话题：

问：调查发现，你是日本情报机关的间谍，而且和上面提到的那些人关系密切，你和他们联手进行间谍活动。
答：我再重复一遍，我既不是日本情报机关的间谍，也从来没有和他们中的任何一个人联手进行间谍活动。
问：你还在做伪证，否认你与日本情报机关的联系。法庭要求你停止抵赖，老实交代！
答：我确实没有当过日本人的间谍。

于是，乌特金中士改变了策略，问亚沙在海拉尔还有什么亲戚。亚沙列出亲戚们的名单。乌特金中士继续审问：

问：他们之中有谁参加过反革命组织？
答：我的亲戚中，谁也没有参加过反革命组织。

紧接着，那项熟悉的指控又在亚沙耳边响起——说我外祖父扎列茨基是俄罗斯法西斯党的党员。

答：我不知道扎列茨基是俄罗斯法西斯党的党员。

乌特金中士对亚沙彻底失望了。

同一天，乌特金中士审问了基尔什，那个家庭六十二岁的老父亲。审问从基尔什和日本宪兵的关系开始。乌特金中士问他和谁关系密切，基尔什说出伊万诺夫以及另外几个在海拉尔为日本宪兵司令部工作的人。他说,他们去过他家几次。1935年,日本宪兵司令部开始逮捕苏联公民时,为了免遭逮捕,基尔什贿赂过他们。

但乌特金中士并不满足。他坚持说,和宪兵司令部有关系又和基尔什关系密切的人不止他刚才提到的那几个。他要基尔什继续交代。

答:我坦白,我没有交代以前警察局的督察员哈里扎诺夫……

这是曾经出现在基尔什最早的审讯记录中的一个名字。哈里扎诺夫是个警察。1919年,也就是日本人接管"满洲宪兵队"前十三年,他设法使基尔什免遭恩琴男爵手下的逮捕——或者确切地说,是绑架。他忘记说出这个名字,是任何人都可以理解的。但基尔什却使用了"我坦白"这样的措辞,似乎说明他胆子很小。

另外一次"坦白"出现在对下一个问题的回答中。乌特金中士逼迫他说出白俄军队中与他关系密切的人的时候,基尔什列举了五个人,其中有安德烈·巴克舍夫。按照曼娅的证言,此人可能是来他们家买牛奶的。

"这些人都是法西斯分子!"乌特金中士说。

"我必须坦白,这些人都是法西斯分子。"基尔什重复说。

乌特金中士兜了一个小圈子,问基尔什在海拉尔居住期间做什么工作,还有什么亲戚留在那里,然后又把话题转到日本宪兵司令部。他问基尔什来苏联之前是否被日本宪兵司令部逮捕过。一个离奇的故事就此出笼。

基尔什说,他曾在靠近中苏边界的满洲里火车站被日本宪兵逮捕过,被拘禁了八个或十个小时,护照也被扣留了两天。拘留期间，日本人问了他一些个人生活问题，并对他要去哪儿，为什么去那儿特别感兴趣。还问他，有哪些亲戚留在哈尔滨和海拉尔。提供了"详尽无遗的回答"之后，基尔什就被释放了。

问：你在审讯记录上签字了吗？
答：是的，我签了。
问：审问你的是什么人？
答：是日本宪兵司令部的人，一个日本人。
问：审讯记录是用哪种语言写的？
答：用日语写的。
问：你能看懂日语吗？
答：不，我不懂日语。
问：这么说，你连看也没看就在审讯记录上签了字，根本不知道上面写的是什么？
答：是的，我连看也没看就签了字。

基尔什潦草的名字签在这一行的末尾。下面是乌特金中士的粗体签字，他的用心已经昭然若揭。

第二天，对基尔什继续审讯。乌特金中士完成了他的"杰作"。

问：调查已经证实，你在满洲里火车站被拘留期间，日本情报机关招募你为他们的间谍，还命令你进行谍报活动。法庭要求你老实交代被招募为日本间谍并接受命令的详细情况。
答：我坦白，我被拘留在满洲里火车站期间，日本警察要我为他们在苏联搜集情报。我拒绝之后，他威胁我说，不准我离开满洲里。在他的威胁之下，我同意充当他们的间谍，并执行他们给我下达的一切命令。

这个回答决定了基尔什的命运！这几行字下面画着红线，旁边也画了线。

接下来的情节读起来颇像20世纪30年代蹩脚的反间谍电影的脚本。基尔什说，他对那个日本警察说，自己要去高尔基市居住，他的儿子和女儿在那儿一家很大的汽车厂工作。于是日本人指示他到高尔基市之后，为他们搜集情报，比如小汽车以外还生产什么产品等。基尔什的主要任务是接待潜入苏联的日本间谍。日本人指示他要通过暗语和来人接头。暗语是："给你带来了我女儿的问候。"然后他就把搜集到的情报交给对方。

基尔什供认，他曾经在一份文件上签过字，但说不出具体内容，因为文件是用日文写的。哪一个日本间谍来高尔基市和他接过头？除宾季科夫以外没有别人！基尔什给他提供过什么情报？什么情报也没有！他根本就没有搜集情报的机会！

这也许是真的。也许基尔什在满洲里火车站真的被日本宪兵司令部逮捕过。也许为了逃离满洲里，他真的接受了日本人的什么建议。因为他十分清楚，一旦跨过边界，就能摆脱日本人的控制。但是，这看起来又不大可能。

基尔什是带着所有财物和妻子切斯娜一起旅行的。如果他们被逮捕，而且还被拘留了三天，奥尼库尔夫妇必定会把行李从火车上卸下来，然后再去找住处。满洲里有他们的朋友，还有一个苏联领事馆。他们被捕的消息一定会不胫而走，很快沿着去往哈尔滨的铁路线传开，并且最终传到哈尔滨。

可是谁也没有听到过这个消息。1938年7月，切斯娜受审期间，当被问到被日本人逮捕的问题时，她没有提到什么间谍的事儿。更蹊跷的是，审问她的人压根儿就没有问这个问题。

那么，乌特金中士究竟是如何得到基尔什的口供的呢？难道是屈打成招？难道他被施以酷刑？难道乌特金把事先编造好的审讯记录放在他面前，然后答应老人，如果他招认，他的妻子和孩子们就可以被赦免？难道当着他的面拷打曼娅？或者让他一边听隔壁牢房里传来的声声惨叫，一边威胁说，如果不承认，就严刑拷打曼娅？

通过这些记录我们可以看到，亲戚关系也被审讯人员当作武器使用：

问：你的儿子和女儿知道你是日本间谍吗？
答：我不知道家里有谁知道我是日本间谍，因为我没有把这件事情告诉任何人。不过，也许有人怀疑我是。

我试图想象乌特金中士的模样。他年轻气盛，笨手笨脚，身穿土黄色军装，裤腿塞在锃亮的皮靴里，大喊大叫，虚张声势，借以掩盖他的愚昧和恐惧。或许，他已人到中年，衣冠不整，身上散发着浓烈的伏特加味儿，麻醉他那已经麻痹了的感官。基尔什的样子在我脑海中更加清晰。这是一位肉体和精神备受折磨的老人，鲜血从头上的伤口往外流。他伸出颤抖的手在荒谬绝伦的审讯记录上写下：

经本人审阅，记录属实。

奥尼库尔

从那以后，对奥尼库尔一家三人中的任何一个人都没有再审问。内务人民委员部已经得到了他们需要的"供词"。

～∽～

基尔什招供以后不到三天，内务人民委员部高尔基市分部就完成了对奥尼库尔一家三人的起诉工作。每个人都由内务人民委员部高尔基市分部第三处的德里文和普里米尔斯基签字结案，并由内务人民委员部高尔基市分部的首脑拉夫鲁申和地区检察官批准。所有人的罪名都一样：

……在海拉尔居住期间（基尔什一案在哈尔滨），（他/她）被招募为日本情报机关的间谍，并以进行谍报活动为目的，被派遣到苏联——其罪名符合《刑法》第58条第6款之规定。

在每个案件中，内务人民委员部的调查都是建立在一定"事实"基础之上的。三个人共同的"犯罪事实"是，在海拉尔居住期间，他们都与白俄流亡者、法西斯分子和日本情报部门的雇员——巴克舍夫、宾季科夫、格里格尔曼关系密切。奥尼库尔一家三人都是通过"已经被处决的间谍潘菲洛夫"的"证词"被揭露出来的。在曼娅一案中，还有"日本情报机关的间谍卡尔迈林斯基"提供的"证词"。基尔什的起诉书说，他"承认全部罪行"。亚沙和曼娅没有承认对他们的指控。

在每份起诉书中，"已被确认的"事实都是伪造的。曼娅最主要的罪状有四条：她和海拉尔著名的日本间谍招募人员巴克舍夫关系密切；她是俄罗斯法西斯党《上海黎明报》"妇女工作室"的成员；她和法西斯分子、哈尔滨著名的牲畜商人扎列茨基有通

7 高尔基市的日本间谍

信联系；她和日本间谍宾季科夫、卡尔迈林斯基有联系。

在亚沙的案件中，起诉书最突出的部分是，1935年以前他是无国籍流亡者，据说他的姐夫扎列茨基是俄罗斯法西斯党党员。他还和苏联境内的可疑的日本间谍有联系，包括宾季科夫和其他人——这些人的名字甚至在审讯记录中都没有出现过。奇怪的是，起诉书中亚沙的简历部分，说他曾经是苏联内务人民委员部国家安全总局的特工人员——一个双料间谍！

基尔什的起诉书显示出他的"坦白"是多么荒谬。

鉴于指控已经得到"证实"，高尔基市便将三个案件都送到苏联内务人民委员部国家安全总局复审。一个月以后，总局的裁决返回。1月7日，根据苏联内务人民委员部特别法庭的命令，曼娅和她的父亲基尔什被判"执行枪决"。三天以后，亚沙被判处在劳改营监禁十年。判决由最高内务人民委员叶若夫和苏联总检察长维辛斯基批准。

1938年1月14日，曼娅和父亲被处决。

我在维克托·赫尔曼的书中，找到一段对执行死刑场面的描述："四个刽子手，身穿黑色皮夹克，两条皮带在胸前十字交叉。他们在深夜来到监狱，让死刑犯从小牢房走到监狱的院子里。三人手持带刺刀的步枪，刺刀朝天。一个人手持左轮手枪，枪口指向地面。把橡胶塞口物塞在死刑犯的嘴里，让犯人跪在地上，接着，在宛如汽车内燃机回火一般的爆炸声中，刽子手左轮手枪的子弹射入死刑犯的脑袋。"

8
"渡鸦"去而复返

最亲爱的妈妈：

　　四个月杳无音信，今天终于收到了您的明信片，我是多么高兴啊！您想象不到，收不到您的来信是多么令人难以忍受。尽管只是只言片语，却使我欣喜万分……我们一切都好。莫佳像以前那样工作。我忙于家务，照看因娜。她学习努力，还是一个优秀的滑冰运动员……总而言之，我们一切尚好，但我又感到不安，您的信难得一见，请爸爸也写上几句……

1937年12月，我外祖母基塔从哈尔滨给在高尔基市的她的母亲切斯娜寄明信片时，对切斯娜上次来信以来四个月间发生的事情一无所知。但她有一种预感，她的父亲出事了！她注意到，母亲明信片上的发信人地址是基洛夫大街，而不是奥克佳勃尔斯卡娅大街。于是，她按照新地址给妈妈回了信。然而，这张明信片永远到不了切斯娜手里。

1937年12月20日，基塔寄来的明信片被高尔基汽车厂邮局拦截下来，黄色的明信片被淹没在内务人民委员部档案里。

讽刺的是，逮捕奥尼库尔家族的臭名昭著的"黑渡鸦"，有些正是在曼娅和亚沙工作的工厂制造的。2012年，玛拉在塔什干的博物馆中见到了它

直到 1992 年，下诺夫哥罗德安全局才向我公开了那张明信片。此外，还有一张是基塔在 1938 年 5 月 26 日寄给切斯娜的。明信片上提到，哈尔滨的许多亲戚已经收到切斯娜在那个月寄来的信。显然，有些信件还是可以到达目的地的。明信片的末尾还是那行伤心的话："请爸爸和弟弟、妹妹写上几行吧！我在担心！"

1938 年 6 月 10 日，基塔的第二张明信片又被扣押。此前三天，在内务人民委员部高尔基市分部，还是那个德里文中尉，打开了调查切斯娜的档案。此人在切斯娜丈夫和孩子们的审讯中起了关键性作用。于是，像家里其他人一样，切斯娜也将依据《刑法》第 58 条第 6 款的间谍罪而被逮捕。

1938 年 6 月 14 日，"黑渡鸦"停在基洛夫大街特西尔林的公寓前。自从基尔什被捕，切斯娜和萨尼亚被赶出奥克佳勃尔斯卡娅大街上的公寓之后，他们一直住在这里。后来，切斯娜对我母亲说，她知道"黑渡鸦"是冲她来的。让她感到意外的是，它来得那么快！切斯娜被拉到高尔基市监狱，拉到曾经关押过她深爱着的家人们的那座 Spets Korpus。从曼娅等被捕，到切斯娜下狱，八个多月来，那里并没有多大变化。

但还是有些事情不一样。其他人都经过几次审讯，而在切斯娜的档案中，我只找到一份简短的审讯记录。上面标明的日期是 1938 年 6 月 20 日，也就是她被捕后的第六天。讯问的问题都很简单：什么时候、为什么去哈尔滨？在哈尔滨做什么工作？什么时候取得苏联国籍？

切斯娜解释说，1909 年，她丈夫本来想跟他的哥哥去哈尔滨，但最终却在海拉尔落了脚。她嫁给基尔什，所以就跟他去了海拉尔。他们在那儿定居下来，一直到 1936 年。她没有工作，靠丈夫养活。关于国籍，切斯娜回答说："1935年以前，我像家里人一样，持有中国公民身份。1936年，我们取得苏联国籍……"亚沙的审讯记录上记载他是个"无国籍流亡者"。其实，切斯娜和亚沙说得都不对。最初，一家人是持沙皇俄国的护照来到中国的。后来，在20世纪30年代，他们取得了苏联国籍。

审讯人员要她说出在海拉尔和她关系密切的朋友时，切斯娜回答，她没有什么朋友，和人们的交往也不多。审讯人员却说出他们声称在俄罗斯人当中很有名气的几个人——她的邻居斯皮尔舍夫妇，还有他们离开海拉尔前买了基尔什簧风琴的那个警察伊万诺夫。也许是在审讯人员的逼迫之下，切斯娜后来勉强补充说：

除了他们之外，我还认识一个名叫宾季科夫的人，他是我儿子阿布拉姆的中学同学。不过，宾季科夫在1935年就去了苏联。我们来到高尔基市以后，1937年年初，宾季科夫来我们家串门儿。那时我不在家，去了莫斯科。以后他再也没来过我们家。

事实上，宾季科夫早在1936年11月就已经被逮捕了。可是，不管怎样歪曲事实，对于审讯人员来说，只要把切斯娜和宾季科夫扯到一起就是胜利。

最后是和日本人有关的两个问题：

问：你在海拉尔居住期间，日本人压迫你吗？
答：不。
问：你来苏联的时候，日本情报机关招募你为他们在苏联进行间谍活动吗?

答:谁也没有招募我进行间谍活动。对于这个问题我再也无话可说了。

审讯就这样结束了。二十年以后,在哈尔滨,切斯娜告诉我母亲因娜,两个审讯人员把她夹在中间,来回猛推了整整一夜,逼迫这位身体虚弱的五十六岁的妇女招供。她宁死也不肯承认在离开海拉尔时被日本人招募为间谍。这与基尔什的屈打成招形成了鲜明的对比。审讯人员没有继续追问下去。这实际上否认了他们指控的真实性。

切斯娜的起诉书,在形式上和奥尼库尔家其他人的没有什么差别。但是内容极其草率,通篇都是不实之词,日期和地名完全搞错,甚至连起诉日期都没有注明。整个起诉书没有一处提到海拉尔——而是把它变成了哈尔滨。起诉书这样指控切斯娜:

……1935年以前在哈尔滨居住期间,混迹于白俄无国籍流亡者的圈子里;中国国籍。1935年来到苏联,与那些被定为日本情报机关间谍的人关系密切。其罪行符合《刑法》第58条第6款……

她拒绝承认对她的指控,但承认了她和哈尔滨警察伊万诺夫的关系。

作为"确凿"的证据,起诉书提到,切斯娜与白俄无国籍流亡者和日本间谍宾季科夫、伊万诺夫关系密切。她的女儿和女婿扎列茨基依然住在哈尔滨,扎列茨基是"反革命的俄罗斯法西斯党党员"。另外还着重指出,她的丈夫基尔什是个"哈尔滨商人",

已经承认自己是日本间谍,和她的女儿一起被判处极刑,她的儿子也被判处十年监禁。

切斯娜的起诉书也是由拉夫鲁申批准,检察官会签。在拉夫鲁申的名字下面,是用粗铅笔手写的处理意见:

哈萨克斯坦流放五年

在那难以形容的半张纸上,写着对切斯娜的判决。抬头是:

No.36 判决书
摘自内务人民委员部高尔基市分部三人领导小组1938年10月20日特别会议。

纸的右半边是对切斯娜案件的陈述,还着重提到,她的丈夫已经被宣判为日本间谍。左半边写道:

判决:

切斯娜·阿勃拉莫芙娜·奥尼库尔,流放哈萨克斯坦,刑期五年,自1938年6月14日开始,由护送车押送到流放地阿拉木图。

"三人小组"就是"三人法庭"。他们有权绕过正常的司法程序,在地区一级执行判决。苏联政权在许多危机时期都推行过"三人小组"制度,例如,俄国国内战争时期和20世纪30年代集体化运动时期。为了加速对各地大量被捕者的判决,当局在1937年重新启动"三人小组"机制。每个"三人小组"由当地的内务人民委员部首脑领导，并有党委和检察机关的代表参加。这就意味着，拉夫鲁申少校就是高尔基地区三人小组的组长，正是他批准了对切斯娜的起诉。最后，判决成这个样子就不足为奇了。

※

1938年6月14日，就在切斯娜被捕的那天，在高尔基汽车厂机械车间当电工的侄儿萨尼亚被单位开除了。那时他才二十二岁。我在他的审讯记录中看到，工休假日后，他一回到工作岗位，就发现被单位开除了。休假期间，他的责任区内有一台机器发生了故障。人家说，那是由于他玩忽职守造成的。

20世纪30年代末期，在生产指标不断增加的压力下，苏联企业的生产事故不断增加。可是事故的增加又不能归因于社会制度的缺陷、物质的匮乏，或者生产工艺的不完善。1937年，备受斯大林赏识的交通运输部部长拉扎尔·卡冈诺维奇说："企业中，每一起事故都有自己的姓名。"这起事故的姓名就是伊萨克·瑙莫维奇·奥尼库尔。

两个星期后，6月27日，萨尼亚被逮捕，接着被送往高尔基市监狱——曾经关押过奥尼库尔一家人的同一座Spets Korpus。对他的指控是：他从哈尔滨来到苏联，就是为了从事间谍和破坏活动，这符合《刑法》第58条第6款所列的罪行。

从萨尼亚的起诉书可以看出，他的命运是由一个来自哈尔滨的人的"证词"决定的。此人名叫丘德奈尔，以"日本间谍"罪被捕。在萨尼亚的档案中，有很长一段1938年6月8日审讯丘德奈尔的记录摘要。那种质问的语言和粗暴的语气，使我想起在曼娅档案中看过的一份记录。尽管丘德奈尔说，他是在高尔基市才认识萨尼亚的，但他对萨尼亚的揭发无所不包。

曼娅的堂弟萨尼亚跟随她去了高尔基市,后被逮捕,随后被枪决

丘德奈尔的揭发从萨尼亚在海拉尔的生活经历开始,细节生动、逼真,充满反苏色彩,几乎完全是脱离事实的胡编乱造。他把萨尼亚的父母说成混在白匪中的著名无国籍流亡者、牲畜商人。还说,萨尼亚在哈尔滨上过高等商业学校,在犹太复国分子和无国籍流亡者圈子里有许多反苏的朋友,还把大部分业余时间消磨在犹太会堂或者犹太复国主义分子俱乐部里。在海拉尔也一样,萨尼亚的大多数朋友都属于白匪组织。丘德奈尔甚至还提到我外祖父扎列茨基,说萨尼亚崇拜扎列茨基。不过这一次,外祖父没被戴上法西斯分子的帽子,而是变成了著名的白匪。

尽管丘德奈尔声称,自从他们俩的亲戚被内务人民委员部逮捕之后,两人就成了莫逆之交,但他对揭发萨尼亚却没有丝毫内疚。他揭发,萨尼亚曾经说过,他过去在哈尔滨的生活比在苏联舒适得多;还说他那些被安上"人民的敌人"的罪名而被捕的亲戚是无辜的,逮捕他们的人才是有罪的——在斯大林时期,说这样的话等于叛国罪。

尽管丘德奈尔没有与萨尼亚一起工作过，但他却揭发，听一个徒弟说过，萨尼亚对工作一向消极；还说，由于他粗心大意，不注意保养仪器，已经引起多次事故和爆炸。但是，他知道萨尼亚在技术方面是一个"称职的电工"，所以认为这些事故必定是蓄意破坏，反映了萨尼亚对苏联"刻骨铭心的仇恨"。丘德奈尔的结论是，萨尼亚是"白俄培养的来苏联进行破坏活动的破坏分子，或者，最低限度，适当的时候一定会变成日本间谍"。

在萨尼亚的档案中，还有两份材料，都是审讯人员从萨尼亚的单位领导那里得到的，用以证实他在高尔基汽车厂进行"破坏活动"的罪行。其中，有一位领导说，萨尼亚是个"可疑分子"，两年里有三次事故都是他值班时发生的。另一位领导说，导致萨尼亚被开除的事故"本身并不是一件了不得的事，但可能引起爆炸"。

对于上述问题，萨尼亚自己是怎么说的呢？像切斯娜的案件一样，萨尼亚的档案里也只有一份审讯记录。这份由同一个审讯人员编造的审讯记录注明的时间是1938年6月，但没有具体日期。在个人生平部分，萨尼亚说，在海拉尔读完中学以后，他去了哈尔滨，在哈尔滨技术专科学校学习。日本人关闭那所学校以后，堂姐曼娅给他写信说，在高尔基市不但可以找到工作，还可以学习。于是，在曼娅的建议下，他于1935年8月来到高尔基市。

问及他父母的时候，萨尼亚解释说，他父亲是个小本生意人，帮人家售卖牲畜。母亲在他家租赁的房屋里出售乳制品。令人奇怪的是，关于国籍问题，他说，1935年取得苏联国籍以前，他和他的亲戚们都是中国国籍。我在切斯娜的审讯记录中也看到审讯人员编造的同样的假话。

审讯人员给萨尼亚罗织罪名时，丘德奈尔揭发萨尼亚的"证词"提供了大量"素材"。审问从所谓萨尼亚和白俄无国籍流亡者以及犹太复国主义青年的联系开始，萨尼亚予以否认。审讯人员紧接着又罗列了其他罪名：

问：在哈尔滨，你就和一些年轻的白俄无国籍流亡者混迹在一起，并具有反革命倾向。你来苏联，就是为了进行反革命破坏活动，你要向法庭老实交代你在这方面的罪行。

答：我说过，我和那些白俄无国籍流亡者没有任何联系，也从来没有牵扯到任何反革命破坏活动之中。我来苏联，就是为了工作，同时继续完成学业。

问：你在撒谎！你来苏联，就是为了进行破坏性的反革命谍报工作。你在高尔基汽车厂就是这么干的。你要老实交代这个问题！

答：我重复一遍，在高尔基汽车厂，我从来没有进行过任何破坏活动。

问：你被日本情报机关招募为间谍，并且被派遣到苏联进行破坏性的谍报活动。为此，你来高尔基市和一名日本间谍 M. G. 奥尼库尔联系，并且在高尔基汽车厂实施了敌对活动。老实交代你的罪行吧！

答：我从来没有被任何人招募进行破坏性谍报活动。我来高尔基市，住在玛丽亚·格里高利耶芙娜·奥尼库尔家仅仅因为她是我的亲戚。

审讯人员停止了审讯。显然，不可能得到他所需要的口供。被问到在高尔基市的"哈尔滨俄罗斯人"中认识谁时，萨尼亚说出丘德奈尔和另外一个人的名字。他和这两个人都是1936年在高尔基汽车厂的工程师与技师俱乐部里遇见的。他说,在哈尔滨时不认识这两个人,在高尔基市也只见过三次。他们的谈话内容主要是工作和学习方面的事,从来没有涉及任何政治话题,显然不是丘德奈尔所说的那种"莫逆之交"。

萨尼亚的起诉书没有注明日期,指控说:

> ……在哈尔滨居住期间,被招募从事谍报活动,后来被派遣到苏联为日本进行破坏活动和谍报活动。

起诉书强调萨尼亚没有认罪。诉讼方提出,他的犯罪事实是由"日本间谍"丘德奈尔的"证词"和他所在的高尔基汽车厂的领导的报告材料证实的。

起诉书的其余部分完全是一堆乱七八糟的、拙劣的谎言。它指控,萨尼亚在海拉尔的父母亲依然是中国国籍,并通过我的外祖父扎列茨基与日本间谍小组保持联系。还说我外祖父是俄罗斯法西斯党的一名积极分子,又说我外祖父是萨尼亚父母的女婿。起诉书甚至说,萨尼亚和被判犯有日本间谍罪的亚沙、基尔什和曼娅"一起"抵达苏联,而且和其他许多日本间谍建立了联系,其中包括宾季科夫。但是,这个名字从来没有在萨尼亚的审讯记录中出现过。显然,先前在奥尼库尔一家案件中揭发出来的"证据"又被移植到这里了。

1938年10月20日,高尔基地区"三人特别小组"宣布了对萨尼亚的判决:

> 伊萨克·瑙莫维奇·奥尼库尔——执行枪决,没收个人财产。

下面是手写的注释：

1938 年 10 月 5 日在高尔基市被枪决。

也许这是个笔误，本来打算写成 11 月 5 日的。不过，在判决宣布以前，萨尼亚就已经被枪决也不是不可能的。

不管是哪种情况，都足以说明内务人民委员部的工作极度混乱，也足以说明他们如何草菅人命。到了 1938 年年中，被捕人数远远超过审讯系统能够应付的数量。劳改营和监狱里人满为患。恐怖行动失去了控制。

—··—

到了这一年的年底，苏联最高领导层采取了恢复秩序的行动。1938 年 11 月 17 日，苏联共产党中央委员会和苏联人民委员会部长联席会议发布了关于"逮捕、检察监督与审讯管理"的联合决议。苏联解体以后，这个决议得以解密公开。

当时，这一联合决议在全苏联的内务人民委员部、检察机关和党员中广为散发，使一些人身败名裂。决议承认，1937 年到 1938 年，内务人民委员部使"人民的敌人"和"大批从国外渗透到苏联的外国情报机关的间谍"遭到毁灭性的打击，取得了显著的成果。在从国外渗透到苏联的外国间谍中，特别提到"哈尔滨俄罗斯人"。不过决议接着指出，由于内务人民委员部在工作中大规模采用"简单化的调查和审判程序"，使人民的敌人和外国间谍打入内务人民委员部，他们"蓄意滥用苏联的法律，进行大规模的错误的逮捕"。

内务人民委员部被指责的错误包括：不经过适当的调查就进行大规模的逮捕；没有取得确凿可靠的证据就刑讯逼供；调查结束以后，马马虎虎写成像摘要一样的审讯记录；忽视可能驳倒起诉书中任何细节的证词；不注明日期以及没有审讯方或被审讯方签字的审讯记录。在奥尼库尔一家的审讯记录中，这样的"错误"太多了。全于检察机关，决议批评了苏联检察机关不仅没有采取行动制止这些"违反革命法规的行为"，而且对内务人民委员部的决定一味地迁就附和。

决议命令，立即停止大规模的逮捕，并且撤销"三人特别小组"。从那以后，内务人民委员部的一切逮捕活动不但必须得到检察机关的批准，而且，检察机关要监督一切案件的调查，使调查活动严格按照《刑事诉讼法》进行。至于那些不遵守决议的人，一定要严加惩处。

这一决议击中了内务人民委员部的要害。如果不是苏共的最高权力机构政治局下令，1937 年到 1938 年的恐怖行动无论怎样都会被政府认可。他们可以轻描淡写地说，不过有一些过火行为嘛！现在，政治局出面控制了。但这并不意味着恐怖将会停止，只不过会有所缓和吧。

内务人民委员部头目叶若夫——镇压行动的"总设计师"，受到各方的指责。决议公布一周之内，叶若夫辞职，由来自格鲁吉亚的斯大林的亲信贝利亚接任。1939 年 4 月，叶若夫被指控从事间谍活动而遭到逮捕，一年以后被处决。其间，1939 年 3 月举行的苏联共产党第十八次全国代表大会，正式否定了"大清洗"的"过火行为"。

随着叶若夫的垮台，他的所有助手，不论是部里的领导，还是关系密切的朋友，都纷纷被免职。我在奥尼库尔一家档案中看到的 20 世纪 50 年代的材料表明，曾经主持过大多数调查的主要人物——拉夫鲁申、普里米尔斯基以及德里文，统统由于"违反社会主义法制"而被宣判为"人民的敌人"。根据我在下诺夫哥罗德档案馆看到的关于"大清洗"的文件合订本中的一份文件，拉夫鲁申在 1940 年被处决，普里米尔斯基被判处十年监禁。德里文的职位不算很高，官方出版物还没有关于他命运的记录。

———

人们可能认为，在内务人民委员部极端严重的错误被揭露以后，就应该采取措施，以某种方式向广大被错判的受害者赔礼道歉。最低限度，应该立即释放那些因错判而被监禁在内务人民委员部监狱或劳改营中的受害者，并且给予赔偿；对那些死去的人应予昭雪。

但是，这样的事情却没有发生。成千上万的人已经被枪决，而且，不承认骇人听闻的暴行就释放那么多受害者，也非常困难。不过，在叶若夫垮台以后，一些案件被重新审理。我从曾外祖母切斯娜的档案中发现，她的案件就是其中之一。

1939 年 4 月，正是叶若夫被逮捕的那一年，两个机构重审了切斯娜的案件，一个是高尔基市新成立的调查部，一个是高尔基市检察处。两个部门都得出结论，认为没有理由把切斯娜与《刑法》第 58 条第 6 款规定的间谍罪联系在一起。在这种情况下，两个部门都裁定，"依据《刑法》第 204 条，撤销切斯娜一案，并且立即解除对切斯娜的监禁"。高尔基市内务人民委员部的首脑批准了这一决定，然后把决定传达给高尔基市监狱。

但切斯娜很不走运，未能把握住这一时机。她已经离开高尔基市监狱很久了。1938 年 12 月，她被遣送到中亚的哈萨克斯坦共和国服刑五年。多年以后，她向我母亲讲述了当时的情况：有一天，在既没有明说，也没有预先通知的情况下，她就被押出高尔基市监狱，身上穿的还是六个月前被捕时穿的那套衣服。她和别的囚犯一起，被塞进一列运牲口的货车。车里臭气冲天。路上，几乎没有一点食物，也没有一滴水。她忍受着，从高尔基市一路艰辛到了哈萨克斯坦的首府阿拉木图。

从切斯娜档案中一页接一页的内务人民委员部内部通信来看，由于违反了1938年11月17日"联合决议"制定的某些规定，高尔基市内务人民委员部显然面临着一个难题。通信中反映的一连串事件，使我更加深刻地认识到作为苏联镇压机器的"变速装置"，他们怎样互相推诿，怎样奉行严重的官僚主义。

1938年10月，"三人特别小组"判处切斯娜五年流放。判决宣布两个月以后，"三人小组"就被"联合决议"撤销了。1939年4月，内务人民委员部高尔基市分部以备忘录的形式向内务人民委员部总部说明了切斯娜一案的案情。他们显然已经通知了高尔基市监狱，在相关部门考虑怎样以新的程序处理切斯娜一案期间，对她的判决不应该付诸执行。

遗憾的是，高尔基市监狱接到通知时，切斯娜已经被押送到阿拉木图了。高尔基市请示莫斯科总部，批准调查处的裁决，撤销切斯娜一案，并且立即释放切斯娜。他们还请求莫斯科总部给阿拉木图分部下达命令，释放切斯娜。

莫斯科总部完全批准了高尔基市分部的裁决，并补充说，倘若切斯娜已经被转移到别的地方，请阿拉木图分部把这项命令传达到相应的地区。8月13日，阿拉木图分部向哈萨克斯坦南部小镇克孜奥尔达发去了一份标明"紧急—释放"字样的备忘录。上面写道：

为了执行内务人民委员部莫斯科总部的命令,我们特此转达高尔基市分部关于从监禁地释放 C.A. 奥尼库尔的命令。

但克孜奥尔达分部对这条命令却十分不以为然。他们给高尔基市分部的首脑发去了一份备忘录,坚持说,切斯娜正在一个名叫卓萨利的地方按照原判服刑。他们拒绝接受把高尔基市分部1939年4月的改判作为释放切斯娜的依据,因为他们没有接到"撤销原判"的通知。

从那以后,切斯娜的境况恶化了。1939年9月,高尔基市分部的首脑又下令说,第二次重审切斯娜一案以后,裁定"三人特别小组"的判决有效,切斯娜应该继续在哈萨克斯坦服刑。1939年4月释放她的裁决被认定为无效。

通过某种关系,切斯娜后来打听到有关1939年4月下令释放她的决定。在她的档案中,我发现了她在1940年4月手写的两封申诉信。信写在从练习本上撕下的纸上。一封信写给内务人民委员部高尔基市分部的负责人,另一封写给莫斯科总部首脑。切斯娜在给莫斯科总部首脑的申诉信中写道:

因为我自认无罪,所以向最高苏维埃和您提出申诉。我从两个部门得到的回答是,我只需向高尔基市检察官提出申诉即可,我也正是那样做的。可是由于我没有收到书面答复,我的亲戚(也许是法尼娅·克列巴诺娃)便亲自去找检察官。检察官对我的亲戚说,我在1939年4月9日已经被释放了。因为我至今没有得到这样的通知,所以才向您提出申诉。请您考虑我的具体情况——晚年独自一人,疾病缠身,无依无靠,又在偏僻地区——下达一道由您决定的释放我的指示。

切斯娜写给高尔基市分部负责人的信更加简练:

根据我从您的调查员尼古拉耶夫同志那里得到的消息,1939年4月9日的裁决决定释放我。不管这一消息是否属实,我至今没有得到有关这一裁决的通知,而且继续在哈萨克斯坦的卓萨利服刑。我请求您颁发一道释放我的命令。

切斯娜的申诉信使内务人民委员部莫斯科总部摸不着头脑。显然,释放令已经被推翻的消息并没有通知到相关人士。有一份备忘录在质问,他们通知阿拉木图一年以后,切斯娜为什么还在流放地服刑?另一份备忘录坚持说,切斯娜的案件经过第二次复审以后,1939年4月释放她的裁决已经失效,因此,维持"三人特别小组"的判决。

是什么原因使得这个案件翻来覆去?一个克孜奥尔达的地方官员为什么胆敢向莫斯科发出的命令挑战呢,何况那道命令是释放一位疲惫不堪的老年妇女。为什么高尔基市分部的负责人想通过自己的组织和地方检察官撤销他早些时候批准的决定呢?也许这就是个实例,说明这台仍然按照旧的生产计划表运转的处理政治犯的"机器",因为过于笨重而一时难以停下。也许时间已经过去太久,把切斯娜留在流放地更容易一些?或者,这是她丈夫的"坦白"和孩子们被打成"日本间谍"带来的后果?

不管什么原因,切斯娜都付出了巨大的代价。她孤身一人,在炎热干燥、风沙弥漫的荒漠中服完五年徒刑。从黎明到黄昏,挖土豆直挖得双手麻木。到1943年6月,刑期终于服满了。

但厄运再次与切斯娜纠缠不休。由于正值"二战"时期,政治犯即使刑期已满,也继续被强迫监禁。这样一来,切斯娜在流放地又度过了两年。

多年以后,亲戚们问她,经历了这么多磨难,她是怎么活下来的?

"人比石头更坚硬。"她回答说。

—m—

距离切斯娜结束流放生涯大约七十年后,我真真切切地感受到了切斯娜从前经历的恐惧。在乌兹别克斯坦旅行期间,我坐在一辆小面包车上,从撒马尔罕到布哈拉,穿越克孜勒库姆沙漠。

从车窗望出去,目光所及都是沙漠。导游手持麦克风说,"克孜勒库姆"在突厥语里是"红沙"的意思。这片沙漠在阿姆河与锡尔河之间,跨越乌兹别克斯坦、哈萨克斯坦,一直到土库曼斯坦。接下去他又说了不少地名、统计数字。

"克孜勒库姆,克孜勒库姆……"我一遍又一遍在心里念叨。这个地名听起来很熟悉。后来我想起"克孜奥尔达",那是切斯娜在"大清洗"中被流放的地方。我突然想起,她被发配去的那个村庄就在我们此刻驱车而过的这片荒漠。极目远眺,我在大漠深处搜寻一个老年妇人的身影。铁路线上,一列老式货车慢慢驶过,幻化出切斯娜。她挤在一节木头车厢里,被送往克孜奥尔达。她孤零零一个人在那里受难,对家人的命运一无所知……

墨镜后面,我的眼睛充满泪水。

9
"哈尔滨命令"

20世纪70年代初我上大学的时候,同学们曾争相阅读索尔仁尼琴[1]的俄文版《古拉格群岛》。书中描述的极度恐怖把我吓着了,但当时全然没有想到这种恐怖会与我的亲人们联系在一起。原本以为,恐怖只是发生在"他们那边"的事,我们就不同了,我们是"从中国来的俄罗斯人"。

上大学期间,俄罗斯最伟大的诗人之一安娜·阿赫玛托娃的《挽歌》一诗,在我心中留下了不可磨灭的印象。这首诗讲述了排队站在遍布苏联各地的监狱外面,等候把包裹送给命运未卜的爱人的妇女们那麻木的悲伤。几个小时过去了,她们嘴唇冻得发紫,默默地等待着,等待着……现在我才知道,我的曾外祖母切斯娜也曾经历这样的悲伤,她也曾在高尔基市监狱外面排队等待着,直到自己也被送进监狱。

---

[1] 索尔仁尼琴(1918—2008):苏联作家和持不同政见者,1974年被逐出苏联,后定居美国,主要作品有中篇小说《伊凡·杰尼索维奇的一天》和长篇小说《癌症楼》《第一圈》等,获1970年诺贝尔文学奖。

我开始阅读叶甫盖尼·金斯堡的《进入旋风》一书时，发现它是那么引人入胜。这本书描写了她在斯大林的监狱和西伯利亚劳改营中度过的十八年牢狱生活。可是我把这本书与亚沙、切斯娜，也许还有阿布拉姆的生命历程联系在一起过吗？丝毫没有。我注意到，金斯堡和索尔仁尼琴都曾提到从中国东北的中东铁路回到苏联后，以"日本间谍"罪被逮捕的人，但这些人没有给我留下多少印象，因为我的亲戚中，毕竟没有人在中东铁路工作过。

二十多年以后，当我发现奥尼库尔一家也是以"日本间谍"的罪名被逮捕并且被惩处的时候，我就努力想弄清原因。这些人作为忠诚的苏联公民，满怀对美好未来的憧憬返回苏联，为什么会被扣上这样的罪名呢？据我所知，他们是因为在日本占领下的中国东北地区实在无法维持生活才离开那里的。我不明白，他们做了什么让自己变成了"人民的敌人""卖国贼"和"日本间谍"呢？

我一直在寻找那个根本不存在的理由。在娜杰日达·曼德尔施塔姆关于"大清洗"的回忆录《一线希望》（*Hope Against Hope*）中，有两行引自阿赫玛托娃的诗。诗句刻画了一位朋友的疑问。那位朋友在听到别人被逮捕的消息以后，不停地在问"为什么"。

"为什么"是什么意思？
你要明白，逮捕人不需要任何理由。

也许，我应该多听听这样的诗句。

后来，我仿佛发现了一个"模式"。我向从中国来的其他俄罗斯人打听 20 世纪 30 年代中期回到苏联的亲戚朋友的情况时，得到的回答是："大多数'回国的人'都在'大清洗'中被捕，杳无音信。在许多案件中，人完全'失踪'了。有的被捕以后被送到劳改营,有的人神秘地死去了。偶尔,官方也会向死者在苏联的亲戚公布死因。不过,都千篇一律地归因于'心力衰竭'或者'大叶性肺炎'。"

直到斯大林死后,幸存者从劳改营出来,才开始讲述从哈尔滨以及从中国其他地方回到苏联的俄罗斯人被以"日本间谍"的罪名枪杀或者送往劳改营的情况。表面上看,这与日本占领中国东北地区的事实有关,但背后的原因是什么呢?

答案就是内务人民委员部头子叶若夫1937年9月10日签发的00593号行动命令!随着苏联的解体,20世纪90年代初,保存在莫斯科国家安全局档案室里的这条尘封已久的命令暴露在光天化日之下。它的原文在20世纪90年代初期由莫斯科文献出版社第一次出版。不久,《俄罗斯移民报》转载并向全世界发行。

这条命令特别涉及所谓的Harbintsy(哈尔滨人)。在俄语中,Harbintsy特指"哈尔滨人",和英语中的New Yorker(纽约人)或Muscovite(莫斯科人)的用法相同。可是在那条命令的原文中,叶若夫把这个词重新定义为"所有中东铁路的前雇员和从中国东北地区回国的人"。在以他的名义写的序文中提到,两万五千多名哈尔滨人已经来到苏联,并在铁路运输和工业部门工作。随后接着写道:

> 可靠的情报材料显示,已经到达苏联的绝大多数"哈尔滨人"都是从前的白俄官员、警察、宪兵以及各种无国籍流亡者、法西斯间谍组织的成员。他们当中的绝大多数人都是日本情报机关的间谍。若干年来,日本情报机关不断把这些人派遣到苏联,进行恐怖、颠覆以及搜集情报的活动。
>
> ……例如,去年一年,在铁路运输和工业部门中,就有

四千五百多名哈尔滨人由于从事恐怖、颠覆和谍报活动而被镇压。对这些案件的研究表明，日本情报机关精心策划并着手在苏联领土上建立一个由哈尔滨人组成的颠覆和情报总部……

从1937年10月开始，叶若夫煽动起一场轰轰烈烈的运动，全面清洗这样的"间谍"。

"所有'哈尔滨人'都是逮捕对象"，命令这样说。逮捕对象本来可以到此为止了，但是却继续扩展到另外十三种人。其范围如此之广，以致可以应用到任何曾经在中国东北地区或中国其他地方居住过的俄罗斯人身上。

第一类逮捕对象包括所有那些工作在交通运输和工业部门中的"被揭露出来或者被怀疑从事恐怖、颠覆、谍报和破坏活动"等罪行的人。接着，又罗列出政治领域内的各种逮捕对象：在俄国国内战争期间到达中国、参加过白俄军队的人，反苏政治党派的前成员，托洛茨基分子以及无国籍流亡者和法西斯组织的成员。与上述最后一类"反动组织"相提并论的还有一系列社会团体，从真正的反动组织，例如黑帮或者俄罗斯真理兄弟会，到反苏联社会团体，如俄罗斯大学生联合会，甚至还有青年基督教联盟。

另外几类逮捕对象包括日本占领中国东北前后，在中国警察部门和军队干过活的人，加入过中国国籍的人，哈尔滨各种企业（餐馆、旅店、汽车修理厂等）的业主和合伙人，外国公司（主要是日本公司，但也包括白卫军商行）的雇员。被点名的是著名的秋林公司。事实上，该公司属下的秋林百货商店在1917年十月革命以前就开张了。

逮捕"哈尔滨人"的行动分两步进行。首先逮捕的是在内务人民委员部、红军、运输部门、国防工业以及发电厂等大型企业工作的所有"哈尔滨人"。接着是逮捕在苏联机关、国营以及集体农庄工作的所有"哈尔滨人"。在运输部门和大型企业中工作的任何"哈尔滨人",若想逃避逮捕,立即就会被开除。对被捕者的审讯被作为紧急事务处理。

命令规定,对被逮捕的"哈尔滨人"的刑罚分为两等。所有参与"颠覆性谍报、恐怖、破坏以及反苏等活动的那些人的刑罚都属于第一等","执行枪决"。对所有其他"破坏作用较轻的'哈尔滨人'",判处在监狱或劳改营里监禁八到十年。

地方内务人民委员部和检察机关根据审讯材料决定被逮捕的"哈尔滨人"属于哪一等。每隔十天,地方内务人民委员部首脑把分好等次的名单呈递到莫斯科的总部等待批准。总部头目和总检察长批准以后,判决就被"立即执行"。

这项命令的末尾部分,有一条内容引起我的注意:

> 对付"哈尔滨人"的活动,可以采用招募合格的情报机关特工人员的办法,但要采取措施,防止双重间谍进入秘密部门。

这项命令规定,此行动应该在1937年12月25日结束。事实上,却往后拖延了几乎整整一年。

这份骇人听闻的文件说明了一切。

我开始明白,高尔基市的审讯人员对奥尼库尔一家提出的一系列具体问题根本就不是根据他们的实际活动提出来的。审讯人员的目的就是要把他们归纳为十三种逮捕对象中的一种或几种。

奥尼库尔一家和无国籍流亡者之间的交往本来极其普通,却非要说成是犯罪。而且，审讯人员执意把他们和白俄以及法西斯分子拉扯到一起，其原因就在于这项命令。

审讯人员盘问他们在中国被捕以及与警察宪兵接触的原因，基尔什由于记不得把他从恩琴匪帮手中救出来的警察而被训斥的原因，一个仅仅是买了她家簧风琴的警察就在切斯娜的起诉书中多次出现的原因，切斯娜和亚沙由于中国国籍而被视为异类的原因，统统都在于这项命令！

审讯人员交替使用哈尔滨和海拉尔的用意也十分明显。对他们来说，地名不同无关紧要——囚犯反正都是"哈尔滨人"，而"哈尔滨人"就是日本间谍！面对这种令人胆寒的逻辑，奥尼库尔一家以及像他们一样的"哈尔滨人"，永远也逃不出这只魔掌。

是什么原因使叶若夫在1937年9月颁布了这项关于"哈尔滨人"的命令呢？日本情报机关真的向苏联派遣过作为间谍和颠覆分子的俄罗斯人吗？没错，某些人确实是间谍，就像苏联也会派遣特工人员到伪满洲国和日本一样。

甚至在1931年日本占领中国东北以前，哥萨克和白卫军就断断续续地越过边界，侵入苏联远东地区，搜集情报，煽动当地农民反对苏联的人民委员，实施爆炸，甚至企图占领边界哨所。他们中的许多人在进行破坏活动时被俘虏；还有些人在苏联对中国东北发动突然袭击时被抓获。

日本人占领这片土地时，利用投靠他们的白俄搜集苏联边界上的兵力部署情报，或者挑起事端，试验苏联应对突发事件的能力。苏联特工人员潜伏在中国东北的无国籍流亡者组织中，经常揭露投靠日本的白俄。在哈尔滨，日本军事使团开设特别的情报训练课程，为在苏联进行情报活动培养间谍。

1935年苏联卖掉中东铁路（北段）以后，大批苏联公民离开中国东北回到苏联。日本人和他们在哈尔滨的"白俄合作者"毫无疑问会抓住这个机会，在前往苏联的人当中安插一些间谍。

可是，因此就能得出这样一个结论，认为"绝大多数'哈尔滨人'"是前白俄官员、警察、宪兵和无国籍流亡者法西斯分子吗？能把他们都说成是来苏联为日本人搜集情报的间谍吗？毫无疑问，绝大多数人不是。他们中的多数人是中东铁路及其管理机构的普通工作人员，包括工程师、职员、教师和医生。由于在中国失去了工作，他们才动身前往自己的"祖国"，去建设新生活。与他们一起去苏联的，还有另外一些人，他们在中东铁路大动脉被切断以后，看出俄罗斯人在那里的生活前景黯淡，也想逃离日本人的控制。

叶若夫针对"哈尔滨人"的大规模行动显然受到斯大林主义偏执狂逻辑的支配。

20世纪30年代中期，苏联充满了对外国人的疑惧，从中国东北地区向苏联的大规模移民当然引起了怀疑。对于那些满怀对美好明天的憧憬回到"祖国"的苏联人来说，中国东北地区的经历所导致的祸端只是个时间早晚的问题。对于苏联政府来说，这些俄罗斯人曾经生活在外国人和白俄无国籍流亡者中间，受到过不良影响。日本人占领中国东北地区，则更增加了对他们被招募为间谍的怀疑。

1937年2月到3月间，在苏联共产党中央委员会全体会议上，斯大林指出，苏联的敌人——德国、波兰和日本——正在积极进行反苏的战争准备，因此要求采取措施，根除潜在的"第五纵队"[1]

1　第五纵队：原指20世纪30年代西班牙内战中，佛朗哥部下进攻马德里时在市里做内应的人，现泛指敌人派入的间谍或通敌的内奸。

和外国情报机关的间谍。斯大林的亲信、人民委员卡冈诺维奇在大会上做了关于从中东铁路回国人员的发言，为下一步镇压"哈尔滨人"的大规模行动定下了调子：

> 当然，不适当地做出所有来到苏联的人都是坏人的结论是有害的，但遗憾的是，他们当中的间谍的确非常多。

到1937年年中，苏联政权对"人民的敌人"和"外国间谍"的歇斯底里已经达到令人发指的地步。"哈尔滨行动命令"只是许多大规模逮捕行动命令中的一个。

事实上，最重要的是1937年7月30日出笼的内务人民委员部00447号行动命令。它要在苏联全国范围内发起一场镇压"富农、罪犯以及其他反苏分子"的运动。命令的措辞如此含糊，以致任何人都可能被罗织在那张大网里。命令还下达了具体指标——每个地区计划逮捕的人数。其中，多少人被执行枪决，多少人被判处在监狱或劳改营中服刑八到十年都有明确规定。高尔基地区的指标是逮捕4500人，处决1000人，监禁3500人。正是根据这项命令，重建的"三人特别小组"才可以不受司法程序的约束，迅速进行审判。原定的目标是在四个月内逮捕268950人，但因为这项命令被延长到1938年11月，最终被逮捕的人数超过75万，其中，一半以上被枪决。

从1937年7月底起，又颁布了一系列"民族行动"命令，目的是肃清敌对国家"潜在的情报活动基础"。内务人民委员部针对德国人、波兰人和"哈尔滨人"（也被称为哈尔滨-日本人）的行动被列为三种主要的"民族行动"。后来，一系列其他民族也成为打击目标：朝鲜人、拉脱维亚人、爱沙尼亚人、芬兰人、希腊人、伊朗人、中国人、罗马尼亚人、马其顿人、保加利亚人以及阿富汗人。"民族行动"虽然没有规定指标,但研究人员的统计表明,到1938年11月中旬,在内务人民委员部的这一口号下,大约有三十五万人被逮捕。

"哈尔滨人"本来是指中国东北的哈尔滨市的居民,此时一跃而变成一个"民族"的称谓,偏偏还是个被怀疑的称谓。到了1937年,它完全成了"日本间谍"的同义词。

——∽——

叶若夫大规模镇压"哈尔滨人"的行动命令于1937年10月1日开始下达。高尔基市闻风而动。1937年10月2日,仅仅过了一天,亚沙和曼娅就遭到逮捕;五天之后,他们的父亲被捕。在第一轮逮捕浪潮中"漏掉"的萨尼亚和切斯娜在八个月以后被逮捕——不是因为逮捕范围扩大,就是因为他们是"人民敌人"的亲戚。

从1937年10月到1938年10月,在整整一年的时间里,一个五口之家被毁灭了。其中,三人被枪杀,一人被送到劳改营,另一位年迈的老太太被流放到哈萨克斯坦的大草原上。我常常想,会有多少从中国回到苏联的俄罗斯人成为"大清洗"或者叶若夫那项命令的受害者呢?这个数字我本人可能难以统计。粗略估计,中东铁路(北段)出售以后回到苏联的人数在两万到十万之间。

不过,我还是决定试着弄清这个问题。我与莫斯科纪念馆研究与信息中心的研究人员谢尔盖·拉尔科夫建立了通信联系,他曾经帮我澄清奥尼库尔案件中的许多问题。纪念馆正在着手整理镇压行动各方面的文件,任务相当繁重。我估计,他们也许已经统计出了那一令人毛骨悚然的数字。

2002年3月,我通过电子邮件提出这个问题:知道在"哈尔滨命令"下有多少人被逮捕,多少人被枪杀吗?

拉尔科夫回答说,他不知道具体的数字,而且认为,把"哈尔滨人"和1937年秋天众多被逮捕的人区分开来"实际上是不可能的"。对于他的回答,我丝毫不感到意外。不过,他又向他的同事进行了咨询。一个月后,我得到回音:

> 关于被镇压的"哈尔滨人",即在内务人民委员部所谓"哈尔滨行动"中被捕、被杀的人数,我以前的意见是错误的。这方面的信息的确存在!
>
> 根据纪念馆研究与信息中心的A.B.罗金奇斯和O.A.戈尔拉诺夫未发表的研究结果……48133人被执行特别审判程序调查(即逮捕)……其中,30992人被枪决。

拉尔科夫后来证实,其余17141人几乎无一例外地被监禁在劳改营和监狱里。

10
幸存者

当内务人民委员部高尔基市分部的审讯人员指控亚沙是日本间谍,并让他交代何时被招募为间谍时,亚沙万分惊讶:

> 听到这种完全是无中生有的指控,我大为震惊。我只有一个回答——我从来就没有,也绝对不可能被任何日本人招募。我在忠诚地为苏联情报部门工作。

这些话出现在四封手写的信中。在下诺夫哥罗德时,我从亚沙的档案中复印了这几封信。其中的两封是寄给苏联内务人民委员部头目贝利亚的,另外两封是寄给内务人民委员部其他握有实权的"神仙"们的。每一封信中,亚沙都满怀爱国主义热情,罗列大量事实,抗议加在他头上的"人民的敌人"的罪名,并且要求紧急重审他的案件。

他的上诉信都是1939年5月到1940年3月,在斯维尔德洛夫斯克省的伊夫德尔拉格劳改营里写的。当时,他正在那里服十年的刑期。前两封信的内容大体相同,偶尔加一点新的东西。

战争结束后,亚沙身着军装的照片

从1993年收到的俄罗斯政府的材料中,我得知,亚沙的哥哥阿布拉姆在远东的什么地方给内务人民委员部当过中文翻译。可是我从来没听说亚沙有过类似的经历。家里其他人也没有听说过。但是,他的申诉信讲述了一个令人惊讶的故事。

也许是为了弥补自己生长于外国的"先天不足",亚沙在每一封上诉信中都首先强调自己出身于无产阶级家庭,并且对苏维埃事业无限忠诚。他说自己是"贫苦的白俄罗斯农民"的儿子,在海拉尔长大。1909年,他的父亲为生计所迫才去到那里。他声称,1925年,海拉尔成立少先队和铁路工人联合会时,他是第一批参加少先队的人。我算了一下,那时他可能十一岁。奇怪的是,我向从海拉尔来的人打听时,没有一个人记得有过这样的少先队。不过,也许他们那时还太小。

上诉信接着开始了惊人的"内幕揭秘":

从1930年起，和我的其他家人一样，我就在海拉尔为苏联情报部门工作。可以毫不夸张地说，在那种环境下，我们的工作既紧迫又危险……但我全然不顾这种危险而积极地工作着。我认为，这是我的使命。我感到幸福，虽然我不在苏联国内生活，但我却在为建设社会主义添砖加瓦……1935年，由于日本当局已经产生怀疑，并且开始监视我们，我们才不得不减少活动。这就是1932年日本占领中国东北时，我哥哥阿布拉姆·格里高利耶维奇·奥尼库尔离开中东铁路地区去符拉迪沃斯托克（海参崴）的原因；这也是我姐姐玛丽亚（曼娅）·格里高利耶芙娜·奥尼库尔在1934年离开中国前往高尔基市的原因。

亚沙叙述了1935年他几次被日本宪兵骚扰的情况。从那以后，若是再继续从事秘密工作，就要冒很大的危险。他便和父母离开海拉尔，来到苏联与姐姐团聚。亚沙写道，他的姐姐曼娅也"在海拉尔为苏联情报部门工作过"。他还列举了在边境小城满洲里苏联领事馆工作的几个人的名字。这些人熟知奥尼库尔家人的情况，并且可以为"他们对苏联的忠诚和献身"做证。

亚沙到达高尔基市不久，便被内务人民委员部在高尔基汽车厂的头目召见，接着便开始在该厂工作，担任技术英语翻译。这位头目了解亚沙在海拉尔为苏联情报部门所做的工作，因此，建议他担任"高尔基汽车厂内务人民委员部的秘密特工人员"。亚沙说，他同意了这一建议，并且进行了工作，"从来没有受到过批评"，直到被逮捕的那一刻：

我为苏联取得的一切成就而感到骄傲，并且准备尽一切可能贡献出自己的力量。我愿意消灭苏联人民的敌人，不论是国内的，还是国外的。我所说的这些不是没有事实根据的空话。我最初在海拉尔，后来在高尔基汽车厂，都曾经为苏联情报机关工作过，我为之感到骄傲和自豪。

看到这里，如果亚沙说的都是真话，我怀疑在那种情况下他未必有权利选择拒绝。

然而，1937年10月2日，亚沙"突然被逮捕"。在1937年10月16日和12月6日两次简短的审讯中，审讯人员指控他"为日本人进行间谍活动"。对于这种无中生有的指控，亚沙断然否定。他还对审讯人员说，他只为苏联情报机关工作过，而且，对他的指控没有任何具体证据。

我要求审讯人员拿出怀疑我为日本人进行间谍活动的证据，哪怕是一点点也好，但他们对我的所有要求都没有答复。对我的指控纯属捏造，我断然否定这种指控。在对我的两次审讯中，也没有提出任何证据来证实这种指控。

亚沙说，监禁在高尔基市监狱的五个多月里，他一直期待审讯人员进一步提审他：

我敢肯定，在审讯过程中，审讯人员会相信我是无辜的。可是，1938年2月，在没有任何审讯结束的迹象的情况下，我就被押送到内务人民委员部劳改营。到达那里之后，我才知道，早在1937年12月24日，我就已经被苏联内务人民委员部特别委员会判处了十年徒刑，罪名是从事反革命活动。

我在《古拉格群岛》一书中看到过这样的描述：到达目的地后，囚犯们走下运货车，然后被迫跪在铁轨旁边，听取宣读对他们的判决。看起来，亚沙也有过同样的经历。

伊夫德尔拉格劳改营位于谢罗夫城附近的乌拉尔山中。20世纪30年代，苏联内务人民委员部在苏联各地建起一个规模庞大的劳改营网，伊夫德尔拉格劳改营便是其中之一。在1998年文献出版社出版的关于"苏联劳改营系统"的俄文版综合手册中，我发现，伊夫德尔拉格一半以上的囚犯都是像亚沙那样的政治犯。这个地方的主要产业是对周围森林中出产的木材进行加工。

亚沙在上诉信中写道，当上伐木工人后，他平均每天都超额完成生产定额的20%~30%。不过，他到劳改营一个月后，就患了腰肌脓肿病。腰肌控制髋关节，所以腰肌出了问题，髋关节就无法弯曲。为此，他动了两次手术。1940年4月，写最后一封上诉信的时候，他已经在医院治疗了22个月。由于髋关节坏死，他伸不开腿，只能拄着T字形拐杖走路。

亚沙在1939年5月写的第一封上诉信中，没有提及家人。可是后来的上诉信表明，他通过什么渠道得知了母亲的消息。他不断地重复自己对父亲和姐姐的命运一无所知的同时，对切斯娜的境遇表示了极大的关心。信写得一次比一次详细。他写道，切斯娜已经被流放到哈萨克斯坦南部的卓萨利，由于健康不佳，她不适合任何类型的劳动，也不能自食其力。在最后一封上诉信中，他抗议，虽然对切斯娜的刑罚不包括没收财产，但她被逮捕以后，奥尼库尔家的全部财产统统被没收了。这样的消息只能直接来自切斯娜，或者是和她关系密切的什么人。

亚沙的上诉仿效俄罗斯古老的请愿传统，向级别比较高的当权者提出诉求，请求他干预案件的处理，纠正不公平的做法。在沙皇时代，农民向贵族和沙皇请愿。在苏联时代，工人向人民委员和斯大林同志请愿。亚沙上诉信的最后两段，总是充满了爱国主义辞藻。这些措辞也反映了他对"大清洗"的敏锐的政治觉悟：

> 我至今也不明白，作为忠诚的苏联工人，我和我的家人把全部身心都奉献给了苏联，但却遭到如此不公正的惩罚，被打成"人民的敌人"。我认为，我的被捕只能是真正的"人民的敌人"恶毒诋毁的结果。
>
> 为此，我紧急请求您的干预，加速我的案件的复审并把我从监狱中释放出来，从而能使我像所有苏联工人一样，为社会主义的胜利而欣慰。

看来，亚沙似乎听到了1938年11月命令内务人民委员部结束"大清洗"的消息，以及1939年苏共中央全会对内务人民委员部暴行的愤慨和谴责。被"真正的'人民的敌人'恶毒诋毁"一语和许多公开谴责使无辜的共产党员变成真正敌人的受害者的言论遥相呼应。

看了亚沙的上诉信，我一时无语。他和奥尼库尔全家真的为苏联情报部门工作过吗？曼娅？他的父母亲？或者这只是亚沙为了从劳改营脱身而虚构的故事？

如果确有其事，为什么在奥尼库尔一家任何一份审讯记录中都没有提到此事？审讯时，他们为什么不以这样有力的证据为自己辩护呢？后来，我想起几件曾经让我迷惑不解的事情：亚沙的起诉书说他是个"双料间谍"；曼娅说，一个叫"斯库拉托夫"的人警告她应该到苏联去，否则她有可能被日本人逮捕。于是，她于1933年离开了海拉尔。由于这些"事实"和高尔基市审讯人员立案的目的不相符,他们完全可能从审讯记录中将之抹去。我很想知道,他们还"遗漏"掉了什么?

要区分事实与虚构固然不容易,但亚沙本人写的上诉信中列举的事实却具有相当高的可信度。值得注意的是,虽然只有过两次法庭调查,但在他的档案中却有三份日期互相矛盾的审讯记录。我能理解,亚沙也是在巧妙地利用事实,争取获得释放。

亚沙也许真的在高尔基汽车厂为内务人民委员部工作过,也许正因如此他才免遭厄运。亚沙和曼娅都没有承认对自己的指控,为什么曼娅被处决而亚沙却被判了十年徒刑呢?在叶若夫的"哈尔滨命令"中,有一条说得含糊不清的、要利用这次行动"招募合格的情报机关特工人员"的指示。难道亚沙被确认为"合格的人才"吗?

亚沙1939年5月写的第一封上诉信,促使内务人民委员部的新头目贝利亚的秘书处很快采取了行动。为了重审和紧急磋商,两个星期之内,秘书处便查询到其下属部门。后来,问题就陷入官僚主义的泥淖之中,几乎长达一年。那时,就连苏联安全部门自身也处在一片混乱之中,出现这样的拖延不足为奇。

1996年在下诺夫哥罗德档案馆,虽然不能逐页复印亚沙上诉信所引起的内务人民委员部有关部门之间的通信,但我做了详细的记录。我把这些记录和亚沙的上诉信按时间顺序排列起来,设法厘清事情的经过。

1940年4月,内务人民委员部高尔基市分部最后收到重审亚沙案件的命令,并且要作为"紧急问题"向莫斯科报告复审结论。

在要求他们查明的问题中有：

在高尔基市，奥尼库尔是否真的作为秘密特工人员为内务人民委员部工作？……如果情况属实，他提供过什么材料？

这期间，亚沙的身体状况正在恶化。在1940年6月和7月的上诉信中，亚沙写道，在过去的两年里，他一直在劳改营医院进行腿部手术，还遭受着肾结石的折磨。他说，在劳改营的医疗条件下，他看不到病情好转的希望，因此请求"紧急重审他的案件，以便恢复健康，再次为苏联服务"。

1940年8月，高尔基市迅速采取行动，信函飞向四面八方，核对亚沙被捕前的住址，从他过去的邻居和同事那里取得旁证材料，与伊夫德尔拉格劳改营核实他的医疗条件，以及是否有"不利于他"的材料。

在一份旁证材料中，高尔基汽车厂的一位同事作证说，亚沙是一位翻译。又说，据他所知，奥尼库尔一家之所以从中国来到苏联，"是因为那里出现了动荡的政治局面"。他记得，在批准亚沙加入工会的会议上，亚沙谈到自己的背景时，显得很不情愿，而且有点含糊不清。那位同事还提到，亚沙与电气工程方面的专家和负责人特西尔林关系密切，"是亲戚"。

奥尼库尔家曾经在科姆索莫尔斯卡娅大街（以前的奥克佳勃尔斯卡娅大街）住过。一位邻居证明，曾有一个来自中国的家庭住在19号公寓。不过，那位邻居很精明，他对内务人民委员部说，他不知道他们姓什么，也从来没跟他们说过话。一份来自内务人民委员部伊夫德尔拉格劳改营的材料说，亚沙在劳改营医疗队看管日常用品，工作态度尚可，从来没有受到过批评。可是，档案中没有任何材料证实亚沙在高尔基市为内务人民委员部工作过。

最终，内务人民委员部高尔基市分部在1941年1月宣布了对亚沙案件重审的结果。裁决书重申1937年亚沙起诉书中原有的一切指控，并且着重提到他父亲和姐姐被判为日本间谍，他的父亲还招认了对他的指控。裁决书的结尾写道：

> 鉴于奥尼库尔是社会上的一名危险分子，我宣判：1938年苏联内务人民委员部特别法庭的判决继续有效，而且，他的抗辩没有事实根据。

裁决书由调查处的巴兰金中尉签字，然后由内务人民委员部高尔基市分部的新任头目古宾少校批准。

两个月后，在1941年2月底，由完全相同的一班人马公布了另外一份裁决书，宣布：

> 将Y.G.奥尼库尔从内务人民委员部伊夫德尔拉格劳改营转移到高尔基市监狱，并且在高尔基市调查处看管下羁押。

1941年5月，亚沙回到高尔基市的审讯室，审讯他的不是别人，正是调查处的巴兰金中尉。

从三份审讯记录看，1941年在内务人民委员部高尔基市分部审讯室里的气氛和1937年时的大不相同。三份审讯记录中，两份记录标明的日期分别是5月19日和5月20日，是打印的，并且记录着每次开审和结束的时间。第三份审讯记录，标明的日期是5月27日，全是手写的。三份记录中，提问的逻辑性很强，语气有所缓和，不再是大声斥责和叫喊，也不再提白匪、白卫军和法西斯分子。审讯人员详细调查奥尼库尔家族的历史，询问他们在海拉尔的生活以及移居到苏联的情况。

亚沙的回答证实了其他审讯记录中的信息，虽然多多少少有点出入。

第一次审讯时，亚沙说，1934年曼娅从海拉尔直接去了莫斯科，忽略了她在上海和符拉迪沃斯托克（海参崴）的逗留。但在第二次审讯中，当审讯人员问他是否知道他姐姐去上海的情况时，亚沙解释说，在1933年或1934年，在"苏联驻上海领事馆的指示下"，曼娅在去符拉迪沃斯托克（海参崴）之前先去上海，在一家综合医院当牙科医生，不过时间很短。我还注意到，这一次，亚沙讲述了1935年在哈尔滨火车站被日本宪兵拘留三四个小时的情形。他还被日本人关押过两天，并遭到毒打。也许，这就是亚沙在高尔基市监狱显得很有经验的原因。

我一直等待的问题——亚沙与苏联情报部门的关系——在第一次审讯将近结束时出现了：

问：在海拉尔期间，你和哪一个情报部门保持联系？
答：在海拉尔期间，我和苏联情报机关的秘密特工人员保持联系。
问：你是在什么时间被苏联情报机关招募为特工人员的？
答：我是在1930年被招募的。

我算了一下，亚沙那时可能只有十六岁。他被招募的细节以及他练习"谍报技术"的情况出现在第二次审讯中：

问：你是被谁招募的？

答：最早是我哥哥阿布拉姆·格里高利耶维奇·奥尼库尔被苏联驻海拉尔领事馆领事波波夫招募为苏联情报部门工作……后来，哥哥劝我也参加情报工作。在和哥哥一起工作了一段时间之后，我和他一起去见波波夫。在我哥哥在场的情况下，波波夫建议我开始从事实际的情报工作。

问：波波夫与你签署过为苏联情报部门工作的协议吗？

答：波波夫没有要求我签署协议。

问：你在什么时候向波波夫和其他特工人员传递情报？你使用什么代号在材料上署名？

答：我没有代号。如果需要在联络人交给我的情报上写下代号时，我就把情报交给波波夫或者其他人代签，或者由我哥哥签上他的代号 Rom。此外，我可以用口头传递情报。

亚沙解释说，除波波夫以外，他还与莫洛夫一起工作过。莫洛夫是中东铁路土地处处长，也是当时苏联情报部门在海拉尔的实际领导人。1932年，日本占领海拉尔之后，波波夫、莫洛夫和阿布拉姆都离开海拉尔，去了苏联。亚沙于是与另一位组长一起工作，直到1935年。在1936年来高尔基市前，他还与苏联驻满洲里的一位官员短暂地一起工作了一段时间。

问到他的工作性质时，亚沙回答说，他主要是交通员，把其他特工人员的情报传递给他的组长，然后再把组长的消息和命令传递给特工人员。要他说出这些特工人员的名字时，亚沙只能记起一个被日本秘密警察雇用的蒙古人和在一家私人公司里工作的两个耷靼兄弟。

第二天，1941 年 5 月 21 日，内务人民委员部高尔基市分部就把亚沙陈述的与苏联情报部门有关的详细情况上报到莫斯科外国情报局（INO），请求紧急核实：

> 在这次重审奥尼库尔的案件时，我们请求你们紧急核对有关记录，并通知我们，奥尼库尔是否确实是苏联在海拉尔的情报机关的特工人员？他是否与上面提到的那些人有联系？同时，我们请你们通过波波夫、莫洛夫和……证实，奥尼库尔是否与日本情报机关的间谍有牵连，并且从他们那里取得有关奥尼库尔工作的旁证。

根据两周以后转来的答复，在 20 世纪 30 年代，有几个不同的苏联情报部门的特工人员在中国东北地区活动，相互之间很少配合。外国情报局无法根据亚沙提供的信息，证实亚沙或者他提到的其他人是否在海拉尔为外国情报局工作过。他们建议，高尔基市方面除了向其他情报机构调查以外，也应该询问远东以及东西伯利亚地区的内务人民委员部有关部门。

不过，外国情报局的通报里的确有一个关于曼娅的重大新发现：

> 根据我们掌握的材料，被调查人的姐姐 M. G. 奥尼库尔在海拉尔期间被 INO NKVD DVK 雇用。

INO NKVD DVK 是设在哈巴罗夫斯克（伯力）的苏联内务人民委员部远东地区外国情报局。问题是，被"雇用"的曼娅是如何工作的？

伊拉·科甘姨妈说过,曼娅曾经把她父母住宅里的一间屋子作为牙科诊所,里面人来人往。我猜测,牙科诊所可能为开会提供了一个相当好的掩护。那时,伊拉虽然是个孩子,但回想往事,她还记得,阿布拉姆也曾在那间屋子里开过会。她认为,开会的人里有苏联人。我试图在亚沙的其他材料中寻找关于曼娅的信息,但是没有更多的发现。

对亚沙的第二次审讯临近结束时,审讯人员问到起诉书中提到的几个从海拉尔来的人。第一个是潘菲洛夫,那个"被处决了的日本间谍"。亚沙、曼娅和基尔什都是根据他的证词被判有罪的。亚沙说,他并不认识此人,不确定他是否与日本情报机关有关系。

接下来被问到的是巴克舍夫、格里格尔曼和宾季科夫。巴克舍夫就是那个"白俄无国籍流亡者、法西斯分子以及与日本人勾结的人"。起诉书曾指控亚沙与此人有牵连。亚沙的回答很简短:他否认与巴克舍夫有过任何联系,还把这个人说成他"个人的敌人",因为巴克舍夫在海拉尔为日本宪兵司令部工作过。至于格里格尔曼,亚沙说,虽然他不是格里格尔曼的好朋友,但他知道格里格尔曼是远东银行的职员,"忠于苏联政府"。

亚沙比较乐意提供宾季科夫的消息。他对宾季科夫如何突然放弃20世纪30年代早期的白卫军反苏观点,后来又移居到苏联的描述,和我看过的他在1937年的审讯记录是一致的。不过那时,亚沙说他不知道宾季科夫是否是日本间谍。现在,则有所改变:

> 我不能排除宾季科夫被日本情报部门派遣到苏联的可能性。1936年,宾季科夫就是根据我提供的材料在高尔基市被

逮捕的。

这是真的吗？如果是真的，1937年他为什么要那样说呢？或许这只是为了对他的案件有利而虚构的一个情节？即使亚沙的确不知道宾季科夫已经被作为日本间谍而处决，他也完全能猜测到这样的结局。也许他认为事后扬言对宾季科夫的定罪负有责任对自己有益无害？

1941年5月27日进行的第三次审讯中，审讯人员问亚沙在高尔基市还有什么亲戚。除了他不知道下落的堂兄萨尼亚·奥尼库尔以外，他提到表兄马克·特西尔林和他的妻子法尼娅·克列巴诺娃。亚沙说，他虽然不确切知道他们在高尔基汽车厂的哪一个部门工作，和马克也没有交往，但他和法尼娅通过信，还得到过法尼娅的经济帮助。

审讯人员追问：特西尔林一家是从什么地方来的？他们是否曾经在中国东北居住过？亚沙解释说，他们从来没有在苏联以外的地方居住过。他显然明白，在那时的氛围下，任何"海外关系"都会使他们受到牵连。他还强调说，奥尼库尔一家只是在来高尔基市以后才和特西尔林夫妇有联系的。

我从亚沙的回答中推断，切斯娜的消息也许是法尼娅透露给他的。她也许没有把萨尼亚和她丈夫被捕的消息告诉亚沙。

特西尔林夫妇虽然力图避免因奥尼库尔一家而受到牵连，但在1940年年初的某一天，由于另外一项荒唐透顶的指控，马克还是被抓了起来。据伊拉·科甘和廖瓦舅姥爷说，事情起因于马克办公室的一次议论。办公室里有四个人，三人参加了议论，其中一个人说，当地新上任的党的领导人太年轻了。第二天，三个参加议论的人都被逮捕了。马克被指控策划了托洛茨基分子颠覆破坏活动的阴谋,结果被判决在古拉格服刑八年,剥夺公民权利五年。丈夫被捕以后,法尼娅把两个孩子和保姆一起送到乡下,以免孩子们被送进专门为"人民的敌人"的子女们开办的孤儿院;而她自己奇迹般地躲过了被捕的命运。

在亚沙的档案中,我找不到更多的材料可以证实他在海拉尔或高尔基市是否为办联情报机关工作过。没有任何材料显示在高尔基市的这三次审讯以后发生了什么事情。他要求的核查证实了他的陈述?复审以后他获得自由了吗?

亚沙档案中的下一份材料是一份没有标明日期的摘要。摘要说明,对亚沙指控的有效期到1948年为止。接下去,共有九页编过号的纸从档案中消失了。但没有任何材料说明亚沙从高尔基市返回到伊夫德尔拉格劳改营。我猜测,他的命运必定有了新的转机。问题是朝哪个方向?

———

在与亚沙的妻子加利娅的谈话中我得知,她第一次遇到亚沙是在1946年。那一次,亚沙去乌克兰的第聂伯罗彼得罗夫斯克看望朋友,在火车上遇见加利娅。那年以后的某一天,亚沙邀请加利娅到拉脱维亚看望他。当时,他在拉脱维亚里加附近的一所疗养院工作,结果加利娅就留了下来。从那时起直到1985年亚沙去世,两人一直在一起。可是从1941年6月在高尔基市受审结束到1946年,亚沙这五年的生活经历依然是个谜。

当我试图把亚沙的经历理出个头绪的时候,我仔细回想与加利娅在1992年和1996年的两次会面,试图从中找到更多的线索。

1992年,我和加利娅第一次见面时,她说,她对他们相遇之前亚沙的生活经历几乎一无所知。她只知道,亚沙的家人在"大

亚沙与加利娅，摄于20世纪40年代末

清洗"期间遭到"镇压"，但却以为，在那些岁月里，亚沙一直在白俄罗斯的什么地方学习医学。

我由此回想起，当初在加利娅给我的"家庭文件"中发现了亚沙的平反证，我感到意外，但我认为她并没有见过它。亚沙的平反证和家里其他人的一起放在箱子里，箱子属于亚沙的母亲切斯娜。加利娅仔细查看过那些证书的可能性不大。要知道，并不是每个人都像我一样会对几张旧纸入迷。

还有一件事让我觉得不可思议。加利娅和亚沙相依为命四十多年，竟然不知道在那个灾难性的历史时期，他和他的家人的遭遇！这可能吗？

和加利娅谈话后不久，廖瓦舅姥爷在莫斯科告诉我，包括亚沙在内，奥尼库尔全家都因"间谍罪"被捕。这时，我对加利娅的怀疑加深了。连廖瓦都清楚,她居然不知道?

1996年10月,临去下诺夫哥罗德档案馆之前,我又一次拜访加利娅,并把从下诺夫哥罗德安全局得到的有关奥尼库尔一家的情况告诉了她。当时,我的心情十分矛盾。我不知道,四十多年以后,突然听到丈夫曾经因为所谓"日本间谍"的罪名而被逮捕并被送到劳改营的消息,她会有什么感觉?况且是从一个几乎完全陌生的人那里听到的,这是多么不可思议!

当然,前提是加利娅对这些往事真的一无所知。

说实话,那时我曾经猜测,加利娅的确知道真相,而且知道全部真相。也许她答应过亚沙,绝对不告诉任何人?也许她只是不想告诉我?如果当真如此,倘若我提出这个问题,就会使她非常尴尬。她可能感到被一个爱刨根问底的又几乎不认识的亲戚纠缠,甚至追逼。而这个亲戚来自遥远的大洋彼岸。住在她家使我更难于启齿提出这个问题。不过我已经告诉她,我即将去下诺夫哥罗德档案馆收集奥尼库尔一家的材料。她还不停地问我,我是如何安排行程的。

最后,我决定探明真相。离开的那天,我把安全局的报告摘要拿给她看。

当加利娅发现亚沙和家里其他人一样,也被以所谓的"日本间谍"罪逮捕并且判处在劳改营服刑十年,顿时惊得目瞪口呆。她坚持说,亚沙从来没有对她说过这段经历。沉默了片刻之后,她才说,也许这就是这些年来,他们频繁地从一个地方调动到另一个地方的原因。

前一天晚上,我花了不少时间分析那堆证书、探询亚沙的经历、在笔记本电脑上做笔记。这些工作使我立刻明白了她的意思。十四年来,亚沙作为医疗方面的行政官员,工作不断变更,足迹踏遍了波罗的海沿岸各加盟共和国的疗养院以及苏联中亚地区的麻风病院，从苏联的一端走到另一端。在每一个地方，他的工作都受到高度赞扬，获得奖品、奖金和优秀工作者奖章。回想起来，亚沙一定是在努力摆脱自己曾经是"囚犯"的阴影，树立一个新的形象。20世纪50年代后期，给他平反昭雪以后，他才在里加安家落户。

我渐渐明白，亚沙之所以在距刑满还有一年，也就是1946年，就能去第聂伯罗彼得罗夫斯克访友，说明他的刑期提前结束了。然而仅凭一己之力，我还无法弄清他在那五年里究竟做了些什么。

我给莫斯科的廖瓦舅姥爷写信，提出包括这个问题在内的一系列疑问，并请他的孙子沙沙用录音机记录下他的回答。录音带寄回来之后，我发现，即使我们家的这位"百科全书"，也说不明白这件事情。

我很想再次与加利娅联系，但又有些迟疑。我担心，我想揭示出事情真相的意图也许会使她心烦意乱。此外，我也不想让她产生误解，以为我怀疑她的话。

我不愿意与加利娅再次联系，还有另一个原因。我渐渐意识到，在亚沙的经历中，也掺和着我自己的感情。在我童年的——也许是永久的——印象中，亚沙是一个和蔼、聪明而又幽默可亲的人。一位医生，一位躲过无数次难以想象的劫难而幸存下来的英雄。我七岁的时候，他送给我一本书，讲述的是在第二次世界大战期间寻找父亲的一位小姑娘的故事。这本书我至今还珍藏着。书上的题词写道：

　　我们为和平而战的目标，就是要使世界上的所有孩子永远不要有书中小姑娘的那种生活经历。

大人们都把我当作孩子，谁也没有像亚沙舅姥爷那样认真地对待我。

可是，如果亚沙对审讯人员所说的，他在海拉尔和高尔基市为苏联情报机关工作过是真的，那将会怎样？如果他作为特工人员在海拉尔以及高尔基汽车厂的确为内务人民委员部工作过，那又会怎样？

我发现，要接受亚沙可能当过苏联情报机关在海拉尔的特工人员这一事实，似乎也不难。1930年哥哥阿布拉姆让他参与为苏联进行的秘密工作时，他可能十六岁。大家都说，阿布拉姆是个乐于助人、漂亮聪明的人，一个被亚沙崇拜的、具有传奇色彩的人。现在看，曼娅也曾经在海拉尔为苏联人工作，既然如此，亚沙怎么就不能呢？

作为居住在中东铁路地区、持有苏联国籍的俄罗斯人，奥尼库尔一家也可能认为，这是支持新生的苏维埃政权，抵制反犹太人的哥萨克、白卫军、法西斯分子以及日本军国主义者等黑暗势力的爱国主义行为。日本人在1932年占领中国东北以后，他们的工作可能更重要，甚至更危险了。

但是，一想到亚沙有可能在高尔基市为内务人民委员部工作过，我在情感上还是难以接受。这会使亚沙成为一个"密探"！最终，我强迫自己站在他的立场上，设身处地地想想这件事情。

我想象着，1936年，亚沙来到高尔基市，因为摆脱了日本人的压迫而舒了一口气。二十二岁的他，为在高尔基汽车厂踏上英语翻译这个受人尊敬的新岗位而感到高兴。他很快结交了一批新朋友，享受着在苏联的新生活。后来，他被高尔基汽车厂的内务人民委员部头目召唤去，过去的经历突然给他带来了厄运。

这位头目也许从最近在党的高层领导中公开揭露出来的"敌人"谈起,指出苏联正面临自从1917年十月革命以来最大的威胁。亚沙认真地听着,不停地点头。

他接着把话题转到高尔基汽车厂,问亚沙是否知道敌人就隐藏在我们身边。亚沙点了点头,但吓得浑身发抖。他不知道这次谈话要谈到哪里才是个头。他自己会被指控为敌人吗?

指控倒是没有。这位头目却说出最近被逮捕的高尔基汽车厂高级官员的名字。亚沙心里暗想,他为什么要告诉我这种消息呢?一时间心乱如麻。

"……我们必须提高警惕,挖出敌人和破坏者!"头目说。亚沙再次点了点头。

"我们了解你在哈尔滨中东铁路地区为我们的组织所做的工作。"

"是海拉尔,"亚沙心里想,但顺其自然吧。

"……那是艰苦卓绝的斗争。白匪是险恶的敌人,尤其是现在,他们正和日本人以及其他反革命势力公开勾结在一起。"

亚沙喘了口气。

"我知道,这对你来说不是什么新闻,他们已经渗透进我们的国家,并且建立了间谍网!"头目继续说,"没错,甚至在高尔基市……"

然后,他谈到问题的关键:"简单地说,我们需要你的帮助……"

亚沙皱起眉头。他想,自己已经把那一切都忘了。头目看透了亚沙的心思,知道他不愿意:"当然,你必须明白,你和你的家人还没有被解除怀疑。你打算拒绝……"

在这种情况下,亚沙除了说"是",还有别的选择吗?他也许要与海拉尔时代的同样的敌人,白卫军和日本间谍做斗争。只是他现在被套上"挽具"去与"人民的敌人"作战。最终,他和家人都落入了陷阱。

如果我的猜测没错的话,那么,亚沙就为十六岁时在遥远的中国东北地区所做的选择付出了代价。那也是他为幸存下来而付出的代价。

我不知道,倘若我处在他的位置会怎么办?如果亚沙在海拉尔和高尔基汽车厂为内务人民委员部工作的经历是为了离开劳改营而编造出来的,那么,他也从中得到了好处。

2001年6月,我终于决定再次向加利娅了解情况。我已经告诉过她,我在写一本书,将从奥尼库尔一家的内务人民委员部档案中收集素材,描写他们在"大清洗"中的命运。我给她写了一封信,信中附有书的大纲,其中提到我披露过的一些信息,并请她帮助澄清一些问题。

大约在一个月以后,我收到了回信。加利娅写道:

亲爱的玛罗奇卡:

你的信使我感到为难和焦虑。我非常不安和遗憾的是,我对你的问题几乎一无所知,而我又真的非常非常愿意帮助你……

……我一点儿也不知道奥尼库尔一家返回苏联,或者在高尔基市、高尔基市监狱,或者在斯维尔德洛夫斯克劳改营的具体时间及其原因。

亚沙从来没有跟我谈过这些事情。其实,苏联人很忌讳这种问题。人们是那么害怕，都觉得知道得越少越安全。对于说话的人和听话的人双方都是如此。显然，亚沙不愿把我牵连进去。

我甚至连亚沙被判过十年徒刑都不知道，所以，1996年你在里加告诉我这一消息时，我感到十分震惊。记得那时我说过，我们经常搬家。现在想起来，亚沙那段经历就解释了我们频繁迁移的原因。也许这样做，他的身份才不会轻易被人发现。

所以，我不知道亚沙究竟是在哪一年来到苏联的，也不知道他的准确的刑期以及服刑地点……现在看来，我得请求你来回答这些问题了。

亚沙从来没有对我说过他在什么时期为内务人民委员部工作过……

……至于切斯娜·阿勃拉莫芙娜在哈萨克斯坦的生活经历以及她如何努力为亲人的平反奔走，怎样得知阿布拉姆的命运，实在遗憾，我不知道。

关于这些情况，也许廖瓦·拉亚克能帮助你。他对亲戚们的事知道得很多，而且我想许多事情大家都会对他说（对我就不大可能了）……

我很想给你一些具体帮助，却又想不出如何办，所以一夜无眠。我只知道我和亚沙在一起时的生活。仅此而已……

不过，加利娅还是帮了我的大忙。她向我详细介绍了亚沙的工作情况和1946年以后他们共同生活的情况，还给我寄来两份亚沙在战后的工作证书，颁发日期都在1946年之前。我以前曾经看见过这些证书，后来发现，我甚至把它们存储在电脑里，可是当时并没有仔细研究。现在我才发现，这两份工作证书涵盖了从 1941 年 8 月到 1946 年 5 月这段时间——亚沙"失踪"的五年。

文件之一是一份证书的复印件。证书是亚沙的工作单位，莫斯科地区军事建设部颁发的。后来我才知道，莫斯科地区军事建设部的任务包括，在战争期间修建军队的营房、医院和仓库。这份证书是"在 Y. G. 奥尼库尔医生任期届满时，代替工作证发给他的"。它证实，从 1941 年 8 月到 1946 年 5 月，亚沙在 11 号地区的医疗单位担任领导职务，并且在"对 11 号地区的战士和军官的医疗以及大幅度降低各地区疾病方面做了模范的组织工作"，上面还记载了亚沙由于努力工作而获得的几次嘉奖。

证书由公证员盖章、证实。像苏联监狱或劳改营里所有的犯人一样，亚沙在高尔基市被捕的时候，工作证即已被没收。因此，这份证书可能是证明他身份的主要文件。

第二份文件是 11 号地区军事领导人写的个人推荐信。从这封信看，11 号地区的位置就在伏尔加河附近，距离科斯特罗马古城不远的比伊城（Buy）。

这两份文件清楚地说明了 1941 年 5 月第二轮审讯以后，亚沙从事的工作。

在短短的三个月内，亚沙是如何从高尔基市的审讯室，到了莫斯科东北大约 385 公里的比伊军事建设基地？我猜测，这和 1941 年 6 月，希特勒军队入侵以后，苏联陷入紧张局势有关。斯大林曾经被警告会陷入如此境地，但他拒绝相信。

到了 8 月，明斯克——亚沙的祖先们就是从这里走出来的——落到纳粹手里。列宁格勒被围困，基辅也行将陷落，纳粹正向莫斯科推进。在大规模征兵和动员后备役军人上前线的过程中，劳改营里的囚犯也派上了用场，不过他们通常不是政治犯。

　　也许亚沙极力劝说内务人民委员部，说他才二十七岁，让他去保卫莫斯科，为祖国效力比让他返回劳改营好得多。机遇总算出现了，亚沙依靠他在劳改营医院当卫生员学到的技能抓住了这个机会。在战争环境中，谁也不会查看资格证明。到战争结束时，亚沙因为在艰难的五年中担任医疗单位的领导职位而获得了军士军阶。有关部门对他的评语称赞他是"一位积极的、有事业心和富有创造性的工作人员，为战胜敌人做出了极大的努力"。当苏联政府开始重建饱受战争蹂躏的国家时，亚沙投身于卫生部在全国范围内建设疗养院和根除传染病的工作。在接下来的十四年里，他在波罗的海沿岸各加盟共和国的疗养院之间频繁调动，后来到了中亚的麻风病院，并且获得了对其工作赞扬有加的证明书。这是对一个想抛弃过去并创造未来的男人的证明。

～～

　　很多年之后，我去到乌兹别克斯坦卡拉卡尔帕克斯坦自治共和国的首府努库斯，才进一步了解到，为了取得这一切，亚沙曾经付出多么艰苦的努力。

　　那次的努库斯之行，是为了参观一个非同寻常的苏联艺术收藏展。那些藏品在斯大林时代是被禁止的。20世纪60年代，时任卡拉卡尔帕克斯坦国家博物馆馆长的伊戈尔·萨维茨基将他收藏的作品公之于众，建立了这个博物馆。在中亚的许多地方中，我似乎只记得努库斯和泰里，因为亚沙曾经在那里的麻风病院工作。一个偶然的机会——也是运气好——我结识了萨维茨基博物馆的馆长马瑞尼卡·巴巴娜扎罗娃。马瑞尼卡和卡拉卡尔帕克斯坦卫生部门很熟悉，因为她的丈夫曾经是卫生部长，而这位部

20世纪50年代初，亚沙（左）和同事在乌兹别克斯坦麻风病院工作时的合影

的母亲是努库斯麻风病院的医生。

泰里麻风病院曾经是咸海岸边穆伊纳克地区几千名病人的"聚居之地"，当时那里就像一座"孤岛"，离努库斯几百公里远，只有坐船才能去。20世纪五六十年代，这里的麻风病人撤离到努库斯郊区。马瑞尼卡给我看了几张早已废弃的麻风病院旧址的照片。那些破屋子星罗棋布于渺无人迹的荒原，犹如远古时期留下的废墟。马瑞尼卡还介绍我认识了一位努库斯麻风病院的医生，他给我看了档案室保存的文件、照片，这些文件与照片都和亚沙曾经工作过的泰里麻风病院有关。其中一份文件，是1959年3月，亚沙被任命为副主治医生和家庭医生的手写任命书。还有加利娅被分配到药房工作的通知。我以前在亚沙的档案材料中见过这些打印的文件，知道他从1949年到1951年，曾经在泰里工作，所以并不觉得新鲜。但这些文件让我更加真切地感受到他在泰里的存在。

至于泰里，你很难想象还有比它更萧瑟、更荒凉、更闭塞的

1959年4月，在黑海度假的亚沙和加利娅

地方。照片上，麻风病人住在一排排苫着茅草的破屋子里，屋与屋之间是土路，目光所及没有一点绿色。

"这里的工作条件极其艰苦。"马瑞尼卡说，"来这儿工作的，要么是理想主义者，要么是被社会遗弃、受到种种限制的人。"

离开泰里之后，从1951年到1953年，亚沙在立陶宛的勃斯托纳斯疗养院工作。1953年到1955年，他又回到乌兹别克斯坦。为什么亚沙要频繁地更换工作地点？是劳改营的黑暗岁月让他心有余悸？还是因为他是犹太人？20世纪50年代初，针对"四海漂泊者"和犹太人的清洗依然如火如荼。也许他怕被人知道他生在中国，在西方有亲戚？一切都不得而知。

亚沙远离第二次世界大战之后并入苏联的波罗的海国家——无论地理位置还是意识形态，那里都是中心——跑到中亚的蛮荒之地藏身，无疑是明智之举。

亚沙是幸存者。

11

哈巴罗夫斯克（伯力）的亲人

1996年，我在下诺夫哥罗德档案馆得到的内务人民委员部档案，使我对曼娅、亚沙以及他们的父母基尔什和切斯娜，甚至他们的堂弟萨尼亚的悲惨遭遇有了一定的了解。但阿布拉姆的生活经历始终是个谜。他是这个家庭中的一个缺失的环节。我所掌握的，只有一个漂亮的黑发年轻人在富有异国情调的地方拍摄的几张照片，以及几条似有若无的信息。它们只能引发我更多的疑问。

自从1992年在莫斯科和廖瓦舅姥爷首次谈话以来，我大概知道，阿布拉姆在20世纪30年代初离开海拉尔，到符拉迪沃斯托克（海参崴）学习，并且加入了内务人民委员部。阿布拉姆的情报人员身份在有关他无故被捕的简短报告及第二年我从苏联政府收到的平反证书中得到了证实。我从文件上的首字母缩拼词和文件的条形编码推断出，阿布拉姆曾经是内务人民委员部在远东地区的一名翻译，于1937年10月被捕，1939年被哈巴罗夫斯克（伯力）军事法庭判刑。

在奥尼库尔一家人的初审中，审讯人员问到家庭成员的时候，阿布拉姆的名字便出现了。不过，每个人的说法不尽相同。曼娅和萨尼亚只提到阿布拉姆在符拉迪沃斯托克（海参崴）。切斯娜说得多一些，说他在东方研究学院学习。可是基尔什和亚沙却说，阿布拉姆在格罗德科沃的内务人民委员部边防队工作。格罗德科沃是中国边界以东15公里的一个小镇，离符拉迪沃斯托克（海参崴）150公里，现在是远东地区对中国的主要边界口岸。

在对亚沙的第二轮审讯中，阿布拉姆出现的频率更高。最令人感兴趣的是，在海拉尔期间，哥哥如何拉亚沙一起为苏联情报部门工作的故事。如果那是真的，就说明早在中国东北地区，阿布拉姆就开始了苏联特工生涯，并使他的家人也陷入这张罗网。

符拉迪沃斯托克（海参崴）、哈巴罗夫斯克（伯力）、格罗德科沃，阿布拉姆的足迹主要在俄罗斯远东地区的这几个地方。由于阿布拉姆是在哈巴罗夫斯克（伯力）被判刑的，他的档案保存在那里的可能性相当大。可是哈巴罗夫斯克（伯力）位于俄罗斯远东地区，正好在中国边界的北面，不容易进入，不是一个常规的环东南亚旅行就可以随便访问的地方。我考虑过给哈巴罗夫斯克（伯力）档案馆写信，虽然得到答复的可能性不大，可是除此而外我又能有什么选择呢？

我的朋友伊戈尔·萨维茨基伸出了援手。伊戈尔是"哈尔滨俄罗斯人"中的另类，他在20世纪50年代移民到澳大利亚，如今已是一位专门从事对俄贸易的成功的企业家。幸运的是，1996年11月，当我带着从档案馆得到的宝贝，由下诺夫哥罗德返回莫斯科的时候，他也正在莫斯科访问。在克里姆林宫附近的国宾馆宴会大厅里，伊戈尔用香槟酒和鱼子酱祝贺我的"成功"。当我对他说，为了寻找有关阿布拉姆的信息，我的注意力正被吸引到远东的时候，伊戈尔说："把详细情况告诉我，我再和哈巴罗夫斯克（伯力）的好朋友商量一下！"

伊戈尔直爽、亲切、精通业务，好朋友遍布俄罗斯，尤其是在他商业活动的中心，远东地区。现在，他要找的朋友是一位曾

11 哈巴罗夫斯克（伯力）的亲人

就职于俄罗斯联邦安全局（FSB，即前克格勃）的上校，名叫拉弗林索夫。他以前帮助伊戈尔追查到有关他的亲人的材料。

不到两个月，有关阿布拉姆的消息来了！

在高尔基市，基尔什和曼娅的生命结束了，迅速而残忍：一颗9克重的子弹从后方射进他们的头颅。当我看到"判处枪决"和"1938年1月14日枪决于高尔基市"的字句时，我心里想，就受刑的残忍程度而言，没有人可以与基尔什和曼娅相比了。可是，我错了！当我从哈巴罗夫斯克（伯力）的来信中读到阿布拉姆的死亡情况时，简直毛骨悚然了。

作为私人信件，来函写在普通纸上，也没有信笺的抬头。来信从我已经知道的奥尼库尔一家的背景开始，追溯到阿布拉姆在中国东北地区的工作经历。信中说，阿布拉姆是个有事业心的小伙子，十四岁就已经是一名洗毛工人了。后来，他做过记账员，还在一连串署着外国名字的公司里工作过。

阿布拉姆1933年来到哈巴罗夫斯克（伯力），并在那里加入了内务人民委员部的前身，苏联国家政治保安总局（OGPU），然后被送到符拉迪沃斯托克（海参崴），在远东大学学习。学习期间，他还担任中文翻译工作。这个时间和1932年日本侵占中国海拉尔，阿布拉姆突然离开的时间相吻合。

接下去是有关"大清洗"的两段叙述：

　　阿布拉姆·格里高利耶维奇没能逃过20世纪30年代的"大清洗"。1937年，所谓的清洗迅速蔓延到全国。他以前在中国的生活经历成了他1937年10月17日无故被捕的理由。

　　对他的调查几乎进行了两年，1939年10月4日，他被内务人民委员部的军事法庭根据《刑法》第58条第10款(叛国罪)和第58条第11款(组织反苏联活动罪)判处十年监禁。

起初,信中那种客气而平静的语气令我不快。但我很快就意识到,写信人实际上是在帮我的忙——把苏联时代的套话"转化"为客气的俄语,以便解释清楚他所提供的信息。

他被送到谢沃斯托克拉格服刑。谢沃斯托克拉格现属马加丹地区。劳改营在雅戈金斯基行政区的什图尔莫沃伊金矿,距离马加丹几百公里。

在俄语中,"谢沃斯托克"是"东北"一词的缩写,"拉格"是"劳改营"的缩写。我知道,马加丹是科雷马河"北极死亡营"的门户。据说,数以百万计的囚犯被送到西伯利亚遥远的东北地区,在冰冻的土地上挖掘金子。现在我才知道,阿布拉姆竟然也是其中之一。他们冒着极度的严寒做苦工,却穿着不能御寒的靴子和外衣。科雷马河的囚犯们都有根本不可能完成的劳动定额,而劳动定额又和食物定量挂钩。完不成劳动定额,那份原本就不够吃的面包和稀饭就相应地减少。许多人死于饥饿、严寒和劳累——苦难长期折磨下的死亡。

拉弗林索夫的信把那里的情况描述得更为清楚:

零下四十度的严寒和营养不良使得伤亡惨重。1941年2月初,阿布拉姆得了病,2月11日便死去了。死亡原因是大叶性肺炎、肠炎、肺动脉血栓以及脾肿大。

11 哈巴罗夫斯克（伯力）的亲人

1938年，阿布拉姆在监狱中

我的表兄是医生。他证实说，所有这些医学术语都可以被解释为因冻饿而死。阿布拉姆时年三十三岁。来信说，他被埋葬在什图尔莫沃伊劳改营墓地。我估计，那也许是永久冻土地上的一个万人坑。

来信还叙述了1957年阿布拉姆死后平反昭雪的详细情况，并说也许还能提供更多材料。信的最后一句着重提到阿布拉姆的一张照片。那张1938年审讯期间在监狱里拍摄的照片一直保存在马加丹他的档案里，随信附有一张复印件。

看到那张照片，我顿时哑口无言。那个无忧无虑、长得像电影明星一样的小伙子竟然变成了一个满脸痛楚、瘦得像鬼一样的人！他们是怎么折磨他的？他都变成这副样子了，他们还硬要把他送往科雷马河做苦工！

不管阿布拉姆经受过什么样的苦难，我都要设法搞清楚！

伊戈尔几经努力，想从哈巴罗夫斯克（伯力）给我弄到更多的材料，但都没有成功。显然，查明真相的唯一办法就是我亲自去那里。

正像穿着风衣的曼娅曾把我引到下诺夫哥罗德那样，经常萦绕在心头的阿布拉姆那痛楚的目光现在要把我引向哈巴罗夫斯克（伯力）了。

2000年5月，我来到哈巴罗夫斯克（伯力）。

和四年前去下诺夫哥罗德一样，我去哈巴罗夫斯克（伯力）的旅行也是突然安排的。在预订去哈尔滨旅行的机票时，我突然想到哈尔滨离俄罗斯远东地区很近。这是我走访哈巴罗夫斯克（伯力）和符拉迪沃斯托克（海参崴）的一个机会，我可以去那儿追寻有关阿布拉姆的更多信息，也可以亲眼看一看他曾经生活过的地方。

伊戈尔曾对我提起过，1945年日本战败以后，苏联红军从哈尔滨带走了一批档案，现在保存在哈巴罗夫斯克（伯力）档案馆。他的那位"克格勃朋友"正是在那里找到了伊戈尔家在哈尔滨的档案。谁知道我在那儿能发现什么家庭秘密呢？！

我计划在哈巴罗夫斯克（伯力）逗留六天，然后乘坐一夜火车，沿着西伯利亚大铁路去符拉迪沃斯托克（海参崴），在那里逗留两天。出乎意料的是，我的父母决定与我同行。他们出生在哈尔滨，从来没有踏上过俄罗斯的土地。他们虽然去过地中海、美国以及亚洲，但俄罗斯却从来不曾列入他们的旅行目的地。

登上从哈尔滨起飞的飞机，母亲显得十分紧张。我突然意识到，去哈巴罗夫斯克（伯力）的旅行对他们是多么重要。

"你不怕坐飞机，是吧？"我问母亲。

"不怕，"她回答说，"只是担心着陆——在俄罗斯。"

苏联解体已将近十年，但我的父母依然难以避免地戴着有色眼镜观察俄罗斯，早年在哈尔滨的经历更加深了这一阴影。

11 哈巴罗夫斯克（伯力）的亲人

俄罗斯曾经是朋友和亲人们的目的地。后来，他们要么死在那里，要么在那里失踪。20世纪30年代，按照自己的意愿选择回到苏联的奥尼库尔一家人的命运就是如此。同样的命运也降临到1945年被苏联红军赶回苏联的那些人身上。就连在20世纪60年代从中国返回苏联的我的祖母，也很快就在那里去世。从理智上讲，父母知道苏联已经解体，但在感情上，他们不敢相信那些习惯与规章也一起消失了。我们乘坐的飞机降落在哈巴罗夫斯克（伯力）机场时，他们预计很可能遭到种种刁难以及像对待"祖国的叛徒"一样粗暴的态度。

事实却出乎他们的预料。机场人员不仅态度友好，而且彬彬有礼。他们以谨慎的措辞道歉，把复杂的海关申报称为"苏联时代遗留下来的残余"。哈巴罗夫斯克（伯力）是座风景如画的城市，充满浓郁的19世纪风情，有着宽敞的林荫大道和维护得很好的装饰派艺术风格的建筑物。它使我的父母倏然想起往昔的哈尔滨。

我们不仅没有被当成"卖国贼"，相反，在哈巴罗夫斯克（伯力）遇到的大多数人都非常友好，很愿意和我们交谈。作为远东人，他们觉得与边界另一边的"哈尔滨俄罗斯同胞"有着一种特殊的联系。有些人甚至开玩笑说，我们的俄语比他们说得"更地道"。所有的话题都是关于澳大利亚的俄罗斯人生活得怎么样，希望把他们的孩子送到澳大利亚学习等。

我们抵达后不到一个小时，便在一家小有名气的亚美尼亚餐馆里品尝着印度烤肉串和格鲁吉亚葡萄酒了。不过，这家餐馆却有一个不伦不类的名字——"加利福尼亚"。3点半的时候，我前去赴约。约会对象是位前克格勃，他是伊戈尔的朋友，名叫亚历山大·帕弗洛维奇·拉弗林索夫。阿莱克和因娜继续待在餐馆里聊天，愉快地谈论着从哈尔滨移居到哈巴罗夫斯克（伯力）的老朋友。他们已经做好安排,要去拜访我父亲的一位朋友。他以前从事帆船运动,现在是哈巴罗夫斯克(伯力)大学的体育教授。尽管母亲随口对我说"要小心",但我能看出,她对俄罗斯的疑惧已经消除了。

——☰——

离开悉尼之前,我就和拉弗林索夫取得了联系,告诉他,我打算去一趟哈巴罗夫斯克(伯力)。除了感谢四年前他通过伊戈尔给我寄来的阿布拉姆的材料以外,我还问他,是否能得到更多的信息。我对他说,我对苏联红军从哈尔滨带走的档案也感兴趣,其中可能有我们家族的什么材料,听说那些档案现在就保存在哈巴罗夫斯克(伯力)档案馆。

我既缺乏预先筹划,逗留时间又很短暂,拉弗林索夫对此感到惊愕是可想而知的,但他还是说:"也许不成问题。"尽管他已经从联邦安全局退休,但现在仍然担任着远东铁路局局长顾问一职,所以还有一定的权力,"安排一切"或许不会太难。我需要做的只是把想查的那些亲戚的名单传真给他。他提出帮我预订旅馆、安排其他活动,不过一切我们都已经准备就绪,也不想更多麻烦他了。"那我就期盼着你到达后与你会面了。你一到哈巴罗夫斯克(伯力),就打电话给我。"

一住进苏联国际旅行社的宾馆,我就给拉弗林索夫打了电话。"欢迎来到哈巴罗夫斯克(伯力)。"他说,"他们已经把你们到达的消息告诉我了。你们的房间是在12层吧?我4点钟去那儿找你。"

我理应感动吗?我们一到宾馆,就看见大厅服务台旁边坐着两位工作人员。我暗暗地把他们称作"安全人员"。尽管宾馆已经私有化,但依然保留着苏联时代的做派。每一层都坐着几位女服务员,管理钥匙、热水、洗衣以及传递消息。"安全人员"坐在大厅里，登记护照、身份证，然后就是监视。后来我才得知，"安全人员"现在密切关注的是黑手党式的秘密犯罪团伙，而不是外国游客。

5点钟——晚了一个小时——拉弗林索夫敲响了宾馆房间的门。

"欢迎来到哈巴罗夫斯克（伯力）。我是拉弗林索夫——亚历山大·帕弗洛维奇。"一位黑发男子一边说，一边把三支红色康乃馨塞在我的手里，走进狭窄的宾馆房间。他看起来健壮、英俊，不超过五十岁。那件欧式绒面夹克使人觉得他颇为注重仪表。

"谢谢，我是玛拉。"我回答说，心里纳闷，他为什么不在接待处打个电话呢？

"你的父亲叫什么？"他问。

"我的名字里没有父亲的名字[1]。澳大利亚俄罗斯人大多不拘泥于这种习俗，老派的人才保留着源自父名的名字。此外，我父亲有一半鞑靼血统，他的全名叫阿利姆江。如果按传统的习俗，人们得叫我玛丽亚娜·阿利姆江芙娜，听起来很拗口，所以就叫我玛拉好了。"

"Okey."拉弗林索夫用生硬的英语说。显然，我的观点占了上风。过了几个小时，外加一杯伏特加，他才说，不拘泥于习俗是应该的，还说只管叫他萨沙好了。他接着说："你不太像我们通电话时我想象的那个样子。我以为你可能……面色更白皙一些。"

---

[1] 按照传统，俄罗斯人的名字依次由名字、源自父亲的名字和姓三个部分组成。

我不知道，仅凭跨越太平洋的那条噪音很大的电缆线上的两次通话，他对我的肤色能有什么印象？哦，我心里想，你倒是比我想象的年轻一些，也漂亮一些。不过，我只是淡淡地说了一句"哦，是吗？"便不再理会这个话题了。

"先谈谈你在哈巴罗夫斯克（伯力）的活动安排吧。"他说，"今天晚上，我可以陪你游览一下这座城市，带你去看几处很重要的地方，好使你对环境有所了解。明天——星期五——8点半，在我的办公室外面会合，然后我带你去档案馆。你可以在那儿查阅1945年苏联红军从哈尔滨带回来的那些档案。我已经把你列在传真上的人名转告给档案馆的有关人员了。他们还收藏着许多哈尔滨的报纸和其他一些资料。下星期一，我陪你去联邦安全局，你在那儿可以查阅你外祖母的哥哥阿布拉姆·格里高利耶维奇的档案。别的活动我们以后再定。这样安排听起来如何——Okey？"

他告诉过我他将"安排一切"，他的确安排了。"帮了我这么大的忙，真是感激不尽。"我回答说，"我只是担心，下星期一才去联邦安全局，你肯定我能有足够的时间查完所有档案吗？"我担心的是，下星期三我们就得离开这里去符拉迪沃斯托克（海参崴），因此，我宁愿牺牲掉档案馆也要有充足的时间查阅阿布拉姆的档案。"我们不能明天就开始在联邦安全局查档案，而把其他档案留在下星期查阅吗？"

"别着急，"拉弗林索夫回答道，"时间够用。再说，活动已经安排定了。"

这时，我们正走在哈巴罗夫斯克（伯力）的主干道上。这条大街从老城区开始，一直通往行政区以外的地方。它的老街部分，苏联时代叫卡尔·马克思大街，现在改回原来的名字，穆拉弗耶夫-阿穆尔斯基大街，为了纪念东西伯利亚区的首任区长。

老城区建筑物的正面,已经被精心地整修过了。拉弗林索夫指点着:"这个广场上,曾经有一座大教堂,1925 年被拆了。这里以前是一位富商的宅第,现在成了我们的图书馆。这幢红白相间、有圆形屋顶的建筑,在 20 世纪 30 年代以前一直是日本领事馆。"

到达市中心的时候,内务人民委员部不知不觉成了谈话的主题,而且主要集中在"大清洗"期间各幢大楼里面所发生的事情。具有讽刺意味的是,我们正走在一条以克格勃的老祖宗捷尔任斯基的名字命名的大街上。

"左边这幢黄色大楼叫'公社大楼',"拉弗林索夫说,"还是原来的样子。20 世纪 30 年代,许多官员住在这里,包括一些内务人民委员部的官员。1937 年,每一个家庭的户主都遭到逮捕,然后被处决。现在,这幢楼房变成退休的政府工作人员居住的集体公寓……"

走过一个街区以后,拉弗林索夫说:"这条街旁边的那幢大楼里,曾经住着一百多名内务人民委员部的官员,在 1937 年 8 月到 10 月间,全部遭到逮捕,接着就被枪杀了……"那是沃洛哈伊弗斯卡娅大街。我们拐入这条大街时,拉弗林索夫指给我看现在属于安全部的两三幢大楼。在 20 世纪 30 年代,它们都属于内务人民委员部。

"你外祖母的哥哥阿布拉姆·格里高利耶维奇被捕之后,被'黑渡鸦'从那个大门拉了进去。大门后面是内务人民委员部的内部监狱。他在那里被关押了两年。审判他的军事法庭就在那幢淡红褐色楼房的二楼。你可以看见那些窗户。囚犯们就是在那个院子里被枪决的。为了掩盖枪声,卫兵们就把拖拉机发动机的转速加快。"

沿着大街再往下走,有一块巨大的石碑,现在的联邦安全局就在那儿,再下去则是更多屋顶上天线林立的建筑物。

"看来这一片就是以前的内务人民委员部的地盘了。"我说,"我想看看周围的情况。"但天色很快就暗了下来。

"你可以白天再来看看。"拉弗林索夫建议说。

返回宾馆的途中,我们去一家酒吧吃快餐。我们已经步行了好几个小时,咖啡馆和酒吧里坐满了吃夜宵的人。

"你喝伏特加吗?"拉弗林索夫问,"你也许更喜欢别的什么饮料?"

"如果不喝伏特加,我还算得上俄罗斯人吗?"我回答说。我们点了一瓶伏特加,容量是半升,还点了当地的特色菜鱿鱼沙拉和好吃的俄罗斯黑面包。

在俄罗斯人的各种交往中,要想打破僵局、消除隔阂,什么也比不上黑面包、冰镇伏特加和加了小茴香的腌黄瓜。当然,第一杯酒是为了我们的相识而干杯。按照风俗,每一次祝酒都要喝一口,所以,这是我们许多次祝酒中喝干的第一杯酒。与我的同伴一样,每次碰杯时我都喝干杯中的酒。从此以后,我们就是朋友了。我们都直呼对方的名字,而不必再拘泥于用姓来称呼,这样就显得交情很深了。

"这是莫斯科产的伏特加。"萨沙皱了皱眉,"我们当地的伏特加要比这好得多。不管怎么说,我不能多喝。昨天晚上喝多了。"

吃饭期间,萨沙解释说,他在联邦安全局的最后一项任务,就是领导对数以千计的"大清洗"受害者案件的重审和平反工作。

这项工作开始于 1988 年,正是戈尔巴乔夫开启开放与改革的年代。1991 年 10 月,为"大清洗"受害者平反昭雪的命令作为法律颁布以后,这项工作才有了真正的动力。他们甚至不得不四处寻找埋葬受害者的坟墓。他答应,周末带我和我的父母去哈巴罗夫斯克(伯力)公墓,瞻仰"大清洗"受害者纪念碑。

几天过后,我深切地感受到,萨沙揭露"大清洗"的真相以及悼念受害者的积极性,绝不仅仅出于工作需要,而是发自内心的行为。作为当地纪念组织的发起人之一,萨沙一直是出版《回忆录》的推动力量。《回忆录》整理出当地"大清洗"受害者的名字和简历,还登载回忆文章,揭示那个特殊年代发生在远东地区的事实真相。

不过,"大清洗"和公墓并不是我们的唯一话题。在为彼此的健康干杯和品尝鱿鱼沙拉期间,我们还交换着对各种事物的看法,从俄罗斯的政治和黑社会组织,到萨沙着迷的足球和游泳以及他对三个儿子望子成龙的强烈愿望。

萨沙并不隐瞒他对"新俄罗斯"在损害普通老百姓利益的情况下取得的所谓进展深恶痛绝,但他对普京当选为总统感到高兴,并且对国家的未来表示乐观。

"情况将会好转。你会看到的。别忘了,他是我们中的一员——'契卡'。"像许多安全部门的工作人员一样,萨沙依然喜欢使用原来苏联秘密警察的称谓。我很想提醒他"契卡"在俄罗斯历史上所扮演的角色,但忍住没说。萨沙又一次举杯祝酒:"为俄罗斯干杯!"

"也为哈巴罗夫斯克(伯力)干杯!"我举杯响应。

萨沙是一位爱国主义者,但也是一位忠于俄罗斯远东地区的地方主义者。他说,1929 年搞集体化的时候,他的祖父母都被划为富农，被剥夺了土地和财产并放逐到这里。萨沙骄傲地谈到远东人，他们来自不同的种族和社会政治群体，在边疆地区建设新的生活。

"我们一直是自给自足的、独立的——毫无疑问，我们自给自足而且独立！但正是这些特点，引起了当局的怀疑。在20世纪30年代，远东人付出了沉重的代价。"

萨沙解释说，在"大清洗"达到高潮的时候，一个包括地方党、军队以及安全部门高级领导在内的"阴谋集团"被揭露出来。数以百计的军队、党和内务人民委员部高级官员遭到逮捕。对他们的严刑逼供导致逮捕和处决涉及他们所在的系统。

"阿布拉姆案件就是因此而发生的吗？"

"多少有点差别。"萨沙回答说，"不管怎么说，他是由于叶若夫的'哈尔滨命令'而遭到逮捕的。我是很久之前翻阅他的档案时发现的，所以不记得详细情况了。不过，你查阅档案时会弄明白的。要记住，不能相信审讯记录上的任何东西，那里面有许多东西是捏造的。这里有一个判断问题！"

根据我在高尔基市查阅档案的经验，我对此已经相当了解了。

—∞—

第二天，在哈巴罗夫斯克（伯力）档案馆保存的伪满洲国俄罗斯移民事务局的档案中，我没有找到奥尼库尔一家人的材料。这不足为奇。为了处理俄罗斯移民事务，日本人在1934年建立了专门机构——伪满洲国俄罗斯移民事务局。对于无国籍流亡者来说，向伪满洲国俄罗斯移民事务局登记是强制性的，而持有苏联公民身份的俄罗斯人则向苏联领事馆登记。

可是，这里却有我父亲阿莱克和他父母的档案。这是档案管理员按照我从悉尼传真给萨沙的名单提取出来的。后来，那位档案管理员又找到了我父亲的祖母及其他亲戚的档案，他们的名字有些在我的寻找名单上，有些我根本没听说过。

　　档案上注明的日期是1936年，每份档案中有一张办理登记时填写的生平调查表，内容包罗万象，还有五花八门的其他函件。在对调查表上七十七个问题的回答中，有每个人在俄罗斯的出生地、在俄国国内战争时期逃到哈尔滨以及在哈尔滨生活的逐年陈述等详细情况。我激动得简直难以自持。祖父母去世时，我年纪尚小，对他们早年的生活细节只能从父亲那里得到一鳞半爪的了解。这些档案是多么丰富的信息宝库啊！我相信，就连父亲也不知道其中的某些信息。

　　安排好复印之后，我又查阅后面的两份档案。令我吃惊的是，这竟然是我外祖父莫佳·扎列茨基和他哥哥卢维姆的。如果他们拥有苏联公民身份，档案为什么会出现在这里呢？我不得其解。当我仔细阅读这两份档案时，发现它们与众不同。这两份档案中没有生平调查表，只有两三份打印的关于扎列茨基兄弟在中国东北地区从事商业活动的报告，还有一些奇怪的、残缺不全的材料。其中一份残缺不全的材料上端，是我外祖父的姓名、住址、家人姓名以及他的国籍——苏联。下面是住在邻近公寓里的两个人的姓名和住址，旁边写着"流亡者"。这份材料的标题是"关于1/6/43的情报"。纸的其他部分被剪掉了。

　　面对这份材料，我感到迷惑不解，便向那位档案管理员请教。她证实了我的看法，苏联公民用不着向伪满洲国俄罗斯移民事务局登记。

　　"那么，这些档案中装的是什么报告呢？剪掉的内容是什么？"我边问边把档案拿给她看。

"告密者的报告——或者,至少是报告的片段。"她回答说,"克格勃把档案移交给我们以前,就把报告剪去了。"她耸了耸肩。

我打了个冷战。我曾经听说,在斯大林时期的苏联,邻居们不得不互相揭发。但从来没有想到,这种事情竟然在哈尔滨也真实存在。据我所知,我外祖父母与他们的邻居一直是朋友。别的姑且不说,这些人至少还是他们的房客。

后来萨沙对我说,1945年8月日本投降以后,苏联占领了伪满洲国俄罗斯移民事务局的档案馆。那时,苏联反间谍组织的特工人员就利用档案馆的档案追查"敌人"和"勾结日本人的人"。苏联反间谍机构被称为 Smersh,在俄语中,是"消灭间谍"的缩写。

"数以千计的人被捕,然后被流放,他们都是无辜的。"萨沙接着说,"他们被押送到劳改营,长期服役,或者被关押在西伯利亚的特别居民点。"

我已经不是头一次听到这种故事了。我的朋友和亲属中,有几家也被这种流放搞得家破人亡。但从一个前克格勃官员的口里听到这种说法,还是让我感到不可思议。

"深夜,被处决的囚犯们的尸体被运到这里,然后丢进一个大坑——就在这些坟墓下边。"当我和父母亲站在哈巴罗夫斯克(伯力)公墓入口附近的时候,萨沙说,"他们出动两辆卡车运载尸体——在那个年月,内务人民委员部只有那两辆卡车。"

这是坐落在哈巴罗夫斯克(伯力)的第一个"万人坑"。萨沙对我们说,1989年,他们追踪到乌克兰,抓获了一个前内务人民委员部的工作人员。他把萨沙领导的克格勃小组领到这个位置。这个公墓里有十二个"万人坑",在"大清洗"的高潮阶段,有一万两千多人被埋葬在这里。

我自忖，这就是曼娅和她父亲在高尔基市的遭遇，也是阿布拉姆在冰天雪地的马加丹的遭遇。

"万人坑"附近有一座小教堂，是纪念组织为了纪念"大清洗"受害者而建造的。萨沙说，群策群力之下三个月便建成了这座教堂，并且1990年10月30日举行了落成典礼。碰巧，莫斯科卢比扬卡广场上的纪念碑也同时揭幕。

小教堂的右边立着一堵纪念墙。墙基的花岗岩石板上，醒目地刻写着选自诗人阿赫玛托娃《挽歌》中的诗句：

我很想——说出每一个人的名字，
但他们把名单夺走了，
而且无处可觅。

纪念墙上挂满了椭圆形的白色小牌匾，每个牌匾上刻着死者的名字、生卒年月。去世的年份大部分是1937年或者1938年——底下还刻着两个字"处决"。少数牌匾上还刻着"恢复名誉"四个字，并注明相应的年份。后来我得知，建造这堵墙主要是萨沙的主意。

"我们正在计划扩充这堵墙。"当我浏览牌匾上的名字时，萨沙对我说，"你为什么不给阿布拉姆·格里高利耶维奇也做一块牌匾呢？"

"可是，他死在马加丹，而不是哈巴罗夫斯克（伯力）。"我回答说。

"你哪年哪月才能去那儿呢？"萨沙反诘道，"再说，他的悲剧开始于哈巴罗夫斯克（伯力），把他的牌匾挂在这里完全合乎情理。"

萨沙去拜谒他母亲的墓地时，我和父母亲讨论了他的建议，并且认为这是一个好主意。哈巴罗夫斯克（伯力）是20世纪30年代阿布拉姆在苏联开始新生活的地方，后来他又在这里的牢房中被囚禁了两年。在这里纪念他，也许比在默默无名、冰天雪地的马加丹更合适。尤其是，公墓里栽满了银白色的白桦树，凭吊时让人有一种舒服的感觉，就像这座城市让人感到舒服一样。萨沙保证，扩充纪念墙的时候，一定为阿布拉姆立一块牌匾。

回到城里，萨沙特意绕道，带领我父母去参观前内务人民委员部大楼以及曾经关押过阿布拉姆的监狱。萨沙指着与那堵发了霉的灰墙相连的烟囱说："如果你们仔细观察烟囱下面，就会看见窗户上的铁栅栏。那是地下牢房。阿布拉姆·格里高利耶维奇就是在那里被监禁了两年。"具有讽刺意味的是，萨沙居住的公寓就在马路对面。

为了缓解那天上午拜谒公墓导致的忧伤心情，我接上萨沙的妻子柳德米拉和小儿子尼基塔，像一家人一样去吃午餐。柳德米拉白肤、碧眼、金发，举止优雅，在大学里工作，起初显得有些矜持寡言。可是一旦和你熟了，她那种活泼好动的性格就够萨沙忙活的了。十一岁的尼基塔非常可爱，喜欢思考，又十分风趣，从长相到性格都很像父亲。

我请萨沙物色一家供应地道俄罗斯菜肴的餐馆。我们一家要在那里以非常标准的俄罗斯人的好客款待他们一家人。萨沙选择了一家名叫"古老的俄罗斯"的餐馆。我们首先以哈巴罗夫斯克（伯力）最好的伏特加为悼念阿布拉姆干杯，接着是无数次的干杯。

餐馆的名字起得很贴切。围坐在摆满俄罗斯佳肴的餐桌旁，我们十分清楚，当地的普通老百姓是现在吃不起这样的美味的。在过去，人们也吃不起。对于怀揣美元的外国人来说，就另当别论了。

午餐以后，我们加入到星期日下午沿着阿穆尔河（黑龙江）河堤的人行道散步的人群之中。望着河面上来往穿梭的游艇和在岸上玩耍的孩子们，我真想知道，在1937年夏季的某一天，阿布拉姆是否也有机会，欣赏过这道永不过时的美景？我多么希望，在陷入黑暗的牢笼之前，他能体味一番哈巴罗夫斯克（伯力）的怡人景致。

——∽——

第二天清晨，我走进沃洛哈伊弗斯卡娅大街上的联邦安全局大楼，在宛如洞穴般深邃的两层楼高的接待大厅里，抬头就看见熟悉的捷尔任斯基的半身塑像。这位苏联秘密警察的创始人从中央楼梯的顶端俯视着大厅。这是一尊新古典主义风格的雕塑，和1992年苏联解体后不久，我在莫斯科联邦安全局总部看到的那尊一样。现在是2000年了，捷尔任斯基依然监视着人们的行动。有些事情好像永远不变。

萨沙用内部电话跟他的熟人通话期间，我坐在较低那层接待区的长椅上，观察过往的人们。年轻的安全局官员们一个接着一个，脚步轻快地出入于双开式弹簧门。他们穿着整洁的便装，向两个身穿军服、面色红润的卫兵飞快地出示出入证。这两个留平头的小伙子，使我倏然想起1992年在卢比扬卡广场接待我的那位弗拉基米尔。我不知道，他是否相信，自从那天在莫斯科联邦安全局总部开始我的探索之旅以来，我已经走过了多少路。我自己都不敢相信我竟然能走得这么远。

我的遐想被一位白肤碧眼金发的女士打断了。她身穿深紫红色套装，瘦瘦的，走下楼梯，向我走来。萨沙介绍说，这是他以前的同事，并委托她关照我。这位女士矜持而严肃，领我们走进一楼两间接待室中的一间，然后去取阿布拉姆的档案。接待室空空荡荡，只有一张桌子，桌子两端各有一把椅子。那位女士出去之后，萨沙说，他要我自己留在这里查阅档案。我有点不安。下诺夫哥罗德档案馆工作人员的态度比这里的人友好得多。

"我可以复印吗？"

"可以。不过，他们纸张短缺，"萨沙回答说，"也许你得自己买一些。"

阿布拉姆的档案取来了，部头很大。第一页的手写目录说明共有252页。有一些是打印的，另外一些是手写的，还有几页是密封起来的，但页数不多。遗憾的是，档案装订得很紧，很难看清装订线里面的字。我不知道怎样才能看完。我只有两天的时间，只能有计划、有步骤地做这件事情了。

档案中，第一份材料是内务人民委员部的一条命令，日期是1937年10月17日。命令宣布，已经发现的证据表明，"在为内务人民委员部工作期间，（阿布拉姆）也在为日本人从事谍报活动"——属于我已经很熟悉的《刑法》第58条第6款到第11款所列之罪状。不过，这并不是阿布拉姆最终被判有罪的那条罪状。

命令说，阿布拉姆当时正在哈巴罗夫斯克（伯力），命令将他就地逮捕，并关押在内务人民委员部监狱。尽管阿布拉姆的搜捕令上注明的日期晚了三天，但他在命令下达的当天就被逮捕了。命令上提供的阿布拉姆的住址是卡尔·马克思大街公社大楼招待所，就是我们第一次在街上散步时萨沙指给我看的那幢黄色大楼。

档案中的收据简要地记录了阿布拉姆被捕时被没收的个人物品，包括左轮手枪和子弹、一块手表、刀子、皮带、棉帽和钥匙。几页以后，我发现了阿布拉姆在格罗德科沃家中的全部物品的登记表，总共104件。格罗德科沃靠近中国边界，是他驻守的地方。这些东西显然已经被移交给内务人民委员部仓库，以便妥善保管。

我飞快地浏览着那几张物品登记表，有几件物品映入眼帘——一副防毒面具、台球台、一副麻将牌、勃朗宁手枪、一盒避孕套、半瓶科隆香水、留声机、丝质日式睡袍、褐色皮夹克和一张符拉迪沃斯托克（海参崴）银行的存折，里面存有1056卢布53戈比。这一项财产下面画着横杠，并且在页边上标有一个问号。我猜测，那年月，这必定是一大笔钱。另一张表格是用英文和俄文名字列出的阿布拉姆的收藏品目录。从中可以看出，阿布拉姆对歌剧有强烈的爱好。他的收藏既有比才的《卡门》、莫扎特的《魔笛》，也有《我的犹太妈妈》以及诸如《黑眼睛》之类的俄罗斯流行歌曲，可谓应有尽有。尽管内务人民委员部理应不厌其烦地登记上每一种物品的名字，然而，书籍一栏却只登记着60本俄文书、20本英文书，还有44本中文书，这是非常奇怪的。

我的"监护人"返回来，问我进展如何。

"很慢，"我回答说，"手写的那部分读起来很困难，我的俄语又不怎么好。"我撒了个谎。

"还得多长时间？"她不耐烦地说，"别人还等着使用接待室呢。"

"什么？"我惊叫起来，"我还以为我可以在这里工作一整天呢。亚历山大·帕弗洛维奇就是这么告诉我的。"

"亚历山大·帕弗洛维奇已经不在这里工作了。"那位女士客气地微笑着说。

"没错，当然，"我说，"我该怎么办呢？"应该提出"复印"这个选择方案了。

"可以复印档案吗？"

"可以，多少页？"

我愁眉苦脸地望着她说："全部复印，可以吗？材料很有价值，我又特意从很远的地方赶来。假如我就住在这儿，每天来看一点点也行,可惜,我连那种奢望也不敢有。"

她微笑着,不无怀疑地望着我。

"我乐意出复印费,就像我在档案馆付费一样。"

"可是我们不能收费。"她回答说。

"你们应该收费嘛,"我说,"在档案馆,收费是惯例。至少让我付复印纸的费用吧。"我把一张100美元的纸币轻轻放在桌子上。

"我们不收钱。"她说,声音像一阵枪响。

"好吧,请告诉我,在什么地方可以买到复印纸,买了以后我拿到这里。"

协议达成了。在别人的指引下,我冒雨走了六个街区,来到一家专卖店,然后带着两包质量上乘的纸和一盒巧克力返回。第二天,档案就复印完了。

"我想拍摄一张捷尔任斯基塑像的照片,可以吗?"我返回接待室取材料时问那位女士。

"很抱歉,这幢楼里禁止拍照。"传来她冷峻的回答声。

"真遗憾。"我微笑着说,"这尊半身像那么精美,而且这些日子他又难得公开露面。"

——m——

在此地的最后一个夜晚,萨沙走进我宾馆的房间时,递给我一份文件。"我给你送来一件礼物。"他说。文件的标题是:

个人详细情况
内务人民委员部工作人员专用登记表

表格是阿布拉姆用钢笔填写的,字迹龙飞凤舞。萨沙解释说,这是1936年7月阿布拉姆填写的登记表的复印件。那时,他就已经是内务人民委员部的专职官员了。有关阿布拉姆的生平和奥尼库尔全家的资料达十八页之多,何等珍贵啊!

萨沙本人是一位热情的历史工作者,他理解我对家族旧文件的着迷。1996年,他就把马加丹安全局档案的原始记录提供给我。那份记录展示了有关阿布拉姆去世的可怕细节。他最初给我写信披露阿布拉姆的遭遇时,凭借的就是那两份文件。我们离开宾馆去萨沙家吃晚餐之前,他给我上了一堂关于远东"大清洗"的"速成课"。我把他的"讲课"内容录在了录音带上。后来,在我努力了解阿布拉姆的真实经历时,它为我提供了非常宝贵的背景材料。

萨沙住在专门为克格勃高级官员修建的"内务人民委员部区域",家里还养着一条很大的阿尔萨斯牧羊犬。他家的公寓有三间卧室,很舒适,装修是他自己设计的,摆满了书籍和纪念品。傍晚时分,我请求萨沙让我看看他在杰出的克格勃生涯中获得的奖章。大多数奖章都刻有斧头和镰刀。不过,萨沙最喜欢的一枚是苏联解体后获得的,奖章上刻有双头鹰,那是难得一见的沙皇的徽饰。

晚餐是一次令人愉快的聚会。一来是第二次见面,二来是在家里。萨沙的妻子柳德米拉随和而不拘礼节。她做了一顿丰盛的晚餐,其中包括我最爱吃的俄罗斯大烩菜。年幼的尼基塔乘机练习一下英语。像以往一样,我们多次为健康和永恒的友谊干杯。我也转达了正在和老朋友们聚餐的父母对他们一家人的良好祝愿。

"虽然你在地球另一端的异国文化中长大,但你很俄罗斯。"

吃饭期间萨沙说,"你可以算是一个具有俄罗斯精神的人。"这是一句评价很高的赞美之词,以至于引起一场关于精神是由什么构成的论辩。

晚饭后,萨沙和我谈起他特别喜欢的一个历史话题——伪满洲国傀儡皇帝溥仪。1945年日本战败以后,溥仪和他的一些将领、大臣在哈巴罗夫斯克(伯力)被拘押了五年之久。萨沙把他收集到的囚犯们的照片以及在俄罗斯和日本发表的几篇文章拿给我看。

半夜时分,我起身告辞。我将在第二天乘坐西伯利亚大铁路的火车前往符拉迪沃斯托克(海参崴)。萨沙坚持步行送我回宾馆。从萨沙的公寓穿过马路,我不时瞥一眼阿布拉姆曾经关押的监狱的墙壁。月光下,一片惨白。拐入哈巴罗夫斯克(伯力)主街之后,我心里一直在想,自从和这位与众不同的前克格勃第一次行走在这条大街上以来,这一个星期里,发生了多少事情啊!

刚来的时候,我对阿布拉姆的生活经历几乎一无所知。现在,踏着他的足迹,重新走过他在那段灾难性的岁月里走过的路,我对阿布拉姆那时的生活环境有了相当的了解。现在,我拥有了他那份部头很大、充满信息的档案复印件,还有我父亲一家以及外祖父扎列茨基在伪满洲国俄罗斯移民事务局的档案。除此而外,我还和一位特殊的人物交上了朋友,他使我对许多事情的看法发生了变化。

"喂,这幢楼里发生过什么事情?"萨沙打断了我的沉思。

"这里住过内务人民委员部的官员们,"我回答说,"1937年,他们中的大多数人被枪杀了。"

"多少?"看起来好像一个间谍头目在审问我。

"不记得了。"

"一百。右边那幢黄色大楼的情况如何?人们给它起了个什

11 哈巴罗夫斯克（伯力）的亲人

前克格勃特工萨沙，手里拿着他最喜欢的一枚奖章

么名字？"

"20世纪30年代，人们叫它公社大楼。这里住着苏联官员和内务人民委员部的工作人员——我舅姥爷也在这里住过，不过时间不长。"

"他们发生了什么事情？"

"1937年，许多人遭到逮捕。有的被枪杀，有的被严刑拷打，后来被押送到科雷马河挖掘黄金，冻死在那里。我不知道哪一种命运更悲惨。"

"我可没跟你说过这些呀，"萨沙严厉地说，"你知道得太多了，我得杀了你！"

我们的哈巴罗夫斯克（伯力）朋友仍然保持着他那克格勃式的幽默。

12
远东的奸细

在哈巴罗夫斯克（伯力）收拾行装，准备前往符拉迪沃斯托克（海参崴）的时候，为了安全，我把阿布拉姆的档案藏在小手提箱的箱底。我明白，这部"鸿篇巨制"不可能轻而易举就读完——肯定不是那种在西伯利亚大铁路的快车上一夜就能读完的东西。此外，我还想和父母亲一起消磨几个小时，一边就着开胃的小吃喝几杯伏特加，一边沟通彼此了解到的情况。虽然知道现在的快车像其他任何交通工具一样"实用主义"，不过，"西伯利亚大铁路"这个名字却还是勾起了我曾经的浪漫想象。

去符拉迪沃斯托克（海参崴）的目的，依然是取得对阿布拉姆曾经生活过的城市的感性认识。乘火车旅行为我提供了一个机会，使我能够在心里清楚地描绘出这个人的形象，并且得到一些他生活过的主要地方的线索。这些地方是我应该亲自去考察的。我拿出十二份阿布拉姆的审讯记录，其中包括他的简历表和萨沙送给我的那份宝贵的内务人民委员部个人详细情况调查表。

生活在苏联的人，对于不断地书写或者叙述连细枝末节也不能遗漏的简历必定感到厌烦，而我却乐此不疲。阿布拉姆在1936

年7月正式加入内务人民委员部时填写的个人详细情况调查表，长达十八页，对他在中国东北以及符拉迪沃斯托克（海参崴）的早期生活，诸如做过什么、认识什么人，提供了丰富的信息。1939年的审讯记录，使他在我心目中的形象更加丰满。看起来，我从切斯娜相册的照片上得到的对阿布拉姆的印象是正确的，他的确是一个富有进取精神，又喜欢冒险的年轻人。

1921年，阿布拉姆十四岁的时候，就已经开始在海拉尔的几家外国皮毛公司当季节工了。十六岁时，他参加了苏联授意成立的海拉尔铁路工会，并且和其他学生一起，越过西伯利亚边界，去赤塔机械学院学习。但由于他所说的"经济状况"方面的原因，他只学习了一年。不过，也许像我外祖母说的那样，可能是由于家庭出身不好而被开除。这和"因经济困难而离开"也没有什么两样。

在赤塔期间，阿布拉姆参加了共青团，后来回到海拉尔，建立了少年儿童组织——少年先锋队。毫无疑问，他弟弟亚沙参加的正是这个组织。1925年，阿布拉姆在海拉尔屠宰场给一个牲畜商人打工。次年，他在乌兰巴托和乌拉苏泰给一家英国皮货公司，彼德尔曼公司当会计师。我在阿布拉姆的照片背面看见过这些外国名字。

1927年底，阿布拉姆返回中国东北，继续为彼德尔曼公司工作，从商贩那里收购皮货和羊毛，起先在海拉尔，后来又在其他几个城镇。1929年，中国人控制了中东铁路，并开始在海拉尔逮捕中东铁路的苏联员工以及工会和共青团的积极分子，阿布拉姆去了沈阳，一直待到中苏冲突结束为止。在阿布拉姆的详细情况调查表上，职业部分的最后一条写道：

> 从1930年起，从事秘密工作的同时，我担任彼德尔曼

公司的贸易代理人，还兼管一些其他事务。

我从他的审讯记录得知，这里所说的"秘密工作"，就是为内务人民委员部的外国情报局（INO）工作。显然，曼娅也是为这个组织工作的。阿布拉姆向他的主管汇报过他生活的双重性吗？我表示怀疑。

在那个年代，内务人民委员部外国情报局的主要工作对象是那些流亡到中国，继续密谋推翻苏联政权的白卫军成员。阿布拉姆可能以彼德尔曼公司贸易代理人的身份作掩护，搜集白卫军计划进行的越过苏联边界行动的情报。

在中国东北的一些城镇和小村落里，住着许多参加过俄国国内战争的老兵。他们中的一些人依然梦想着把布尔什维克赶下台，与日本人和中国土匪勾结起来，策划破坏活动。但多数人接受了苏联已经站稳脚跟的事实，并且与之言归于好。似乎正是后者中的一些人，还有蒙古的牲畜贩子和中国的走私分子，成为阿布拉姆招募告密者的对象。

再三阅读阿布拉姆的背景材料，我对他为什么选择参加秘密情报工作依然感到不解。他为什么不像他海拉尔的朋友们那样只当个商人呢？我蓦然想起，以他在蒙古和中国经商的经验，他本来可以成为我外祖父扎列茨基的合伙人。难道他们就没有想到这一点吗？倘若他嫌海拉尔的天地太狭窄的话，为什么不去哈尔滨或者上海呢？究竟是什么原因使他选择踏上秘密工作这条路呢？这条路使他去了苏联，也注定了随他而去的亲人们的命运。

这是一个在调查表和审讯记录上都没有提及的问题。

考虑到当时发生在中国东北的政治阴谋、我对阿布拉姆的印象以及他被招募的时机，我猜测，阿布拉姆是出于爱国之心。

我推断，如果阿布拉姆像他所说的那样在1930年就加入了内务人民委员部外国情报局的话，很可能和1929年的中苏冲突有关。也许他和苏联共青团那样的海拉尔青年组织的瓜葛使他本人变得很敏感。这也许可以解释他为什么一直待在沈阳，直到苏联军队在那年年底恢复秩序为止。

阿布拉姆也可能不赞成白卫军和一些中国人勾结起来继续进行反对苏联的破坏活动。这时，经验丰富的招募人员便决定在保卫祖国的行动中取得阿布拉姆的帮助。

1931年"九一八"事变后，日本大举入侵中国东北，阿布拉姆的秘密工作变得尤为重要了。1932年2月，哈尔滨被攻占，同年年底，海拉尔以及苏联边界以西的地区也相继陷落。包括阿布拉姆在内的苏联特工人员依然有活动地盘，依然可以努力搜集有关日本人的动向以及在日本人唆使下白卫军公开反苏的阴谋等情报。

很久以后——事实上，是在我第一次查阅阿布拉姆档案的几年以后——我才发现，阿布拉姆成为苏联特工的缘由，也许并非如我最初想象的那样。

根据1939年3月阿布拉姆在内务人民委员部军事法庭上的供词，首先和苏联秘密部门拉上关系的似乎是他的父亲基尔什。

我没有立即发现这样一个关键性事实的原因是，它被隐藏在一份字迹很难辨认的法庭副本里面。它不像审讯记录那样，一问一答，一目了然；副本上没有问题，只有阿布拉姆不断地回答、回答。更为糟糕的是，由于原始档案装订得太紧，复印时，靠近装订线的字都没有印上。

这份副本揭示的事实真相是，在苏联领事馆一个工作人员的要求下，基尔什一直设法招募在海拉尔无国籍流亡者社区中颇有声望的一名前哥萨克骑兵充当告密者。切斯娜察觉到基尔什和那个人来往频繁,并且发现了他正在进行的工作,就禁止他们来往。
于是阿布拉姆出面接替了基尔什:

> 有一天,我发现在内务人民委员部外国情报局工作的波波夫建议我父亲为苏联秘密部门工作。此后,我对波波夫建议,我父亲不应该参与这种工作,因为他不能胜任。于是,我自己承担起了波波夫建议我父亲去做的那份工作。

阿布拉姆很快就发觉那个哥萨克其实是一个反苏的煽动者。想到我那位好心而天真的曾外祖父居然想招募一个激进的哥萨克为苏维埃事业奋斗,真是让人啼笑皆非。就连他那位精明而又饱受磨难的妻子也觉得可笑。然而,他们的艰难处境和悲惨结局很快又让我悲伤不已。

基尔什当特工的时间是如此短暂,以至于阿布拉姆在调查表中被问及家庭成员中还有谁与苏联情报部门有关系时,并没有提及他。阿布拉姆回答说,妹妹曼娅"在海拉尔和上海参加了秘密工作,弟弟亚沙在海拉尔也做过一些工作"。尽管亚沙也许听说过有关基尔什参加情报工作"浅尝辄止"的传闻,但他声称全家人在海拉尔都参加过"秘密工作",这显然是言过其实了。

阿布拉姆接替父亲进行的"工作",是与内务人民委员部外国情报局的全面合作,还是仅仅指招募那个哥萨克,没有明确说明。但不论是哪一种情况,阿布拉姆一旦开始为外国情报局工作,就再也没有退路了。

在同一份法庭副本中,还记录了阿布拉姆以下这段话:

> 海拉尔暴动以后,我请求脱离这项工作。但内务人民委

员部海拉尔情报站站长莫洛夫对我说,在日本军队步步紧逼面前,我们的活动已经处在极其危险的境地,因此我不能继续待在海拉尔了。他建议我离开海拉尔去苏联。

这和一年以后那个不为人知的斯库拉托夫给曼娅的建议完全相同。那时,斯库拉托夫提醒曼娅,如果继续待在海拉尔,她很有可能遭到逮捕。也许,斯库拉托夫也是内务人民委员部外国情报局的特工人员。不过曼娅先去了上海。阿布拉姆为什么不去上海呢?倘若他去了上海,曼娅就不会在1934年跟着他去苏联,家里其他人也就不会去了。

1932年12月4日,日本人即将抵达海拉尔。太晚了!除了越过边界到苏联之外,阿布拉姆已无处可去。

—※—

根据我在开往符拉迪沃斯托克(海参崴)的火车上读到的阿布拉姆的审讯记录,他是和情报站站长莫洛夫及其他苏联特工人员一起离开海拉尔的。他们去了哈巴罗夫斯克(伯力)。当时,内务人民委员部远东总部设在那里。阿布拉姆说,离开海拉尔之后,他没有再与家人联系。正如当时居住在海拉尔的亲戚和朋友们回忆的那样,尽管他们听说阿布拉姆去了符拉迪沃斯托克(海参崴),但不知为什么,他一直杳无音信。

1933年年初,阿布拉姆被送到符拉迪沃斯托克(海参崴)远东大学学习。不出所料,他进入东方系,并主修中文。也许,承诺送他上大学是那些控制他的人为了吸引他去苏联而采用的一种手段,或者,是由于他提供的服务而给予的奖赏。我从1996年萨沙寄给我的信中得知,阿布拉姆在上学期间还兼任内务人民委员部的中

"边防战士"阿布拉姆,1937年摄于符拉迪沃斯托克(海参崴)

文翻译。

1936年7月,作为一名训练有素、富有经验的内务人民委员部官员,阿布拉姆在填写那份个人详细情况调查表时,可能正要开始他最后一年的学业。我从这份调查表得知,阿布拉姆还懂英语,并略懂德语和依地语。他完成了军事训练,取得中尉军衔;虽然不是共产党员,但从1934年年底起,已经是党的培养对象了。

可是从他那份调查表末尾的注解可以看出,他在内务人民委员部的工作似乎不仅限于翻译:

从到达符拉迪沃斯托克（海参崴）起，我就一直担任特别科的中国组组长。

我后来得知，内务人民委员部的特别科隶属于军事反间谍机构。由于那时来回穿越那条漫长的远东边界的人中有各种国籍的间谍、渗透者和走私分子，内务人民委员部利用阿布拉姆会多种语言的特长和交换情报的技巧为他们工作也在情理之中。

除了他读书的大学之外，阿布拉姆的材料没有提供他在符拉迪沃斯托克（海参崴）的住址。尽管《孤独星球》的地图上没有标出那所大学的位置，但我估计，找到它不难。阿布拉姆具有双重身份，我认为他未必会住在学生宿舍里。他很可能在附近什么地方有自己的住所，可是由于我在符拉迪沃斯托克（海参崴）只逗留两天，也许只有时间去找一找那所大学，再逛一逛这座古老城市的街道，设法想象一下20世纪30年代它的模样。

―☆―

去过舒适宜人、充满古老风情的哈巴罗夫斯克（伯力）之后，符拉迪沃斯托克（海参崴）给我留下一个深刻的印象——这是一座边境城市。

它很壮观，整个城市坐落在向金角湾倾斜的阶梯状地带。以它的地理位置，在世纪之交，符拉迪沃斯托克（海参崴）本来可以变成一座繁荣的、可与香港媲美的港口城市。可是相反，它对世界关闭了大门，变成苏联太平洋舰队的基地。仅仅因为停泊在港湾里的军舰是西方国家计算苏联军事力量的一个持久不变的因素，它才得以留在人们的记忆之中。2000年5月，凝望着海湾前面那锈迹斑驳的船体，我不禁猜想，苏联人力图掩盖的真相也许是它的外强中干吧。

在霏霏细雨中,驱车从火车站去符拉迪沃斯托克(海参崴)宾馆,一路看去,城市一片灰色,破败不堪。大街上的行人似乎都心事重重。开放十年之后,符拉迪沃斯托克(海参崴)依然停滞不前。权力斗争使当地的行政机关几乎陷于瘫痪,政府工作人员已经有好几个月领不到工资了。停电频繁,居民们防备着另一个无暖可取的冬天。

当老人们质问,苏联时期一切艰苦奋斗和不懈努力到底给他们带来了什么的时候,他们的失望是不难理解的。还有另外一类人,他们不怕艰难困苦,默默地忍受着,从不抱怨,保持着自己的尊严。有的人干两份或者三份工作才能供得起自己的孩子学习英语或日语,以保证他们将来有个好的前程。

我沿着符拉迪沃斯托克(海参崴)古老的街道漫步,眺望这座曾经的国际性城市的标志性建筑。那些依然巍峨耸立的大厦有的已经恢复了往昔的光彩。如果我对那些花花绿绿的广告牌和日本汽车视而不见,很容易就能想象出这座城市在阿布拉姆那个年代的样子。拥有哥特式塔楼的宏伟火车站,很可能还是从前的样子。马路对面广场上的列宁塑像可能也没变,尽管那只高高举起指向光辉灿烂的未来的手下,竖立着一块三星公司的广告牌。

到20世纪30年代中期,大多数原先属于富商的建筑已经被各党政机关接管。现在,不少又回归到私人手里。有一些建筑物,比如过去的邮局和百货公司,仍然以20世纪30年代的模式运作着。

寻找阿布拉姆曾经学习过的远东大学东方系,看来是一件挺困难的事情。它已经不在大学的现址了。由于战后的发展,东方系搬到了城市新区。它原来所在的那幢红砖大楼门前,依然按照中国传统,有两只石狮子守卫着。

事实上,东方系只是向山顶方向移动了几条街道,迁移到苏克哈诺夫大街上一幢颇具艺术特色的新式大楼里。可是，我把那天剩余的时间都花在乘公共汽车寻找新校园上。后来奇迹般遇到了历史系的三位教授，才使这个星期五下午收获颇丰。他们使我了解了这所大学具有悲剧色彩的历史。

20世纪30年代中期，面临日本人对东部边界的威胁，苏联很需要像阿布拉姆这样的东方系毕业生。军队和内务人民委员部这样的单位尤其渴望招募到他这样的人才。可是由于"间谍多疑症"的滋长，凡是对亚洲有所了解的人都被怀疑。当时有一种几近歇斯底里的论调——俄罗斯远东地区有日本的"第五纵队"！于是东方系所有教职员工都因"日本间谍"的罪名遭到逮捕。1939年9月，远东大学被关闭。具有讽刺意味的是，学校大楼就是被内务人民委员部接管的。

根据阿布拉姆的审讯记录，1937年10月他被捕的时候，正在格罗德科沃的内务人民委员部活动站当中文翻译。那时，格罗德科沃是一座小城，距中国边界15公里，距符拉迪沃斯托克（海参崴）150公里，为了纪念当地的地方行政长官而以其名字命名。在俄国国内战争期间，那座小城是哥萨克的大本营。

阿布拉姆究竟为什么以及怎样最终到达那里，让我迷惑不解。一个生性好动的年轻人，从海拉尔那样的小地方迁居到熙熙攘攘的符拉迪沃斯托克（海参崴），尤其是为了到那里接受高等教育，这是很好理解的。可是为什么要从符拉迪沃斯托克（海参崴）迁移到苏联远东的一个边境哨所呢？

我知道这些问题和其他许多问题的答案就埋藏在我从哈巴罗夫斯克（伯力）复印的阿布拉姆那252页的档案里。可是弄清事实真相却是一件令人望而生畏的苦差事。

许多材料是手写的,其中有些字迹模糊,而且没有按时间顺序排列。此外,复印过程中还有一些缺损。虽然查阅从下诺夫哥罗德带回来的奥尼库尔一家的档案使我积累了许多实践经验,但是我发现,模糊的俄文对我的考验太大了。况且,许多页是对那些我完全不认识的人的审讯记录,只是顺便提到阿布拉姆。

很长一段时间,惰性制服了我,我什么也没干。不过,最后,我还是下定决心整理那些材料。这时,解开奥尼库尔一家人的命运之谜,以及揭示"哈尔滨俄罗斯人"生活历程的真相的渴望,已经完全占据了我的心。

我意识到,克服阿布拉姆浩瀚档案的障碍的唯一途径,是把档案的内容分门别类,然后再系统化。我拟定了一个表格,按照日期先把材料分类,然后再把与阿布拉姆案件有关的信息要点摘录出来。在1939年阿布拉姆写给内务人民委员部军事法庭的两份申诉状和1940年写给内务人民委员部头目贝利亚的抗议信中,我找到了解决问题的关键。

第二份申诉状是阿布拉姆在法庭调查终结时复查他的档案材料过程中写的。这份材料尤其有用。在这份申诉中,阿布拉姆对审讯的处理方式、具体日期和审讯人员的名字都给予详细的说明。这些信件以及阿布拉姆法庭申辩的记录,帮助我厘清了他档案中其余材料的来龙去脉。

事实的真相原来是这样的。

※

1936年,阿布拉姆还在符拉迪沃斯托克(海参崴)读书期间,内务人民委员部国际部的列奥尼德·波波夫(和海拉尔的那个波波夫不是

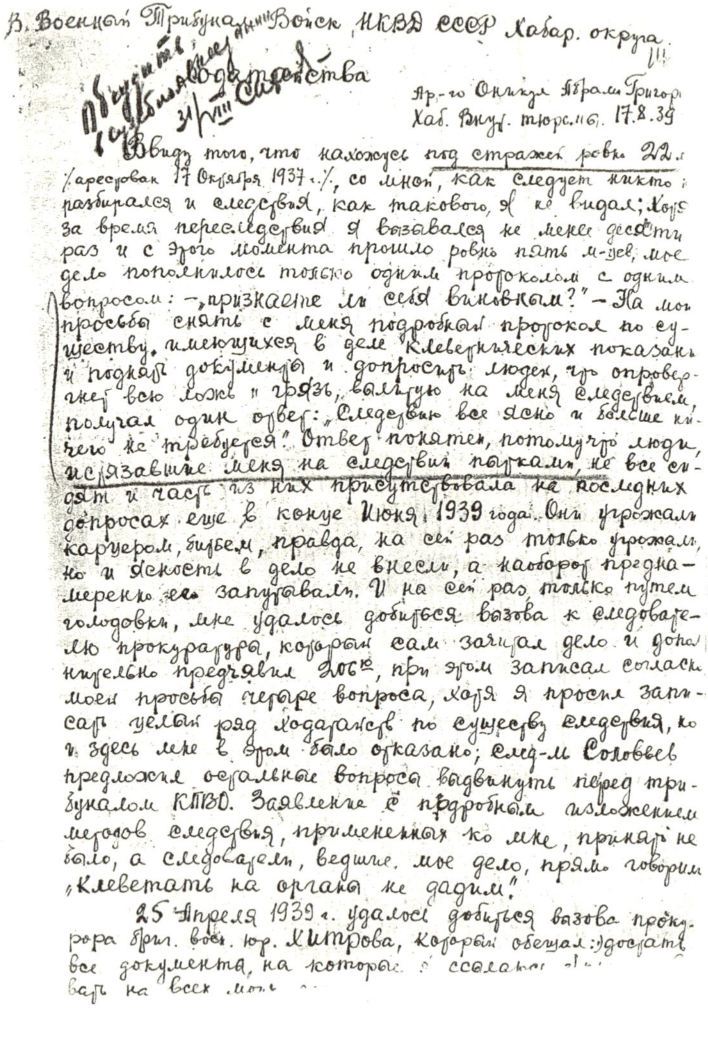

阿布拉姆写给军事法庭的申诉状

同一个人）在学生中看中了阿布拉姆，打算招募他为翻译和东方问题专家。阿布拉姆说，那时，波波夫建议许多学生为内务人民委员部工作。有的学生由于经济方面的考虑没有接受他的建议。阿布拉姆显然有一种责任感，因为"是国家供他上学的"。

在阿布拉姆的档案中，我发现了波波夫给阿布拉姆的证言。他说，他告知内务人民委员部哈巴罗夫斯克（伯力）地区分部，已经在中国组组长身份掩护下工作的阿布拉姆，被学校校委会认为是汉语方面"最优秀的学生"，并且说，不存在"有损于阿布拉姆名声的材料"。阿布拉姆说，1936年7月，波波夫带他去哈巴罗夫斯克（伯力）讨论有关工作问题。在那里，他同意正式加入内务人民委员部。一定就是在那个时候，他填写了那份个人详细情况调查表。

阿布拉姆说，他立即被指派为离哈巴罗夫斯克（伯力）不远的边防队情报组的新任组长。在给军事法庭的申诉状中，阿布拉姆解释了他拒绝担任这一职务以及最终去了格罗德科沃的原因：

> 我从来没有在边防系统工作过，因此没有担任情报组组长的勇气……后来，我去了格罗德科沃，担任了行动组组长莫洛夫的助手。我和莫洛夫在海拉尔时曾经一起工作过，知道他不是一个愚蠢的人，并且可以向他学习……事实上，我一直打算去中央工作，可是我被迫担任了中国问题专家这项工作，而且别无选择……

苏联漫长而不设防的边界使边防军的工作对苏联的安全至关重要。20世纪30年代的宣传中，作为苏联青年心目中崇高的英雄人物，边防军战士与飞行员、极地探险者相提并论。苏联儿童合唱团的歌曲、广为流传的诗歌，都歌颂着英勇无畏的边防战士，

"顶风冒雪"守卫在边防线上,抵御"间谍"和"渗透者"的入侵,保卫祖国的平安。

1936年9月,阿布拉姆开始在格罗德科沃与莫洛夫一起工作。四个月后,又返回符拉迪沃斯托克(海参崴)准备大学的结业考试。1937年7月,当他返回格罗德科沃的时候,莫洛夫已经调走。根据我拼凑起来的材料看,阿布拉姆的小组跨过伪满洲国的边界进行活动——安插、招募特工人员,搜集有关日本人的计划和白卫军在边界地区活动的情报,挫败反对苏联的阴谋破坏活动。

从阿布拉姆的申诉状可以明显地看出,他对待工作非常严肃认真。他对在巡逻地区内错误的活动策略以及内务人民委员部在哈巴罗夫斯克(伯力)地区的领导人对"国家声望问题"所持的马虎态度一直忧心忡忡。从1937年9月底到10月初,阿布拉姆想得到哈巴罗夫斯克(伯力)的上司对几个活动问题的答复,但一直没有音信。他尤其担心的是,他精心策划的一次跨越边界的行动已经被新上任的内务人民委员部中央代表奥西宁下令停止了:

> 我拒绝执行奥西宁派遣一支突击队越过边界的行动,因为不成功的部署可能引起政治方面的纠纷。格罗德科沃军事行动组组长完全同意我的那份计划,并且在我没有参与的情况下,拒绝执行奥西宁的命令……依我看,新近上任的奥西宁对当地环境的特殊性没有给予足够的考虑。这正是我希望当面向他说明我的计划的原因……我也想向他汇报几个我弄不明白的重要问题。

10月初,阿布拉姆通过电话,请求亲自去哈巴罗夫斯克(伯力)和奥西宁及他的同事们讨论。他打算只待一天。但十天之后,他依然在那里等待接见。

阿布拉姆说，大约在10月17日半夜时分，卡尔·马克思大街上那幢黄色的公社大楼里，他的房间响起敲门声。来人是马尔科维奇，内务人民委员部远东国际部的部长、阿布拉姆的上司之一。不过，马尔科维奇不是来和他讨论问题的，也不是单独一个人来的。他是来逮捕阿布拉姆的。虽然没有出示逮捕证，但阿布拉姆后来得知，逮捕他的命令正是过去十天中他一直想见的那个奥西宁批准的。

在内务人民委员部，公然与一位新来的中央代表对抗，即使纯属业务问题，最好的结果也可能是断送前程。而在1937年这样一个非常时期，指责一位新近从中央来的上司不重视远东的特殊环境，则可能引起毁灭性的后果。长期以来，斯大林就怀疑远东的军队和党组织有自治倾向。然而，尽管在中央揪出过与种种"重大阴谋"有关的人物，试图把这一地区完全置于控制之下的努力却并没有成功。

1937年，斯大林向内务人民委员部头目叶若夫提出，摧毁"远东双料右派——托洛茨基分子中心"的口号。7月，他们派遣柳什科夫，肩负着清洗"远东的敌人""间谍和卖国贼"的使命，奔赴哈巴罗夫斯克（伯力）。柳什科夫让奥西宁担任副手。事实证明，奥西宁成了柳什科夫长期信任的同党。通过对主要机构，党组织、军队和内务人民委员部，下达很高的逮捕与处决的定额，莫斯科对远东实施了报复行动。

我们不得而知，阿布拉姆去哈巴罗夫斯克（伯力）的行动是否增加了被逮捕的机会。他到达哈巴罗夫斯克（伯力）的时候，按照叶若夫1937年9月20日颁布的"哈尔滨命令",大规模逮捕"哈尔滨俄罗斯人"的特别行动已经开始了。凡是与中国东北地区有关系的内务人民委员部工作人员都成了第一轮逮捕对象。与在高尔基市的家人一样,阿布拉姆以《刑法》第58条第6款所列的罪名——为日本的利益进行间谍活动——被逮捕。不过,对他的指控还有一个从重处罚的因素,即《刑法》第58条第11款所列的"组织"这些犯罪活动。

像在高尔基市一样,内务人民委员部的审讯人员感兴趣的不是事实真相,而是招供。在写给军事法庭的申诉状中,阿布拉姆描述了1937年11月9日,远东国际部部长马尔科维奇传讯他的情景。马尔科维奇要求他"招供是托洛茨基右派分子组成的法西斯颠覆性破坏活动组织的成员"。尽管不准睡觉,被轮番审讯"连轴转",阿布拉姆依然拒绝招供。

到1938年1月底,审讯人员找到另外三个已经招供的人。他们都曾经在中国东北和格罗德科沃边防站工作过,分别是阿布拉姆以前的上司莫洛夫、格罗德科沃一个名叫马尔金的报务员和一个名叫诺沃谢罗夫的特工人员。这三人都供认参与了给日本人提供秘密情报的"阴谋活动"。我在阿布拉姆的档案中发现的他们那些冗长乏味的审讯记录,都提到阿布拉姆是同谋。其中最重要的是马尔金的"证词"。他供述,阿布拉姆与他合作搜集秘密情报,然后由他通过发报机传送给哈尔滨的日本军事使团。

1938年2月2日,阿布拉姆被传唤,第一次与指控他为日本人进行间谍活动的人对质。根据审讯记录,就马尔金的"证词"与马尔金当面对质时,阿布拉姆断然拒绝了这些指控:

> 我从来没有为日本人进行过间谍活动,也从来没有为此

目的而被任何人招募过……我拒绝承认马尔金的指控。我不是日本人的间谍。

在给军事法庭的申诉状中，阿布拉姆写道，他记得，在对质前，两名审讯人员和马尔科维奇议论说，"出不了这个月，他就可能掉脑袋"。审讯结束后，大约过了一个小时，阿布拉姆又被带回审讯室，在包括马尔科维奇在内的三名审讯人员在场的情况下，与马尔金当面对质。阿布拉姆描述道：

马尔金已经半死不活，手上有一道很长的伤痕，在对质过程中，他连一眼也没有看过我。

根据阿布拉姆档案中的描述，马尔金声称，1936年年底，阿布拉姆来到格罗德科沃以后不久，他们两人就开始建立起友谊，发现彼此都是日本间谍以后，就决定一起工作。他们传递给日本人的材料中，包括关于格罗德科沃边防队的规模和部署的情报，还有附近的察里科夫机场及其周围防御工事的详细情况。

阿布拉姆对军事法庭说，当时马尔科维奇把他打发到审讯室外面，后来又不允许他当面质问马尔金。他怀疑，马尔金是否真的提供了什么"证词"。阿布拉姆被带回来的时候，在根本不给他机会阅读的情况下，马尔科维奇就强迫他在审讯记录上签字：

在整个对证的过程中，我只说过一个词——"没有"，但在我缺席而且没有我的口供的情况下，审讯记录上却记录下我的回答。

那么，阿布拉姆为什么会在审讯记录上签字呢？

因为我不想遭受前些日子经历过的严刑拷打。此外，1938年上半年，五楼上男男女女歇斯底里般的惨叫声和审讯人员粗暴的语言也使人不抱任何希望，更不用说客观现实了。

阿布拉姆详细描述了一周前他遭到的令人毛骨悚然的拷打，提供了拷打的日期及审讯人员与打手的姓名：

1938年1月22日，我刚刚睡醒，就被第七处（国际部）处长的助手I（我用的是缩写）传讯，直到1月25日才回到牢房。审讯室里没吃没喝，我被I、V和P残忍地毒打了三天半。他们甚至连厕所也不准我去。最终，回到牢房我才解了手。我顶住了审讯人员的暴打，没有招供。马尔科维奇和内务人民委员部的另一名高级官员R参与了对我的审讯，不过他们没有拷打我。1938年1月23日白天，V当着R的面给我戴上手铐。直到24日的夜晚，我一直被P用手铐铐着。1月25日夜里，回到牢房以前，我一直被I及V、P用手铐铐着。他们打我的头和背，把我打得尿里都是血。

在写给军事法庭的申诉状和对军事法庭的当面陈述中，阿布拉姆详细驳斥了他那三个所谓同谋的"证词"。阿布拉姆反驳说，马尔金说他们建立起所谓友谊的时候，他甚至连马尔金的面都没有见过，而且只与马尔金一起工作了一个半月，他就被捕了。他们每个人的审讯记录中涉及他的只有几行，可是他们的全部审讯记录却都塞在他的档案里。对此，他表示惊异。阿布拉姆猜测，

根据他自己的经验,他们的"证词"都是被拷打出来的:

> 莫洛夫、马尔金和诺沃谢罗夫的被捕也许是敌人诽谤的结果。但我不能排除这类供词是审讯人员拷打的结果。就在前天,他们还拷打我,让我提供不利于莫洛夫的证词,甚至还让我提供不利于内务人民委员部勃拉加维什钦斯克情报站站长的证词……我从来没见过这个人。他们还让我提出对他妹妹的指控。这个人我也从来没有听说过。

1938年整整一年,审讯人员不停地威胁和拷打阿布拉姆,千方百计地逼取口供。阿布拉姆在写给军事法庭的申诉状中记述了这一切。他写道,审讯人员断然拒绝了他对不"适当"地处理他与马尔金对质而一再提出的抗议。他们不但拒绝了他与马尔金再次对质的请求,而且拒绝了他与莫洛夫对质的要求。审讯人员还说,在他"被处决在墙脚下以前",才能与那两个人对质。阿布拉姆说,1938年9月底,他被迫写下他曾经是海拉尔法西斯组织成员的供述:

> 严刑拷打以后,我就一次次写下内容完全相同的供词。可是这些供词却没有装入我的档案。甚至连审讯人员也明显地意识到供词的荒谬——作为一个犹太人,我根本不可能是法西斯分子。此外,直到我离开海拉尔的时候,那里也没有过法西斯组织……

阿布拉姆详细地描述了对他的拷打:

1938年9月23日，我被S中尉传讯，接着就开始了对我的下一轮拷打，一直持续到10月中旬。虽然不是连续几天不停地拷打，可是有时候，拷打从晚上9点一直持续到次日凌晨5点，没有停顿。然后，我爬回牢房。有时候，S一个人拷打我；有时候，拷打我的有两个人、三个人，甚至多到五个人。帮他进行拷打的人是……（六个人的名字）；拷打的刑具有：不同粗细的皮带——陆军上士的皮带、红军的皮带以及背包带。他们用皮带搭扣抽打我，用拳头打我，用脚踢我，还用什么东西把我的嘴堵上。他们打得我鼻青脸肿，皮开肉绽。这年7月，我被折磨得几乎要发疯。我折腾得护士和值班员整夜不得安宁。我的身上，还留着被搭扣抽得皮开肉绽的伤疤……

阿布拉姆请求法庭，请一个医学委员会检验他的伤势，以证实他说的是真话。他还提供了狱友们的名字和头衔，他们能够证实他被拷打后返回牢房时的身体状况。其中，有一些人是苏共和军队的中层干部。

审讯人员就是这样逼取口供的——他们拷打无辜的人，得到关于另外一些无辜的人的口供——就像捉弄天真幼稚的婴儿一样。

1938年年底，拷打突然停止了。新来的调查人员接管了阿布拉姆的案件，并且匆匆忙忙开始文案工作，办理自从审查以来一直忽略了的正式手续。1938年12月，依据《刑法》第58条第6款和第11款所列的罪状，对他正式起诉，并且要求他在1938年

2月即已签发的关于他不再享有内务人民委员部官员职权的文件上签字。1939年年初,他又填写了详细的生平调查表,那本来是第一次受审时就应做的事情。

紧接着,1939年1月底,审讯人员告诉他,案件已经被复审过了,对他的指控改变了。《刑法》第58条第6款所列的"间谍活动"罪被第58条第1款第2项所列的"叛国罪"取代。这项罪状意味着可能会被判处死刑。阿布拉姆断然拒绝了这种指控,就像他断然拒绝以前所有的指控那样。

内务人民委员部突然之间下功夫整理阿布拉姆的案卷,并且开始按照法院的诉讼程序处理对他的审讯,显然反映了1938年11月政治局缩小镇压活动的决定正在各地贯彻执行。把"大清洗"的暴行归咎于内务人民委员部之后,政治局的决定命令,一切逮捕和审讯必须严格遵照法律和司法程序,并且警告,任何违反决定的行为都将受到严厉的司法惩处。

就在那个月的月底,内务人民委员部的头目叶若夫辞职了。接着,他的亲密助手以及许多折磨过阿布拉姆的人被免职逮捕。现在,轮到奥西宁、马尔科维奇和其他人作为"人民的敌人"被逮捕了。事实上,奥西宁是在那年年中被捕的。那时候,他的上司、内务人民委员部在整个远东地区的领导人柳什科夫越过边界叛逃到伪满洲国,投靠了日本人。我在哈巴罗夫斯克(伯力)出版的一本《回忆录》里看到一位曾经在内务人民委员部工作的老人写的一篇文章。那里面说,向柳什科夫透露即将对"内务人民委员部远东地区领导人进行新一轮清洗"的人,正是奥西宁。

由于对阿布拉姆的审讯已经拖了一年多,迫于压力,内务人民委员部的审讯人员急于结案。1939年2月初,阿布拉姆被告知,他的案件将被移交到远东地区内务人民委员部军事法庭审理,也就是说，案件将在"不公开的法庭开庭，没有起诉，没有辩护，也不传唤证人"。

阿布拉姆通过给法庭的书面申诉状，机敏地做出回应，在揭露了审讯期间对他的严刑逼供的同时，顺便提出十一点要求。

阿布拉姆的要求包括，有充分的机会查看他的调查档案，并且与所谓同谋马尔金和莫洛夫对质，有机会诘问那些提供了"造谣中伤的证词"的人。他还要求法庭从他的工作档案中调取他的各种业绩报告，借以驳斥伪造的指控。除此之外，还可以从内务人民委员部符拉迪沃斯托克（海参崴）地区分部和党委会他的领导们那里取证，那将证明他的优秀品德和良好声誉。他对立案本身的可信度表示怀疑，指出，立案的人中，包括奥西宁和马尔科维奇，"原来，他们自己才是同谋者，才是人民的敌人"。

阿布拉姆对于内务人民委员部各级领导不能认真对待与边界行动有关的事情依然耿耿于怀。他正因为此才在1937年那个灾难性的10月来到哈巴罗夫斯克（伯力）。这个问题不仅占去他申诉状一页半的篇幅，而且也是他单独写给远东地区新上任的内务人民委员部头目的信件的主题：

> 从我被捕的第一天起……每天我都想与某位领导见上一面，以便向他报告涉及边界行动这样的国家大事……这样的问题很多，但我始终没有机会汇报。时至今日，这些问题依然至关重要。可是审讯人员却坚持说，只有招供，才会给我与领导接近的机会……

阿布拉姆声明，他的报告"没有失去价值"，而且，为了苏联的利益，他的建议"依然可能被有效地利用"。这份要求会见

内务人民委员部某位领导的信,以异常悲凉的口吻结束:

> 知道没有任何人与我分享那条信息——尽管不是因为我没有努力——我在牢房也感到无地自容。

难道阿布拉姆这么快就忘记被严刑拷打之后爬回牢房的情景?阿布拉姆的陈述是事实,还是为了出狱而编造的谎言?在申诉状中,没有更多的细节说明那条信息的性质。

——※——

1939年3月中旬,阿布拉姆案件的司法程序开始在军事法庭进行。军事法庭由四人组成——两名军事法官和两名内务人民委员部地方安全官员。第一次开庭只进行了二十分钟,因为阿布拉姆认出内务人民委员部人员中有一个曾经审讯过他——而且正是他在申诉状中提到的曾经拷打过他的人。第二天,由四名新成员组成的法庭重新开庭。这一次,庭审进行了三个小时。

庭审的文字记录副本虽然只记录了阿布拉姆的回答而没有提问,但给人的感觉却是在按照诉讼程序审问。阿布拉姆详细讲述了他在中国和苏联为内务人民委员部所做的工作,澄清他与所谓"同谋"们的关系,或者说明与他们根本就没有"同谋"关系。他对依据别人的"证词"对他提出的指控做了详细的答辩,指出在对他的审讯中的违法行为,包括严重的"逼供信"。

在审讯结束时,阿布拉姆抱怨,审讯人员从来没有认真查看过他的工作业绩记录:

> 在海拉尔……我的关系网和我都忠心耿耿地为苏联情报

机构工作。在中国东北边界那边，并非人人都是间谍……在符拉迪沃斯托克（海参崴）的四年里，我从事秘密工作，并与许多忠诚地履行职责的人一道工作。我曾要求对我的工作进行调查，但没有人调查过。在符拉迪沃斯托克（海参崴）期间，我揭发过许多违背苏联利益的人，也揭露过边境独立小分队工作中一系列反常情况。可是，审讯人员中，没有一个人对此感兴趣。他们只想证实我是一个间谍。由于材料不实，我请求重审我的案件。

法庭同意了。阿布拉姆的案件被退回内务人民委员部做进一步调查，同时增补了许多问题。除了核实阿布拉姆与其他关键人物在特定地点工作的日期以外，还命令内务人民委员部查清阿布拉姆在中国东北的工作以及他离开中国去苏联的情况，并要求查清他在符拉迪沃斯托克（海参崴）是否真的为内务人民委员部从事秘密工作。

还有一条命令，就是调查阿布拉姆的家人在他离开海拉尔以后的生活情况，并且查看一下内务人民委员部是否有牵连到他们的材料。显然，远东方面还不知道阿布拉姆的父亲基尔什和妹妹曼娅已经被判处死刑。

根据装入阿布拉姆档案中的那些印着"证明材料"的形形色色的邮件判断，证明材料于1939年5月和6月开始返回。其中，有三份材料说，阿布拉姆所谓的"同谋"在1939年1月已经被处以"VMN"——这是俄语"极刑"一词的首字母组合词。另有证明材料说，不能提供有关阿布拉姆在中国东北的工作情况，因为国际部没有档案材料，而且哈巴罗夫斯克（伯力）也没有他以前的同事。还有一份打印的、他母亲切斯娜的审讯记录从高尔基市进入他的档案。

不过，从符拉迪沃斯托克（海参崴）阿布拉姆的上司那儿取得了正面的证明材料。一份证明材料是招募他的波波夫写的。波波夫说，阿布拉姆是他那个年级中文专业的拔尖学生，个人品行毫无瑕疵。另一份材料是在符拉迪沃斯托克（海参崴）当了他三年领导的一位上司写的，说他在秘密工作中"认真、细致、积极"，并因此得到过局领导发给的奖金。这两个人写这些证明材料的时候，也正被关在哈巴罗夫斯克（伯力）的监狱里。

然而，重审并没有让阿布拉姆摆脱厄运。1939年6月，他被告知，案件已经结束。对他的指控，《刑法》第58条第1款第2项和第58条第11款所列罪名成立。根据《刑法》第206条的规定，阿布拉姆被给予查看自己档案的机会。阿布拉姆再次拒绝了对他的指控。他做了许多说明，并且要求与莫洛夫和马尔金对质。他们的"证词"构成对他立案审查的基础。他的要求遭到拒绝——莫洛夫和马尔金已经死了。1939年6月26日，阿布拉姆用颤抖的手写道，他已读过九十三页长的档案了。

1939年8月10日拟就的对阿布拉姆的起诉书的内容可想而知。依据莫洛夫、马尔金和诺苏谢罗夫提供的"证词"，起诉书宣称，在中国东北的时候，阿布拉姆就接受了日本情报机关的招募，在1932年被派遣到苏联，与莫洛夫等三人一起为日本人搜集和传送情报，情报内容包括察里科夫机场及边境独立小分队兵力的详细情况。起诉书指控阿布拉姆犯有"为日本的利益从事间谍活动的罪行"。

有趣的是，被指控的罪行从《刑法》第58条第1款第2项变为第58条第1款第1项，相应的刑罚也从死刑变为十年徒刑。另外，依据《刑法》第58条第11款所列的罪名也成立。起诉书顺便提到，阿布拉姆的父亲和妹妹因为"日本间谍罪"已被判处死刑，并把从海拉尔来的几个阿布拉姆的内务人民委员部同事说成是日本间谍，还说在符拉迪沃斯托克（海参崴）介绍他参加内务人民委员部的波波夫是"人民的敌人"。

一周以后，要求阿布拉姆在收条上签字，证明他已经读过起诉书。他还被告知，已经决定，他的案件由军事法庭再次听取他的陈述。正是在这种情况下，他才向军事法庭递交了那份长达六页的、使我了解到真实审讯情况的申诉状。申诉状直接抨击了上次申诉前后二十二个月的时间里内务人民委员部对他的案件的审理方式，争辩说，把他关押了二十二个月，却没有认真调查过他的案件：

> 重审开始后五个多月以来，我被传讯了十次之多，但我的档案中只增添了一份审讯记录，而且只有一个问题："你认罪吗？"我恳请审讯人员，详细记录我对已经放入我案卷中的造谣中伤的证词提出的反驳。我要求他们公开证据和证人，通过审讯驳倒强加到我头上的一切谎言和流言蜚语。可是我得到的回答却是相同的："审讯无懈可击，没有什么需要改进的。"或许这样的回答可以理解，因为审讯期间拷打过我的那些人并没有全部被捕入狱。他们当中，甚至有人出现在1939年6月底对我最近一轮的审讯中。他们以关单人牢房和拷打来威胁我，虽然这一次只是威胁而已。可是我的案件却没有得到任何澄清。事实上，他们故意要把案件搞乱。

阿布拉姆注意到，他曾误信过代理人的作用。1939年4月，他通过绝食，得以与一位诉讼代理人会面。那位代理人当时答应，在所有的审讯中,他都会把阿布拉姆提到的证据交给法庭。实际上,这些承诺都没有兑现。阿布拉姆准备了一份关于对他使用"逼供信"的详细报告。但审讯他的人拒绝考虑,说他们不允许对内务人民委员部的"诽谤"。

> 现在,我只希望信守革命义务的人民法庭惩罚罪恶,还无辜者以清白。我只等待着恢复自由,并且惩罚那些折磨过我的人。

阿布拉姆显然已经认识到给军事法庭的申诉状是为自己辩护的最后手段。在申诉状中,他一一列举了曾经遭受过的酷刑,除此之外,还回答了已经装入他案卷中的所有"证词"。他还提出一系列问题,以便"有助于法庭公正地理解"他的案情。

阿布拉姆从他的案卷中发现,他是由一份报告才被逮捕的。那份报告的作者是东方系以前的一个学生,也为内务人民委员部工作。根据档案前面的索引,我认出,这份报告正是有关部门不准我阅读的那份——也许因为它出于内务人民委员部的告密者之手。根据阿布拉姆的说明,作者似乎毫无根据地说阿布拉姆住在米莱扬卡区,并且卷入了"与中国人进行的不可告人的交易"。阿布拉姆说,这份报告纯粹是"诽谤与挑拨",因而拒不接受;还说,他既不直接认识这个作者,也没有通过社会关系认识此人。他们学的是不同的专业,何况又相隔了好几个年级。

在申诉状中,阿布拉姆还对格罗德科沃以前的一名翻译所写的报告的基本内容进行了驳斥。那份报告我也不能查阅。那些指控似乎说,阿布拉姆忘记了给他的上司莫洛夫出具的两张二十日元的收据,是从边界哨所账户上支取的;还说他一直在做皮革生意,而皮革是从跨国界代理商那里得到的。阿布拉姆完全否认了这些指控。他指出,那名告发者所说的他的签字不足为凭,因为所有的业务往来都需要签字;而非法进口皮革之类的事件早在他来到格罗德科沃之前就发生了。他还提到,他曾经向上级部门汇报过边防独立小分队的许多不正当行为,包括给他日元叫他从边界那边给他们弄外国商品等。但上级部门从来没有采取行动制止这种做法。

阿布拉姆提出的另一个问题是家人的遭遇。他抓住母亲审讯记录中的一个说法——说她和全家人在中国东北生活期间都加入了中国国籍——谴责这是她的审讯人员的"编造和诽谤"。阿布拉姆坚持说,他们家从来没有一个人加入中国国籍。早在1932年,他离开海拉尔之前,全家人就都登记为苏联公民了。

奇怪的是,阿布拉姆知道切斯娜被"三人领导小组"判决,流放到阿拉木图,但后来又撤销了那个判决的事。他从起诉书中还得知,父亲和妹妹都已经被处决了。阿布拉姆要求重审家人的案件,因为他深信,他们都是忠诚于苏联的诚实公民。

> 当时,他们也许是被三人领导小组当作中国公民判决的——他们根本不是中国公民。许多审讯人员……他们原本就是人民的敌人,把无辜的人打成敌人。我再次要求重审他们的案件,免得以此为借口,给我加罪……

这时,阿布拉姆的申诉状至少有了值得期待的结果。军事法庭要求从莫斯科调来奥尼库尔一家的档案。这期间,9月3日,推迟了审讯。9月19日,后一项请求被送往莫斯科。至于材料是否到达，从阿布拉姆的档案就无从得知了。

1939年10月4日，军事法庭再次开庭。审讯记录涉及的都是早已熟悉的内容，包括阿布拉姆在海拉尔和苏联的社会关系，以及他的家人离开海拉尔以后的情况。阿布拉姆提到，曼娅在从上海去莫斯科的途中，曾在符拉迪沃斯托克（海参崴）和他一起待过二十天左右。他说，他听符拉迪沃斯托克（海参崴）另一个内务人民委员部特工人员说过，曼娅是从上海来的，可是他一点儿也不知道那个人怎么会知道这一消息。这话暗示，曼娅依然与上海的内务人民委员部有联系。

阿布拉姆也谈到宾季科夫、巴克舍夫和潘菲洛夫之类的人。他们都是奥尼库尔一家案件中的核心人物。由此使人想到，法庭的确从他人的案件中取得过调查材料。阿布拉姆说，他对宾季科夫是否是海拉尔白卫军的成员一无所知，可是曼娅写信对他说过，宾季科夫曾经用一个假名字来到苏联。那时他劝过曼娅，应该把这件事向有关部门报告。

关于他向日本人传递有关机场及边境独立小分队兵力部署的情报的指控，阿布拉姆说，他对机场的情况一无所知，而且与任何军事系统都没有联系。

审讯结束时，在规定的最后陈述中，阿布拉姆否认他为日本人搜集过情报，并且说，他一直在忠诚地为苏联情报机构工作。他要求法庭澄清对他的造谣中伤。

经过三十五分钟的合议之后，法庭宣布了判决。判决书说，法庭查明指控阿布拉姆的罪名成立，判处阿布拉姆在劳改营服刑十年，并没收个人全部财产，剥夺政治权利五年。在等待被押往劳改营期间，阿布拉姆被从内务人民委员部内部监狱转送到哈巴罗夫斯克（伯力）最大的监狱。给他三天上诉的时间。阿布拉姆档案中的材料表明，第二天他就开始上诉，但上诉书原文弄丢了。可是，苏联最高法院军事委员会在1939年11月17日驳回了他的上诉，维持军事法庭的原判。

此后，一份又一份的法院案卷发往各地，通告对阿布拉姆的判决，变卖他的个人财产，并把收入充公。阿布拉姆在符拉迪沃斯托克（海参崴）银行账户上的1056卢布上缴国库。那时，这可是一笔相当可观的钱。早先，当阿布拉姆需要钱购买医治他的坏血病、坐骨神经痛和肺病的药品时，由于某种不为人知的原因，审讯人员找不到这笔钱。另外，他在格罗德科沃的财物变卖了超过1722卢布。

———

但阿布拉姆不甘心默默地消失。虽然被关押在哈巴罗夫斯克（伯力）内务人民委员部监狱深处长达两年半，但他依然设法跟上重要政治事件的发展。他知道1939年那场使内务人民委员部陷入瘫痪的重大危机，也知道谁由于动乱而被逮捕。他听说过柳什科夫的叛逃，并知道使用合乎潮流的语言，提出引起争议的问题。

1940年4月底，阿布拉姆从哈巴罗夫斯克（伯力）的"中转监狱"，给内务人民委员部头目贝利亚写了一封长长的上诉信。在长达六页的信里，阿布拉姆对审讯期间内务人民委员部滥用社会主义的司法审判提出抗议，揭露审讯人员为了逼取口供而施用酷刑以及他们拒绝采集客观证词的罪行。

阿布拉姆娴熟地应用使人联想起1939年4月苏共代表大会的那种语言，援引了斯大林关于"人民的敌人"利用苏联的安全机构和法律"折磨真诚的、努力工作的苏联干部"的观点。他在上诉信中写道，在远东，就上演了"柳什科夫式的英雄的传奇故

事",他把自己看成是这场闹剧中的受害者。阿布拉姆请求贝利亚干预他的命运:

> ……一个苏联人的命运,一个社会主义祖国忠诚的儿子和爱国者,他还年轻,还能成为社会主义社会的一名有用的成员。

在信中,阿布拉姆非常聪明地附加了一段简短的附言。他在其中重复了上诉信的最后一段话,这肯定会引起注意:

> 我请求您传讯我去莫斯科,以便我能提供对国家有重要意义的问题的证词。我请求您相信,这既不是一时的冲动,也不是个性使然。我只请求您考虑这份证词所揭露的阴谋的性质以及它对国家的特殊意义。

阿布拉姆的上诉信到达莫斯科贝利亚办公室的道路是曲折的。1940年4月,阿布拉姆来到设在符拉迪沃斯托克(海参崴)的从哈巴罗夫斯克(伯力)去东北劳改营的中转站。他将从这里乘船被送往马加丹。4月底,劳改营中转站向莫斯科贝利亚办公室转交了阿布拉姆的上诉信以及那段附言。一个月以后,上诉信被送到贝利亚手上。它肯定引起了注意,但反响也许不像阿布拉姆期待的那样强烈。

内务人民委员部秘书处没有发出把他武装护送到莫斯科,反映对国家至关重要的问题的命令,而是在1940年7月初,把他的上诉信退回内务人民委员部符拉迪沃斯托克(海参崴)地区分部,要求他们传讯阿布拉姆,并了解他要向贝利亚同志反映的问题。

1940年8月中旬,符拉迪沃斯托克(海参崴)方面把莫斯科内务人民委员部秘书处的要求发往马加丹，要求他们直接回复莫斯科。两个月以后，马加丹方面把阿布拉姆的审讯记录发回莫斯科。这正是阿布拉姆首次抛出"国家至关重要的问题"这个"诱饵"以来，我一直在寻找的答案。他的"危言耸听"有什么实质性的内容吗？抑或只是一个骗局？

问：你想向苏联内务人民委员部领导人反映的对国家至关重要的问题是什么？

答：……作为中文翻译和特别小分队队长助理，我在格罗德科沃第58边界小分队工作期间，亲自制订了一个把三岔口车站的日本站长助理和一名白卫军间谍从边界对面抓到我们哨所的行动计划。三岔口是格罗德科沃以南40公里处伪满洲国的一个重镇……抓捕的目的是获得有关苏联边界这边的日本情报网的情报。我的计划被边界小分队通过了，但遭到"人民的敌人"、内务人民委员部远东地区前代理负责人奥西宁和国际部马尔科维奇的蓄意阻挠。我被捕前不久，还收到有关四名囚犯打算从远东劳改营逃往中国东北的情报。我把这一情报报告给马尔科维奇，但他没有采取任何行动……

审讯人员不相信。他首先暗示阿布拉姆，说他原本打算说出另一个同谋，但此人尚未被捕，于是便改变了主意。阿布拉姆否认了这种说法。后来，审讯人员又说，阿布拉姆只是为了接到前往莫斯科的命令才写这封上诉信的。阿布拉姆否认了这种指责，并说他唯一的目的是讨论在边界小分队的工作——"可惜没有被认真对待"——顺便谈一谈他的案件。

阿布拉姆的上诉信和审讯记录继续在巡回审理。1940年12月，内务人民委员部秘书处将材料送到设在莫斯科的内务人民委员部特别处重审。1941年1月底，材料又被发往设在哈巴罗夫斯克（伯力）的远东前线特别处重审并提出审理意见。1941年2月18日，材料又被转到哈巴罗夫斯克（伯力）调查科。三个月以后，1941年5月23日，调查科的官员报告了调查结果。

这位调查人员说，他发现，依据莫洛夫、马尔金和诺沃谢罗夫的"证词"，给阿布拉姆以"谍报组成员"的罪名定罪是可疑的，因为最初提出此案的前内务人民委员部官员马尔科维奇后来被判犯有"滥用审查"罪。如果据此考量阿布拉姆的罪名，便足以给他翻案。

然而，事情并非如此简单。这位调查官员似乎有一种强烈的恐惧外国人的心理。他根据阿布拉姆的档案，创造出一些新的罪行，其中包括由那些同样靠不住的调查人员曾经提出而军事法庭并未采纳的问题。除此之外，还有一些明显的错误：

> 在海拉尔居住期间，奥尼库尔就一直与许多值得怀疑的人有联系……在边境独立小分队工作期间，奥尼库尔……为了个人目的利用他掌握的越界情报网，盗用为越界活动准备的外币。此外，在符拉迪沃斯托克（海参崴）期间，奥尼库尔与中国人来往，令人怀疑，并且过着一种消费超出自己收入的生活。奥尼库尔的父亲依然居住在海拉尔，而且他的不少亲戚由于从事反革命活动而被逮捕并判刑。

虽然上述"罪行"没有任何具体证据，但这位调查人员还是做出如下的结论：

驳回 A.G. 奥尼库尔的上诉，军事法庭对奥尼库尔作为社会上的危险分子的判决依然有效。

这个结论已经无关紧要了。阿布拉姆已经死去三个多月了！他那饱受疾病折磨、被拷打得遍体鳞伤的尸体，此时，已被埋葬在科雷马河冰冻的无名坟墓里了。

—⚞—

2000 年 11 月，我和朋友萨沙·拉弗林索夫一道返回哈巴罗夫斯克（伯力）。

我们踏雪走到公墓入口时，天色很快就暗了下来。冬天，傍晚 6 点多钟，公墓即已关闭。不过大门没有上锁。光秃秃的白桦树依然耸立着，目送我们穿过大门，经过一座小教堂，向前走去。我们穿着有风帽的毛皮风雪大衣，把毛围巾围在脸上，抵御着刺骨的严寒，恍若盗墓贼一般。

公墓里阴森恐怖。抬头仰望，我辨认出纪念墙上的黑体字：

永远怀念无辜的受害者。

墙的那一边，在高大的松林的掩映下，延伸着一排排白雪覆盖的墓碑。墓碑下面，就是"万人坑"。

在纪念墙旁边，萨沙拉开工具袋的拉链，递给我一个很大的手电筒，然后又取出一个交直流两用的手电钻。"你把牌匾带来了吧？"萨沙问，声音低沉。我从帆布背包里取出一个用柬埔寨条纹布裹着的小包，轻轻打开，把一块白色椭圆形牌匾递给萨沙。

2000年11月,我们把印有阿布拉姆姓名与生卒年的牌匾镶嵌在哈巴罗夫斯克(伯力)公墓的纪念墙上

"爬到这边来,用手电照着,好让我看清要钻孔的地方。"

我站在一个横档上,下面是阿赫玛托娃的《挽歌》:"我很想一一说出每一个人的名字……"

我们沉默不语,飞快地工作着。我举着手电筒,萨沙则在花岗岩墙上钻出两个孔。我的手脚都冻僵了。萨沙的情况更糟。为了确定金属牌匾上钻孔的位置,他不得不脱掉手套。一个孔、两个孔。严寒中,电钻的尖叫声刺破了沉默。牌匾终于固定好了。

奥尼库尔

阿布拉姆·格里高利耶维奇

1907年8月20日—1941年2月11日

死于劳改营

镶嵌在纪念墙上的那块白色牌匾上写着这几行字。纪念墙上留下了另一位"大清洗"受害者的名字。

几个月前,我给萨沙打电话,说我可能要去"邻近地区",而且正在考虑乘飞机去哈巴罗夫斯克(伯力)。他告诉我,纪念墙的扩建工程已经完工,我给阿布拉姆定做的牌匾也已经做妥了。他要等我到达以后,再把牌匾钉在纪念墙上。

那是我在哈巴罗夫斯克(伯力)的最后一天。我们从来没有打算"偷偷摸摸"地做这件事。本来计划下午早些时候来公墓,但萨沙一直有事缠身,时间不知不觉就过去了。

这时,天气极为寒冷,不容久留;而且天色太暗,不能拍照,这使我深感沮丧。不过萨沙向我保证,第二天去机场时,我们可以"卷土重来"。

"太好了!"我说,冻得浑身发抖,"现在肯定有零下三十度!"

"顶多零下二十度。"萨沙回答说,"请记住,你舅姥爷阿布拉姆的处境可比这儿恶劣得多。他既没有你这种羽绒大衣,也没有貂皮帽子和奥伦堡[1]产的围巾。"

在返回我暂住的萨沙公寓的路上,我问,能不能买到一瓶当地最好的伏特加,为纪念阿布拉姆而干上一杯。萨沙选择了一种名叫 Doublet 的小瓶伏特加,解释说,Doublet 是一个打猎术语,意思是"双射"。后来我才知道酒名的原委——其酒精含量为五十六度,而不是通常的四十度。

---

[1] 奥伦堡:苏联亚洲部分西北部城市,位于乌拉尔河畔。早先作为军事要塞建立,现为铁路枢纽和加工中心。

萨沙举起第一杯酒，为悼念阿布拉姆而干杯。真是妙不可言，一位前"契卡"献给另一位前"契卡"的"双射"！

没有太多的时间去饮酒悼念。晚餐以后，萨沙和我立即开始复查我从悉尼随身带来的阿布拉姆的档案。为了弄明白那个悲惨而恐怖的岁月里发生的事情，我已经绞尽脑汁。现在终于抓住一个机会请一位专家核对我的发现。作为在新、旧克格勃工作多年的专家，萨沙曾经花费数年时间，复审过数以千计的类似的档案。如果他不能说明某些错综复杂的问题，那就再也没有能够解释这些问题的人了。

和萨沙一家，在名副其实的20世纪30年代内务人民委员部的心脏地区待了几天，使我对哈巴罗夫斯克（伯力）有了新的认识。阿布拉姆最悲惨岁月里即已存在的那些建筑物，成了我每天司空见惯的所见。我步行走向市中心时，经过以前的公社大楼。1937年10月，阿布拉姆等待会见上司期间，就暂住在这里。站在捷尔任斯基大街的街角向前望去，公社大楼那面高大的黄色墙壁，犹如手风琴风箱的褶皱。我沿着从前阿布拉姆去内务人民委员部上班的同样路线，返回暂住的公寓。倘若我提前向右拐进一条大街，就可以直接走向现在的安全局大门。阿布拉姆被捕以后，就是被装运囚犯的囚车拉进这个大门的。大楼二层的窗后，就是审讯他的军事法庭的审讯室。

和萨沙居住的公寓大厦隔一条马路，是一幢破败的大楼的背面。那就是监狱，阿布拉姆曾经在这里被关押了两年半。每天路过这里，凝望着它那沉闷的灰色墙壁，我仿佛看见了阿布拉姆。不过，我看到的不是在他母亲相册里的那个长得像电影明星一样、无忧无虑的小伙子，而是供狱方存档的照片上那张布满痛楚的脸和令人难以忘怀的忧伤的眼睛。在一轮毒打以后，他爬回到阴冷潮湿的牢房……我仿佛看到上诉信里,他描绘的可怕的景象。

在去往哈巴罗夫斯克(伯力)机场的路上,萨沙和我在公墓旁停下来,察看昨天傍晚摸黑劳动的成果。白色的墓门敞开着,阳光明媚,白天的公墓完全是另一番景象。纪念墙上,白色的牌匾上铭刻着一个接一个的名字,还有一个接一个的注释——枪决、枪决、枪决,大多数人死于1937年或1938年,只有三十多岁。自从我首次来访以来,六个月的时间里,纪念墙的长度已经扩展到原来的三倍。我数了数墙上的牌匾。阿布拉姆是第四百九十一个!

13

平反昭雪

1945年5月,伟大的反法西斯卫国战争结束了。苏联取得了胜利,疆域也扩大了。可是,代价是巨大的——三千多万人牺牲,土地荒芜,经济凋敝。伤痕累累、精疲力竭的苏联人民沉浸在胜利的喜悦之中。他们与苏联政府的纽带从来没有像现在这样坚不可摧。他们共同战斗、共同胜利,在难以言喻的磨难中,证明了对祖国无限的忠诚和献身精神。

很少有人反思,他们刚刚经历的这场巨大的灾难,正是由于斯大林的错误判断而更加深重。他们歌颂伟大领袖,憧憬着更加美好的未来。既然战争已经结束,生活肯定会更舒适、更安全。也许他们再也不用生活在无尽的焦虑之中,并且学会相信自己的邻居。也许政策会日渐宽松,甚至释放囚犯。

然而,情况并非如此。为了实现社会主义阵营对西方世界的最后胜利,斯大林发动了一场重建国家的运动,一定要继续保持对敌人的警惕性。作家、诗人、演员以及音乐家被公开指责丧失了意识形态的纯洁性。

就在这种氛围下,我的曾外祖母切斯娜终于离开了流放地哈萨克斯坦。麻烦的是,她无处可去。她虽然在莫斯科和高尔基市都有亲戚,但政府不允许她在那里居住。像所有曾经因"反革命活动"而被判刑的人一样,切斯娜不得进入大城市、市镇及其周围101公里以内的地区。即使在那些允许进入的地区,也不欢迎她逗留一个月以上的时间。这样一来,已经六十四岁的切斯娜,不得不孑然一身,从一个小城镇流浪到另一个小城镇。

1957年,切斯娜在哈尔滨对我母亲讲述了那些年的生活经历。后来,每逢回忆起她的"故事",母亲脑海里便浮现出这样一幅图画:一位身材高大的白发老太太,紧握一个装着个人用品的小包袱,从一个地方流浪到另一个地方。她依靠在车站卖煎鱼的微薄收入,勉强维持着食不果腹的生活。每天都累得精疲力竭,任何一个角落都是她的栖身之地,一躺下,就能睡上几个小时。

我从莫斯科的廖瓦舅姥爷那里得知,切斯娜最终在莫斯科东北部的一座小城里找到一个栖身之地。小城名叫斯特鲁尼诺,在古老的"教堂之城"扎戈尔斯克30公里以外的地方。她有时偷偷地去莫斯科。廖瓦舅姥爷会去车站接她,然后把她偷偷地带到这个或那个亲戚家。这是一件冒险的事情。因此,切斯娜住的时间从来不超过一天或两天。在没有得到有关部门允许的情况下,如果在莫斯科被抓住,她就有被直接送到劳改营的危险。而且,她的走动也会使亲戚们冒"窝藏对社会有危险的分子"的风险。但他们一直保持着某种联系,亲戚们总是设法接济她一点食物和钱。

切斯娜非常想知道丈夫和孩子们的消息。她已经十多年没有见过他们了。自从基尔什和曼娅在高尔基市被捕以来,任何人都没有他们的消息,也没有听到远东的阿布拉姆的消息。不过,切斯娜至少可以因为小儿子亚沙还活着而宽慰地舒口气。还在哈萨克斯坦劳改营的时候,她就听法尼娅·特西尔林说,亚沙还活着。

显然，法尼娅和他们母子两人都保持着通信联系。在莫斯科，亲戚们可能告诉过切斯娜，亚沙在莫斯科军区最北部的比伊军事建设部门工作。但母子无法相见。有人可能会刨根问底，追查过去的事情，所以还是不见为妙。

我按时间顺序仔细考察亚沙的经历，想弄清楚切斯娜与儿子劫后余生后第一次团聚的时间。一种可能是在1946年6月的某一天，亚沙去里加接受新任务之前。另一种可能是在第二年年初。那时，亚沙在莫斯科参加为期两个月的疗养院医生的专门培训。会面可能在某一位亲戚家里。不管怎么说，在当时的气氛中，他们的会面可能匆匆忙忙而且秘密进行。

1948年，苏联掀起了新一轮的镇压。"阴谋集团"的揭露，导致各级权力部门中的大规模逮捕。与此同时，又发动了一场大规模的挖出"无家可归的世界主义者"以及"崇洋媚外者"的运动。数以千计的人，大多数是犹太人，失去工作或者遭到逮捕。战争期间被斯大林任命为"犹太人反法西斯委员会"的所有知名犹太人成员都被逮捕，其中包括斯大林的助手、外交部长莫洛托夫的妻子。

最后，1953年1月，苏联媒体揭露出一桩克里姆林宫的犹太医生通过破坏苏联领导人的治疗而缩短他们寿命的阴谋。经揭露，这些"丧尽天良的人"都是英国和美国情报机关的间谍。他们通过"犹太资产阶级民族主义者"组织而进行活动。显然，斯大林力图说明，犹太复国主义者已经通过莫洛托夫的夫人使莫洛托夫卷入这场阴谋，从而渗透到了苏联的最高领导层。在苏联新闻媒体煽动反犹情绪的时候，犹太人很快就要被放逐到西伯利亚的流言在莫斯科不胫而走。人们已经准备经受新一轮虚伪的公审和真正的清洗了。

哪里才是尽头呢？

——

1953年3月初，斯大林去世了。无数人失声痛哭，对没有这位伟大领袖的未来感到迷惘。就连一些在他的统治下深受其害的人也感到悲痛。毕竟因为斯大林，他们才赢得了那场战争，并且把苏联变成一个超级大国。现在怎么办？人们担心没有斯大林的铁腕统治，国家就会土崩瓦解，西方就会利用人们心中的创伤颠覆这个政权，但这一切都没有发生。相反，新的情况出现了。

斯大林死后一个月，政府颁布了大赦令。该法令指出，所谓"医生们的阴谋"是捏造的谎言。被逮捕的人恢复了自由。安全保卫部门的头目、新任"集体领导"成员之一的贝利亚在7月被逮捕，1953年12月被行刑小队执行枪决。1954年3月，秘密警察机关国家安全部（MGB）被降格为部长会议领导下的国家安全委员会（KGB）。

在一些劳改营中，第一次大赦中没有被释放的政治犯举行了罢工，迫使当局成立了一个考察劳改营并重审案件的特别委员会。1954年和1955年，相继大赦了更多的人。尽管文化的"解冻"时断时续，但也改善了苏联知识分子的生活。

1956年2月，新上任的苏联领导人赫鲁晓夫终于点了斯大林的名。在苏共第二十次代表大会的闭幕式上，赫鲁晓夫做了长达三个小时的秘密报告，揭露了斯大林的"个人崇拜"和统治期间的暴行。这些暴行包括"没有经过审讯和充分调查，便将数以万计的人逮捕、流放，乃至处决"。赫鲁晓夫揭露了无辜的人被安上"人民的敌人"、"间谍"以及"破坏分子"的罪名而被杀害的情况。他们当中，有许多是党优秀的、才华横溢的精英。赫鲁晓夫揭露说，他们的案件是内务人民委员部捏造出来的,他们的口供是通过"惨无人道的拷打"逼取出来的。

赫鲁晓夫的报告引起巨大的轰动。几天之内,报告的全文便在苏联全国各地党的会议上传达并讨论。后来讨论范围又扩展到任何人都可以参加的会议。

事后来看,赫鲁晓夫努力划清自己与斯大林的界限这一意图越来越明显,而斯大林的行为也牵连到领导层中他的主要对手。但从一开始,就没人相信所有罪行都是斯大林一人所为。赫鲁晓夫和别的领导人曾经干过什么?如何才能保证再也不会发生这类事情?

赫鲁晓夫的新政策要求采取措施,解决人民大众普遍关心的问题,首先解决的就是千千万万囚犯的释放和平反。

事实上,平反冤案的工作早就开始了。1953年,秘密警察头目贝利亚被判为"卖国贼",促使大批群众来信要求重审对他们亲人的指控。1954年,设立了总检察长领导下的"特别平反委员会",报纸公布的已获平反的案件的数字触目惊心。到1956年赫鲁晓夫做秘密报告的时候,获得平反的人数已经有八千多——大多数是死后平反的。

在数百万被非法逮捕的受害者中,获得平反的人数微乎其微。不过,平反冤案是一个深入细致的工作,需要一个案件一个案件地进行,而且只有在受害者的亲人正式提出申请的情况下才开始进行。毫无疑问,当局害怕,对"大清洗"所有受害者的广泛而迅速的平反,有可能损害人民对它的信任。

切斯娜非常及时地提出重审家人案件的申诉。在她的档案中,

我找到了 1955 年 4 月 10 日写给总检察长的申诉信。信件是打印的，有几个名字和姓氏拼写错了，这不禁使人猜测，申诉信可能是在检察官办公室由某位人士代笔的。但内容和签字显然是切斯娜本人的，因为语言朴实，很容易激起听者强烈的同情：

> 从 1909 年到 1936 年，我家住在海拉尔，我丈夫是辛格缝纫机公司的代理商。
>
> 1936 年，经过长时间的正式申请以后，我们获准进入苏联，然后移居到高尔基市。我的女儿玛丽亚·格里高利耶芙娜·奥尼库尔在高尔基汽车厂的门诊当牙科医生。
>
> 1937 年，我丈夫、女儿和儿子都被逮捕。不久以后，我也遭到逮捕。后来，在哈萨克斯坦的流放地被放逐了五年。流放期满，根据大赦令，我返回莫斯科，获准在那里永久定居。
>
> 自从 1938 年以来，我一直没有得到我丈夫和孩子们的任何消息。在漫长的岁月里，我不得不忍受着一个妻子和母亲那骨肉分离的痛苦和重负。我本人是在没有任何罪证的情况下被判有罪的。
>
> 我已经是一个七十四岁的老人了。垂暮之年，我很想知道亲人们的下落：我的丈夫——格里高利·马特维耶维奇·奥尼库尔、女儿——玛丽亚·格里高利耶芙娜·奥尼库尔和儿子——阿布拉姆·格里高利耶维奇·奥尼库尔。1937 年，他们在高尔基市被内务人民委员部逮捕。我请求重审他们的案件，并请求把结论和亲人们的结局按照上述地址告诉我。

切斯娜提供的地址是法尼娅·特西尔林的。1953 年 3 月大赦后，她结束了流浪生涯。之后，她就住在那里。

切斯娜把阿布拉姆列在高尔基市被捕的家庭成员名单里，是故意的，还是打字员的错误，不得而知。那时，她已经和亚沙取得了联系，但对阿布拉姆的下落却一无所知。他获得了自由？还是一直被监禁着呢？不管情况如何，把一个儿子被捕的地方说成另一个儿子被捕的地方，切斯娜最终可以达到对两个儿子的案子都进行重审的目的。

九个月过去了，未见有关部门采取任何行动。直到1956年1月底，军事检察长办公室才把切斯娜的上诉信，连同曼娅和基尔什的档案，一起寄给高尔基市的克格勃，要求重审他们的案件。我在基尔什和曼娅的档案中发现各有一封作为附件的信。信中，军事检察长对他们被定为日本间谍的确实性和处决他们的合法性提出疑问，还命令重审亚沙的案件，并且指出，重审阿布拉姆案件的要求已经下达给哈巴罗夫斯克（伯力）的军事检察官了。

1956年4月，亚沙和切斯娜案件的重审结束。对于每一个案件，莫斯科军区军事检察官均以案件纯属捏造为由，否定了强加给他们的罪名，并且要求撤销1938年内务人民委员部的判决。对切斯娜一案，官方翻案的理由是：

> 在复审切斯娜一案过程中，未曾发现她在海拉尔或苏联期间卷入过任何反苏活动，也未曾发现她与日本情报机关的间谍有联系的任何证据。
>
> 鉴于上述情况，我相信，对奥尼库尔的逮捕和流放都是非法的。为此，遵照苏联最高苏维埃主席团1955年8月19日的决定，我要求：
>
> 撤销1938年10月20日高尔基市内务人民委员部三人领导小组对切斯娜·阿勃拉莫芙娜·奥尼库尔的判决，并且

撤回该案的诉讼……

在亚沙一案中，军事检察官裁决：

……未发现奥尼库尔被日本情报机关招募以及在苏联进行谍报活动的证据。

奥尼库尔与日本间谍有关系……的指控也是没有事实根据的。

莫斯科军区军事法庭批准了军事检察官对各个案件的判决。在每份档案中，我都找到了他们手写的"决定"复印件。上面标明的日期是1956年4月26日。两天以后，他们为切斯娜和亚沙填写了平反证——就是1992年我在里加得到的切斯娜的文件中那两份半张纸大的证书。

填写平反证的同一天，还有一份通知，要求切斯娜去莫斯科著名的阿尔巴特大街的军事法庭总部领取平反证。我想象着，切斯娜本来应该对这一召唤立即做出回应。可是两个月过去了，她依然未在法庭办公室露面。在她的档案中，军事法庭、克格勃和莫斯科军区通信局之间的通信表明，切斯娜已经从1955年她填写的地址搬走了，而且没有留下新的地址。四个月后，1956年8月，克格勃终于在里加找到了她。

加利娅在2001年给我的回信中说，她很愿意回答我提出的一些问题。她说，1955年年中，她和亚沙从乌兹别克斯坦回来以后，在里加集体公寓里买了一套房子，"以便我们有一个回去可以住的地方"。我猜测，那套房子是亚沙想把母亲安顿在里加才买的。

加利娅继续写道：

我想，亚沙和我在爱沙尼亚工作期间，亚沙把切斯娜从莫斯科接到了里加，并且在那套房子里住了下来……

后来，切斯娜又遭到另一件不幸——乳腺癌，还做了手术。在这种情况下，她可能忘了和军事检察官联系，这是可以理解的。

在此期间，切斯娜申请重审基尔什和曼娅案件的工作也已结束。重审过程完全与亚沙和切斯娜的案件相同。但是，由于曼娅和基尔什被判处了死刑，因此，这两个案件的重审是由最高级别的司法部门进行的，即由苏联总检察长和苏联最高法院军事委员会进行的。

1956年5月28日，总检察长说明对每一个案件的翻案理由，概述了复审的结果，包括从各方面查证为基尔什和曼娅定罪提供"证词"的那些所谓"日本间谍"案的结果。全部没有根据！文件还点了参与案件调查的高尔基市内务人民委员部官员们的名字：拉夫鲁申、普里米尔斯基、德里文，并且强调指出，这些人本身就犯有"违反社会主义法制"的罪行。每一个案件的翻案理由都是：

我要求：
1938年1月7日内务人民委员部和苏联检察官关于奥尼库尔的判决……予以撤销，并且撤回其诉讼……

1956年10月6日，在他们无端被杀十几年以后，苏联最高法院军事委员会才做出了这样的裁决。

10月22日，颁发了基尔什和曼娅的平反证。每张证书上有三句话：

  奥尼库尔一案于 1956 年 10 月 6 日经过苏联最高法院军事委员会重审。
  撤销内务人民委员部在 1938 年 1 月 7 日对奥尼库尔的判决。鉴于查无实据，决定撤回该案的诉讼。
  奥尼库尔……死后予以平反。

十几年后，切斯娜终于收到丈夫和女儿命运的正式通知——他们都死了。

——※——

母亲和别的亲戚告诉我，切斯娜对平反的意义持怀疑态度。她只相信生与死，介于这两者之间的别的什么东西，都无所谓。丈夫和女儿都死了，阿布拉姆依然生死不明，只有她和亚沙幸运地活了下来。

她也懂得，在他们赖以生存的政权看来，她和亚沙收到的平反证，既恢复了他们的公民权，也是他们走向未来的入场券。最重要的是，奥尼库尔一家再也用不着东躲西藏了。

切斯娜和亚沙得到过因无端被监禁数年而应得的赔偿吗？谁也不记得了。可是我母亲记得，切斯娜说过，她拒绝领取赔偿，那是她死去的亲人用生命换来的"渗透着鲜血的钱"。据我所知，获得平反的那些人领到的"赔偿金"等于他们过去两个月的工资。如果属于死后平反的，赔偿金就由其亲属领取。显然，这就是切斯娜拒绝领取的那笔"渗透着鲜血的钱"。

可是根据切斯娜的档案，她显然寻求过赔偿。不过，那是对被捕时，内务人民委员部在高尔基市非法没收他们一家人的个人财产的赔偿。1956年11月，她寄给克格勃的信上签着她的名字，但却可以辨认出，笔迹是亚沙的，语言措辞也充满了当时的政治技巧：

> 我们一家人都是诚实而忠诚的苏联公民，我们的一切力量和思想都投入为苏维埃服务中。我们的清白至少已经得到证实，真相大白了，因此我们才得到彻底的平反。
> 现在，我已是风烛残年，体弱多病，最近又动了癌症手术。我已经完全丧失了劳动能力，贫病交加。正因为如此，我才请求你们赔偿在高尔基市没收的家具和财物。随信附上被非法没收的主要物品清单。
> 我在寻求你们的帮助。

两个月后，高尔基市克格勃得出结论，确认奥尼库尔一家被非法剥夺的财产价值大约为24695卢布，并建议对切斯娜进行赔偿。具体金额委托高尔基市财政局评估。这一决定写在一份标题为"调查结果"的正式文件里。1996年，我从切斯娜的档案中复印了这份文件。另外，还有一张打字机打印的收据，价值1404卢布。

回想在档案馆查阅档案的情况，我记起，曾经匆匆翻阅过不少有关财物估价的单调乏味的函件，当时我没有意识到它们的重要性。

—— ∽ ——

我发现，切斯娜的信件从来都没有提到侄子萨尼亚。萨尼亚也是1938年被逮捕的。这不免让人感到奇怪。我不相信切斯娜对萨尼亚的命运如此漠不关心。后来我从亲戚们那里得知，她的确为萨尼亚同有关部门交涉过,但官员们对她说:"这件事与你无关,他不是你的儿子。"

由于在苏联没有直系亲属代表萨尼亚正式提出上诉申请,萨尼亚的档案在克格勃的档案馆里整整掩埋了五十个年头;而他远在中国的亲人,只能猜测他的命运。1989 年,戈尔巴乔夫提出全面重审"大清洗"以来所有案件的时候,萨尼亚一案才得以重审。我在他的档案中找到的最后一页,就是重审结论。这是由地区检察官在 1989 年所做的一个形式上的证明,说明萨尼亚一案属于最高苏维埃关于恢复镇压受害者正当权益的范围。五十年以后,他们才承认,1938 年内务人民委员部"三人领导小组"把萨尼亚当作日本间谍而判处死刑是非法的!

切斯娜久久听不到有关阿布拉姆的消息。我母亲说,1957 年切斯娜曾经费尽周折打听,她的儿子是不是可能和那些背井离乡的人一起,在战后迁居到澳大利亚。

事实上,阿布拉姆案件的重审在 1956 年 11 月就结束了。我在阿布拉姆的档案末尾,看到过写有"调查结果"字样的文件。那是军事检察长在 1956 年 11 月 12 日寄给苏联最高法院军事委员会的。文件顺便提到,阿布拉姆死于劳改营,并且确认,对他是间谍的指控是没有根据的。

正像在曼娅和基尔什案件中那样,文件指出调查阿布拉姆案件的前内务人民委员部官员们的名字,其中包括奥西宁和马尔科维奇,并强调这两个人后来被证明犯有"捏造罪证并非法逮捕公民罪"。

文件建议:

    鉴于新近发现的证据,撤销哈巴罗夫斯克(伯力)内务人民委员部军事法庭1939年10月4日的判决，并由于查无实据撤回对该案的诉讼。

1957年2月6日，苏联最高法院军事委员会批准了上述建议。事实上，这一裁决撤销了1936年该军事委员会拒绝阿布拉姆上诉的那个裁决。显然，这是一个相当敏感的问题。这份文件特别提到，苏联最高法院军事委员会的裁决是因为考虑到"法院以前不知道的新证据"。

阿布拉姆档案中最后那份文件显示，军事委员会曾三次试图把切斯娜传唤到总部，以便把阿布拉姆一案的裁决告诉她。传唤信寄到莫斯科的同一个地址，即，切斯娜寄出最初上诉信的地方。1957年2月底，切斯娜依然没有露面。信件又在各个部门之间传递，完成任务的责任落在哈巴罗夫斯克（伯力）军事法庭的头上。

3月中旬，哈巴罗夫斯克（伯力）军事法庭把阿布拉姆案件的资料寄到莫斯科民兵组织，指示他们把阿布拉姆死后平反的裁决通知切斯娜，再把切斯娜签字的收条连同文件一同寄回来。一个月以后，文件被退回到哈巴罗夫斯克（伯力）——还是没能送交收件人，但却多了一张字迹清晰的手写便条，上面有切斯娜在莫斯科居住地址的居民登记表，说明切斯娜已经离开莫斯科去里加了。

1957年4月底，哈巴罗夫斯克（伯力）军事法庭又给位于莫斯科的苏联最高法院寄去一份通知，内容如下：

> 我庭报告，由于阿布拉姆·格里高利耶维奇·奥尼库尔已经死于劳改营。因此，苏联最高法院军事委员会1957年2月6日关于他的案件的裁决一直没有执行，查找他的亲人的努力尚无结果。

> 根据莫斯科市第九行政区民兵组织的报告，阿布拉姆的母亲切斯娜曾经在莫斯科居住过，现在已经前往中华人民共和国其女儿处永久居住……

这一消息实在令人震惊。因为多数人都知道，在那个年代，苏联禁止向国外移民。

不过，莫斯科民兵组织提供的信息有一部分倒是正确的。1956年12月，切斯娜的确去了哈尔滨，但不是永久居留，而是进行为期三个月的探亲。这本身也是个奇迹！

在后斯大林时代，与外部世界接触的限制稍微放宽了一些，苏联人已经开始去国外旅行。不过，这些旅行多数限于政府官员和专业人员，他们都是经过仔细挑选的。他们以科学或文化交流代表团的名义旅行，或者为了观光——主要是去东欧诸国，而且与担保人一起去。

作为一个刚刚平反的"人民的敌人"，切斯娜究竟是怎样被允许单纯以探亲的名义前往中国的呢？

申请出境签证的过程是非常繁复的，包括哈尔滨扎列茨基家的正式邀请、切斯娜出国期间的经济担保。在申请表中，切斯娜不得不填写上所有被害亲人的悲惨遭遇。

也许，受理出境签证申请的那位官员对切斯娜动了恻隐之心，大概他认为，这位无辜的七十五岁老太太受的罪已经太多了！

14

重返哈尔滨

1956年12月，虽然天寒地冻，气温在零度以下，但一大群亲朋好友依然来到哈尔滨火车站，迎接切斯娜归来省亲。全家人都去车站了，唯独把我留在家里。也许他们认为，一则天气太冷，二则车站上大家会万分激动，无暇顾及一个两岁大的、早熟的孩子。

几年以后，我母亲叙述了切斯娜走出火车的情景。从里加出发，经过十天的火车旅行，切斯娜终于抵达，她依然那么健朗。她随身带着一个装满礼品的小手提箱，还有一个装着四罐刺莓酱的帆布袋，那果酱是用她在拉脱维亚森林里摘的黑刺莓制作的。

切斯娜离开哈尔滨已经有二十年了。1936年，她刚到达高尔基市时，曾经与我外祖母基塔和其他几个关系亲密的亲戚断断续续地交换过明信片。可是在"恐外症"流行的氛围中，通信是要冒风险的，而且，对于实际上发生的事情又几乎不能提及。从切斯娜被捕，到整个战争期间，通信完全中断。直到20世纪50年代中期，管制放宽，她和亚沙才与扎列茨基家重新建立起联系。但是，他们之间的来往信件极其谨慎，而且是以加利娅的名义邮寄的。

现在，切斯娜终于和哈尔滨的亲人与朋友团聚了。她想知道

重聚合影（前排：基塔、玛拉、切斯娜；后排：莫佳、因娜、阿莱克）

的实在太多了。她最后一次见到基塔的时候，女儿还是个二十六岁的黑发年轻女子，现在已是华发爬上鬓角的中年妇女。女婿莫佳·扎列茨基已经是哈尔滨的知名人物。她离开哈尔滨时，外孙女因娜才七岁，现在已经嫁给一个鞑靼–俄罗斯血统的年轻人阿莱克，还生了个女儿——我。我的名字是随她女儿曼娅起的。

不论我自己的记忆，还是根据照片或别人的叙述，切斯娜探亲给我留下的印象是，一批接一批的客人轮流围坐在餐桌周围无休无止地谈话。午餐、午后茶点、晚餐，餐桌上始终摆满了由涂着鱼子酱的三明治和熏香肠拼成的拼盘以及水果、饼干、茶杯和高脚酒杯。特意来向切斯娜致意的拜访者络绎不绝。大多数是从哈尔滨本地来的，也有一些来自海拉尔。她认识的那些孩子，都已长大成人。他们的父母亲已经去世，有的死得很悲惨。每一批客人都要趁谈话的间歇与切斯娜合影留念。有的人还把我抱起来，放在膝盖上，告诉我，"对着那只小鸟（相机）微笑"。

那些照片都收藏在我们家的相册里，另外还有在照相馆拍摄的合影：切斯娜与全家人的；切斯娜、外祖母、母亲和我，四代女性。切斯娜虽然年事已高，可是看起来，和1936年去高尔基市前夕与扎列茨基一家人的合影上还十分相似。银白色的头发剪得短短的，腰板儿挺得笔直，服饰整洁，一身黑色的衣裤。但她双眼中的光彩已然消失。

四十年后，我在切斯娜的相册中发现了同样的照片。还有一张是我们俩在哈尔滨市公园照的。切斯娜坐在一条长椅上，头上围着一条三角形头巾——典型的俄罗斯老婆婆的打扮。我站在她身旁的椅子上，一条胳膊轻轻地搭在她的肩头上，表情异常严肃。年幼的我，也许意识到曾外祖母是一位可敬又可爱的人吧。

那么，在那些没完没了的谈话中，切斯娜和亲人们到底谈了些什么？据母亲和别的亲戚朋友说，切斯娜想了解1936年她离开以后在哈尔滨和海拉尔都发生了什么。在日本人的占领下，他们的生活过得怎么样？苏联红军打过来的时候，发生过什么？谁和谁结婚了？谁去世了？是什么原因？

在中国东北居住的人也经受了巨大的灾难——被日本人逮捕、拷打、处决或被驱逐到苏联。起初，谁也不敢把这些情况告诉切斯娜。她经历过的悲伤还不够多吗？可是她执意要打听。最终，真相还是露出来了。这是多年以后他们告诉我的。

切斯娜依然记得，日本人占领中国东北之后，俄罗斯居民的生活是怎样被扰乱的。多年以来，由于共同的俄罗斯血统而相互扶持的人们，突然之间被分成三六九等：什么"白俄流亡者"或者"苏联人",什么"正统的基督教徒"或者"犹太人"。

日本人为了得到俄罗斯流亡者对他们在中国东北的统治的支持,重新煽动起一些人昔日的梦想和偏见。前白卫军军官和诸如谢苗诺夫之流的旧哥萨克军阀,被日本人帮助他们打败布尔什维克,建立白俄统治的独立的远东共和国的梦想刺激着,蠢蠢欲动。罗德扎耶夫斯基领导下的俄罗斯法西斯党的成员们则被些许的权力蛊惑得不能自持。

1934年,为了把争吵不休的白俄各派别统统置于其卵翼之下,日本人成立了伪满洲国俄罗斯移民事务局。他们通过任命俄罗斯法西斯党的头目担任这个机构的重要职务,毫无保留地支持了俄罗斯法西斯党反布尔什维克、反犹太人的思想和行动。一些法西斯分子还参与了日本宪兵司令部的肮脏交易。他们以提供保护为名,干起了敲诈保护费和其他可恶的勾当。

苏联人、犹太人以及他们的商店和犹太会堂成了俄罗斯法西斯党的袭击目标。20世纪30年代初,许多富有的商人被绑架,一些受害者遭到残忍的杀害,其中大多数是犹太人。施暴者虽然是与俄罗斯法西斯党有联系的俄罗斯暴徒,但是,出谋划策的却是日本宪兵司令部。这些事件造成的恐怖气氛以及随后发生的许多企业家逃离哈尔滨的事件,使日本人控制中国东北主要工商企业的目标提前实现了。

1935年,苏联出售了中东铁路(北段),随之失去了在中国东北的影响。半数以上的苏联公民携家带口地离开这片土地,前往苏联。其中,许多人是中东铁路的雇员。还有一些人去了上海和天津的国际租界。留下来的人,只好听凭日本宪兵司令部及其白俄追随者们摆布。到了20世纪30年代中期,奥尼库尔一家人对在这种胁迫下的生活感到厌倦,对俄罗斯人在中国东北的生活前景感到悲观。为了光明的未来，他们离开海拉尔，前往苏联。

在苏联饱受磨难的切斯娜，心里一直惦记着哈尔滨的亲人。她最担心的是女婿莫佳·扎列茨基。莫佳·扎列茨基既是苏联公民，又是犹太人，还成功地经营着规模很大的肉类企业，很容易受到法西斯匪帮的伤害。当她发现自己最担心的事并没有发生，这才放下心来。日本人的确逮捕了莫佳的哥哥卢维姆，但那件事发生在20世纪40年代。

事实上，扎列茨基一家人中，第一个因为是伪满洲国的"苏联人"而受到影响的是我的母亲因娜——她那时才八岁。因娜给我讲述了1937年11月7日那天早晨发生的事情。那天是十月革命的纪念日，她和同学们都高高兴兴地去上学。为了庆祝这个特殊的日子，她们班将给家长们进行体操表演。因娜记得，因为能穿上漂亮的白缎子水手服，戴上红色的贝雷帽，她特别高兴，但心里又忐忑不安，担心在最后的"叠罗汉"中保持不了平衡。结果，既没有"叠罗汉"，也没有体操表演。那天清晨，警察突然查抄了校园，然后关闭了苏联人的学校。

大约在1940年之前，已经在流亡者办的学校里上学的苏联儿童还能继续念书，但禁止新生入学。一些教师办了一个非正式的学习班，根据苏联的教学大纲，按照苏联领事馆提供的课本教学。可是我外祖父母决定，请家庭教师来家里教因娜读书，而且教了整整七年。其中一位家庭教师是一个年轻的剑桥大学毕业生，她按照英国语法学校[1]的教学大纲，教因娜学习英语和人文知识。

1　语法学校：英国的一种中等学校，设有文学或古典作品的课程，以别于工艺或技术学校。

尽管这种教育的最终结果非常不错，但那是一种孤独的生活方式——尤其因为只有因娜一个学生。

1941年6月德国对苏联宣战以后，流亡者与苏联公民的交往被禁止，因娜更加孤独了，因为这意味着，她再也不能跟流亡者音乐教师学习音乐，也不能参加音乐学校的音乐会，甚至不能参加哈尔滨两个犹太青年组织的活动了。她记得，她陪着朋友们步行去参加集会和体育运动，然后不得不自己转身回家。可是后来，就连这样的交往也被制止了。因为流亡者家长受到警告，倘若他们的孩子和苏联孩子交往，可能产生"严重后果"。

"哈尔滨苏联公民联合会"负责协调规模不大的苏联人社区，并且配合伪满洲国当局的工作。联合会为他们的孩子做了力所能及的工作。它在被关闭的苏联学校的操场上修了一个溜冰场，还在松花江对岸租了一套有夏季游乐场的别墅，组织孩子们去那里参加娱乐活动。但是，那种与世隔绝的感觉难以克服。

在日本人占领下，苏联儿童的生活是不幸的。与此同时，大多数孩子的家长生活得更为艰难。曾经在中东铁路管理部门当过教师、职员、工程师以及铁路工人的那些人，都失去了工作和住宅。出售铁路时给他们的所谓补偿只够买点小物品。而找到另一份工作实际上是不可能的。苏联人给流亡者的农场打工也是被禁止的。许多人自谋职业，开办企业，但难逃倒闭的命运。随着岁月流逝，他们的日子越来越艰难了。

当局的意图是，迫使苏联人放弃苏联国籍，向伪满洲国俄罗斯移民事务局申请流亡者身份。对许多苏联人来说，最终变成流亡者是使孩子们不至于中断教育的最后一根稻草。到1936年，大约有两千多苏联人改变了国籍。

2000年5月，在哈巴罗夫斯克（伯力），我找到了伪满洲国俄罗斯移民事务局的档案。从其中的"家庭档案"看出,我外祖父的一些亲戚就改变了国籍。其步骤是,首先写一份声明,说明改变忠诚对象的理由:"我不想去苏联"或者"我反对共产主义",然后,发给流亡者临时身份证,以待进一步批准。

伪满洲国俄罗斯移民事务局的领导由一个接一个的白俄将军担任。它名义上是由俄罗斯人掌握的,实际上却是日本军事使团控制流亡者的工具。从教育、福利、法律事务到食品及其他生活必需品的供应都在日本人的严密控制之下。为了拿到身份证、居住许可证、就业卡,或者旅行证件,十八岁以上的流亡者必须登记,填写一份简历调查表,回答表上的七十多个问题,其中包括政治派别的详细情况和1910年以来生活情况的逐年说明。我父亲一家人档案中的这种调查表,给我提供了一个历史信息的宝库。没有它,我可能永远无法了解这些情况。不过,六十多年前填写这些表格时,他们必定感到无奈和无助。

到1940年,伪满洲国俄罗斯移民事务局已经拥有五万多份俄罗斯人的档案。值得一提的是,主管登记的处长马特科夫斯基像"俄罗斯移民事务局"的其他官员一样,也是俄罗斯法西斯党的高级领导人。1945年,苏军攻入哈尔滨,苏联反间谍情报机关的特工人员立刻控制了"俄罗斯移民事务局"的全部档案。这对许多流亡者不利,但对苏联特工人员来说,却是一个成功。有趣的是,拱手交出档案的不是别人,正是马特科夫斯基。后来发现,此人长期以来充当着苏联的特工。

1940年年初,"俄罗斯移民事务局"开始给流亡者发放身份证章。这是一种可经常佩戴的证件。起初,身份证章的图案是白、蓝、红条相间的,就像沙皇的国旗。后来,在日本军事使团的严令之下,这种证章被写有数字的白色圆形证章取代。波兰人和前沙俄帝国的其他公民发给黄色的圆形证章。苏联人一眼就能被认出来,因为他们没有身份证章。许多流亡者对佩戴身份证章非常气愤,斥之为"狗牌"。因为在伪满洲国只有欧洲人才佩戴这种证章,人们就把它和纳粹分子强迫犹太人戴的"黄星"相提并论了。

20世纪40年代,因为有的人离开了哈尔滨,有的人改变了国籍,苏联籍"哈尔滨俄罗斯人"只剩下一千多人。因为不能像"正常的"孩子那样生活,因娜非常沮丧。她说,她多次建议父母亲放弃苏联国籍,变成流亡者,那样他们就能像别人一样佩戴上那种白牌牌了。一些朋友和亲戚已经那么做了,就连她的伯伯卢维姆都设法把苏联国籍改变成立陶宛国籍了。可是我外祖父置之不理。他确信,变成无国籍流亡者是一种冒险,因为没有国籍的公民得不到外交保护。事后看来,他是对的。可我母亲那时毕竟是个孩子,她不能理解。卢维姆的妻子哈雅也不理解。按照我外祖母的说法,她的姒娌认为,莫佳和卢维姆同姓,莫佳的苏联国籍可能使卢维姆处于危险的境地。

1940年,日本人发难了。他们逮捕了卢维姆,然后接管了他在哈尔滨市场上的肉类零售生意。颇具讽刺意味的是,他们没有动莫佳·扎列茨基,仅仅因为他对肉类批发生意很有经验。后来,我从莫佳·扎列茨基的档案里发现,日本人让他当了肉类销售垄断部门的顾问。直到1943年,伪满洲国俄罗斯移民事务局才命令他离开那个位置。

莫佳·扎列茨基发现,他也像其他许多苏联人一样失业了。后来,他就办起一个家庭作坊聊以度日。他买了一头奶牛和一台牛奶分离器,在自家的厨房里制作乳制品。扎列茨基家出租三套公寓得到一笔租金,而这些乳制品可以通过"以物易物"的方式,给他们换回一些食品和其他生活必需品。因此,和其他许多苏联

卢维姆与他的妻子哈雅

人相比,他们家的生活过得相当不错。

对俄罗斯流亡者来说,日本占领初期的生活水平至少和从前没有两样,但随着时间的推移,日本占领军的压迫越来越沉重。学校里强制学习日语便是一例,而对此几乎无人敢有异议。但是日本人硬要把包括"王道乐土"和对日本天皇像神一样崇拜的信念强加于人,就激起了人们的强烈愤慨。

那时候,我父亲阿莱克在伪满洲国俄罗斯移民事务局的公立学校读书。他记得,每逢特殊日子,比如日本天皇和伪满洲国皇帝的生日,学生们都得向他们皇宫的方向鞠躬。为了纪念日本人在太平洋战争中的胜利,学生们也要面向东方鞠躬。尼古拉耶夫斯克街(今健民街)俄罗斯东正教教堂对面的公园里,有一座日本神社,里面供奉着日本天照大神的塑像。在特殊日子里,所有小学生都得向她鞠躬。一声"敬礼"喊过之后,大家都向这位大和民族的祖先弯下腰来。不用说,人们都在背后嘲笑这种仪式。

1944年,日本人甚至打算在所有的俄罗斯东正教教堂里供奉日本天照大神的塑像,但这一图谋遭到婉言拒绝。哈尔滨东正教大主教风闻这一计划,便发表了一项公开声明,提醒信徒,他们的宗教不允许偶像崇拜。

成年流亡者也被要求参加某些纪念活动,并且多次观看过伪满洲国皇帝宣读诏书的典礼,其中包括1935年溥仪访问日本时宣读诏书的仪式,以此显示伪满洲国国民对那个"太阳升起的国家"那好客和开明的君主的感激。俄罗斯流亡者的报纸和杂志上,充斥着类似的肉麻的颂辞,欢呼日本在东亚建立的新秩序。对日本不友好的新闻自然被统统删去。

对于"新主子",光有口头上的称颂是不够的,流亡者臣民还得通过实际行动帮助日本建设东亚新秩序。20世纪40年代,阿莱克还是个小学生的时候,就和同学们一起在"自愿工作营"度过了几个星期的暑假,给日本士兵挖土豆。大学生则必须去松花江大坝干活。

十八岁以上的年轻人的命运甚至更糟。他们可能被征召到白俄特别军事小分队服役,那是1938年作为伪满洲国军队的一个组成部分而建立起来的。为了纪念其日本顾问,部队起名叫"浅野",主要开展越过边界进入苏联搜集情报和从事破坏活动的秘密训练。在浅野部队服役虽说是自愿的,可是征召令一旦下达,就不是可以随便拒绝的事情了。

对于所有"哈尔滨俄罗斯人",不论是流亡者,还是苏联人,最难以忍受的是,日本人为了监视所有俄罗斯人而竭尽全力制造的恐怖和怀疑气氛。在日本军事使团和宪兵司令部的策划下,他们利用俄国奸细和伪满洲国俄罗斯移民事务局的密探，建立起一个无孔不入的监视网。我查阅伪满洲国俄罗斯移民事务局为外祖父建立的档案时吃惊地发现，就连邻居们也被要求互相告密。我家的一位朋友告诉我，她那时十几岁，伪满洲国俄罗斯移民事务局就要求她和她的朋友们报告他们听到的反对日本或者赞扬苏联的言论。在这样的气氛下，人们终日提心吊胆，总在留意该说什么，不该说什么，听你说话的人又是谁。

那些违反了当局命令的人，也就是违反了伪满洲国俄罗斯移民事务局、宪兵司令部或日本军事使团命令的人，都会受到严厉的惩处。惩处从逮捕开始，然后由宪兵司令部或其他警察机关审讯。没有人知道审讯何时结束。幸运者，写上一纸悔过书就获释了，倒霉蛋就得坐大牢。日本人经常捏造罪名，把普通老百姓抓起来关进监狱。有时候，结局更为不幸，亲属们可能只收到一口已经封起来的棺材，或者人突然消失得无影无踪。在这种情况下，无国籍流亡者最容易受到伤害。他们没有领事馆的保护，亲属们也无能为力。

几年以后，日本人在中国东北的许多地方秘密建立细菌战实验中心的真相被揭露出来，人们才知道那些失踪者的命运。他们可能就在数以千计的被称为"原木"的人中间，成了日本人为准备细菌战而进行的骇人听闻的细菌实验的活标本。哈尔滨郊区的"731部队"使用的大多数"原木"是当地人。受害者中，虽然多数是中国人，但也有一些朝鲜人、无国籍俄罗斯流亡者和在边境冲突中被俘的苏联人。

"哈尔滨俄罗斯人"肯定知道日本人正在进行细菌实验。他们以此解释城市周围的水井被伤寒病菌污染和囚犯们因"种痘"而死亡的原因。我外祖父在20世纪40年代两次从伤寒病中死里逃生。他也把病因归咎于日本人的"阴谋诡计"。可是那时候，谁也不知道这种令人恐惧的事件的规模和范围有多大。

老百姓去哈尔滨城区以外的地方旅行受到限制，必须得到警察的批准，而且要花很长时间办理复杂的手续。在被日本占领的后期，苏联人去他们聚居的城镇以外地区的旅行被完全禁止了。居住在海拉尔的亲戚们对这种限制最为敏感，因为他们无法去哈尔滨探亲了。切斯娜的侄孙女伊拉·科甘在哈尔滨上学，住在扎列茨基家。1939年，她回海拉尔探望父母亲以后，日本人便不准她返回哈尔滨。结果她被迫退学。

我母亲依然记得，1940年夏天，他们一家人去二层甸子（今玉泉镇）附近的疗养地度过了最后一个假期。像往年一样，她和基塔在那儿待了一个月。同去的还有其他几位女性朋友，有流亡者，也有苏联人。周末，还有一些可能从哈尔滨坐火车来的男人，与她们一起度假。可是我外祖父始终忙于工作。我凝视着母亲相册中那些戴着大檐帽、长长的腿被晒成棕褐色的姑娘的照片。那是她们最后一个轻松愉快的夏天。到了1941年仲夏，苏联与德国开战了。

1941年6月22日，希特勒入侵苏联的消息像晴天霹雳，震撼了在哈尔滨的俄罗斯人。不论是苏联人，还是流亡者，甚至白卫军的中坚分子和法西斯主义的支持者，都没有人希望希特勒的军队践踏自己的祖国。除此而外，像扎列茨基家一样，许多俄罗斯人在苏联有亲人。自从20世纪30年代末期以来，大多数亲人杳无音信，现在，亲人的安全更让他们牵肠挂肚。

严格的新闻审查使人们很难了解到真实的战况。有短波收音机的人，不顾官方的禁令和歪曲宣传，收听被严重干扰的苏联广播。有一次，扎列茨基一家刚刚听完苏联广播，宪兵司令部的一个俄罗斯警察便来调查。可见"隔墙有耳"。

在被日本占领期间，生活在中国东北的俄罗斯人和边界以外的事态发展完全隔绝了。有关希特勒在欧洲战场的消息，多数"哈尔滨俄罗斯人"是通过观看哈尔滨电影院在正片放映前的几分钟的新闻纪录片知道的。新闻纪录片主要是一组德国人的镜头。希特勒的士兵沿着巴黎香榭丽舍大街正步前进的时候，凯旋门上方飘扬着纳粹旗帜。尽管在公开场合他们什么都不说，但许多人都是怒火中烧。有关苏联和德国之间战争的新闻则完全被封锁。

在这方面，像扎列茨基一家那样的苏联人，具有明显的有利条件。至少，他们偶尔被邀请到苏联领事馆，看一看苏联新闻片。我母亲记得，当看到纳粹在苏联实施大屠杀的时候，她感到十分震惊——被焚烧的村庄、被夷为平地的建筑物、被吊在绞刑架上的年轻的游击队队员。对苏联公民来说，爱国热情是不可遏制的。苏联公民联合会积极募集现金，支持反法西斯战争。我外祖父莫佳·扎列茨基也捐了款。外祖母基塔则是该联合会妇女委员会的积极分子。她们缝制装有慰问品的包裹，寄给战斗在"伟大的卫国战争"中的苏联士兵。

1941年12月，日本人轰炸珍珠港，太平洋战争爆发。此时，大多数伪满洲国的俄罗斯流亡者已经被日本人视为异端。观看相继攻陷亚洲殖民地，反映日本在太平洋节节胜利的新闻纪录片也于事无补。当伪满洲国俄罗斯移民事务局的头面人物保证"民众"全力支持日本反对"盎格鲁-撒克逊人"的"伟大的亚洲战争"，支持建立大东亚新秩序的时候，大多数人都惊呆了。想要避免灾难的代价越来越高了。

人们清楚地认识到，伪满洲国只不过是日本在亚洲战争中的一个后勤基地而已，所谓新秩序——日本人要求他们为此做出牺牲——也完全是为了日本人的利益。到那时，俄罗斯人已经明白，他们虽然人口不少，但日本人却没有把他们囊括到伪满洲国正在建设的所谓五个民族的"共荣圈"里。就连伪满洲国俄罗斯移民事务局中年迈的白俄将军们和腐败的法西斯党的头目们也明白，日本人还没有把进攻苏联提上议事日程。他们也渐渐明白，日本人许诺帮助"白俄"建立一个"从贝加尔湖到乌拉尔山"的傀儡国家——"西伯利亚国"，可能从始至终只是一个幻影。

自从太平洋战争爆发，中国东北就完全处于战争状态。几乎所有粮食、肉类、燃料以及其他必需品，统统被日军征用。日本人不受配额限制。哈尔滨的俄罗斯居民只能得到少量劣质面包配额，偶尔有点糖和盐，衣料一年只供应两次。中国公民则只供应高粱米。

扎列茨基一家三口人，住的公寓十分宽敞。我母亲记得，家里把第二间卧室租了出去。起初租给一位准备迁往上海的朋友，后来又租给一位德国犹太难民。为了节省燃料，夏天就在后面楼梯平台上放个手提式小煤炉做饭。这期间，我外祖父依然经营肉类生意，偶尔从屠宰场带回一根牛尾，或者从海拉尔带回一些山羊肉。我母亲不知道这些东西多么难得，反而鼻子一皱，喊道："再不要把牛尾巴带回家！"

日本人要求在哈尔滨的俄罗斯居民都要像东京的居民那样，认真进行"民防"，做到"每一间房屋都是一个战场"。城市街区按照日本传统的基层单位划分，十户为一间，设一间长。居民们在间长的指挥下挖防空洞，还在灯火管制期间巡逻。我母亲记得，一到傍晚，就得把窗帘拉上，窗帘很厚，外面是黑色，里面是红色。

哪家窗户透出一丝亮光，就有可能惹来麻烦。母亲描述了荒唐可笑的"民防"演练的情形。街坊邻居都穿着深蓝色衬衫、笨重的系带长裤，戴着头巾，在公寓大楼的外面排成一排，把水一桶接着一桶地往下传递。

那时，我父亲是伪满洲国俄罗斯移民事务局办的学校里的一名年轻学生，所受的预备军事训练更为严格。训练科目包括行军和射击。射击训练是在来自俄罗斯军事小分队的教练和日本顾问的指导下进行的。所幸他那时年纪还小，没有被征召到浅野部队或者其他部队中服役。1942年，军事训练变成了强制性的，凡是年龄在十七岁到四十五岁的流亡者都必须参加。犹太人、波兰人以及波罗的海沿岸各国的少数民族则被排除在外，家庭里的长子也不必参加。

人们虽然不愿加入日本军队，但拒绝的后果是受宪兵队的折磨，情况会更糟。能缴得起学费的人可以通过接受高等教育而推迟军训。此外，逃避军训的另一个办法是迁移到农业居民点，日本人鼓励发展农业。

当广播中传来苏联战胜纳粹的消息时，这里的俄罗斯人，不论流亡者，还是苏联人，爱国热情都变得更加强烈了。伪满洲国俄罗斯移民事务局和日本人发现，由于自己的可信度日益降低，想要继续控制本就不听话的俄罗斯居民更加困难了。1944年后期，许多"哈尔滨俄罗斯人"公开围在收音机旁边，收听新近出现的、被不停干扰的"祖国台"的广播。这个电台每天从中国东北的某个地方传送播音，不仅报道来自苏联前线的消息，甚至还对哈尔滨形势发展的内部消息进行连续广播。电台的幕后指挥者是谁呢？直到今天，似乎仍然没有人确切知道。一些"哈尔滨俄罗斯人"猜测，此人是马特科夫斯基，伪满洲国俄罗斯移民事务局的行政处处长。还有的人则说,此人是纳戈兰上校,俄罗斯军事小分队的头头。这两个人好像一直是苏联的特工人员。

~~~

听到日本人统治下哈尔滨的亲戚生活那么艰难,切斯娜十分悲伤。其实,海拉尔的亲戚和朋友在那些年月的生活更为艰难。切斯娜到哈尔滨探亲的时候,许多亲友已经移居到哈尔滨。其中,有切斯娜的侄女多拉·科甘和她的女儿伊拉,还有基尔什的弟弟诺胡姆的女儿罗尼娅·奥尼库尔。从海拉尔来看望切斯娜的亲友包括罗尼娅的哥哥贾科勃·奥尼库尔和季马·利特文。利特文一家和奥尼库尔一家以及扎列茨基一家是多年的至交。1957年,贾科勃和季马对切斯娜讲述了1936年奥尼库尔一家离开海拉尔之后,那里发生的事情。我是多年以后才听到他们讲述这些事情的。

切斯娜和基尔什是对的。日本人占领之下,海拉尔人的生活每况愈下,而对那一百多个苏联人家庭——其中许多是犹太人——来说更是雪上加霜。他们和许多前白卫军以及哥萨克流亡者生活在同一个社区,成了伪满洲国俄罗斯移民事务局和日本宪兵司令部的眼中钉。像哈尔滨一样,海拉尔也把苏联人排除在上学和就业之外。日本占领的后期,他们出城旅行也受到限制。在海拉尔,苏联人住宅的前门上挂着一个小木牌,上面写着 USSR(苏联)几个红字,十分醒目。在海拉尔,许多年轻的俄罗斯犹太人以贩卖牲畜为业,利润还不错。20世纪30年代后期,赚钱的机会少了。日本商人成立了公司,并且欺行霸市,断了别人的生意。总之,各种限制——包括旅行和租赁权的限制——都使俄罗斯人难以工作。有一阵子,季马·利特文开了一家利润比较大的托运公司。可是,1942年,日本人禁止俄罗斯人、蒙古人和中国人给他打工。于是，他被迫以半价把公司卖给了日本人。

1943年，苏联红军在斯大林格勒击溃了纳粹，日本人在太平洋也被挫败，在海拉尔的俄罗斯人的生活变得更加艰难了。季马叙述的一些事情实在令人气愤。日本人命令他们把收音机拿到宪兵司令部，将上面的短波元件拆掉。显然，日本人害怕军事失利的消息泄露出去。他们还常常被传唤到宪兵司令部进行调查，调查过程乱无头绪，尤其令人心烦。苏联人还发现，自己处在长期被人监视的状态中。在一个小城里，竖起衣领的"密探"非常显眼，像季马那样大胆的年轻人，就常常故意捉弄那些笨蛋，借以取乐。

可是在另外一些事件中，由于一些俄罗斯人"不识时务"，结局就很悲惨了。伊拉·科甘的婶婶是个无国籍流亡者，她一提出办理苏联护照的申请，全家人立即被驱逐出伪满洲国。隆冬时节，察尔曼·科甘以及手术后仍在出血的妻子和两个年幼的孩子，被日本人押送到苏联边界。他们踏着皑皑白雪，开始寻找去往"祖国"的路。还算走运，他们活了下来。

1944年年初，先是季马·利特文，接着是包括贾科勃在内的几个人，相继被日本宪兵司令部逮捕。这些人都是苏联公民。为了得到他们一直为苏联工作的口供，所有人都遭到严刑拷打。季马讲述了他在日本人手里遭受的长达十一个月之久的"逼供信"的情况。这使我想起阿布拉姆在哈巴罗夫斯克（伯力）遭受的内务人民委员部的严刑拷打。谁是谁的老师呢？

日本人通常用一根一米多长的竹棍毒打季马。竹棍上有凸起的竹节，他的头被打得噼啪作响，皮开肉绽，头发也被连根扯掉了。有时候，审讯人员使用的刑具是在水里浸泡过的、硬得像铁条的麻绳。有时候，让他仰面朝天躺在凳子上，再用绳子把他的双手和双脚都绑在凳腿上，然后往他的鼻孔里灌水。等他被呛得

哈尔滨档案

贾科勃·奥尼库尔（左）与季马·利特文（右）；1944年，他们相继被日本宪兵司令部逮捕

苦水直冒的时候，审讯人员又使劲踩压他的肚子，直到他呕吐得昏厥过去。日本人还肆意在他脸上和手上捻灭烟头，把滚烫的茶泼在他的脸上。大部分时间，他的脚上都戴着沉重的脚镣。然而，不管这种拷打和折磨多么野蛮，季马都没有屈服。

1944年12月，季马和贾科勃分别被判处十三年和十年徒刑，后来被送进哈尔滨监狱。在监狱里，他们被押送到一个电锯声震耳欲聋的锯木厂做苦工。监狱里的条件极其艰苦。像贾科勃和季马那样的"政治犯"，是不允许接收亲戚们送来的食物包裹的，可是我外祖母却找到了一个避开这种限制的办法。有一个吉卜赛人和贾科勃关在同一间牢房里，基塔经常把食物打包在一个食品盒里，交给那个吉卜赛人的妻子，送进监狱。然后，那个吉卜赛人就和贾科勃一起分享送进去的食品。季马的婶婶也采用同样的办法，通过别的囚犯家属给他送去食品。

中国共产党的敌后游击队员也被关在同一所监狱里。季马记得，被押到监狱院子里的绞刑架前时，他们英勇无畏，面对看守，大声呼喊："我们不怕死！绞死你们的那一天一定会到来！"

―◊―

这一天终于到来了！

1945年4月，也就是德国无条件投降、欧洲胜利日的前一个月，苏联宣布废止与日本签订的"中立协定"。生活在伪满洲国的俄罗斯人都暗暗高兴，但不知道事态将会如何发展。他们特别想知道，苏联是否会对付占领中国东北的日本人。

事实上，这件事早已决定。那年2月，在雅尔塔签订的一项秘密协议上，斯大林答应丘吉尔和罗斯福，在德国人投降三个月以后，苏联将对远东的日本人发起进攻。作为回报，苏联将得到远东的领土，包括恢复在中东铁路的权利。

8月8日，苏联照会日本，从即日起，两国将进入战争状态。午夜刚过，一百五十万苏联红军按照精心组织的作战部署，攻入中国东北。苏联红军在5000公里长的边界上，通过陆、海、空，向日本人的阵地发起了进攻。日本关东军被彻底击溃。

在哈尔滨，日本军事使团立即动手逮捕苏联公民。1945年8月9日凌晨，持有苏联护照的人被逮捕，并押上汽车拉走。大约二百多人被拉到离扎列茨基家不远的那所以前的苏联学校，被日本宪兵拘押。我母亲情有独钟的玫瑰学校此刻变成了一座集中营。

逮捕的消息很快传开。我外祖父母做好了"轮到"他们的准备，每人收拾好一个小旅行袋，坐在面对斜纹街（今经纬街）的阳台上。十几岁的因娜暂时寄住在一位流亡者大婶家里。因娜记得，她看见过宪兵司令部的黑色汽车，在街角的警察局驶进驶出。驾驶室旁边的踏板上还站着一个俄罗斯警察。令我外祖父惊诧的是，他侥幸地逃脱了逮捕。

8月15日，盛传被关押在玫瑰学校中的囚犯们很快就要被处决。可是那天下午，日本看守都不见了。这样一来，囚犯们便自行解散了。原来，那天早晨，作为军队最高统帅的日本天皇宣布无条件投降。

一天之内，玫瑰学校又变成了哈尔滨卫戍司令部（SHOH），其目的是保卫城市周围的军事设施，防止敌人阴谋破坏、趁火打劫，等待苏联军队的到达。成立哈尔滨卫戍司令部的建议是瓦西里·潘诺夫提出来的。他是哈尔滨苏联公民联合会年轻的组织者，此时实际上变成了哈尔滨的指挥官。他也是扎列茨基家的朋友，在海拉尔长大，还与基塔、曼娅和阿布拉姆一起上过学。

哈尔滨卫戍司令部建立的消息很快传遍了整个社区，数以百计的俄罗斯青年迅速赶往那所学校，支持其工作。这些青年中，有苏联人，也有流亡者。哈尔滨卫戍司令部的执行委员会由苏联公民联合会的年轻成员组成，年纪大一点的成员协助工作。不过，大多数"干将"是来自各文化团体和派别的俄罗斯学生，其中包括伪满洲国俄罗斯移民事务局以前的雇员和已经解散了的俄罗斯军事小分队的成员。总共有一千至两千五百人参加了哈尔滨卫戍司令部的工作。

哈尔滨卫戍司令部联防队利用从日本人、伪满洲国警察和军人那里没收来的载货卡车和武器保卫那些具有战略意义的设施，包括松花江上的两座铁路大桥、通信枢纽、主要的公用设施、交通设施、商店、医院、日本军事使团司令部以及日本军用商店。

联防队的其他人员被派去解除日本士兵的武装,并处理抢劫事件。医生们建起紧急救护站。苏联公民妇女委员会——我外祖母基塔也在其中工作——不停地为哈尔滨卫戍司令部联防队准备食物。我外祖父莫佳·扎列茨基组织食品和其他必需品的供应工作。就连我母亲因娜也帮忙往学校运送补给品,那段时间,她总觉得有日本狙击手躲藏在主要建筑物的屋顶上,准备打冷枪。

事实证明,基塔和潘诺夫的关系发挥了非常重要的作用。日本人投降的那天晚上,一个陌生的吉卜赛人上气不接下气地赶到扎列茨基家。他是贾科勃的狱友,基塔曾经通过他传送过食品盒。吉卜赛人对基塔说,他和别的囚犯刚刚被日本人释放,可是贾科勃、季马和别的政治犯都被押送到院子里,为自己挖掘墓穴,很快就要被枪决了。

基塔设法找到潘诺夫,他派哈尔滨卫戍司令部的代表立即前往监狱交涉。正像季马后来所说的那样,他和贾科勃被传唤到监狱办公大楼,中国狱长和日本顾问正在那里会见两位俄罗斯人。接着,他们便被释放了。早些时候,哈尔滨卫戍司令部联防队已经释放了被关押在日本军事使团和宪兵司令部牢房中的政治犯。黎明时分,贾科勃来到扎列茨基家。他衣衫褴褛,看起来精疲力竭,亲人们几乎认不出他来了。

8月18日,一百二十名苏军先遣队员在哈尔滨机场空降的时候,哈尔滨卫戍司令部和大约一千二百名志愿者已对哈尔滨五百多处具有战略意义的重要设施予以保护。他们还设法俘虏了日本关东军参谋部的多名高官,这些俘虏都被移交给苏联军队。哈尔滨卫戍司令部还带领苏军去日军的兵营和指挥部。直到8月底,由于远东第一方面军先遣部队和第二军团阿穆尔河舰队的抵达,苏联的军事力量才得到加强。

1945年8月，哈尔滨的俄罗斯人在圣尼古拉大教堂欢迎苏联红军

这是一个令人兴奋的日子。大多数"哈尔滨俄罗斯人"以鲜花和笑脸迎接苏联军队。数以千计的人涌上街头，争相观看这些身穿苏军制服的战士的风采。他们是俄罗斯人——自己人——他们也满怀"哈尔滨俄罗斯人"极想分享的胜利的喜悦。9月2日，是日本人在美国航空母舰"密苏里号"甲板上签署投降书的日子。数以千计的人会聚在圣尼古拉大教堂前面的广场上举行庆祝仪式。两周以后，人们高举苏联国旗和中国国旗在街上举行了庆祝胜利的大游行。我母亲当时十六岁，最难忘的是游行之后红军歌舞团在露天体育场举行的音乐会。她和朋友们从来没有听到过那么动人的歌声，也从来没有被那样的爱国主义的歌词深深地打动。歌唱演员们漂亮的外表无疑进一步增强了这种持久的印象。

许多"哈尔滨俄罗斯人"对苏联军队表现得十分亲热。那些曾经为苏军的到来而疑虑重重的流亡者开始放松下来。甚至我祖母东尼娅那样彻头彻尾的反苏分子，也打发我父亲阿莱克给驻扎在附近的年轻士兵每天送去一桶新鲜牛奶。许多人邀请军官们来家里吃饭，友谊开始建立起来，浪漫的故事层出不穷。以前从来没有进过教堂的年轻的苏联士兵，身穿军装，按照东正教的宗教仪式，与哈尔滨的俄罗斯姑娘举行婚礼。1946年5月，苏联军队撤离中国东北之后，这些情侣劳燕分飞，从此天各一方。有的军官本来早已结婚，在苏联有妻室儿女，现在又和哈尔滨的俄罗斯姑娘生下孩子，人们便戏称这些孩子为"胜利的果实"。

不过，在这种交往中，许多人的友谊是真诚的。有些苏联军官，和在哈尔滨遇到的不太熟悉的人交谈起来，比和他们自己人的交谈还坦率。我外祖父为苏军采购肉类，和他一起工作的苏军军官就常到扎列茨基家做客。母亲记得从哈巴罗夫斯克（伯力）来的一位少校。这位少校说起"大清洗"达到高潮时，他工作的那个单位里，人们一个接着一个相继失踪。他是唯一幸存下来的人。他明显觉察到，周围的人都想当然地认为，他是因为告发了别人，才保住了自己的一条命。他辩解说，他没有告发过别人。少校的同学，另一位年轻的上尉，劝扎列茨基一家人在这种情况下不要去苏联。这种话，出自"红军骨干"之口，很难说是爱国行为。

和其他所有军队一样，苏联军队中也有不纯分子。有一些在战争伊始就进入中国东北的士兵，是从德国前线直接开拔过来的。由于经历过战争的恐怖，他们的厌战情绪十分强烈。比起与爱好和平的老百姓和睦相处，他们更习惯面对敌人。他们中间，有的人是扩充军队时从监狱里释放出来的惯犯。他们对待中国人尤其凶暴。喝得醉醺醺的士兵在大街上向人要手表，有时候，甚至要女人。不过，他们很快就被新应征入伍的士兵代替，这些新兵的职责是维持秩序。

更糟糕的是,军事情报机关那些狡猾的特工人员也来到了哈尔滨。他们抓捕的目标当然首先是曾经和日本人勾结的俄罗斯人。名单之首是年老的哥萨克将军们,例如谢苗诺夫将军和巴克舍夫将军;还有伪满洲国俄罗斯移民事务局和俄罗斯法西斯党的头目、日本军事使团和宪兵队的雇员以及俄罗斯军事小分队的军官。比较重要的人物被押送到莫斯科,由苏联高等法院公审后处以死刑;次要人物被送到古拉格劳改营。事实上,由于伪满洲国俄罗斯移民事务局保管流亡者档案的行政处处长马特科夫斯基和俄罗斯军事小分队的纳戈兰上校都是苏联的特工人员,他们寻找"敌人"就变得相当容易了。

在这一过程中,数以千计的无辜者遭到逮捕,其中包括被强迫征召到俄罗斯军事小分队的青年,甚至在学校训练营训练过两个星期的十五岁的少年也未能幸免。此外,1930年以后为了逃避集体化而非法越过边界逃出苏联的人也受到追捕。

哈尔滨各社会团体数以百计的代表人物也在被捕之列,其中包括犹太人社区的领袖亚伯拉罕·考夫曼医生。有关部门以召开介绍苏军最高司令官的"见面会"为借口,把他们诱骗到大和旅馆,然后加以逮捕。他们何罪之有?仅仅因为曾经代表了各自社会团体的利益和日本当局周旋。

特工人员不择手段地抓捕猎物。有一个倒霉的人,他是1930年从符拉迪沃斯托克(海参崴)非法越过边界来到中国东北的,一个老牌特务硬是用甜言蜜语哄骗他的小女儿,探听出他的行踪,然后把他抓捕。最后,他们全家人都被押送到古拉格。

对于这些人的悲惨遭遇,切斯娜非常熟悉。正像她和家人七年前遭遇的那样,这里的许多人也是以捏造的罪名,依据臭名昭著的《刑法》第 58 条被判有罪的。侥幸活下来而且活得足够长久的人，得到平反昭雪，和亲人团聚。

———

1945 年 8 月，苏联和日本最激烈的战斗发生在切斯娜以前的家乡海拉尔。那些事谁也不想对切斯娜讲，因为实在太恐怖了。可是这些事件对切斯娜最亲近的人的生活影响如此之深，以致他们不可能长期隐瞒下去。

切斯娜一直等待着和她的侄儿萨尼亚的亲人们见面，尤其是他的父亲诺胡姆。可是她又害怕说出诺胡姆的哥哥基尔什已经被内务人民委员部杀害，也害怕说出萨尼亚可能遭到同样的命运。不过萨尼亚的姐姐罗尼娅已经迁居到哈尔滨。她告诉切斯娜，父母亲都去世了。她母亲死于癌症。诺胡姆是怎么死的呢？罗尼娅把话题岔开了，说她哥哥贾科勃很快就从海拉尔来看望切斯娜。1936 年，奥尼库尔一家离开海拉尔的时候，罗尼娅的小弟弟扎尔曼还是个十几岁的少年。"扎尔曼也去世了。""他是怎么死的？"又一声不吭了。切斯娜问起她的侄女多拉·科甘的丈夫雅可夫，又得到同样的回答。季马·利特文的父亲的情况怎样？也死了。沉默，接着又是沉默。

在切斯娜的一再要求下，他们终于说出了事情的真相。

切斯娜模模糊糊地知道，日本人一直在海拉尔附近修建一个大型军事基地。在奥尼库尔一家离开以前，修建工作就已经开始了，但是切斯娜不知道军事基地的规模有多大。这个靠从南方抓来的数以万计的中国苦力拼死建起来的军事基地，成了苏联军队攻击的主要目标。1945 年 8 月 9 日，苏军一早就发起猛攻。猛烈的轰炸持续了几天，直到五千多名日本守备军人投降才停下来。

听到飞机的隆隆声，海拉尔的市民们发现苏联轰炸机撒下了传单，提醒市民们离开这座城镇。正当人们匆匆忙忙往城外跑去的时候，日本宪兵驾驶着汽车满城逮捕男性苏联公民。罗尼娅看见日本宪兵司令部一个年轻的俄罗斯宪兵来到她家的时候，顿时吓得目瞪口呆。那个人抓走了一直在邻居家帮忙的弟弟扎尔曼，现在，又来抓她父亲。

"你们要把他们带到哪里？"罗尼娅大声问道。

"这事与你无关。"

罗尼娅和母亲心慌意乱，只好跟着别人从燃烧的城镇向山上跑去。科甘家、利特文家都有同样的经历。

几天以后，战斗平息下来。苏联红军控制了海拉尔，人们开始陆陆续续返回。有一些人，像科甘家，已经无家可归。他们的房子在轰炸中被完全烧光了。即使是那些房子还完好的人家，家里也被歹徒洗劫一空。那些被抓走的男人也杳无音信——既不在监狱里，也不在宪兵司令部的牢房里。失踪的人虽然多数是苏联公民，但也有一些流亡犹太人。一个星期接着一个星期，时间缓慢地过去，被抓走的人回家的希望也越来越渺茫了。

后来，在9月的某一天，有人在城边苏军司令部后面的一片土地上偶然发现，从沙子里露出一片衣服。他扒开沙子，露出一只手来，接着露出一具尸体。

当周围的地面都被挖开的时候，一幅最为恐怖的大屠杀场景展现在眼前。从地下挖掘出四十二具尸体。死者的头几乎都被砍掉了。有年轻人，也有老人；有俄罗斯人，也有犹太人。失踪者的亲人怀着极度的悲愤前来辨认血肉模糊的尸体。有的人不得不在远离躯干的地方寻找死者的头。罗尼娅发现，她弟弟扎尔曼的头没有完全被砍下来。在极度痛苦的挣扎中，他把自己的衬衫撕成碎片。当地俄罗斯人的尸体中还夹杂着一些无人认识的俄罗斯人的尸体。大家猜测,他们可能是日本人在越过边界的行动中俘虏的苏联囚犯。

在战争的最后阶段,日本人在海拉尔的残暴行为不仅限于针对苏联公民。8月10日,海拉尔俄罗斯军事小分队二十多名被解除武装的士兵,就是被日本骑兵用机枪扫射和用刺刀刺死的。

恶有恶报。海拉尔开始审判日本战犯的时候,许多人由于所犯的暴行而被判处死刑。当日本军事使团的团长被从牢房押到大屠杀现场的时候,他承认,砍头的命令是他亲自下达的。贾科勃和季马被召回海拉尔,上法庭为审判折磨他们的行凶者做证。此人后来被判处死刑。正像奥尼库尔一家在苏联死后昭雪一样,他们也可以以此告慰死者了。

与亲人们分离了那么多年以后,切斯娜在哈尔滨探亲的时间过得特别快。不过中国公安机关对她十分友好。第一次,只用一封信他们便把她的签证从原来的三个月延长到半年。那封信说她因年迈体衰,希望与女儿在一起多待一段时间。后来,在租住扎列茨基家房子的一位牙科医生的帮助下,她的逗留期限又延长了一个月,一直到1957年6月。

那时候,像其他"哈尔滨俄罗斯人"一样,我们家也在考虑离开中国移居到哪里的问题。切斯娜极力鼓动我们去苏联。她深信,亚沙可以帮助我们到里加,并且在那儿找到一份合适的工作和住处。切斯娜离开哈尔滨的时候,依然相信这是不错的选择。虽然当时我们也觉得去苏联不失为一种选择,但是从苏联来的下一位探亲者的经历足以使我们打消这一念头。

切斯娜返回里加几个月之后，1957年年底，亚沙乘坐莫斯科—北京快车到达哈尔滨。我在切斯娜的相册中发现一张照片，上面有我母亲因娜、罗尼娅、伊拉·科甘和她母亲多拉，以及从海拉尔特意赶来的利特文一家人，还有我。大家都穿着厚厚的外套，在哈尔滨火车站等候着。照片背面写着：

见到亚沙之前，摄于站台上。

母亲解释说，这张照片是我父亲拍摄的，后来寄给里加的切斯娜。她说，我脖子上围着红白相间的毛围巾，头上戴着帽子，手上戴着年初切斯娜给我寄来的连指手套。从我们身上厚厚的衣服推测，这张照片必定是1957年11月或者12月拍的。

我很惊讶，20世纪50年代后期，不仅是切斯娜，就连亚沙也获准来哈尔滨探亲。这说明，赫鲁晓夫领导下的苏联，出国旅行比我以前想象的自由多了。母亲却笑了起来，解释说，亚沙并不是来探亲，而是作为一个友好代表团的成员来中华人民共和国考察的。

"火车开往北京的途中，在哈尔滨停车大约一个小时。"她说，"因此，我们就去车站看望他。"

从加利娅在里加送给我的一沓照片看，亚沙这次访问去的地方包括北京、天津、上海以及某些模范村庄。在赫鲁晓夫时代，为了加强与社会主义国家工人兄弟们的联系，这种参观访问变得越来越流行。不过，正如母亲所说，"加强"与住在国外的亲人们的联系就不被列入"议事日程"了。

尽管赫鲁晓夫放宽了限制,但是有"海外关系"依然是苏联公民履历中容易被怀疑的内容。因此许多人极力隐瞒这种关系。直到 20 世纪 80 年代中期,生命即将走到终点的时候,亚沙还是坚持以加利娅的名义给我们写信。

细看哈尔滨火车站拍的那张照片,我觉得有点奇怪。

"外祖父和外祖母为什么没去火车站?"我问母亲,"分离了二十多年,基塔应该比谁都更急切地想看到弟弟呀!"

"她的确迫不及待想见弟弟。"母亲说,"不过,见面是在后来。"因娜随后解释了在中国旅行期间,亚沙与亲人们一次次"碰巧"会面的情况。那些会见堪与最高明的"间谍活动"相比。

亚沙乘坐的莫斯科开往北京的快车一驶入海拉尔站,他的堂兄贾科勃和妻子莉卡就登上列车。后来莉卡告诉我,他们事先预订了前往哈尔滨的软席包厢。在餐车上用餐时,他们看见亚沙和同事坐在一张桌子旁边。他们彼此端详了很久,却装作互不认识的样子。

离开餐车的时候,贾科勃和莉卡走近亚沙的桌子,莉卡故意和丈夫大声说话,说出他们包厢的号码。深夜,卧铺车厢里的旅客们都进入梦乡之后,亚沙走到他们那个包厢门外轻轻咳嗽了几声。他们连忙开门让他进去。亚沙和他们待到凌晨,简要介绍了那些年发生的事情。

火车抵达哈尔滨站,问候的人群将亚沙团团围在站台一端的时候,基塔在站台那头登上同一列火车,我外祖父正在祝她一路平安。我母亲把基塔的车厢号和软席包厢号告诉了亚沙,这样到夜里亚沙就能去看望姐姐了。

基塔返回哈尔滨以后,轮到我母亲。亚沙的代表团要在天津参观访问几天。那期间,因娜去了天津,暂住在一位大婶家里。

1957年年底,亚沙随一个苏联代表团访问中国,火车在哈尔滨经停一小时,久别的亲人们在火车站等候

亚沙返回苏联,火车再一次经停哈尔滨(前排:玛拉;后排左起:亚沙、基塔、莫佳)

按照在哈尔滨站台上的安排，亚沙往那位大婶家打电话，两人约定去购物。亚沙事先装病，离开要去工厂参观的代表团。当亚沙和因娜正在为几件中式丝绸上衣付款时，灾祸降临了。透过商店的橱窗，他们的目光与一个身材高大、面色苍白的欧洲人投来的冷漠的一瞥相遇了。此人是克格勃派到代表团的特工人员。

我母亲只记得亚沙提起那两包衣服猛地冲向商店大门，向那个陌生人走去。事情发生得如此突然，母亲惊呆了。后来，亚沙和那个人一起离去。因娜一路跑回大婶家，浑身颤抖，不知道舅舅会出什么事。

那天晚上，亚沙匆匆忙忙来大婶家看望了一下，因娜才放下心来。亚沙对她说，一切都"摆平"了。她想，一定是和那人平分了他的"战利品"才"幸免于难"。第二天，因娜去宾馆大堂，目送亚沙的代表团动身去车站。亚沙从她身边走过时，装作不认识的样子。直觉告诉我，因为私自购物而被抓住和在履历表中"忘记"提到与海外亲戚亲密交往相比，前者受的处罚要轻得多。

这是我母亲与她舅舅的最后一次会面。而我，还有一次。

在我们家的相册里，还有一张照片，是亚沙与我外祖父、外祖母和我在哈尔滨火车站照的。那是亚沙返回苏联路过哈尔滨那天，我父亲拍摄的。我母亲不在场，这说明她还在天津。

那张照片拍摄下寒冷刺骨的冬天里阴森、灰暗的景象。我们身后是一堵花岗岩高墙和铁路隧道黑黝黝的洞口。外祖父和我都戴着皮帽，外祖母头上围着暖和的奥伦堡方披巾，亚沙头上戴着一顶软呢男帽，脖子上围着围巾，似乎冻得直打哆嗦。大人们都满面忧伤，我却一脸怪相。这是因为天气的缘故，还是因为要各奔东西，或许永远不能再相见呢？

15

去赫鲁晓夫的"处女地",还是去悉尼?

1954年4月,哈尔滨群情振奋。苏联政府刚刚允许居住在中国的、有苏联国籍的俄罗斯人参加赫鲁晓夫提出的"开垦处女地"运动。因为几乎所有"哈尔滨俄罗斯人"都拥有苏联国籍,这就意味着,他们可以与成千上万来自苏联各地的年轻人一起去西伯利亚或者哈萨克斯坦开垦荒地了。

数百人涌到苏联领事馆报名,并且安排离开事宜。像20世纪30年代中期那样,哈尔滨火车站又一次变成声声道别的大背景。当一列接一列火车载着乘客,载着他们的希望与担心动身前往苏联时,欢呼声伴随着潸然而下的眼泪。东西都收拾起来了——扫帚、水桶、装满书籍的柳条箱,甚至还有三角钢琴。人们不知道哪儿才是终点,索性就把所有的东西统统带上。根据有关规定,带多少行李是没有限制的。

爱国主义战胜了意识形态的分歧。自从1945年"二战"结束,许多"哈尔滨俄罗斯人"一直在大声疾呼,要求返回苏联,帮助重建他们遭到战争蹂躏的祖国。现在,机会来了!自从20世纪30年代中期,因为中东铁路(北段)的出售,其雇员和家属返回苏联以来，这是第一次向苏联的大规模移民。

这些"哈尔滨俄罗斯人"知道自己正在做什么吗？他们知道从哈尔滨"遣返"回苏联的那些同胞的遭遇吗？他们难道忘记了中东铁路的同胞们是怎样消失得无影无踪的吗？更不用说1945年，被苏联特工人员赶回苏联的那些人了！

实际上，"哈尔滨俄罗斯人"对那些悲剧完全记忆犹新。不过，时代变了，以赫鲁晓夫为首的新领导集团似乎真心想建设一个更有人情味的社会。许多"哈尔滨俄罗斯人"的亲人在1945年被赶回苏联，现在他们怀着与亲人团聚的希望，报名参加"开垦处女地"的运动。有的人已经接到通知，有的人虽然还没有接到，但也准备前往。

此外，在哈尔滨的生活已经失去昔日的魅力。中国人终于变成主宰自己国家命运的主人，许多俄罗斯人不大习惯新生活带来的变化。

早在1949年10月之前，中国共产党的军队就控制了哈尔滨。那是他们控制的第一座大城市。"哈尔滨俄罗斯人"几乎都没有注意到这一点。事情发生在1946年4月底，当时苏联军队撤出中国东北。为了解放全中国，中国共产党的军队和蒋介石国民党的军队继续进行着战斗。

不过，那种认为中国共产党在哈尔滨取得的胜利得益于苏联人的帮助的看法可能是完全错误的。事实上，苏联人把东北的农村丢给共产党；却按照战前与蒋介石签署的协议，把城市归还给了国民党，这是为了确保苏联得到盟国在雅尔塔同意给它的"战利品"，其中包括东北的港口和铁路的联合管理权。苏联人还把

15 去赫鲁晓夫的"处女地",还是去悉尼?

抗日战争胜利后,哈尔滨工业大学重新对俄罗斯学生开放。我的父亲阿莱克在门前留影

东北工厂里的仪器设备和铁路车辆拆卸搬走,作为"赔偿"。这不仅阻碍了东北工业的发展,而且意在造成中华人民共和国对苏联"老大哥"的依赖。

那时候,大多数"哈尔滨俄罗斯人"对中苏之间这种微妙的关系知之甚少。日本人占领期间,他们饱受苦难,现在都忙着重建自己的生活。至于是中国的哪一个政党控制着他们居住的城市,是共产党,还是国民党,对他们来说似乎无关紧要。由于战时货币贬值,生活必需品、电力和燃料严重短缺,生活十分艰难。苏联人又把大量煤炭、谷物和食品作为"赔偿"运回苏联,哈尔滨人的生活更是雪上加霜。

"哈尔滨俄罗斯人"也不得不使自己适应苏联占领期间建立起来的新的社会机构及其日常工作。所有持苏联国籍的俄罗斯人现在都得去苏联公民协会登记。这一机构是为了管理生活在中国东北的俄罗斯人而设立的,与日本人占领期间的伪满洲国俄罗斯移民事务

因娜身穿哈尔滨工业大学校服留影

15 去赫鲁晓夫的"处女地",还是去悉尼?

20世纪40年代末,哈尔滨工业大学里的年轻恋人,阿莱克与因娜

局相似。苏联公民协会与苏联领事馆密切配合。青年人被鼓励参加苏联青年联合会,那是类似于苏联共青团的一个政治－文化组织。

那时,像我父母亲那样的青年学生,关注的头等大事是教育。当学校复课,并且引进苏联的全部课程时,他们是那么激动。随着我母亲曾经就读的那所苏联中学复课,她可以像别的学生一样,在教室里完成高中最后两年的学业,再也不用一个人在家里学习了。

更令人激动的是哈尔滨工业大学的复课。它是哈尔滨历史最悠久的一所高等学府。1937年,日本人禁止俄罗斯人进入这所大学学习。如今,它培养出一代俄罗斯工程师。后来,这些人分布在从诺沃西比尔斯克[1]到特拉维夫[2],从悉尼到圣保罗[3]的世界各地。

1　诺沃西比尔斯克:位于新西伯利亚。
2　特拉维夫:以色列港口城市。
3　圣保罗:巴西东南部城市。

哈尔滨工业大学的校长虽然是中国人，但像那个年代东北大多数政府单位和社会公共机构一样，它实际上由苏联人管理。早期，除了从上海送来学习俄语的几百名研究生之外，学校里的中国学生很少。

1949年10月，中国共产党取得胜利的时候，斯大林表示欢迎并且提供了援助。新中国的领袖毛泽东，接受了这种援助，接受了数以千计的苏联顾问，并按照苏联人的方针指导中国的工业化建设。不过，毛泽东对蒋介石早先签订的盟约条款做了有利于中国的重大修改。移交中东铁路的时间表提前到1952年——不但提前了二十三年，而且不必因此而对苏联做出赔偿。

我父亲因此而有足够的时间，作为一名通晓中文的学生从哈尔滨工业大学顺利毕业，并且还为铁路管理部门的一位苏联体育运动督察员当了一年翻译。其间，他陪那位督察员遍游中国，检查健康工作方案制定的情况，还主持体育比赛。作为他的第一份工作，这实在是一份美差。

到了1951年，我父母亲到糖厂建设处当翻译。建设处根据外国的设计图纸，为当地的糖厂建设制定规划。伉俪二人，不仅讲一口流利的中国话，而且又是哈尔滨工业大学新建的东方经济研究系的毕业生，在"哈尔滨俄罗斯人"当中，可算是凤毛麟角。他们既在苏联工程师和中国官员参加的会议上当口语翻译，也翻译文件、设计图纸之类的材料。我父亲的中国话几乎讲得像母语一样好，因此，专门给总工程师当翻译，还经常被请去在全体委员会议上为东欧各国的专家当翻译。

意识到私营企业的国有化即将开始，1952年底，我外祖父和他的合伙人变卖了他们20世纪40年代在海拉尔开办的肉类与牲畜公司。莫佳·扎列茨基只在蒙古保留了几百头牲畜。为了参加蒙古那富有地域特色的定期的牲畜集市，他每年都去那儿好几次。不过，从1951年起，他的主要工作是哈尔滨犹太国民银行的董事兼现金交易经理。从莫佳的个人文件中，我还发现，在哈尔滨居住的最后几年里，他当上了索海特（shochet，指犹太教中合格的屠宰师），为日渐缩小的犹太人社区提供符合犹太教规的洁净肉类而宰杀牲畜，而且还是社区审计委员会的委员。

在哈尔滨这样一个拥有多元文化的城市里，跨民族的婚姻并不罕见，俄罗斯人与犹太人的通婚，以及俄罗斯人与鞑靼人的联姻比比皆是。我的父母亲就是一个比较典型的例证。我母亲是犹太人；我父亲有一半俄罗斯血统，信仰东正教，一半鞑靼血统，信仰伊斯兰教。他们俩的结合，把三种文化带入了一个家庭。

我外祖父和祖父分别为犹太人和鞑靼人，但他们都很开明，对子女的婚姻泰然处之，但我祖母和外祖母却很不满意。尤其是我的祖母东尼娅，她自己脱离了俄罗斯东正教嫁给一个信仰另一种宗教的人，现在却起劲地反对我父母的婚事。我外祖母基塔是犹太人，很快就回心转意了。婚礼以后，我父亲就在扎列茨基家定居下来，而且很快就被这个家庭所接受。

1954年年中，我母亲停止工作，以便有足够的时间为我的出生做准备，同时希望尽可能多地和我待在一起，以便在母女之间形成一条永难割舍的纽带。事实上，即使妈妈上班之后，我也经常和父母亲在一起。我们住在斜纹街（今经纬街）上的扎列茨基家，离父母的工作单位很近。平常，全家人一起共进午餐，那也是一天的主餐。其余的时间，由俄罗斯保姆照看我，可是外祖母那警惕的目光始

1957年，玛拉（右）和小朋友们在祖母经常去的教堂前合影

终不离保姆左右。

祖母东尼娅因为我的出生高兴起来。她开始来我们家参加家庭聚会，并且和我外祖父莫佳成了好朋友。两年后，祖父去世。祖母接受了莫佳的提议，搬到我们公寓楼下的房间，和伊拉·科甘的母亲多拉住在一起。在这么亲近的祖母和外祖母的溺爱下成长，对我来说，可算是最如意的人生了。对她们来说，我的存在却始终是关系紧张的根源。多年以后，一位阿姨讲述了我三岁时和东尼娅散步后返回家里发生的一件事。有人问我去什么地方了。我便像俄罗斯东正教教徒一样，做了一个标准的画十字的动作，还得意扬扬地说，我去人们都在做"这个动作"的教堂了。"她很快就要给这个孩子施洗礼了！"基塔愤愤地嘟囔着。

听了这个故事之后，我意识到，东尼娅在散步的时候，带我去教堂绝对不止这一次。这或许可以解释，为什么无论在什么地方，只要碰到东正教教堂，我总会被它的仪式所吸引，也可以解释为什么我总是为东尼娅点燃一支蜡烛祭奠她。

许多年来，我一直想知道，在我父母亲的婚事上，东尼娅为什么持反对态度？难道仅仅因为我母亲是犹太人吗？我觉得，可能存在比这更为复杂的原因。我在哈巴罗夫斯克（伯力）和哈尔滨两地的档案馆里发现的东尼娅一家的档案，使我对她的背景有了更多的了解，对她反对我父母亲的结合也有了更深刻的了解。

在东尼娅看来，我母亲家在哈尔滨的生活和她自己家的生活大不相同。远在1917年十月革命以前，扎列茨基家就出于自己的选择而来中国定居了。他们的生活安定而富足，住在城市商业区埠头区（今道里区的主要部分）的中心。我外祖父莫佳拥有几百头牛羊。我外祖母基塔的婚姻很幸福，婚后过着养尊处优的生活。

东尼娅自己的生活经历则和基塔的大相径庭。她家是以十月革命的难民身份来到中国的，只能勉强糊口度日。她的婚姻没有浪漫的故事，只有柴米油盐之类的实际问题，家里的房子也不可能在城市的高级地段。20世纪50年代，她和丈夫依靠出售他们饲养的六头奶牛的牛奶维持生活。两家在生活方面的天渊之别更增加了她对流亡生活的抱怨。

东尼娅也曾有过一段优越的生活。从一张"全家福"的残片上东尼娅那坚定的目光就可以看出这一点。瞧，她——安托尼娅娜·舍拉玛诺娃，六岁左右，身穿俄国革命前小姑娘们流行穿的白色束腰连衣裙，摆好姿势，站在一张椅子上。那时候，她家住在伏尔加河旁萨马拉附近的诺乌津斯克。父亲是一位事业有成的农场主，已经被推举为萨马拉省农民代表大会的代表。她的未来似乎一片光明。

可是，似乎可能的事情，最终却没有发生。相反，东尼娅一

因娜一家

家被布尔什维克赶走,随着白俄军队逃到远东地区。俄国国内战争时期,他们在符拉迪沃斯托克(海参崴)附近的乌苏里斯克(双城子)落了脚。1922年,白俄军队被击溃以后,他们来到哈尔滨避难。那时候,东尼娅只有十二岁,上了一段学之后,因为家里生计不好,没法念完中学。流亡生活是一种挣扎。东尼娅的父母亲离了婚。后来,父亲去世,母亲嫁人,哥哥失踪了。

东尼娅十七岁那年嫁给了我祖父,一个比她大十五岁的鞑靼人。我祖父穆罕默德江·穆斯塔芬出生在伏尔加河中游、古代鞑靼国的首都喀山附近的一个村庄。他应征入伍,在沙皇龙骑兵团服兵役,到东线和德国人打仗。俄国内战中,这支部队并不真的效忠于任何一方。1918年,他参加红军成为一名骑兵。1919年年初,他在维亚特卡(俄罗斯西部城市,现名基洛夫)战斗中受伤,被白军俘虏,后来得了斑疹伤寒,在鄂木斯克待了八个月。1920年,随白军从赤塔来到哈尔滨,他是在养病期间加入这支部队的。我

阿莱克一家

的祖父很高兴终于摆脱了动荡不安的生活。在哈尔滨,他给有钱人家和大公司当电工和维修工。工作很辛苦,挣钱也不多,但有一个好处,中午管饭。他养活东尼娅和我父亲这个三口之家。东尼娅上护士训练班,取得护士资格后,在卡赞-贝克医院工作。后来,她一度中断工作,1956年丈夫去世后,又重新回到那家医院上班。

东尼娅和穆罕默德江一起生活得很融洽,互相尊重彼此的差异。东尼娅既没有放弃娘家的姓,也没有放弃自己的宗教信仰。在他们家里,每逢东正教的重大节日,都要隆重庆祝。每逢星期日,她都去附近的俄罗斯东正教教堂。在他们住在新城区(今南岗区)的许多年间,东尼娅总是去他们家广场对面的圣尼古拉教堂。教堂是全木结构的,没有一颗钉子,墙上挂满了珍贵的东正教圣像。它是哈尔滨俄罗斯东正教教徒的活动中心。

而每逢星期五,穆罕默德江都要去古老而宏伟的清真寺。清真寺与埠头区炮队街(今通江街)上最大的犹太会堂仅隔一条街。

他是鞑靼社区的活跃人物，还在社区协会理事会里服务了几年。我的父亲，俄罗斯人叫他阿莱克，鞑靼人叫他阿利姆江。他为了取悦母亲，每逢圣诞节和复活节就去教堂，还参加学校里诵读《圣经》的活动。在古尔邦节（宰牲节）那样的节日里，阿莱克会跟随他的父亲去清真寺，还去观看在哈尔滨赛马场举行的传统鞑靼拜兰赛马活动。不过，他的日常生活的核心内容是学校和运动。

"开垦处女地"运动刚刚发起的时候，我们家并没有响应，但时间一长，也不可能一点都不动摇。随着周围的人纷纷离去，群居的心态变成了一块巨大的磁铁："大家都去了'处女地'，我们或许也应该去？"就连外祖父莫佳也偶尔提出这种可能性。但我父母亲以我年纪太小，不能带着我去前景难以预料的地方为借口，劝阻了他。

自愿前往"处女地"的人们虽然离开了哈尔滨，但对他们的最终目的地却一无所知。直到抵达苏联边界的时候，各个家庭的主事人才被召集到一个特别委员会面前，由委员会决定把他们送往哪里——哈萨克斯坦，还是西伯利亚？是种植小麦的农庄，小电站，还是拖拉机厂？那个时候，已经没有走回头路的可能了。一旦同意去某一目的地，人们就带着他们的全部家当从旅客列车换到运货马车或牛车，踏上前往目的地的旅程。

直到1956年，真相才慢慢传回哈尔滨。由于苏联对信件实行检查，所以人们写信使用"密码"，或者别人看不懂的"潜台词"。这些"潜台词"巧妙地夹杂在对"处女地"热烈的赞扬之中，可是，动动脑子，就能看出真实的含义。我家的一位朋友写信赞美了他的新生活，接着又写道：

15 去赫鲁晓夫的"处女地",还是去悉尼?

这里的确很好,你们都应该来——等玛罗奇卡大学一毕业就来。

那位信件检查员怎么能知道那时我才只有两岁呢?

我父母亲和朋友们把收到的所有来信"拼凑"到一起,就缀合出这样一幅图景:来"开垦处女地"的人们依然穿着雅致的哈尔滨服装,站在田野里,周围是他们带来的物品——手提箱、家具、三角钢琴。在他们面前的草原上竖着一块牌子,上面写着"未来的国家农场"。夕阳西下,把他们从火车上接下来的大卡车消失在尘土弥漫的远方……

难道这真是苏联在报复那些逃避布尔什维克的人,报复那些为抛弃祖国而悔过的人吗?后来,有的"哈尔滨俄罗斯人"在某一反苏流亡者出版物上发表的文章正是这么说的。其实,事实并非如此。赫鲁晓夫发动"开垦处女地"运动主要针对苏联各地的二十万年轻的苏联共青团员、爱国者。这场运动把来自中国的俄罗斯人也席卷其中,意图是好的,只是设计的思路不对。

苏联农场需要的是工人和从事实际工作的人,而许多从哈尔滨来的芭蕾舞女演员、小提琴手、医生、教师以及高级工程师们不但无助于事,反而成了累赘。这些人一旦得到苏联护照,就没有人能把他们留在农场里了。许多人可以在城镇或大城市里找到工作和住处,有些人最终去了莫斯科和列宁格勒,只有那些没有一技之长的人才继续留在农场。

在哈尔滨,要俄罗斯人返回祖国苏联的压力越来越大,尤其是来自苏联领事馆、苏联公民协会和苏联青年联合会的同志们的压力。手段是"胡萝卜加大棒"。他们大力宣传,凡是报名参加"开垦处女地"运动的人，将来可以把他们的财产卖给中国政府，也可以变卖他们的公司，得到颇为丰厚的收益。他们还可以随身携带财物，也可以把公债转让给苏联。对那些打算移民到其他国家的人则严厉警告，不仅财产不能携带，而且不允许输出资金。他们可以取用的黄金、银元以及外币的数量也将受到严格的限制。

1954年，宣传"开垦处女地"运动以后不久，对于想移居到苏联之外其他国家的那些人的批准手续拖延到了几乎停办的状态。后来，到了1954年10月，凡是递交这种申请的人，都被召集在一起开会。会上，领事馆的代表向他们宣布，一律拒绝批准他们的申请。对于想离开中国的苏联公民来说，"道路只有一条"——回苏联去。

没有登记参加"开垦处女地"运动的苏联青年联合会的会员们，很快就在批判会上受到批判，并以"背叛祖国"的罪名将他们开除。这种做法和20世纪30年代以"人民的敌人"的罪名逮捕苏联共青团团员的做法完全一样。不过，时代变了，那些被开除的人满不在乎，他们付之一笑，根本就没把这种处罚放在心上。我父母亲倒是一点儿也没有受到影响。我母亲因为在一次工会组织的工人聚会上表现欠佳，早就被苏联青年联合会开除了。我父亲干脆从来就没有加入过。

1956年，在苏联公民协会的敦促下，中国政府管辖的社会公共机构解雇了所有没有登记参加"开垦处女地"运动的俄罗斯雇员。甚至就在设法取得其他国家的签证期间，又有几千人由于生活无法维持，而被迫去了苏联。

相比而言，我父母显得幸运多了。由于社会上急需一批俄语教师，他们两人被糖厂建设处解雇以后，很快就找到在外语学院教中国人学习俄语的工作。

15 去赫鲁晓夫的"处女地",还是去悉尼?

20 世纪 50 年代,泛舟松花江上

阿莱克与因娜,在苏联俱乐部参加新年聚会

从我童年时代在哈尔滨拍摄的照片看，尽管精神上动荡不安，但我们依然有过不少快乐时光。夏天，去太阳岛游玩，在松花江上荡舟。在1958年旅行受到严格限制以前，每年夏天，我们都坚持去松花江对岸或在山区租住夏季别墅，度过一个月的假期。我父亲还定期在松花江上驾驶帆船，与朋友们一起打野鸭、滑雪。我父母亲还去参加苏联俱乐部举办的茶话舞会和社交聚会，也参加了无数次告别宴会。

——⚭——

1954年，苏联领事馆宣称，对于苏联公民来说，离开中国以后只有一条路——回到祖国苏联。但我的家人发现，其实还有别的选择。

因为是犹太人，我们当然有资格移居以色列。自从1948年这个犹太国家建国以来，已经有许多亲戚朋友迁居到那里。苏联领事馆虽然口头上拒绝批准苏联公民移居以色列，而且还把以色列贬为"沙石之乡"，实际上，还是会发给他们离境许可证。居住在海法港和特拉维夫郊区帐篷里的亲戚们的来信，使我们对生活在那里将要面临的挑战不再抱有幻想。可是，不知怎的，我的家人还是觉得，努力使"沙石之乡"变成鱼米之乡总比去苏联耕种"处女地"更值得。于是，1957年，我们得到了移居以色列的入境签证。

同时，我们又探索移居澳大利亚的可能性。那时，澳大利亚是接收来自中国的俄罗斯难民的少数国家之一。纵然那是一个遥远而神秘的国家，纵然它那英格兰-凯尔特文化是陌生的，但那里和平而稳定。悉尼的朋友来信说，澳大利亚有充分的就业机会，尤其我父母亲和外祖父已经会讲英语，找份工作应该不成问题。我们先找到担保人，然后去申请澳大利亚的入境签证。首先申请我外祖父和外祖母的,几个月以后,又申请我父母亲的。

当时,澳大利亚的领事事务由设在北京的英国驻华大使馆代理。我在哈尔滨档案馆的公安局档案中,找到了1957年7月英国大使馆批准我外祖父母进入澳大利亚的入境签证。这是根据1957年5月23日堪培拉移民局的意见批准的,有效期为两年。但是,我父母亲和我的入境申请却花费了相当长的时间。尽管堪培拉给英国大使馆的意见注明的日期是1957年7月27日,但英国大使馆却到1958年11月才予以批准。也许我父母精通多种语言以及他们与中国、苏联官员们共事的经历使他们的"安全性"复杂化了?

虽然知道澳大利亚的入境签证行将到期,但外祖父和外祖母依然等待着,等待我们办好入境签证,全家人一起离开哈尔滨。

这期间,我父母为去澳大利亚做准备。听说那儿很需要工程师,他们就去夜校学制图,以便提升自己的技术资格等级。因为哈尔滨的苏联书籍非常便宜,他们就大量购买各方面的书籍,从集体农庄养鸡业到管道工程,从冶金学到刺绣。谁也不知道这些书什么时候能派上用场!"哈尔滨俄罗斯人"的衣服都是找裁缝做的,因为不了解澳大利亚那边的制衣情况,我母亲耐着性子听完了她最厌烦的服装缝制课程。

20世纪50年代末期,哈尔滨的俄罗斯人社区的规模已经缩小到只有几千俄罗斯人和几百犹太人了。像所有少数民族一样,他们变得非常团结。几乎每个人都"坐在手提箱上"——等待签证,收拾行装。小道消息频频传播,人们都在猜测最后一道障碍可能设在哪里,或者在什么地方可以弄到打包用的柳条箱和手提箱。从国外来信中得到的消息像野火一样蔓延。

澳大利亚究竟是个什么样的国家呢?我们应该带些什么东西?从已经居住在澳大利亚的朋友那里得到的印象非常混乱。有人说，那里很热，不需要过冬的衣服；另一些人却说，那里很冷，应该带上所有的衣物。有些来信说，家用电器不仅很贵，而且很难买到；另一些来信又建议，除了"绿色纸币"（美元）以外，什么东西都不需要带。

"哈尔滨俄罗斯人"虽然都知道澳大利亚的标志性动物是袋鼠，但他们对即将踏上的那片大陆的浩瀚无际和地理风物却知之甚少。他们无法区分来信的不同城市；也不了解布里斯班和墨尔本就像哈尔滨和上海一样，在地理和社会诸方面的差异那么大。不管要去的是哪一个城市，他们心目中只有一个"澳大利亚"！

离开这片土地的日子越来越近，我们购买到的物品足够应付可能发生的一切困难。我们十分幸运，有足够的钱花，而且明白，不可能把钱带走。所有的东西都打包扎起——从一定数量的肥皂、牙膏，到笤帚、水桶、洗衣板、床垫以及一个儿童金属浴盆。由于携带整匹布料出境是违法的，就把够做一套衣服的毛料和锦缎缝制成一个个大袋子。谁也不曾告诉我们，在澳大利亚，购买现成的衣服要比找裁缝做便宜得多。一位中国裁缝忙活了好几天，为我们赶制出抵御悉尼寒冷天气的驼毛被和大衣。

拿到澳大利亚的入境签证只是闯过了第一关。我们面临的下一个挑战是得到中国的离境许可证。这个复杂的过程涉及三个机关——苏联领事馆，我们将持它的护照旅行；苏联公民协会，它管理苏联人社区的事务；最后一个是公安局外事处，它保证我们履行了对中华人民共和国应尽的义务。在这些机关之间奔波，真把人累得精疲力竭。第一个机关可能拒绝批准，那就去另一个机关。有时候，它们还可能改变主意。这个过程可能把申请人的入境签证拖过了期。实际上，他们玩的是金钱游戏。领事馆和苏联公民协会希望"自愿捐款"，我外祖父在犹太国民银行工作，目睹过发生在别人身上的这种事情。他知道，只有把生意上的事情办妥了，才能把我们的护照送到英国大使馆，拿到香港的过境签证和澳大利亚入境签证。

一拿到去澳大利亚的入境签证，莫佳就赶往海拉尔，卖掉了剩下的牛羊。我父母亲虽然不知道在海拉尔发生了什么事情，但清清楚楚记得，莫佳因为估价和税款问题与当局发生了争论，并且对他们的官僚主义作风极其厌恶。办完事情回来，他又累又气，只想尽快离开。

开始与哈尔滨公安局交涉之前，莫佳先把我们的护照送到英国大使馆申请办理过境和入境签证。根据公安局档案中保存的莫佳的材料，英国大使馆的来往函件都在1959年1月底。这时，我外祖父母的澳大利亚入境签证两年的有效期只剩下四个月了。2月的第一个星期，印有签证的护照被寄回来了。香港的过境签证的有效期是十二个星期，澳大利亚入境签证的有效期是四个月。我们处在倒计时阶段了，公安局对此也很清楚。

我们四个人（因为我是个孩子，不计算在内）离开中国的出境签证以及去广东口岸边防证的代价是斜纹街（今经纬街）155号那幢二层小楼。凡是苏联领事馆和苏联公民协会要求的"自愿捐款"我们都捐了。我们是幸运的，因为我们付得起。其他人就不那么幸运了。由于"捐款"的数额超出他们的财力，有的人在最后一刻还在讨价还价，另一些人则在计划离开的日子之后仍在挣扎。苏联领事馆的官员不停地提醒我们，情况可能完全不是我们想象的那样——但愿我们的选择是正确的。

等到我们得到移居澳大利亚的许可时，我祖母东尼娅突然决定不和我们一起去了。她也曾经申请去澳大利亚的签证，不过那是三心二意的。她在澳大利亚能做什么？放弃她的俄罗斯文化和生活方式是最不幸的事情。她还可能失去努力奋斗才取得的护士职业。她不懂英语，除了卖苦力，没有希望做任何需要资格认证的工作。四十七岁的东尼娅不想变成一个寄人篱下的人。也许她觉得，没有什么比待在家里与我外祖母基塔争论如何抚养我、如何做家务更糟的事情了。

东尼娅决定返回祖国。她有一个侄女住在萨拉托夫。那是伏尔加河中游的一座城市，离她出生的村庄不远。我们离开哈尔滨后不久，她就去了萨拉托夫。她的确找到一份护士工作，而且也生活在算得上是俄罗斯文化的氛围中。可是她生活得很艰难，四年后，就因为心脏病去世了。1962年，我姨妈伊拉·科甘在萨拉托夫见过东尼娅。那时候，她已经生病了，而且因为没有和我们一起来澳大利亚而懊丧、绝望。我父亲也因为没有坚持让母亲来而深深自责。为了确保我不忘传统，东尼娅每隔两个月就给我寄几包俄文书籍，直到她逝世为止。

1959年4月16日，是我们在哈尔滨的最后一天。那天晚上，轮到我们向在车站送行的亲戚朋友们挥手道别了。带着一大堆旅行箱和手提箱，我们乘坐莫斯科—北京快车离开了哈尔滨。三代"哈尔滨俄罗斯人"离开了他们的家乡！

那天早晨，公安人员又一次故意刁难了我们，不过，那是最后一次了。他们让我们把所有的行李都搬进一个小屋，不准我们接近其余的房间。不过，无论是公安人员，还是外祖父，都不知道我父亲已经"捷足先登"了——几天前，作为对房产被没收的一种小小报复，他拆下公寓大楼楼顶上的铁皮，卖给了废品收购站。

15 去赫鲁晓夫的"处女地",还是去悉尼?

在哈尔滨的最后一个星期里,扎列茨基一家人拜谒了犹太人公墓;在那里,我外祖父莫佳在他父母亲和其他亲戚的墓前吟诵了祈祷文。我父亲前往古老的鞑靼人公墓,在他父亲的墓前道别。我们还一起沿着松花江畔散步。

在苏联俱乐部的餐厅里,朋友们设宴送别自然是少不了的。实际上,那是城里唯一还在营业的俄罗斯餐厅了。那是一次小型宴会,因为大多数朋友已经离开这座城市,有的回了苏联,有的去了以色列、巴西或澳大利亚。留在哈尔滨的俄罗斯人总共只有一千多人了,其中,十分之一是犹太人。

我问过母亲:在哈尔滨的最后几天,他们是否向过去经常去的地方道别?母亲笑了:"为什么要道别?我们一直在说再见,已经说了好几年了。"

当火车最终开离哈尔滨的时候,悲伤中夹杂着解脱的愉悦。长时间的"再见"终于收尾了。

―〰―

从哈尔滨到北京,我们没有通行证,或者说有关方面没有为我们办理在北京停留的手续。

父母亲虽然以前参观过古老的宫殿和宁静的公园,但还是决定再去一次。经过在哈尔滨收拾行装的紧张劳累之后,他们想在离开中国之前,游览天坛和故宫,再感受一下中国辉煌的历史和文明。

不过,如果向公安局申请,可能使出境问题复杂化。谁也不想再为这事儿折腾了。

于是,他们决定冒险——不经过申请,直接去。我们本来应该在北京前一站换乘前往广东的火车,但火车经过那个车站时我们没有下车,而是继续留在车上。我父母亲深知外祖父是个循规

阿莱克和"东方女王号"。
我们正是乘坐这艘轮船
从香港到澳大利亚

蹈矩之人,因此设法使他相信我们有必需的通行证件。等到列车员来查验我们的许可证时,火车已经开出换乘车站好几英里了。

在不明真相的外祖父坚持说我们有许可证的时候,我父亲操着流利的汉语解释说,我病了,他们必须带我去北京的医院看病。正像通常在中国发生的情况那样,"病小孩"的借口起作用了。而我们那位从海拉尔来的大胆的朋友季马·利特文,已经在他通常落脚的一家极好的小旅馆里为我们订好了房间。

北京的这段插曲,既了却了我父母亲的心愿,又为我们前往广州的四天火车旅行和下一次战斗——通过海关检查,提供了短暂的喘息时间。海关检查几乎花费了一天的时间。我们的所有旅

15 去赫鲁晓夫的"处女地",还是去悉尼?

和母亲在前往澳大利亚的"东方女王号"上

行箱都被彻底翻看了一遍。查出违禁物品是件危险的事情,东西不仅会被没收,人也可能会被逮捕。

从广州去香港,是一次短途的火车旅行。在香港,样样东西都得重新打包,并且完成另一次正式的移民手续。在犹太人协会的帮助下,我们订到5月5日起航前往澳大利亚的"东方女王号"的船票。同行的还有其他六十位被澳大利亚官方文件称为"来自远东的白俄移民"。由于我外祖父母去澳大利亚的入境签证将在5月23日到期,因此,我们不得不选择最早一班轮船。

除了过完生日几天后就经过赤道,以及赠送给我的生日蛋糕之外,我对那次旅行没有多少记忆。四十年后,我在澳大利亚档

哈尔滨档案

1959年5月23日，终于抵达悉尼

案馆保存的澳大利亚移民局档案中看到，我是船上唯一一名十岁以下的儿童，也是船上唯一的一个小姑娘。

我后来问过母亲那次旅行的情况。母亲说：没留下多少记忆是我的幸运。因为，对于我们来说，那可不是一次多么愉悦的旅行。奢华是为甲板上的那些旅客准备的；我们是住在统舱里的移民——在甲板下面。男人和女人分住在不同的舱房里。作为一种特别的优惠，母亲、外祖母和另一位妇女被安排在一个四人的舱房里。麻烦在于，小舱房正对着厨房，又吵又热，还弥漫着难闻的气味。

在太平洋上颠簸了两个半星期以后，我们终于抵达澳大利亚海岸。我们在吉朗（澳大利亚东南部港市）登陆，第二天从墨尔本飞往悉尼，那儿将是我们的新家。那是1959年5月23日，是我外祖父母的澳大利亚入境签证到期的日子。

16

亲人的足迹

2000年5月,时隔四十一年,我和父母一起回到哈尔滨。这是一次商议了很久的旅行。像以往一样,这次旅行也是在"灵机一动"的情况下得以实现的。在我结束上海的访问后,他们与我会合,然后我们一起乘飞机向北飞去。

我知道,他们是为了我才来的。因为父母亲总是在说,倘若不是为了我,他们才不会重返哈尔滨呢,他们宁愿把年轻时代的哈尔滨完好无损地留在记忆里。可是,他们又想亲自带我看看哈尔滨,那是我出生的地方,是我们一家四代人居住过的地方!他们要帮助我把一个个地方和一件件往事联系起来——至少,把那些依然存在的地方与往事联系起来,让哈尔滨在我心里重新扎下根来。

春光明媚的时节,漫步在道里区(从前的埠头区)的大街上,因娜和阿莱克就像两个"魔笛手"。他们指着熟悉的房屋,说着三种混杂在一起的语言,讲述着那里曾经发生的故事,他们身后跟着几位"随行人员",有的记录,有的拍照。"随行人员"中,有两位是对犹太人社区历史感兴趣的哈尔滨学者;有一位是从上

20世纪40年代末50年代初,就读于哈尔滨工业大学的因娜与阿莱克

海来的我的朋友、俄罗斯问题专家汪之成;还有在哈尔滨遇到的几位悉尼的朋友。

对我来说,回家是一种新鲜的经历,使我非常激动。对我出生的这座城市,我几乎不记得什么了,因而对寻觅昔日哈尔滨的"俄罗斯风情"也没有太大的期待。可是,每当看到具有俄罗斯风情的什么东西——巴洛克风格的临街门面、具有新艺术风格的牌楼、远处建筑物的穹顶,我的心就怦怦直跳。作为一名外交人员,20世纪90年代的大部分时间我都是在前印度支那地区刚刚实现现代化的城市里度过的。我已经习惯了那里的贫穷、肮脏和了无生气的发展掩盖下的污渍斑驳的殖民主义的残余色彩。我随身带

16　亲人的足迹

2000年，阿莱克与因娜故地重游

着一些旧照片，那是我孩提时代在哈尔滨一些名胜建筑前面拍摄的。每次发现照片上的建筑依然完好无损，我就兴奋不已。

对我父母亲来说，旧地重游激起他们更为复杂的感情。理智上，他们明白，自从离开哈尔滨，四十多年的动荡岁月已经过去了，这座城市发生了很大的变化，城市人口已经发展到三百多万。可是，在他们心目中，这依然是他们年轻时的那座美丽的城市——宽阔的林荫大道、幽雅的建筑物以及凉爽宜人的花园。走在我们曾经居住的道里区，眼前的景象似曾相识，却又难以辨认。

那条中央大街，现在变成了一条林荫步行街。作为展示城市风貌的"样板"，街上的许多建筑，正如我们下榻的马迭尔宾馆

1988年,访问哈尔滨的朋友拍摄的经纬街155号,这是我们曾经住过的地方

一样,都重新整修过了。有的建筑物上挂着文物保护的标牌,但你其实很难辨认出它们的历史原貌。大多数小街年久失修、破烂不堪。在随处可见的木头门面之间,零星散布着一些华美的老宅,但是,消失的也不在少数,有的则被蹩脚的"扩建"弄得面目全非。

我和父母的看法不同,因而常常激烈地争论。他们紧张,而我激动。四十多年之后,我为保存下来的东西高兴,他们却为已经消失的东西痛心。我着眼于细节——充满艺术性的墙壁上方残存的雕刻头像、高大建筑物迷人的穹顶。他们对此为什么视而不见呢?他们说,他们的视线被陌生的新景观和重温往事的泪水模糊了。为什么我就看不见那些呢?

像所有旅居国外归来的人一样,我们从曾经的住所开始,寻访以前熟悉的、有历史意义的建筑。虽然谁也没有明说,但每个人都暗暗希望,1933年我外祖父在斜纹街(今经纬街)上建造的那幢公寓楼还能安好如初。可事实是,就在几年以前,那幢公寓的原址上建起了一座商业大楼,这对我们是一个很大的打击。

幸运的是,我父母亲曾经上过的两所中学依然还在,而且外观上几乎没有什么改变。我母亲上过的那所苏联学校依然是一所高级中学,精美的罗马式建筑坐落在树木茂盛的庭院里。我现在目睹了它那特殊的玫瑰色,也就能够理解人们为什么称它为"玫瑰学校"了。

我父亲的那所学校更令我感到意外。纵然我以前就知道摩尔式[1]风格的建筑物是什么样子,但我还是被它那拱形窗户上的大卫王之星[2]吸引住了。这所学校就在犹太会堂的隔壁,20世纪20年代中期以前,一直是一所犹太学校。后来,它被出售给了哈尔滨市政当局,变成了一所俄罗斯公立学校。在日本占领期间,学校由伪满洲国俄罗斯移民事务局管理。如今,它又变成了一所朝鲜族学校。由于妥善地保存了许多原来的特征,在我看来,这座建筑物概括了哈尔滨过去的多元文化特征,也代表着现在哈尔滨的多元文化特征。

一些宗教建筑的现况则不怎么令人满意。尖塔高耸的清真寺,褐紫色与淡棕色相间的条纹已经褪色,了无生气。清真寺前面的墙上虽然也挂着一块黄铜牌子,上有"文物保护单位"的字样,但整座建筑年久失修,而且被十三户人家占用了。

坐落在炮队街(今通江街)上的犹太会堂已经被改建成哈尔滨机车车辆厂招待所。沿着这条街往前走,经纬街上的犹太新

1　摩尔式:8世纪至16世纪西班牙的一种建筑风格,具有蹄形拱和华丽装饰的特征。
2　大卫王之星:犹太教的六芒星形。

玛拉在哈尔滨防洪纪念塔前的留影；
左图摄于20世纪50年代末，右图摄于2000年

会堂变成了公安局的俱乐部，尽管已经不再使用。不管怎么说，这些建筑毕竟存留了下来。

靠近松花江的布拉格维申斯卡娅教堂已经完全消失，取而代之的是一座现代化的办公楼。在城市的另一边，圣尼古拉大教堂，哈尔滨俄罗斯东正教教徒最重要的宗教圣地，在1966年8月毁于红卫兵之手。

为了寻找扎列茨基家的亲戚和我祖父的坟墓，我们租了一辆小面包车，前往离城区将近20公里的皇山公墓。这是一个梦幻般的世界。车道两旁，排列着中国传统风格的石兽，道路尽头，是一道陵园特有的大门。大门里面，有一座迪士尼风格的办公室。我们在里面遇见了年轻而亲切的陵园主任刘军。他和助手们一边领着我们向犹太人公墓走去，一边用普通话与我父母亲交谈。

在围墙环绕的墓区，旧的墓碑一排接着一排，上面的名字都不陌生。我们四散分开，寻找有扎列茨基字样的墓碑。我母亲突然大喊："找到了！"她的曾祖父、叔叔们和婶婶们的墓碑排成一排，完好无损。从这一刻起，每个人的心情都轻松起来。

我们向刘军表示祝贺，祝贺他的团队最近圆满地完成了公墓的修复工作。现在，公墓里有八百多座犹太人墓，其中大多数是1958年当局发出迁坟公告以后，从哈尔滨市中心的旧公墓迁过来的。这项浩大的工程是由散布在世界各地的犹太人出资赞助，并经由一个小小的犹太社区的领导者的不懈努力而完成的。

三十多年间，墓地一度处于无人照管的状态。随着1992年中国和以色列建立外交关系，以色列－中国友好协会着手修复公墓。这项工作是由亚伯拉罕·考夫曼医生的儿子特迪·考夫曼牵头的。考夫曼医生曾经领导哈尔滨犹太人社区度过了大部分动乱的岁月。

令人伤心的是，我们没有在皇山穆斯林公墓中找到我祖父的坟墓。祖父是鞑靼人。除犹太人之外，哈尔滨其他少数民族社区，都没有集体迁坟。我父亲分明记得，他的父亲就埋葬在城里旧公墓鞑靼区靠近围墙的一棵树下，可是那棵树早已消失不见。

走近俄罗斯人公墓时，我们看见许多俄罗斯－中国混血儿在一个青灰色的小教堂外拜谒坟墓。原来，按照俄罗斯东正教历法，那天是复活节，是纪念死者的日子。我母亲突然认出一位20世纪50年代在哈尔滨工业大学的老熟人——瓦莉娅。她七十多岁了，是位颇有风度的俄罗斯化了的朝鲜族人，是留在中国的老"哈尔滨俄罗斯人"当中的一员。在悉尼，朋友们就交给我们一项与她取得联系的任务，我们正打算找她呢。

接下来的几天里，我们和瓦莉娅见了几次面。令我父母亲高兴的是，瓦莉娅领我们去了一家中国餐馆。那里依然在烹调他们记忆中的哈尔滨风味的饭菜。我们边吃边交流彼此的情况。在"文化大革命"期间，瓦莉娅经历了十年的牢狱生活之后活了下来。现在，她主要教中国孩子学习英语和俄语，还照顾那些人数逐渐减少的老年俄罗斯人。由于种种原因，那些人从来没有离开过哈尔滨。他们年迈多病，生活条件很差，居住在澳大利亚和美国的前"哈尔滨俄罗斯人"给他们寄钱、寄药，接济他们。瓦莉娅已经成了他们的生命线，无私地照顾着他们，尽可能地满足他们精神和物质方面的需要，并且不间断地跟他们保持联系。瓦莉娅带我们拜访了其中的一位。他八十多岁，身体虚弱，名叫米哈伊尔·姆亚托夫。我父亲记得他过去的样子。

——

六个月之后，在寒冷的 11 月，我又一次去往哈尔滨。这一次是与两位对中国犹太人感兴趣的悉尼朋友一道去的，其中一位是我未来的丈夫安德鲁·雅库布维茨。他是悉尼理工大学的教授，对上海犹太人的生活特别感兴趣。他们家是波兰犹太人，纳粹在罗兹市大屠杀时幸免于难，成为难民，从 1941 年到 1946 年生活在上海，安德鲁就出生在那里，后移民到澳大利亚。由于上次和父母一起访问了哈尔滨，现在我有了"方向感"，能够带领朋友们参观哈尔滨有关犹太人和俄罗斯人的主要的、有历史意义的遗址或者建筑物了。我也有机会花更多的时间，去拜访上次匆匆见过一面的朋友，并且不从个人出生地的视角而是更客观地观察一下这座城市。

如今的哈尔滨是一座胸怀远大抱负而又面临种种矛盾的城

市。我在从机场进入市区的四车道高速公路上看到的几个标牌，就恰当地概括出了这座城市的特点。第一个是个交通标志，说明从早晨6点半到晚上9点禁止马车和拖拉机通行。另一个是指示通往"高新技术开发区"的路标。

哈尔滨虽然是中国重要的工业中心之一，但由于地处中国的最北方，位置偏远，人们的思想相对保守。北京、上海那样的大城市已经"改革开放"，而哈尔滨依然关闭着大门。现在，市领导正在努力，以极大的干劲和热情弥补失去的时间，应用市场经济的规律，努力吸引旅游者和国外投资者。在这个五彩缤纷的世界，哈尔滨独一无二的多元文化以及建筑遗产是一个有利的资源。

没有复杂性，就永远不能成其为历史。长期以来，中国人认为，"哈尔滨俄罗斯人"的历史牵涉着两个国家错综复杂的历史、政治和意识形态方面的对抗。苏联解体之后，意识形态的重要性不再突出，中国与俄罗斯的关系正沿着更加务实的路线发展。不过，沙皇俄国在中国东北地区的开拓，包括把哈尔滨确立为中东铁路的总部，依然被说成殖民主义侵略行为。

不过，俄罗斯人在哈尔滨的发展中所起的作用，日益得到肯定。政府正在做出进一步的努力，保护具有俄罗斯风格的建筑物。哈尔滨出版的《黑龙江日报》，也定期刊登有关以前"哈尔滨俄罗斯人"的特写。不论是建筑物，还是历史记录，"哈尔滨俄罗斯人"的历史正在得到保护。

与俄罗斯人历史的复杂性相比，以前的犹太人社区的问题就简单多了。来哈尔滨居住的犹太人被认为是为了躲避沙皇迫害而逃到中国的人。2000年11月，保护犹太人社区遗址成了一项重点工作，得到省、市两级政府的支持。这项工作除了其固有的历史和文化价值以外，显然还有吸引犹太旅游者和投资者的目的。

曲伟是新上任的黑龙江社会科学院院长，很有事业心，正在通过新成立的犹太人研究中心积极开展活动。他谈到，政府即将批准把以前犹太会堂中的某一个变成一座永久性的犹太人博物馆，还把已经出版的出版物拿给我看。

不过，真正由于革新而得到赞誉的应该是皇山公墓的主任刘军。他宣布，将把哈尔滨犹太人公墓放到网上，希望死者的亲人看到墓地照片后能亲自来公墓拜谒。两个月后，他的计划就变成了现实，八年前还是荨麻丛生的犹太人公墓现在面貌一新，它那清晰可辨的照片赫然出现在网络上。

―᠊ᠬᠬ᠊―

至于研究过去的档案和文件，另当别论。每次访问哈尔滨，我都寻求查阅公安局档案的机会，希望找到有关我们家的材料。我知道，黑龙江省档案馆就保存着数千份这样的档案，此外，还有以前俄罗斯人和犹太人社区的记录。可是，对于一个外国人来说，查阅这些档案的机会显然不会降临。查阅省、市两级档案馆保存的档案涉及机密，手续繁杂，我的哈尔滨朋友们只能喃喃着，无可奈何地耸耸肩。

可是，我第二次访问哈尔滨日程过半的时候，曲伟给我带来一个好消息：我已经得到去档案馆查阅材料的许可了！犹太人研究中心的张铁江和在黑龙江社会科学院做访问研究的学者、我的上海朋友汪之成将陪我前往。

档案馆已经搬迁到风格别致的新楼里，离城区相当远。我们驱车驶过冰雪覆盖的大街，经过一排又一排新建的楼房。这些建筑绝大多数是现代化的玻璃、混凝土与古典的圆柱、穹顶相结合的产物——模仿过去的哈尔滨。我想到过去四年来参观过的各式各样的档案馆，不知道在这个档案馆里能找到什么样的宝贝。

我的出现在档案馆里引起不小的轰动。工作人员对外国客人十分不习惯，尤其像我这样要求很多而时间很少的人。这个外国人是谁？她为什么想查阅公安局档案里那些名字拗口的俄国人的档案呢？张铁江和汪之成解释说，虽然我不会讲中国话，但我出生在哈尔滨，而且我的亲人们在哈尔滨居住了四十多年，我现在研究的正是家族的历史。档案馆的工作人员摇了摇头。他们从来没碰到过像我这样的人。

我用俄文和英文写出我想查阅的档案的名字，汪之成帮我翻译成中文。在等待档案期间，我看到桌子上有一些俄文书籍，其中一本是中东铁路五十周年纪念册，里面有铁路建筑和车站的照片。我取出数码相机正要拍摄海拉尔车站的照片，书被工作人员不客气地拿走了。我提出付钱，也没有得到允许。

正在这时，工作人员拿来一大沓信封，上面写着我要求查阅档案的人名。我自己的档案最没什么看头，两张小卡片，还有一页纸，上面写着我的名字，简历一栏自然空空如也。其他人的档案中各有一张外国人登记表，上面有各个时期的照片——伪满洲国的、中华民国的、中华人民共和国的，还有简历、旅行许可证以及用中文和俄文写的官方文件。我不懂中文，这就意味着我只能看懂材料的一半，而且那天又是星期五，时间太仓促，汪之成来不及把材料翻译给我。档案管理员告诉我们，档案馆在午饭期间还要闭馆两个小时，时间就更紧了。我把俄文材料排列好，以便尽快拍照。

下午，档案管理员们对我的态度友好了，怀疑消失了，也不再非让我说出什么理由，才能查阅。后来，汪之成告诉我，我的执着赢得了他们的尊重。"她整整站了三个小时，仔细查看那些老掉牙的材料，甚至连停下来喝杯茶的工夫都没有！"一位女档案管理员对汪之成说。他们看了看我想复印的那一大堆材料，提醒我，复印、保存和检索都要收费。汪之成让他们放心，我一定照付不误。

几天以后，我就要乘飞机回去了。这次访问是查阅我第一次访问时未找到的几份档案的最后一次机会了。为了加快检索速度，档案管理员让我自己仔细查看卡片索引。显然，索引是按照俄文字母的顺序排列的。

在哈尔滨的最后一个星期六下午，汪之成陪我去拜访瓦莉娅，就是我与父母亲第一次回到哈尔滨时遇见的那位引人注目的俄罗斯化了的朝鲜族人。从那时起，我就向瓦莉娅请教有关哈尔滨的问题，她成了我在哈尔滨的参谋。瓦莉娅近来虽然病着，但依然穿戴得像往常一样整洁，显得很有生气。和她在一起的是《黑龙江日报》的记者曾一智。她给自己起了一个外国名字，叫伊莎贝拉。后来我发现，伊莎贝拉的报道中，有不少专门描写以前"哈尔滨俄罗斯人"的生活。她还采访了不少旧地重游的访问者。

我们坐在客厅，一边用古香古色的俄罗斯茶杯喝着热茶，一边吃着橘子。这时，我环顾四周，看到屋子里摆满了书籍和纪念品，一幅瓦莉娅父母的大照片摆在钢琴上。书桌和书架上，摆放着在俄罗斯的亲戚和世界各地的朋友们的照片，还有一张瓦莉娅二十多岁时年轻美丽的照片。在实用的中国式家庭用品中，还保留着另外一种生活的痕迹——我们喝茶用的俄罗斯茶杯、我在世界各地"哈尔滨俄罗斯人"家中看见过的那种水晶花瓶。

我询问瓦莉娅的家庭情况时，她解释说，她的父亲和母亲都是俄罗斯化了的朝鲜族人，她出生在西伯利亚，十月革命以后，在1923年从符拉迪沃斯托克（海参崴）来到哈尔滨。她和哥哥们都是在俄罗斯文化和东正教教堂的熏陶下长大的。我注意到，屋角的一张小桌子上，摆放着几个美丽的、古香古色的东正教圣像。

这些年来，究竟是什么原因使瓦莉娅最终留在了哈尔滨呢？其实很偶然。她是一位很有才华的钢琴家，在哈尔滨工业大学工作。她的两个哥哥在"开垦处女地"运动中离开哈尔滨去了苏联，她和父母亲也想追随哥哥们去。可是，在中苏关系破裂和"文化大革命"之前，他们没有及时拿到签证。1964年，瓦莉娅就被捕了。

这么一位瘦弱的女士，在"文化大革命"长达十年的监禁中竟然幸运地活了下来，这真令人难以置信。被捕的原因是什么？当然，是因为所谓"苏联间谍"！在监狱里，为了回答审讯人员的审问，她借助中俄词典，通过翻译毛泽东主席的著作自学汉语。获释的时候，父亲已然去世，母亲也垂垂老矣。她自己也患上致命的肝病，拖着据说只能活两个月的病体被遣送回家。真是不可思议，瓦莉娅奇迹般地康复了。后来，她和哥哥们又建立起联系，并作为翻译，跟随各种各样的哈尔滨代表团，数次到苏联参观访问。

我给瓦莉娅带来几个包裹，其中有悉尼的"哈尔滨俄罗斯人"送给由她照顾的那些老年俄罗斯人越冬的必需品。瓦莉娅告诉我，六个月前我和父母亲拜访过的米哈伊尔·姆亚托夫最近去世了。这使留在哈尔滨的老年俄罗斯人只剩下很少的几位了。

"如果我和汪之成明天与你一起去教堂，仪式过后，我们也许可以去看几位年老的俄罗斯人。"我提议说。在哈尔滨，保存下来的十六座东正教教堂中，只有巴克洛夫斯基教堂依然举办宗教活动。

"太迟了。"瓦莉娅笑着说，"神父生了一场病，两个月前去世了。神父格里高利是中国人，他还活着的时候，我们至少还可以活动活动。他熟谙礼拜仪式，我也懂一些。我们两人领着其他人做礼拜。如今只剩我一个人了。至于那些年老的俄罗斯人，他们不是年迈体衰，就是疾病缠身，无论如何也不能去教堂了。"

瓦莉娅解释说，每逢星期日，有十几、二十人去教堂做礼拜，几乎都是中年的中俄混血妇女。在圣诞节，年轻一点的人也去教堂。迄今为止，还没有一名代替格里高利神父的新神父。我问瓦莉娅，是否有几位我们可以拜访的老年俄罗斯人。

"当然有了，"瓦莉娅说，"他们很乐意见你。可是你只有明天一天的时间了，这样，也许我只能带你去看望一位了。"瓦莉娅一口气说出好几个名字，这些人我都不熟悉。"你想去看望哪一位？"

"哪位都行。你看着办吧。"

瓦莉娅决定，去拜访一位老太太。"叶弗罗西尼娅·安德烈耶芙娜九十多岁了，以前当过药剂师。可是她说起话来依然妙语连珠，十分风趣，记忆力也很惊人。我想，她会喜欢你的。"

— ∞ —

叶弗罗西尼娅·安德烈耶芙娜狭小的房间在一幢破旧的集体宿舍大楼二层狭窄昏暗的走廊尽头。我们一个接着一个挤进屋里的时候，根据说话的声调，我判断出这是一位严肃的老太太。

"这位是玛拉·穆斯塔芬。"瓦莉娅把我介绍给老太太，说我是从澳大利亚回来访问的"哈尔滨俄罗斯人"，"这位是叶弗罗西尼娅·安德烈耶芙娜。许多年轻人都叫她弗罗霞阿姨。"

"穆斯塔芬？没听说过这个名字。"老太太说话的时候，她的形象进入我的视野——她是个身体结实的老奶奶,身穿深灰色开襟毛衣,满头银白的头发从表情坚毅的面庞梳向脑后。很难相信,她已年过九旬。我外祖母一年前正是死于这样的年纪,生前她是那么虚弱。

"我母亲姓扎列茨基,"我说,"您也许认识他们。"

"扎列茨基,"她若有所思地说,"她是位舞蹈家?"

"不是舞蹈家。"

"不,不,那个舞蹈家叫察鲁茨基。"老太太一边纠正自己,一边请我们坐下。

我们围坐在一张圆桌周围,桌上铺着印有装饰图案的塑料布。那张圆桌占据了屋子的大部分空间。桌上有几本俄文书,几份报纸,一个很大的放大镜,还有一盘水果。与老人面对面坐在一起,我能听见她那粗重的喘息声。她的眼镜片很厚,视力已经很弱了。谈论了各自的病情以后,弗罗霞对瓦莉娅的病很快就做出诊断结论,接着提出治疗方法。

"我曾经在卡赞-贝克医院当了二十六年的药剂师。"她解释说。

"真的?我就是在那家医院出生的!"我激动地大声说,终于找到了一个和老奶奶的共同点。

"可我没在妇产科工作过。"弗罗霞客气地笑了起来。

弗罗霞谈到她的生活经历。说话时,一只粗糙的手不停地在桌子上移动,好像在收集想象中的面包屑。她说,20世纪20年代初期,她十几岁的时候从西伯利亚来到哈尔滨,起初是苏联国籍,后来改成无国籍流亡者。日本人占领时期,不得不戴着那种上面写着数字的身份证章。那时候,什么都定量供应,甚至去公墓都受到限制。

瞅准机会，我就问起1958年公墓关闭的情况。弗罗霞说，哈尔滨政府曾经想把八万多座俄罗斯东正教教徒的坟墓全部迁走。可是这件事没有办成。我说，我祖父埋葬在鞑靼公墓，问她是否了解鞑靼公墓的情况。弗罗霞说，她曾经和一位朋友一起去过鞑靼公墓，还讲述了那时候的情况。她说，像俄罗斯东正教教徒的部分公墓一样，20世纪60年代那个地区变成一座休闲娱乐的公园时，所有坟墓都被推成平地了。

听着弗罗霞的谈话，我倏然想起我祖母东尼娅就曾经在卡赞-贝克医院工作过。

"我不晓得您是否认识我祖母。"我平静地说，"她叫舍拉玛诺娃。"

"东尼娅？"

"是的。"

"天哪！"弗罗霞使劲拍了一下桌子，顿时热泪盈眶，"怪不得扎列茨基这个名字听起来这么熟悉。"她思绪万千，"东尼娅死了……我求她不要去……她的亲人们去澳大利亚的时候，她的心都要碎了……她爱儿子……尤其喜爱她的孙女。"

"我就是她的孙女呀！"我说。

沉默。

"谁能想到呀！太让人吃惊了……哦，东尼娅……东尼娅……就在前天，我还想起她来呢……她最痛苦的是再也见不到孙女了……"

我激动极了。正是这样的时刻才使我确信，随身携带着小型录音机、数码照相机以及两台摄像机虽然费力，但值得。在随后杂乱无章的谈话中，我不仅弄清楚了多年来一直困扰我的一些问题，而且进一步证实了已经知道的事实。弗罗霞记忆力惊人，思维敏捷。我尤其高兴的是，能够倾听一位老奶奶讲述祖母东尼娅的往事，而且这种讲述不带感情色彩，客观、生动。

1936年，弗罗霞到卡赞－贝克医院的药房工作时，第一次遇见在这所医院当护士的东尼娅。她说，东尼娅工作称职，而且心胸宽阔，富有同情心。她和东尼娅成了很要好的朋友。夏天，她们去松花江对岸，在东尼娅家附近的江里游泳。后来，东尼娅的丈夫去世以后，弗罗霞去我们楼下东尼娅住的公寓里拜访过她。弗罗霞就是在那里第一次看见我的。"多么坚固的房子啊！"弗罗霞说，"再过一百年它也会完好无损。可是一年半前，他们却把它拆毁了。"

"为什么？"

"他们认为，旧房子有碍市容。"

弗罗霞记得，她曾经陪伴东尼娅拜谒我祖父的坟墓。刚才她说去过鞑靼公墓，指的就是那一次。她说，我祖父的墓紧靠犹太人公墓与鞑靼人公墓的界墙。除了墓碑不见了之外，我祖父的墓和别的墓一样，应该还在那里。

弗罗霞的谈话中，反复提到几个话题。头一个就是东尼娅因为离开孙女而感到非常痛苦。有趣的是弗罗霞始终用第三人称称呼我。我想，这是由于我现在的形象与东尼娅提到的那个四岁的小女孩对不上号的缘故吧。第二个话题是她没能劝阻东尼娅去苏联。显然，东尼娅的早逝依然使弗罗霞感到痛苦。

"亲人们动身去澳大利亚时，她是那么心烦意乱。我一直对她说应该等待——但她就是听不进去。她的姐姐在萨拉托夫，于是她去了那里。我试图劝阻她。'等他们找到工作，'我对她说，'然后你也去澳大利亚。'可是她却匆匆去了苏联。她甚至还劝我与她一起走。我对她说，应该等待。她最苦恼的是再也见不到孙女了。"

"她就这样去了萨拉托夫。她为什么不和我们一起去澳大利亚呢?"我问。

"也许她有她的理由。她左右为难。萨拉托夫是她的故乡……而澳大利亚……唉……不管怎样,她铸成了大错。她去了萨拉托夫,后来在一家医院工作——太艰难了。她患上了心脏病。如果她去了澳大利亚,就不会那么早就去世了……"

不知道是机缘巧合,还是有意安排,我们谈话期间,《黑龙江日报》的记者曾一智提着礼物来看弗罗霞了。弗罗霞勉强收下礼物,说,曾一智一直很关照她。显然,她们两人的关系十分亲密。在曾一智和瓦莉娅用中国话讲述下午发生的事情时,我抓住机会向弗罗霞提出几个棘手的问题。我怎么能错过这样的机会呢?据我判断,弗罗霞是个十分坦率的人。

我问她,东尼娅是怎样议论我母亲娘家扎列茨基家的?她怎么看待儿子娶了一个犹太姑娘?她最终接受我妈妈了吗?弗罗霞的回答很婉转。

"她怎么会议论扎列茨基家呢?她从来没有抱怨过任何人。她只为孙女担心。她最大的苦恼就是不能带着孙女去教堂!为此她还哭过呢。"

"可是以前,她也没带我父亲去过教堂呀。"我说。

"她对儿子谈论得不多。她谈得最多的是孙女。她总是给孙女织东西。一有空,她就哄孙女玩。"

"我记得。"

东尼娅怎样看待我父母亲的婚事?弗罗霞说,东尼娅显得"无能为力"。她不会妨碍儿子的幸福的。

"那真是一段美好的爱情故事,"瓦莉娅插嘴说,"在学校里,因娜和阿莱克形影不离。"

"我祖母既然是一位虔诚的东正教教徒,她又怎么会嫁给一个鞑靼穆斯林呢?"

弗罗霞谈到,20 世纪 20 年代,他们组建家庭时,俄罗斯难民面临重重困难。大家都很难找到工作。可是不管怎样,人总得活下去。东尼娅的一个亲戚把她介绍给我祖父。

"她爱他吗?"

"我不知道,我没有问过,"弗罗霞笑着说,"不过,他们生活得很和睦。"

弗罗霞想起她有一些在卡赞-贝克医院拍摄的集体照,上面也有我祖母。她一边想照片可能放在哪里,一边不耐烦地轻轻拍着桌子。但她实在想不起来了。我提议说,她一旦找到照片,就交给曾一智,让她复印后,用电子邮件传给我。曾一智正在飞快地写着什么,听到我的话,停下笔,从公文包里取出几篇关于俄罗斯人的特写。她飞快地翻阅着,直到找到关于弗罗霞的。文章所附的照片中,有一张在医院外面拍摄的护士和医生们的集体照。

"上面有我祖母吗?"我边问边把照片和放大镜递给弗罗霞。

"在这儿,东尼娅紧挨着我。"她回答说,接着一一说出照片上其他人的名字。

我们即将离开的时候,往事断断续续地涌入弗罗霞的脑海。她说,东尼娅对她说过,1946 年,她曾经躲避过苏联人在战后对"敌人"的搜捕。东尼娅为什么不得不躲避呢?我问。"她曾经是个强硬的反共分子。"东尼娅从来不去苏联特工人员有可能找到她的地方,所以躲过了一劫。弗罗霞还想起,她送东尼娅去萨拉托夫时,哈尔滨火车站慌乱的一幕。距离开车只有十五分钟的时候,东尼娅突然想起她把一件非常重要的东西忘在公寓里了。究竟是

哈尔滨档案

1963年4月,祖母东尼娅在俄罗斯拍摄的最后一张照片,第二年,她与世长辞

一件什么东西,弗罗霞记不得了。我姨妈伊拉·科甘的丈夫只得骑上摩托车,风驰电掣般赶回她的公寓去取。这件往事又唤起更多的记忆,弗罗霞想起东尼娅曾经送给她一件礼物。那是一本歌曲集,上面都是俄罗斯老歌。她说,如果找到那本书,她会告诉我的。

星期日下午,走在纷飞的雪花中,我感谢瓦莉娅。正是她未卜先知,决定带我拜访弗罗霞阿姨。瓦莉娅却坚持说,是我祖母显灵,才把我带到这里。她是认真的。

"记得你对我说过,你在哈巴罗夫斯克(伯力)教堂里悼念她时曾经点燃过一支蜡烛吗?现在,你祖母把你领到她的朋友家里来了。"

"不,"汪之成使了个眼色,指着我脖子上挂着的那个红丝线拴着的白玉挂件说,"领你来的是观音菩萨,你从庙里请来的那尊大慈大悲的菩萨。观音菩萨是妇女的保护神。"

———〰︎———

是命运的安排？是巧合还是侥幸？这次旅行中，这种令人惊讶的事情已经发生了不止一次。几个星期以前，在上海的时候，我丈夫安德鲁·雅库布维茨和我偶然发现了他家为躲避纳粹在欧洲的大屠杀而逃到上海时所住的楼房。为了修建地铁，那幢楼房正在拆除。离开哈尔滨后的第二天我到达上海，再去看那幢楼房时，它已经变成了一堆瓦砾。

"历史"不会在原地踏步等你来找，但如果你努力，有时会在中途碰上。我返回悉尼，正赶上外祖母基塔的墓碑安放仪式。她是一年前去世的。在她的墓前，我们摆放了一些简单的祭品，以悼念她的父亲基尔什、妹妹曼娅和哥哥阿布拉姆——"大清洗"的受害者。

两个星期以后，我收到曾一智的电子邮件。弗罗霞阿姨已经找到了我祖母送给她的那本歌曲集，并且希望由我来保存它。曾一智生怕路上发生什么意外，丢失这件贵重的物品，所以付邮之前，先给我寄来一些报纸，探探虚实。几个星期以后，报纸安全抵达。

一天，挂号包裹寄来了。包裹上贴着邮票，其中一张是很大的观世音菩萨纪念邮票。里面有一本不大的书，书名是《十九世纪俄罗斯歌曲集》，赭红色的封皮上印着褪了色的金字。为了保护已经开裂的书脊，弗罗霞用黄色缎带把它捆扎起来。书中是革命前写作和演唱的俄罗斯歌曲，"二战"期间于1944年出版于莫斯科。从日本侵略者的铁蹄下解放出来之后，这本书一度在哈尔滨发行。发黄的书页发出一股霉味，使我想起在下诺夫哥罗德档案馆找到的奥尼库尔一家档案的味道。

　　合上书的时候，我发现扉页上写着什么。那是我母亲亲手写的她的名字。1959年我们离开哈尔滨的时候，母亲把这本书留给祖母东尼娅。现在，四十一年以后，经过一条迂回曲折的道路，它漂洋过海，来到澳大利亚，来到我的身边。这是几代人跨越几大洲的另一次旅行。

17
我是哈尔滨人

2000年,我两次造访哈尔滨,只不过是随后十年间多次访问的开始。我最初来哈尔滨,只是出于好奇,想了解家族从前在这里的生活,可是很快就发现身不由己,市政府有关单位对其"原居民"给予热情接待,我们分身乏术。

2004年8月,我参加了黑龙江省社会科学院和原居中国犹太人协会 Igud Yotzei Sin 联合举办的"第一届'哈尔滨犹太人'历史与文化国际学术研讨会"。我选择了这样一个平淡无奇的题目:"我的家族在哈尔滨动荡的五十年"。早在2002年,我把家族故事写成一本书(*Secrets and Spies*),在澳大利亚出版了。这次的会议文章,用的就是这本书里的材料。这是我把家族故事带回"家乡"的机会。

我特意提前几天到哈尔滨,先会会几位老朋友。我给瓦莉娅打电话。前几次我访问哈尔滨,我们俩成了好朋友。她邀请我到科利亚·扎伊卡家吃饭。

"可我不认识他。"我说。

"你当然认识。你上次和你父母来哈尔滨的时候,他和我一起陪你们到过俄罗斯人墓地。"她说,"他还请了别的朋友来聚会,让我请你。在这儿,我们俄罗斯人都是一家人。"

科利亚是从悉尼来的又一位"哈尔滨俄罗斯人"。他现在每年有一部分时间住在哈尔滨祖父留下的房子里。那天下午我去他家的时候,正赶上下大雨。每年8月,道里区都会暴雨成灾,洪水淹没下水道,狭窄的街道变得拥堵。走进那幢典型的俄罗斯人的房子,我立刻被热情好客的朋友们包围。科利亚像失散多年的亲人那样热情欢迎我,把我介绍给在座的客人。大伙儿都坐在餐桌四周,桌子上摆满了东北菜、糕点、一杯杯热茶、一瓶瓶美酒。瓦莉娅也在,还有几位中国朋友,几位来参加研讨会的"原居哈尔滨人",其中有从莫斯科来的格奥尔基·梅里霍夫。他撰写的关于满洲里俄罗斯人生活的书非常有趣,也非常有用。过了一会儿,门铃响起,客人是从以色列来的约西·克莱恩和谢瓦·波多利斯基。接下来是更多的盘子、杯子、椅子,典型的哈尔滨式的好客。我们挤坐在桌子旁边,谈天说地,笑声不断。大家频频举杯,为健康,也为让我们大家聚集到一起的这座城市干杯。

最后到场的是曾一智(伊莎贝拉)。曾一智把她在报纸上发表的关于"哈尔滨俄罗斯人"的故事结集成书,书名是《城与人——哈尔滨故事》。她把这本书送给我,还随手翻到写有我家在哈尔滨生活的故事——我2000年造访哈尔滨和弗罗霞(叶弗罗西尼娅)不同寻常的会面以及她发现我祖母那本歌曲集的故事。我也把我的书回赠给她。看到同一张照片出现在两本不同的书里,我们俩不由得哈哈大笑起来。笑过之后,又都有点儿郁闷,因为我看不懂中文,她看不懂英文,所以无法欣赏对方的作品。我和曾一智有诸多相似之处,此刻不能用中文和她交流,十分遗憾。在我有机会学中文的时候,没有学。与此同时,我也产生一个念头,要把我的书翻译成中文。

第二天早晨,我早早地起来,没吃早饭就径直向松花江走去,看当地人如何开始他们一天的生活。这是我在亚洲城市最喜欢的消遣。这些城市的人总是把他们的许多生活内容在公共场所展示出来。江面上,晨雾渐渐散尽,老头老太太在江边散步,或者坐在浓荫覆盖的长凳上休息,静谧温馨。有的人刚从市场回来,站在江边一边聊天,一边看堤岸下面捕鱼的人整理渔网。从前的游艇俱乐部(那是我父母亲青年时最喜欢去的地方)的门前,一些中年妇女手里拿着五颜六色的扇子跳着欢快的大秧歌。男人们打太极拳。他们动作舒缓,双目微闭,审视着自己的内心。每个人都尽情享受晨光下的宁静。这些人大都是我父母同时代的人。我不由得想起,2000年他们回到哈尔滨时,和这些同龄人聊天时发自内心的喜悦。

那天下午,曾一智带我去看弗罗霞。沿着昏暗的楼梯走进她那间拥挤的小屋,我发现这里没有什么变化。除了墙上挂着新挂历,墙角只多了两盆花。弗罗霞比以前更憔悴。她正受癌症之苦,视力下降,不能走路,右手手指已经僵直,拿不了东西。她说,那是在药店长期干活儿留下的后遗症。我送给她我的书,她一边眯着眼睛看书里她的照片,一边说很高兴帮我讲述了家族的故事。"可惜不是用俄语写的。"她说,"要不然我就能看懂你都写了些什么。""以后会翻译成俄语让你看。"我说,心里却想,恐怕她很难等到那一天了。

除了受病痛折磨,弗罗霞最大的痛苦还是孤单寂寞。"我不去教堂了。再说那里也没有什么活动。我不会说中文,没有朋友。最糟糕的事情是没有一个能跟我说话的人。"她跟我说话的时候厚厚的眼镜片后面闪着泪光。自从我上次来访,另外两个"哈尔滨俄罗斯人"米哈伊尔·姆亚托夫和尼娜·达维坚科相继去世,她们那个小小的"部族"只留下弗罗霞一个人了。她在药店时的那个中国同事最近也搬到北京和女儿住去了。她不但会说俄语,还能给弗罗霞做点俄罗斯饭菜。"以前,过生日的时候,或者过俄罗斯节日的时候,还能有人来喝杯茶。现在,什么也没有了。"她难过地说。

我和弗罗霞一起坐了几个小时,一直想问她一些和过去有关的问题,好分散她的注意力。可是她只想着她住的这幢楼房要拆迁的事。按计划,第二天要开会确定拆迁的时间。"我最担心的是,"她说,"他们会把我送到养老院。你想象不到那儿有多可怕。"尽管她已经没有能力再照顾自己,她还是觉得到养老院比让她死还难受。我真不知道还能不能再见到她。

第二天上午,我没有按研讨会的安排去太阳岛观光,而是和瓦莉娅一起到皇山公墓去祭奠我的先人。公墓入口处的路刚刚铺过,因为上次来过,所以不怎么费劲就找到扎列茨基家的墓地。我曾祖父母墓碑上的名字都刚刚用黑油漆描过,历经风雨剥蚀的字迹看得更清楚了。我注意到参加这次研讨会的部分代表的先人的墓碑也被整修一新,以便他们过几天来祭奠。这座墓园荒芜已久,现在得到很好的照料自然是件好事,可以吸引更多的"原居哈尔滨人"回来寻根问祖。

当天下午,参加研讨会的代表都到社科院参观哈尔滨犹太人展览。展览板上贴满了反映20世纪哈尔滨犹太人生活的照片。我在大厅里游走着,不时听到有人发出欣喜、惊讶的叫声。原来有人从照片上认出了熟悉的面孔、熟悉的建筑,甚至认出他们自己。我的朋友彼得·伯尔顿,一位来自洛杉矶的退休教授站在展览板前面,饶有趣味地看着一张照片。那是20世纪30年代的他,一位拉小提琴的翩翩美少年。还有许多拍得非常漂亮的人物、街景、犹太会堂、俱乐部和学校的照片。

突然，我看见自己三岁时的照片。照片上的小姑娘迎着冬天的寒风，从展览板上凝视着我。下面是我家人的照片——1936年，曾外祖父母离开哈尔滨到苏联前的照片；1957年，曾外祖母切斯娜来哈尔滨探亲时拍的全家福；50年代，我和父母泛舟松花江的照片；2000年访问哈尔滨时在我家旧址前的留影……另外一块展览板上展示的是那年晚些时候，安德鲁和我在犹太人研究中心参加会议时拍摄的一些照片。我记得，当初寄给他们这些照片，是因为他们要编写一本关于"哈尔滨犹太人"的书，没想到，在这儿派上了用场。第二天下午，驱车路过从前犹太人聚居区的时候，曲伟院长指着经纬街上用塑料布围起来、搭了脚手架的犹太新会堂[1]，不无骄傲地告诉我，政府要重新修缮新会堂，把它建成一座犹太博物馆。2000年，这里是公安局的俱乐部。附近的犹太老会堂[2]现在还是哈尔滨机车车辆厂招待所，不久的将来有望恢复它昔日的辉煌。

2005年7月，我和安德鲁利用济南和北京两个学术会议中间几天的空闲，又回到哈尔滨。此前就听朋友们说，不但哈尔滨两个犹太会堂的修缮工作已经完成，从前鞑靼人的清真寺也整修一新。为了方便，也为了怀旧，我们住到经纬街的假日酒店。这家

1　犹太新会堂：位于哈尔滨道里区经纬街162号。之所以被称为新会堂，是相对通江街犹太中心老会堂而言的。新会堂希伯来语称"别依斯–加麦尔德罗什"，是犹太教哈西德教派会堂。
2　犹太老会堂：位于哈尔滨道里区通江街82号，现为哈尔滨机车车辆厂招待所。市Ⅲ类保护建筑，紧临犹太中学旧址。1907年5月3日奠基，1909年1月15日落成，设计师是H. A. 卡兹-吉列。

酒店离我们家以前的那幢小楼不远，步行就可以到江边，也方便到达那些老哈尔滨多元文化的标志性建筑。

离我们住的那条大街只几个街区就是犹太新会堂。我们上次来访，周围还搭着脚手架，现在已经修缮完毕。午后阳光下，金色穹顶上的大卫星熠熠生辉。就连窗户铁栅栏、岗亭，甚至灯柱和垃圾桶上也有大卫星图案。我们向里面张望的时候，一个年轻妇女请我们买票进去参观展览。"是哈尔滨犹太人展览吗？"我问道，想起曲伟打算把我们上次看过的展览搬到这里。她疑惑地看着我，回答道："是俄罗斯美术展览。"从前的犹太会堂墙壁上挂着许多俄罗斯美术作品——静物画、风景画和人物肖像画。展厅中心最引人注目的地方，挂着一幅体态丰腴的红头发女人的裸体画像。画像上方装饰着耶稣基督"最后的晚餐"的雕带。我们来到楼上的展厅，也没有发现和犹太人有关的任何物件。只有一些展柜里摆放着几件俄罗斯古董、西伯利亚民间工艺品和萨满教的面具。看到这座前犹太会堂集基督教、泛灵论、世俗主义之大成，我们不由得笑了起来。

有人告诉我，这里展出的是一位名叫刘明秀的文化企业家的个人藏品。此人在中俄边境做贸易，在过去十六年间收集了许多俄罗斯油画和艺术品。后来我们到太阳岛参观了他组建的俄罗斯艺术馆。艺术馆坐落在"俄罗斯村"，过去"哈尔滨俄罗斯人"在这里建了不少别墅消夏，现在这些别墅又被重建。相关部门雇了俄罗斯人来这里制作古老的俄罗斯艺术品。这些人身穿色彩鲜艳的传统服装，穿梭来往于太阳岛上。至于"哈尔滨犹太人"的展览，我们发现锁在省社科院的一间库房里。不过几个月之后，又搬到新装修过的犹太会堂，作为永久性展览。

哈尔滨热情地拥抱它多元的城市历史。祖父从前做礼拜的鞑鞑人清真寺也修缮一新，恢复了昔日的辉煌。清真寺内部粉刷得雪白，装饰着传统的褐红色条纹。宣礼塔顶一弯新月俯瞰芸芸众生。这与 2000 年我和父母看到的那座破烂不堪的建筑真有天渊之别。祈祷大厅装饰得简单而高雅。

我的朋友曾一智安排我到清真寺访问。清真寺的长者告诉我，现在这座清真寺又成了穆斯林做礼拜的地方。他说，他们希望政府在附近建一座博物馆，纪念曾经生活在这座城市里的鞑靼人。"尽管现在哈尔滨没有鞑靼人了，但我们希望他们的子孙后代能来这里参观，知道哈尔滨人没有忘记鞑靼人。"我希望能在清真寺里放一个牌匾，纪念我的祖父穆罕默德江·穆斯塔芬。在哈尔滨鞑靼人社区他曾经是个活跃人物。他的坟墓我已经找不到了。

在哈尔滨的四天，我们一直和新朋老友聚会，完全被热情友好的气氛包围。头一天晚上和科利亚、瓦莉娅以及另外几位朋友到哈尔滨音乐厅欣赏来自俄罗斯的两位钢琴家的音乐会，之后大家一起聚餐。第二天和犹太研究中心的同事们见面，安德鲁放映了他制作的纪录片《芳邦路的七支烛台》(*The Menorah of Fang Bang Lu*)[1]。这部片子记录了上海犹太人的生活。我们还一起探讨了如何通过新媒体展示我们的研究成果。

让人伤感的是，这是我最后一次与两位"哈尔滨俄罗斯人"见面。她们是我与这座城市的过往的唯一联系。瓦莉娅身体一直不好，和我们一起欣赏钢琴音乐会一天之后就被送到医院。我到医院里看她。她形容憔悴，十分虚弱。她想尽量让我们的谈话轻

1　七支烛台：犹太宗教仪式所用的烛台之一种。

松点,告诉我,一位上海作家最近出版了写她的那本书《女特务瓦莉娅的故事》。四个月之后,她因心脏病突发而去世,刚过八十二岁生日一个星期。

一天后,我去另外一家医院看望弗罗霞。她已经在那儿住了一个多月,不但病入膏肓,脑子也糊涂了。她一见我就哭了起来。显然很少有人来看她。弗罗霞特别想回家。"玛罗奇卡,你送我回家。"她一定是想起了很早以前的朋友——我的祖母东尼娅。她当然知道,这是绝对不可能的事情。十四个月之后,她以九十六岁高龄离开这个世界。叶弗罗西尼娅·安德烈耶芙娜,哈尔滨最后一位俄罗斯流亡者走了。

在哈尔滨的最后一个下午,我们漫步在我最喜欢去的松花江畔。那天是星期六,河岸边聚集着不同年龄的男男女女,有的用健身器械锻炼身体,有的吃着烤羊肉串儿,打牌,用T恤捕蝴蝶。音乐在哈尔滨人的生活中必不可少。有一位父亲正在教女儿弹三弦。烂漫的花丛旁边有一个人正用萨克斯管吹奏乔治·格什温的《夏天》。不远处,有个男人吹单簧管。后来,我们又看见一个小乐队,有西洋乐器、中国传统的二胡,还有手风琴。我们停下脚步,听他们演奏中国民乐。

在哈尔滨,只要不是中国人,人家就认为你是从边境线那边来的旅游者。站在我们旁边的那个人用结结巴巴的俄语向我们问好,还问我们是从哪儿来的。他一定以为我会回答"布拉戈维申斯克"(海兰泡)或者"哈巴罗夫斯克(伯力)"。我用俄语告诉他,我是从澳大利亚来的,他有点摸不着头脑。我又用勉强会说的一点点中文,尽量清晰地说出"澳大利亚"四个字。他的朋友弄明白了我的意思,和他解释了一遍,两个人都满腹狐疑地看着我。我特别想让他们知道我生在哈尔滨,于是一会儿说俄语,一会儿说英语,想把这个意思表达出来，可他们都听不懂。我又一次在心里骂自己怎么不早点学中文。突然，从记忆深处浮出一个中文字——人。我把这个字和哈尔滨连起来，慢慢地说："我是哈尔滨人。"他们听了都高兴得拍手叫好。小乐队演奏起《喀秋莎》。那是一首脍炙人口的俄罗斯爱情歌曲，描绘一位姑娘站在高高的河岸，思念在远方打仗的爱人。

所有这一切都激发了我要把我的书翻译成中文的梦想，毕竟这本书里的许多故事都发生在哈尔滨，都围绕着中国，都和我们家在这里的生活有关。一年前，我在哈尔滨那次研讨会上宣读我的文章后，有好几位译者都提出要翻译这本书，但是我都没有答应。因为我认为，一本书如果要翻译成另外一种文字，翻译不好还不如不翻。

2007年6月，我回到澳大利亚，全然没有想到一位名叫李尧的先生会给我发来一封邮件。地址显然来自中国，主题一栏写的是"关于翻译你的 Secrets and Spies"。

我迅速浏览了一遍，"我正在翻译你的 Secrets and Spies"映入眼帘。李尧这封邮件的内容大致是，他希望年底前翻译完这本书，已经开始联系出版社了。李尧这封邮件写得既有礼貌，英语也很流畅，和那些记者大不一样。李尧最后还写道，他希望在澳大利亚见我，讨论翻译和出版的事，包括版税。如此说来他对我的"知识产权"很尊重。不过，什么时候可以见面，还不清楚。

我又仔细读了一遍这封信，目光集中到刚才漏掉的两句话：

"你的这本书是两年前大使夫人向我推荐的。但是因为我非常忙,这个选题一直拖到今天。"

骤然间柳暗花明。我想起2005年在北京的时候,澳大利亚驻华大使的夫人(我当外交官的时候和她是同事)对我说,有一位专门从事澳大利亚文学翻译的教授或许会对我的这本书感兴趣。她说出一大堆澳大利亚著名作家的名字:帕特里克·怀特、托马斯·肯尼利、彼得·凯里……他们的作品他都翻译过。"给我留下一本。"她说,"我可以转交给他。"

我并不幻想跻身于这些著名作家之列,但是为什么要失去这个机会呢?我欣然应允,给她留下一本书。可是回到悉尼,工作一忙就把这事儿忘了。

几个月之后,李尧教授访问悉尼。此前他到澳大利亚好几所大学做学术访问,参加文化活动。我们的见面令人难忘。李尧教授刚满六十。他经历了中国半个世纪以来的风云变幻,是一位真正见多识广的知识分子。20世纪80年代,他还年轻的时候,在中国内蒙古工作。当时在内蒙古大学教英语的一位澳大利亚教师送给他一本帕特里克·怀特的《人树》。从那以后,他开始翻译澳大利亚文学作品。我认识他的时候,他已经翻译出版了二十多部澳大利亚重要作家的作品。我们谈话的范围很广,从翻译、出版的艰难到我们在那里共同的根。

我的父母见到李尧时,他们三个人开始用中国话聊天。父母亲最高兴的事情之一或许就是说中国话。20世纪40年代末,他们在哈尔滨工业大学新建的东方研究系学习、工作,使用的就是中文。事实上,他们和李尧有许多共同的话题。他们都以翻译为业,都出生在中国北方,都喜欢北方菜。在我们常去的中餐馆品尝过北京烤鸭、饺子之后,李尧和我母亲开始唱他们都喜欢的革命歌

李尧在悉尼拜访因娜、阿莱克；他们一见面就开始用中国话聊天

曲，然后又用中文和俄文合唱 50 年代中国非常流行的苏联歌曲。

一年后，李尧完成翻译并且以《哈尔滨档案》为名在北京出版了这本书。遗憾的是，我没能去北京参加 2008 年 11 月在澳大利亚驻华大使馆举行的新书发布会。当时正逢澳中理事会成立三十周年，李尧因其在澳中文化交流，特别是翻译领域做出的贡献，荣获一枚奖章。第二年 3 月，我到北京参加澳大利亚驻华大使馆举行的"澳大利亚作家周"活动，到几个城市参加文学活动，和几所著名大学的学生座谈。李尧成功地说服出版社在哈尔滨组织了一次签名售书。

―᙮―

签售现场，我认出其中一位是哈尔滨大学的郭秋萍教授。她在研究"哈尔滨犹太人"的历史，前几次访问哈尔滨的时候，我见过她。她把她的老同学梁阿燕介绍给我。梁送给我一束鲜花和一封用英语写的信。

"我的朋友还记得你们离开哈尔滨时的情景，"郭教授说，"因为你们家走了之后，她家搬了进去。"

"是吗？！"

"没错儿。在经纬街。"

我大吃一惊。"我还记得你小姑娘时的样子。"梁说，"我记得1959年4月最后一天，你在床上蹦来蹦去地玩，我就在旁边站着。后来你妈把你叫走了。你在书里那张照片上穿的小大衣就是离开哈尔滨时穿的那件。那年我九岁。哦，五十年前的事情了，但我一直记着。"

梁问我愿不愿意去她家看看我们家留下的几件家具。我当然不会错过这个机会，和她约定，等李尧和我都空闲下来的时候再去看她。

几天后的一个下午，她带我们去她家。屋子空着，大部分家具已经搬走。也许梁家曾经住在这里，现在要搬走了。在那几件旧家具里，有一个挺高的木头柜子。我模模糊糊记得在家里的老照片里见过。

"这个柜子就是从你们家搬来的。"梁对我说。"那个柜子也是。"她指着另外一个颜色比较浅的衣柜说。她还打开柜门，让我看柜子里面的结构。做工很精细。

梁给我讲她在"我们"家长大的情形时，怀念之情溢于言表。"我对那幢房子很有感情。"她说。接着，她给我讲了她们一家在"我们"那幢房子里生活的故事。她的父亲叫梁建业，是个"老革命"，解放战争期间随林彪的"四野"，从山西来到哈尔滨。1953年转业到地方，起初是哈尔滨公安局副局长，后来成为市政府市长办公室主任。1979年去世。

梁说："我们在那幢房子里住了三十五年，直到1994年政府决定拆了它盖一幢新楼。我知道，2004年你们来哈尔滨的时候，想找那幢房子。可惜，那时候已经没有了。"

梁看起来特别留恋那幢房子。她说，她特别喜欢那高高的窗户，尽管擦玻璃的时候有点麻烦。"你们家的家具也非常漂亮。"她说，她父亲只花了一百五十元就买下全部家具，包括一架钢琴。"不过我父亲在'文化大革命'中，因为这些漂亮家具也吃了不少苦头。"她还说，"文化大革命"后，有的年轻人结婚打家具，还把我们家那几个柜子当样板照着做。她画了一张家具分布图让我看，包括一张很大的桌子。

"那座挂钟哪儿去了？"我问道。妈妈经常提起，她特别舍不得那座挂钟。"从前挂在餐厅。"梁不记得有这样一座挂钟。她说，我们走了以后，政府把屋子里的家具作价拍卖，也许什么人自己留下了。

"那位看门的老人和他的妻子呢？"我问道。我想起母亲经常说，打她记事起，那一对老夫妇就住在我们家。我们临走前，看门人的妻子还送给妈妈一幅刺绣，作为礼物。梁说，那老两口住在院子里的一间小屋里，一直住到60年代中期。"老太太盘腿坐在炕上抽烟袋，就像个老佛爷。"她说，"他们给我们讲了许多关于这幢房子的事。"按照我母亲的记忆，看门人一天到晚坐着，什么也不干。干活儿的都是老太太。

梁还记得，我们对门儿住着个俄罗斯老太太。"她叫斯车碧娜或者库契海兹。"后来，妈妈证实了这一点。

"她经常帮我做俄语作业。"梁回忆道，"后来，她被人抢了一次。从那以后再也不敢随便开门。1964年，她去了澳大利亚或者苏联。临走时,我祖母抱着她说:'你已经七十岁了,还要远走高飞,到另外一个世界。'老太太走了以后,我很想她。"

梁让我看她母亲和她女儿在我们那幢房子阳台上拍的照片。我立刻认出阳台古希腊风格的铸铁栏杆。我们家的许多照片都是以这一排栏杆为背景拍摄的。后来,我还找到一张我小时候站在这个阳台上拍的照片。我还认出阳台上形状像一对金耳环一样的图案。许多年前,父母亲从希腊给我买了一对耳环,就是这个图案。后来我跟妈妈提起这事,她一脸茫然。但我相信,他们给我买这对耳环的时候,潜意识里一定是想起哈尔滨阳台上栏杆的图案。

"那张照片是 1994 年 10 月拍的,就在政府让我们从那儿搬出去之前。"梁说。

"你女儿现在在哪儿?"我问。

"澳大利亚,学医呢。"她笑了起来。

梁告诉我,她女儿"艾莉森"已经在澳大利亚待了八年,先是在塔斯马尼亚读高中,现在在悉尼大学。

我高兴地说:"我也在那儿读过书。"

我和李尧在哈尔滨期间,市政府热情地接待了我们。我充分体会到,自从第一次来访,十年间,这座城市在接受多元文化的过去,接纳原居民以及他们的家庭方面有了多么大的进步。

在公墓,这一次我祭奠了去世不久的朋友们——在俄罗斯东正教墓区祭奠了瓦莉娅和弗罗霞阿姨;在犹太墓园祭奠了我的先人。在瓦莉娅的墓地旁边,随行的吉宇嘉告诉我,瓦莉娅曾经是她的俄语老师。事实上,哈尔滨许多年轻人都跟她学过俄语。自从我上次来祭奠先人,公墓又做了许多修缮工作,新建了一座纪

2009年春，与李尧、吉宇嘉在哈尔滨合影留念

念碑，纪念在抗日战争中牺牲的苏联士兵。在犹太墓园建了一个纪念堂，看上去和道里区的犹太老会堂很像。

我去访问黑龙江省档案馆的时候，送给他们几本《哈尔滨档案》，感谢他们允许我查阅与我家族有关的档案资料。馆长很热情地向我颁发了收藏证书。我抓住机会，表达了自己的愿望，那就是，趁有些老人还活着，档案馆多开放一些各民族珍贵的历史资料，以便他们根据自己的亲身经历向感兴趣的历史学家做出解释。后来，在张天波为我举办的告别宴会上，我又重复了这个观点。

离开哈尔滨之前，我和我的朋友曾一智一起，在道里区的一家饭店请梁吃饭。出乎我的意料，她拿出两把挺大的铁钥匙和一个小滑动锁送给我。她说，铁钥匙是我们家通向经纬街院门上那把大铁锁的钥匙，小滑动锁是楼房里的锁。

"我是在1994年，他们推倒那座大门建银行时，冒险拆下来的。"梁说。

我非常感激，告诉她，那幢房子是20世纪30年代初，我祖父建的。"我会把它们装到一个镜框里，送给我的父母。"回悉尼后，我在他们过八十岁生日时，把这几把钥匙作为生日礼物送给他们。我想找一张那幢房子的照片，但是只有一张80年代别人访问哈尔滨时拍的快照，实在不能算作我们一家生活的真实记录。于是，我在镜框里镶了一张我四岁时站在那扇大木门前的照片。照片上的我穿着漂亮的白羊皮短大衣，高筒靴子。

我从哈尔滨，坐晚上的飞机，直飞上海。终于没有讲座、演讲，没有官方安排的正式活动了。闭上眼睛，我仿佛又看见两个星期前，在魅力酒吧做讲座时用投影仪投射在墙幕上的曼娅。照片上的曼娅身着深褐色风衣，年轻美丽。魅力酒吧是把曼娅的故事带回上海的最合适的地方。1934年，她到苏联前，在中国的最后一个落脚地就是上海。但是对于21世纪上海年青一代来说，曼娅和她家族的命运的故事听起来是那样遥远而陌生。

曼娅是我和上海的纽带。这座城市的历史、它的魅力让我着迷。和哈尔滨相比，它更具异国风情，更国际化。我又一次纳闷，当年，她怎么会离开这样一座美丽的城市去往苏联？如果曼娅留在上海，她的命运，以及跟随她一起去苏联的家人的命运会是怎样的不同！

我从浦东国际机场乘出租车，穿过茫茫夜色，经淮海中路——从前的霞飞路——到我要下榻的前法国租借地。沿着宽阔的林荫大道，我看见灯光明亮的新建的大商场和写字楼。我认出上海图书馆和上海社会科学院的大门。十年前，我对上海俄罗斯人和犹

17 我是哈尔滨人

四岁的玛拉,站在哈尔滨老宅的大木门前

太人的研究就从这里开始。

记得,我和汪之成教授一起在曾经的"法租界"的大街上漫步。他对在上海生活的俄罗斯流亡者有颇多研究。我们走了好几个小时,探究曼娅在上海生活的踪迹,登上她曾经和家人一起住过的那幢房子的楼梯。我把有关她的信息拼凑到一起:她向审讯人员交代,她曾经在"妇女工作室"当牙医。久加诺夫 1936 年编写的文集中有一篇文章《俄罗斯人在上海》。文章说,"妇女工作室"接受俄罗斯流亡者报纸《上海柴拉报》[1]的赞助。我们还到附近的淮海中路做了一番探究。但我还是一头雾水,曼娅怎么会被他们打成"白卫军"的间谍、日本特务?她真的是牙科医生吗?或者只是对审讯人员说的假话?

我想,如果我要搜集关于"妇女工作室"更多的资料,也许从《上海柴拉报》入手是个好办法。通过上海的朋友,我打听到,上海图书馆的外文报纸都在徐家汇圣依纳爵主教座堂附近的一个小图书馆里存放着。图书馆是一座新装修过的白色小楼。从前,这一带是耶稣会信徒的地盘。我从曼娅的档案中得知,她 1933 年到上海,大约 1934 年底到符拉迪沃斯托克(海参崴)和哥哥阿布拉姆住在一起。我请求查阅这期间的《上海柴拉报》。

我一页一页地翻着发脆泛黄的报纸,眼睛紧盯着,寻找"妇女工作室"的字样。不一会儿,这几个字就映入眼帘。1933 年 5 月 3 日第二版的大字标题写道:"'上海黎明工作室'注册"。文章说,俄罗斯妇女因为对未来的生活没有足够的准备,没有技能

1　《上海柴拉报》:这是一份俄侨创办的报纸,在哈尔滨叫作《霞光报》,在上海叫作《上海柴拉报》,"柴拉"是俄语 Заря 的音译。

和谋生的手段，陷入困境。文章宣布：

> 为了满足这些俄罗斯移民的需要，不久的将来，《上海柴拉报》将和"妇女问题专版"一起开设一个工作室。目的是为俄罗斯妇女——无论是否具有生存手段——提供学习一系列有用的技能的机会。

随后几周，报纸刊登了关于工作室的许多广告和文章，介绍他们开设的各种课程。从制衣、制作女帽、美甲、理发开始，一应俱全。1933年6月8日工作室开始营业前，报纸号召俄罗斯社区居民向工作室捐旧家具、儿童书、玩具，参加祈祷仪式。随后几个月里，报纸不断发表文章，鼓励妇女去工作室学习。工作室开设的课程越来越多，有英语、法语、打字、速记、芭蕾、体育运动、减肥、紧身衣制作和美术。

1933年8月，工作室从原先的临时办公地点搬到霞飞路965号，玛丽鞋店楼上。报纸上有一个大字标题写道："工作室如日中天"，详细介绍了可供学习的课程。还有的文章说，"妇女工作室教大家提高独立思考能力"，工作室的制帽车间已经开始生产、定做帽子，随后制作女装，这样一来"扩大了工作范围"。

我在不经意间，注意到1933年10月11日《上海柴拉报》上刊登的一篇文章。文章谈到哈尔滨一个与上海妇女工作室类似的机构为他们开设牙科诊所写推荐信的事情。也许因为我那会儿把注意力完全集中在"牙齿"上面，我开始注意关于牙齿健康的文章，牙膏、漱口液的广告。我还注意到1934年1月8日报纸上刊登的一则关于开设牙科技术课程的公告，尽管这个公告和上海妇女工作室关系不大。再往后看，我的心脏几乎停止跳动。

1934年1月11日《上海柴拉报》上刊登的曼娅的牙科诊所的广告

1934年1月11日《上海柴拉报》第七版下半页出现这样几行文字:

牙科诊所
M. G. Onikul
"上海黎明"妇女工作室
霞飞路965号
专治牙齿、牙龈各种疾病,无痛拔牙,与人工牙齿、金牙研究室合作镶各种义齿
门诊时间:上午9时至12时,下午2时至6时
电话:73927

我继续翻看眼前那一堆报纸,发现曼娅的广告在接下去的几

个星期、几个月一直刊登在《上海柴拉报》上。有的篇幅大一点，有的小一点。还有几幅广告说，星期二免费义诊。我看到的最后一份广告刊登在1934年7月18日的报纸上。

一切都水落石出了。曼娅的确在上海妇女工作室当过牙科医生。她在高尔基市对审讯人员说的都是实话。虽然我以前并没有怀疑她的"口供"，但是看到报纸上这一行行刺眼的黑体字，我的心还是一阵阵震颤。这些报纸还让我越发清楚地看到30年代，妇女工作室在上海俄罗斯妇女的生活中起到多么重要的作用。但我依然想不明白，曼娅为什么会在来上海仅仅十个月之后，选择离开这座充满活力的城市，前往给她带来巨大苦难的苏联。

这一点，我永远不会知道。

犹太人的习惯是在祭奠逝者后，放一块石头在他们的坟墓上，以表示他们还被后人记在心中。对于我的家人，以及所有在那个特殊的年代受尽苦难的人们，这本书就是我献给他们的"石头"。

跋

纽 带

    2016年2月13日早晨，我的父亲阿莱克在悉尼平静地离开了这个世界。那是一个阳光明媚的夏日。两年半前，父亲因中风卧床不起，无法居家养老，只能住进一家疗养院。他虽然总睡觉，但思维清晰，没有语言障碍，还能说四种语言。阿莱克特别喜欢和护士长温迪说中国话。温迪是从上海到澳大利亚的。有时候，他还和另外一个护士讲日语。

    阿莱克闭上眼睛之前，最后一次凝视的是挂在床头的那幅油画，上面画的是老哈尔滨游艇俱乐部。这幅画是2015年我和丈夫安德鲁访问哈尔滨时，黑龙江省政协主席杜宇新送给我们的礼物。

    杜宇新送给我们这幅镶嵌在很重的镀金框里的画时说："这是一位名叫孙天台的画家的作品。"

    我立刻被画面上的景色迷住了。"我父母经常讲起这个游艇俱乐部。"我对他说，"这是他们在哈尔滨时休闲娱乐的地方。"至少是他们当年无忧无虑生活的一部分。

    "我把这幅画挂在我父亲现在住的疗养院的房间里，您介意吗？"我问杜新宇，并且介绍了父亲现在的身体状况。

老哈尔滨游艇俱乐部

他当然同意。但我知道,他一定想象不到他的馈赠对于我们一家有多么重要的意义。

从中国回澳大利亚的路上,我和安德鲁一直小心翼翼地拿着这幅画,用塑料泡沫包着,生怕弄坏。回悉尼后,径直把画送到蒙特菲奥里疗养院父亲的房间。

"醒一醒,爸爸。我们从哈尔滨给你带来一件礼物。"我说。阿莱克睁开眼睛。我们打开那幅画,他长久地凝视着,听我们讲在哈尔滨会见杜宇新先生的故事。

"这是游艇俱乐部。"他说,脸上露出一丝微笑。俱乐部外面,沿陡峭的石头堤岸,停泊着几条木船。远处的蓝天白云让阿莱克想起年轻时和朋友们在松花江上划着游艇度过的快乐时光。夏天,他们在湍急的河水中嬉戏。冬天徒步走过冰封雪冻的松花江。

他每天都和母亲谈论这幅画。

这件感动人心的礼物象征着我们家与哈尔滨重新建立的联系。2000 年 5 月,我们第一次回到哈尔滨,走在已经记忆模糊的大街上,寻找几十年前我们家留在这里的足迹。那时候,我们抱着一种试探的心理,无论是我,还是我的父母,都是做梦都想不到十五年后,我会和这座城市建立起如此紧密的联系。

我最近一次访问中国是在 2015 年 9 月,适逢纪念太平洋地区第二次世界大战胜利七十周年的日子。在中国,官方的说法是"纪念抗日战争暨世界反法西斯战争胜利七十周年"。在那个胜利的日子——9 月 3 日,安德鲁和我坐在上海宾馆的房间里,目不转睛地看着电视转播中大阅兵的宏伟场面——一队队年轻的士兵迈着正步,通过天安门广场。天空湛蓝,这是两个星期前北京以及周边城市部分工厂关闭、车辆限行的结果。

整整一天,电视里都播放着历史文献纪录片,展示了中国人民在日本侵略者的统治下遭受的苦难,显示了中国抗日战争在世界反法西斯斗争中起到的重要作用,以及与世界各国人民在战斗中建立的友谊。

我们在上海观看的几场演出也表现了纪念反法西斯战争胜利七十周年这一主题。《犹太人在上海》讲述了一位中国实业家的女儿爱上一个从德国流亡到上海的年轻工程师的故事。我们是和上海社会科学院犹太研究中心的潘光一起看的那场演出。潘光是我们的朋友,长期收集整理犹太人在上海的故事,很为自己参与这个中国与以色列合作的项目而骄傲。他对我们说,他希望这个故事能拍成电影。

几天后,我们观看了由虹口区上海犹太难民纪念馆原创的音乐话剧《苏州河北》。在这部剧里，虹口犹太人聚居区一位咖啡馆老板的女儿保护了一名年轻的中国革命者免受日本人迫害。很遗憾，因为我们去晚了，没能看到上海音乐学院演出的另一部音乐剧。那部剧是关于一位犹太难民小提琴教授和他的中国学生的爱情故事。幸运的是，上海音乐学院有关领导得知安德鲁和上海的关系之后，特地送了我们一盘该剧的DVD。那天，我和安德鲁在音乐学院行政楼外面转悠。这幢楼原先是上海犹太人俱乐部。学院的人问我们"有何贵干"，安德鲁对他们说：

"我的父亲博莱斯瓦夫从波兰逃到上海之后在犹太人俱乐部当会计。也许楼下哪个房间就是他曾经办公的地方。"

大门立刻打开，他们很热情地领我们进去一探究竟。大楼还保留着原来的模样，甚至还有从前用过的老式家具。我们踩着咯吱咯吱作响的楼梯上上下下地参观，想象着20世纪30年代，这个犹太人在上海的文化和社会活动中心会是一个什么模样。

听说安德鲁的父亲在波兰时曾经在他祖母领导的弦乐四重奏乐团拉小提琴，音乐学院的工作人员越发惊讶不已。

"我父亲在这幢楼里工作时，他的母亲在波兰的罗兹犹太人区举行了最后一场独奏音乐会。"安德鲁对他们说。

"你父亲在上海还拉小提琴吗？"他们问。

"不了，"安德鲁静静地说，"他没有多少空闲时间。听说母亲在切姆诺集中营被纳粹杀害之后，他再也没拉过小提琴。"

1941年，博莱斯瓦夫与妻子从波兰逃到立陶宛，但他没能成功地让父母亲逃离波兰，为此，他一直不肯原谅自己。颇具讽刺意味的是，正是驻立陶宛考纳斯的日本领事杉原千亩给他们发放了出境签证，他们才顺利到达上海，在那里度过战火纷飞的岁月。

纽 带

哈尔滨早在 1932 年 2 月，就被日本人占领。重新修缮过的"侵华日军第 731 部队罪证遗址"博物馆开馆是对抗战胜利七十周年的最好纪念。那是一个日本人进行生化实验的秘密基地，大多数受害者是中国人，但也有一部分是俄罗斯人和其他国家的人。我突然想到，我父亲的舅舅弗拉基米尔 1939 年在哈尔滨失踪，那年他二十九岁，很有可能就在这里被迫害。

和以往一样，我们住在位于经纬街的假日酒店。因为这里离我们家过去的住宅很近。我上次访问哈尔滨时与郭秋萍教授曾有一面之识；旧地重游，她在装修得非常漂亮的马迭尔宾馆为我们安排了欢迎宴会。马迭尔宾馆，这里曾经发生过许多与"哈尔滨俄罗斯人"有关的重大事件。出乎意料的是，哈尔滨师范大学音乐学院的天才歌手为我们举行了一场特别演出，从古典的咏叹调到传统的中国民歌、时髦的爵士钢琴，可谓应有尽有。一位年轻的男高音歌手演唱了普契尼《图兰朵》中的《今夜无人入眠》。来中国之前，我们刚在悉尼歌剧院观看过这部歌剧。我对歌手说："你应该到悉尼歌剧院去表演。"

我那时全然不知，到年末，新建的哈尔滨歌剧院将巍然耸立于松花江畔。它那 21 世纪宏伟大气的设计，将挑战我们的悉尼歌剧院。

哈尔滨不愧是"音乐之城"。秋日的傍晚，沿中央大街一路走来，我们看见马路两边搭着许多小舞台，乐师和歌者在那里表演。古典音乐和爵士乐、摇滚乐相互竞争，不分高下。最引人注目的是马迭尔宾馆阳台上的乐队和歌手。他们一支接一支地演唱俄罗斯歌曲。楼下的冷饮店正出售著名的马迭尔冰棍。

还有一天晚上，我们和老朋友曾一智到位于通江街的犹太老会堂听了一场室内音乐会。这幢建筑恢复了会堂原来的结构，以此纪念哈尔滨犹太人的政治领袖亚伯拉罕·考夫曼和他的儿子泰迪。泰迪为建立犹太人与哈尔滨的联系做出巨大的努力，可惜他没有活到这一天。我们从友人丹·本·卡南那儿听到老会堂改建成音乐厅的消息。卡南是一位生活在哈尔滨的以色列学者，积极参与了这个项目。

音乐厅旁边是犹太人中学旧址。20世纪40年代，我父亲在这里读高中。后来这里成了朝鲜族第二中学，现在则改造成了音乐学校。有趣的是，这所学校以俄罗斯作曲家亚历山大·格拉祖诺夫的名字命名。早在20年代中期，俄罗斯人在哈尔滨建立的三所音乐学校中的一所就是以这个名字命名的。教学楼大厅内悬挂着大幅展板，展板上的大字标题是："哈尔滨俄罗斯移民音乐教育"。一幅幅杰出的俄罗斯音乐家的照片、音乐会节目单、各种证书勾勒出那一段音乐教育史。

20世纪20年代，许多音乐家、艺术家从俄罗斯逃亡到哈尔滨，为这座城市留下一大笔丰厚的"音乐遗产"。他们建立了三所音乐学校，并且成立了交响乐团、合唱团和舞蹈团。

"这位是格尔什戈瑞纳。"我指着一张很漂亮的黑眼睛妇人的照片说，"她是我母亲小时候的钢琴教师。后来，日本人不准'苏联'儿童和无国籍'白俄'来往，母亲不得不中断学业。母亲为此非常纠结，难过。那时候她十三岁，不知道自己做错了什么，不能跟格尔什戈瑞纳学习钢琴。"

瓦伦蒂娜·格尔什戈瑞纳是哈尔滨第一所音乐学校的校长。她自己也有个音乐工作室。在学校一年一度的音乐会上，前半场她的学生表演，后半场由那些技艺高超的钢琴家和哈尔滨交响乐团表演。对于像我母亲那样的小姑娘来说，那可是日日期盼的盛事。直到今天，她还珍藏着当年演出的节目单。

"那个秃顶老人叫特拉赫滕贝格。他是一位非常优秀的小提琴演奏家和教师。我们家的一位老朋友是他的学生。我见过他的照片。"特拉赫滕贝格来哈尔滨之前在圣彼得堡学习，还在一所音乐学校任教，是哈尔滨交响乐团的台柱子。"这是他和他的弦乐四重奏乐团的合影。50年代，他在悉尼住了一段时间，后来去了美国。"

走在中央大街，我想起许多哈尔滨的音乐家、艺术家在20世纪五六十年代举家去澳大利亚，有的加入交响乐团，有的教新一代"哈尔滨人"学习音乐和芭蕾。

"我在悉尼的钢琴老师也是从哈尔滨来的。"我对安德鲁说，"她叫玛丽亚·格拉西莫夫娜·安提帕斯－梅塔克萨斯。"她开着她那辆老式莫里斯小汽车走遍悉尼，教从哈尔滨来的俄罗斯小姑娘学习弹钢琴。和格尔什戈瑞纳的哈尔滨学生一样，我们都在悉尼音乐学校一年一度的音乐会上表演节目。

"听名字她像希腊人，而不是俄罗斯人。"安德鲁说。

"没错。她父亲是一位非常富有的希腊企业家，大概是从黑海到俄罗斯远东的。他在哈尔滨的伏特加酿造厂特别有名。我妈说，安提帕斯家的屋顶上有古希腊的雕像。他们家就在道里离这儿不远的地方。"

"也许中央路的这些雕像就是从那儿搬来的。"安德鲁笑着说。

俄罗斯人、犹太人、拉脱维亚人、波兰人、希腊人——哈尔滨真是一座多元文化汇聚、交融的城市。

我们最近听说，安德鲁的一位叔叔，约瑟夫·卡米尼凯逃离波兰之后，40年代初也在哈尔滨住过，后来才到的上海。1941年，他带着一份身份证明文件进入伪满洲国。我们很想找到约瑟夫当年在哈尔滨的住址。他的相关文件上用潦草的俄文登记着街道名称，上面盖着两个哈尔滨警察局的印章。一个住址是在中央大街37号。那幢楼如今还在，叫"谭木匠"工作室，制作、出售精美的木梳。另外一个住址在东风大街，原来的建筑荡然无存，被一家俗艳的店面所取代。这家商店就在我的希腊－俄罗斯音乐老师旧居的马路对面，离我一位姑妈的旧居也不远。

——

我们乘坐的汽车从南岗区西大直街拐了个弯儿，便进入哈尔滨工业大学，我父母亲的母校。这是我和安德鲁第一次访问这所大学。我们应邀会见这里的学者，参观校史博物馆，参加几场讲座，包括纪念第二次世界大战胜利七十周年的讲座。

哈尔滨工业大学是中国的著名学府，现代化的教学大楼、宽阔的运动场都给我留下深刻的印象。学生们穿着时髦的休闲服装，和世界各地的大学生一样，有的坐在草地上聊天，有的埋头玩手机。但是我脑子里想的还是当年我父母就读的老校园，以及他们那本《同学录》封面上的照片。在校园里驱车行驶的时候，我一直在找那座很有中国味道的校门。我看过阿莱克和因娜毕业时在那座大门前拍的单人照，还有和同学们的合影。学生时代，他们在那里相识、相恋。

2000年，我们第一次回到哈尔滨，因娜和阿莱克带我来看这座大楼。那是他们年轻时代在哈尔滨生活的"里程碑"之一。但是那时候，大楼年久失修，大门紧闭，门前堆着垃圾，不知道是准备拆除，还是要维修。我让父母像从前那样，站在拱形门廊下拍照留念。

现在，旧地重游，又见这座特殊的拱门，我的心不由得加速跳动。大楼已修缮一新，门开着。

"欢迎参观哈尔滨工业大学校史博物馆。"一个年轻人领我们走进大厅。正面的墙壁上挂着各民族历届毕业生在拱门前的毕业照集锦。那个年轻人用流利的英语一边介绍学校的历史，一边领我们到各个展厅参观。那些照片和实物展示了从20世纪20年代以来，哈尔滨工业大学在各个不同历史时期经历的风云变幻。

校史博物馆是2010年对这座已有九十多年历史的建筑进行修缮改造之后开馆的。当年，这所学校是在中东铁路管理局的支持下建成的。最早一张照片上的校名是"中俄工业学校"，1922年改名为"中俄工业大学校"。起初用俄语授课，尽管学生中既有俄罗斯人又有中国人。到30年代，日本人占领哈尔滨，结束了这种模式，直到1945年战争结束，学校又归俄罗斯人管理，用俄语教学，课程都是按照苏联的教学大纲设置的。50年代，学校由中国政府管理，用中文教学，学生主要是中国人，哈尔滨的俄罗斯人渐渐流散到世界各地。

展览厅里展示的还有哈尔滨工业大学历届校领导、老师和学生的照片。还有教学计划、毕业证书、考试时间表、教科书，以及日常物品等。我还看到玻璃橱柜里放着两本生活在悉尼的哈工大毕业生在许多年前用俄文出版的《工大杂志》。

哈尔滨工业大学在纪念历史的同时，更加着眼于未来。大礼堂的墙壁上悬挂着许多与他们交流合作的世界各地大学的徽章和旗帜，其中有南澳大利亚大学。在与学校国际部的交谈中，我们得知哈工大计划在2015年晚些时候派出一个代表团到阿德莱德进行学术访问，并且会见校友。我提到悉尼有不少哈工大的俄罗斯校友，他们都已经八九十岁了。2015年11月初，代表团来到悉尼，在几位生活在悉尼的华人校友的带领下，来到我的家中。喝下午茶的时候，我把他们介绍给毕业于哈工大的几位校友，包括我的母亲。他们时而用英语、时而用中文交谈，看着老照片，回忆往事，相聚甚欢。想到20世纪50年代末60年代初，由于中苏关系恶化，他们在哈尔滨最后几年的生活受到的影响，这些老人都感慨万千，都觉得在哈工大的读书岁月是他们一生中最宝贵的财富与回忆。

更令人激动的是，哈尔滨工业大学将与澳大利亚建立更加紧密的联系。2016年1月，哈尔滨工业大学澳大利亚研究中心正式成立。对于我，这个好消息另有一番特别的意义——我和悉尼大学的同事刚刚开始一个有关战后俄罗斯人从中国移民到澳大利亚的研究课题。几个月之后，我很荣幸地被哈尔滨工业大学澳大利亚研究中心聘请为客座教授。他们把传记写作列为研究主题之一。

这次访问不但使我有机会和几所大学建立联系，开展学术交流，还使我有机会见到几位好几年没见的老朋友。在哈尔滨，我最重要的朋友是曾一智。我在2000年与她相识，从那时候起，她就成了我的"哈尔滨故事"不可缺少的一部分。尽管我们不能用同一种语言交流，但我总觉得我们是在同一个"频道"（有一种特别的相互理解）。我非常赞赏一智为把"哈尔滨俄罗斯人"的故事展示在世人面前所做的努力，赞赏她为保护这座城市的历史遗址与文物做出的贡献。

在哈尔滨最后一个星期日的下午，我们年轻的朋友小张带我们去极乐寺游玩。第一次见小张是在悉尼，那时他在悉尼理工大学攻读动漫制作硕士研究生学位。安德鲁是那所大学的社会学教授。小张的父亲叫张天波，2009 年，我的第一本书在哈尔滨举行新书发布会时，他代表哈尔滨外办接待了我。在悉尼，我和安德鲁介绍小张去学习潜水。他非常喜欢这项运动，后来取得潜水教练的资格。回哈尔滨后，他成立了自己的潜水学校，取得很大的成功。

那天晚上，我们和小张的家人一起吃晚饭。我偶然提到皇山公墓，以及我对曾外祖父母那座坟墓的惦记。我已经付了修坟的钱，但还是担心公墓方面能否按照我们的要求把坟修好。张天波在为我们的友谊举杯祝酒的时候，郑重其事地宣布：我的家人就是他的家人。从今往后，他或者他的儿子小张，在给他们家先人扫墓的时候，一定也为我的曾外祖父母扫墓。我深受感动。

张天波一家说到做到。那年过春节的时候，小张告诉我，他已经去拜谒过几次我曾外祖父母的墓，并且发来不少照片。那些照片显示，修墓工作已经完成，完全合乎我们的要求。几个月后的清明节，我收到下面这封电子邮件：

> 清明节前夕，我们以玛拉和她丈夫的名义，祭奠了她埋葬在哈尔滨犹太人公墓的先人。我们按照犹太人的传统在墓碑前放下三块石头，并按照中国人的传统，在香炉里点燃三炷香，供奉了香烟、伏特加、糕点和矿泉水。永远怀念逝去的先人。

2017 年，我又回到哈尔滨参加由哈尔滨市外办举办的"世界原居哈尔滨人交流大会"。会议的主题是"回顾交流历史、提升国际形象、助力东北振兴"。这次会议把不同文化、不同民族的原居哈尔滨人和他们的后裔聚集在一起，包括俄罗斯人、波兰人、犹太人、格鲁吉亚人、卡拉伊姆人[1]和鞑靼人。我们来自世界各国，包括俄罗斯、波兰、以色列、美国、澳大利亚、拉脱维亚和日本。我们的家人都定居在那里。

"为什么政府要做这件事情？"

"为什么这么多年以后要这样做？"有的代表问。

在我看来，过去的十年里，哈尔滨市政府一直致力于和曾经把这座城市当作自己家园的各社会团体、个人建立良好的关系。这次会议不过是所有这些举措的一个新亮点罢了，哈尔滨具有世界性的历史，无论在经济合作还是人员交流方面都将展开新的画卷。哈尔滨市长宋希斌在与学者、专家座谈的圆桌会议上的讲话就将这次会议放到这幅画卷的大背景下，盛赞哈尔滨的文化多样性为这座城市发展做出的贡献。

对于我们共同历史的这种认可，鼓舞了在座的每一位代表。市长还邀请我们为保护哈尔滨原居民的历史、吸引更多的人来访建言献策。和在以往类似场合一样，我强调了更好地梳理、利用个人和族群的历史档案的重要性。希望有关部门为方便学者查阅档案、加深对我们共同历史的了解做出努力。

除了会议的正式活动之外，我们在哈尔滨还参加了许多别的活动。我们到皇山公墓祭奠了先人和已故的朋友，参观了极乐寺和有趣的博物馆，沿着松花江漫步。坐落在松花江畔的哈尔滨新歌剧院让与会者十分惊喜，它的设计堪与我们的标志性建筑悉尼歌剧院媲美。然而，我的内心深处却一直十分悲伤。

1　卡拉伊姆人：卡拉伊姆人在当今世界人数极少，20世纪初，他们中的一部分人在中国哈尔滨有着一段不为人知的发展历程。

跋 纽 带

2017 年 2 月 19 日，我的朋友曾一智在与癌症抗争多年之后，终于输给了病魔。

会议召开之前，《黑龙江日报》的一位记者问我，回到哈尔滨有何感受时，我忍不住热泪奔流。

我对他说："十七年来，回到哈尔滨，第一次没有曾一智陪伴在我身边。"

在她去世前几个月，曾一智通过她的女儿表示同意我组织力量把她的《城与人——哈尔滨的故事》翻译成英文。

中国读者说，读了我的书之后，他们知道了许多过去从来没有听说过的关于哈尔滨的事情。这就让我深深地认识到，通过翻译共享这些故事的重要性。我的目的是，让不懂中文的读者能够通过曾一智的这本书更多地了解哈尔滨的历史。在过去的许多年里，曾一智采访了许多中国和俄罗斯的"哈尔滨人"。把这本书翻译成英文，不但使曾一智和她的作品走向世界，也是我对朋友最好的纪念。

我离开哈尔滨的时候年纪太小，对这座城市很难有"乡愁"之感。我也并不渴望在中国的土地上找到失去的俄罗斯的世界。但是，作为一个历史学者，我对这座城市的过去充满了兴趣和好奇。更重要的是，我珍视在哈尔滨建立起的不曾预料、不断发展的友谊，我珍视与中国朋友分享的种种经历以及今后继续增强相互理解的机会。

这是把我们紧紧连在一起的纽带。

致　谢

　　这本书是好奇、好运气以及跨越不同国度的许多人帮助我揭露真相、恢复记忆的结果，我们共同尝试着将已然支离破碎的生活予以弥合，将曾经充满生机的社会群体加以重塑。

　　这本书成形很久以前，我就已经开始"探索之旅"。一路走来，得到许多朋友、亲戚，甚至从未有过交集的陌生人的帮助。我和他们建立了持久的联系、深厚的友谊。有的人帮我挖掘历史，有的人与我分享他们自己的经历和故事，还有的人为我这本书的写作和出版，默默无闻地奉献。他们中的许多人我都在这本书的英文版和第一个中文版中表示了感谢。

　　我在这里要特别向两位中国朋友致谢。一位是哈尔滨的记者、作家曾一智，另一位是澳大利亚文学杰出的中文译者李尧教授。我和曾一智不会说同一种语言，但是我发现我们有一种非常特别的缘分，两个人心有灵犀，我们成了亲密的"哈尔滨姐妹"。李尧坚信中国读者会喜欢我的这本书，他和我密切合作，将我的故事带回我的家乡，使我和我出生的这个国家再续前缘，密不可分。我非常感谢他们二位与我之间经久不衰的友谊，感谢他们的支持、耐心，帮助我在中国找到自己的路。

最后，我要感谢我的家人。我的丈夫安德鲁·雅库布维茨，他自己的家人是从纳粹铁蹄下逃亡到上海的犹太难民。在我的这条"探索之路"上，也有他的足迹。他鼓励我用我的心声讲述这个故事。我的父母因娜和阿莱克·穆斯塔芬，他们和我一起回忆那些或痛苦或快乐的往事，回答我没完没了的问题。尽管起初对这本书能否受到读者欢迎心存疑虑，但他们最终还是理解了，通过讲述一个家族真实的故事，可以让许多人记住一段人类共同的历史。

译后记

《哈尔滨档案》2008年由中华书局出版后引起广泛关注,是我的译著中影响较大的一本。十年间,围绕这本书又发生了许多事情,作者玛拉一直希望把这些事情记录下来,并且对第一版《哈尔滨档案》的原著做一些补充和修正。我也一直鼓励她出版一本更完整的《哈尔滨档案》。2014年,我们在悉尼大学见面时确定下这个目标。2015年,在哈尔滨相聚时,任务基本完成。新版《哈尔滨档案》不仅根据俄文版对原作做了修改和补充,还增加了不少珍贵的照片,更完整地记录了玛拉一家几代人在20世纪前半叶横跨欧亚大陆、几经风云变幻的苦难历程。玛拉是一个对自己的作品特别认真负责的作者。她不仅对书中记录的历史事件的真实性容不得半点含糊,就连人名的翻译也是精益求精。本书主人公曼娅,在2008年中华书局版中,我们按照中国读者的习惯译作"玛亚"。但玛拉总觉得Manya在俄文和英文读音中"玛"后面有一个n的音,不把这个音翻译出来似乎有损这个美丽女子的形象。几经探讨,多方求证,我们尊重作者的意见,把"玛亚"改成"曼娅"。相信读者通过这本书会对那个离我们渐渐远去的

译后记

时代有更加深刻的了解。

这本书出版过程中得到许多朋友的支持和帮助。玛拉在书中多次提到的曾一智是我应该特别感谢的一个人。曾一智是玛拉在中国的挚友,曾经审读 2008 年中华书局版《哈尔滨档案》和玛拉为新版增补的章节。玛拉为纪念她和曾一智的友谊,希望她为新版《哈尔滨档案》写序。曾一智在身患绝症、自知不久于人世的情况下,忍着病痛,坚持写作,如期把《我们是哈尔滨的女儿》代序言发给我,之后不久,就永远离开她深爱的亲人和朋友。这篇序言成为她留给这个世界最后的文字。玛拉对曾一智的友谊与爱并没有因为她的离世而稍减,恰恰相反,她希望把这份弥足珍贵的姐妹情一代一代地传下去。目前她正在曾一智的女儿张田的协助下,组织力量把曾一智的重要著作《城与人——哈尔滨的故事》翻译成英文出版。

哈尔滨的许多朋友对这本书的再版也给予热情的帮助,特别是黑龙江人民出版社的李智新编审在认真阅读《哈尔滨档案》的基础上,也为我们纠正了一些哈尔滨地名、人名翻译中出现的错误,使得这个版本更趋完善。

三联书店历来是我和许多作者、读者最喜欢的出版社。三联书店新一代的年轻编辑更以他们渊博的学识、认真负责的工作态度团结了一大批作者、译者,出版了许许多多优秀的作品。我特别感谢本书的责任编辑王振峰、张静芳,她们为这本书出版付出的心血和汗水,无私奉献的敬业精神令我感动。正是她们的辛勤劳动,使得《哈尔滨档案》有机会跻身于三联版的图书之中,放射出别样的光彩。这无论对玛拉还是对我,都是荣幸。

译 者
2017 年 6 月 20 日写于北京

附录：奥尼库尔家族谱系图

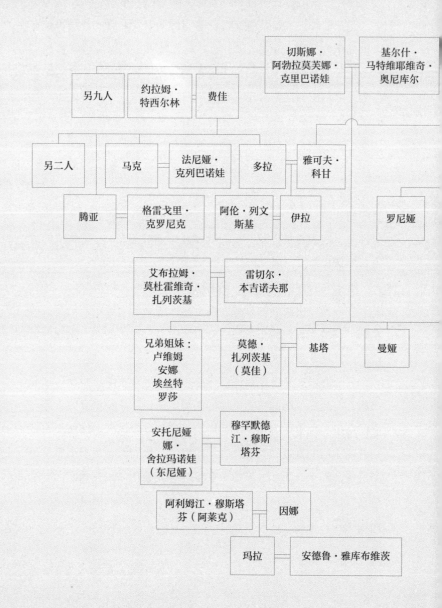

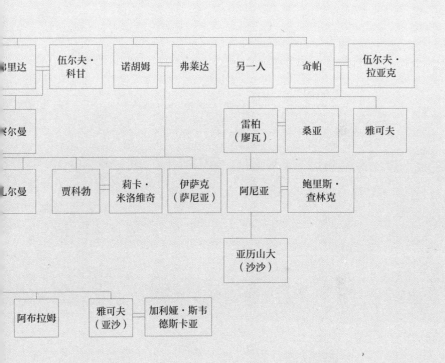